LE BAL DES POIGNARDS

**

Le couteau de Ravaillac

Juliette Benzoni

LE BAL DES POIGNARDS

**

Le couteau de Ravaillac

ÉDITIONS FRANCE LOISIRS

Édition du Club France Loisirs,
avec l'autorisation des Éditions Plon.

Éditions France Loisirs,
123, boulevard de Grenelle, Paris.
www.franceloisirs.com

ISBN : 978-2-298-04521-5

Première partie

UN HOMME EN VERT

1

La deuxième nuit

— C'est insensé ! s'écria Mme de Royancourt en suivant dans l'escalier le majordome qui emportait le corps inerte de Lorenza sans plus d'émotion que s'il s'agissait d'un plateau chargé de verres. Mais qui peut avoir l'idée d'écrire pareilles horreurs ?

— Vous parlez toute seule à présent, Clarisse ? Son frère, Hubert de Courcy, sortait de sa chambre à l'instant où elle passait devant la porte et n'avait pas vu la tête du cortège.

— ... Et qu'est-ce que ce papier avec lequel vous vous éventez ?

— Tenez ! Lisez !... Notre Lorenza composait un bouquet de fleurs dans le salon vert quand un valet occupé à balayer le perron a reçu dans les pieds cette infamie qu'un messager venait de lui lancer avant de faire volter son cheval et de repartir à fond de train. Il a porté le billet à sa destinataire qui l'a lu et s'est écroulée. Heureusement, elle n'était pas seule. On s'est précipité, on m'a appelée et maintenant Chauvin la transporte chez elle.

Tout en s'expliquant, elle avait continué son chemin. Son frère la suivit et ils se retrouvèrent au pied du lit sur lequel se penchait déjà dame Benoîte, la gouvernante des femmes du château, qui, en fait de remèdes, en savait presque autant que le médecin des Courcy. Mais, en dépit de son expérience, l'inquiétude la gagna. La jeune fille ne réagissait ni aux claques ni aux sels d'ammoniaque. Elle était toujours aussi pâle et respirait difficilement.

— Le choc a dû être rude, émit Benoîte, soucieuse. Je vais essayer un autre révulsif...

— Et ses mains sont glacées ! renchérit la comtesse, assise à présent de l'autre côté du lit et qui en tenait une dans les siennes. Il faut la déshabiller, la réchauffer, aller chercher une brique aux cuisines... et aussi activer ce feu ! Il est à l'agonie ! Voyez cela, Chauvin !

— Pendant que vous y serez, ajouta le baron, faites monter l'eau-de-vie de prune de M. le Connétable de Montmorency ! Elle est tellement raide que je la crois capable de réveiller un mort ! Chaque fois que j'essaie d'en boire je pleure à chaudes larmes !

— J'aimerais beaucoup la voir pleurer mais mettez-vous en quête de votre panacée vous-même ! Je viens de dire que nous allions la dévêtir !

— Vous avez raison ! Elle... elle n'est pas morte au moins ? chevrota-t-il, l'air soudain malheureux.

— Hubert ! Le souffle est court mais elle est en vie !

— Bon, bon ! je m'en vais !... Mais je reviens avec la prune infernale ! Je suis dans une inquiétude !...

Il n'était pas le seul. Tandis que les femmes de chambre changeaient Lorenza et l'installaient aussi confortablement que possible dans son lit, Clarisse relisait encore le désastreux message dans l'espoir un peu infantile d'y découvrir un détail nouveau mais les mots, dans leur brutalité, demeuraient énigmatiques : « Si tu l'épouses, il mourra comme les autres ! Tu seras à moi ou à personne ! » Qui avait écrit cette menace en usant d'un tutoiement tout à fait inconvenant à moins qu'il ne s'agisse d'un proche ?

Après avoir passé une tête prudente par la porte entrebâillée, le baron revenait muni d'une bouteille pansue et d'un verre à liqueur.

— Toujours inconsciente ?

— Benoîte est partie chercher je ne sais quoi !

— On peut essayer le vitriol du Connétable !... Ah, vous relisez cette ignominie ?

— Oui. C'est le ton intime qui me gêne...

— Le tutoiement ? C'est sans doute dans ce but qu'on l'a employé ! A moins que ce torchon n'émane d'un compatriote : tout le monde se tutoie à Florence comme jadis à Rome...

— Alors pourquoi n'est-ce pas rédigé en toscan ?

— Ma chère Clarisse ! Mettez-vous dans le crâne que ceci est destiné à faire le maximum de mal et que chaque mot en a été soigneusement pesé afin de nous persuader que l'auteur est un amant ! Et maintenant prenez ce verre, je vais la soulever.

Glissant son bras sous l'oreiller, il redressa Lorenza tandis que sa sœur approchait avec circonspection le gobelet des lèvres décolorées.

— Vous êtes sûr que ce tord-boyaux ne va pas la tuer ?

— Tâtez-en ! Vous verrez bien !

Elle fit comme il le suggérait :

— ... Sacrebleu ! lâcha-t-elle soudain cramoisie avec l'impression que ses cheveux se dressaient sur sa tête cependant que les larmes lui venaient aux yeux.

— Je vous avais prévenue ! Pour concocter ce jus de fournaise — qu'il n'offre qu'à de rares privilégiés ! —, ce vieux Montmorency doit faire mettre au tonneau des fruits verts ! Allons ! Un peu de courage !

Après un rapide signe de croix, Clarisse introduisit timidement quelques gouttes entre les lèvres de Lorenza et attendit. L'effet fut presque immédiat : la jeune fille toussa, cracha tandis qu'une bouffée de chaleur lui montait au visage et que ses paupières se relevaient sur un regard noyé...

— Là ! Qu'est-ce que je vous disais ? triompha le baron. Je vais conseiller à ce vieux ladre de Connétable d'en vendre à tous les médicastres et tous les apothicaires du royaume ! Il en tirera une fortune !

Il laissa retomber doucement la tête de Lorenza sur laquelle sa sœur se pencha avec sollicitude.

— Comment vous sentez-vous, mon enfant ?

— Je... je ne sais pas...

Soudain la mémoire lui revint en voyant la lettre entre les doigts de la comtesse. Elle les regarda tous les deux avec une sorte d'épouvante en rejetant les draps pour se lever.

— Il faut que je parte !

D'une seule main, le baron Hubert la maintint sur son lit avec un grand sourire.

— Et pour aller où, s'il vous plaît ?

Les beaux yeux noirs se firent suppliants.

— Là où on me laissera peut-être enfin vivre en paix ! A Florence que je n'aurais jamais dû quitter !

— Et pour y faire quoi ? demanda Clarisse. Est-ce que vous oubliez que vous vous mariez demain ?

— Non ! Pardonnez-moi mais vous devez comprendre que c'est impossible ! J'ai déjà causé suffisamment de catastrophes. Si elles doivent maintenant s'abattre sur vous tous, je ne pourrai pas le supporter.

Afin d'éviter qu'elle tente à nouveau de se lever, le baron s'assit de l'autre côté du lit.

— Avant d'en référer à Thomas dont je connais d'ailleurs la réponse, essayons d'y voir clair. Avez-vous une idée de celui qui a écrit ce vilain poulet ? Car il ne peut s'agir que d'un homme !

— Pourquoi pas une femme ? hasarda sa sœur. J'en connais plus d'une tout à fait capable de ce genre d'infamie...

— Oui. Moi aussi mais cela m'étonnerait... C'est trop brutal pour n'être pas masculin. Maintenant reste à savoir qui...

— Je ne connais personne à qui j'aurais donné le droit de me tutoyer à moins qu'il ne s'agisse d'un compatriote et, depuis que l'ambassadeur Giovanetti est parti, je ne connais aucun des Florentins qui ont suivi la reine Marie en France... Pourtant ce devrait en être un...

— Expliquez-vous !

— La dague si parfaitement reproduite qu'on ne peut douter qu'il l'ait sous les yeux... Je le sais parce que c'est moi qui l'ai apportée en France.

— Comment cela ?

— Le grand-duc Ferdinand me l'a donnée après la mort de mon fiancé Vittorio Strozzi. Je pensais que son ombre pourrait m'être protectrice. Elle a disparu au moment où Mme du Tillet est venue me chercher à l'ambassade — je devrais d'ailleurs dire m'enlever tant elle y a mis d'ardeur ! — pour me ramener au Louvre sur ordre de la Reine. J'ai revu l'arme au soir de mon mariage, entre les mains de M. de Sarrance : quelqu'un avait tenté de le tuer mais la pointe s'était brisée sur la cotte de mailles qu'il portait sans cesse depuis nos... fiançailles. Vous savez ce qui a suivi. Pourtant la dague a dû servir à l'occire après ma fuite : un certain Bertini — probablement l'assassin — la possédait et l'a ensuite fait réparer par un armurier de la rue du... Roi-de-Sicile, je crois. C'est le valet de Thomas qui a découvert cela. Mais lorsque M. le Prévôt a ordonné l'arrestation de ce Bertini, on l'a trouvé égorgé avec sa maîtresse... et la dague avait disparu. Je suppose...

— ... qu'elle a dû aboutir dans la panoplie de votre persécuteur dont l'intention doit être de l'utiliser pour se débarrasser de Thomas ! C'est logique !

— C'est pourquoi il faut, à tout prix, que je vous quitte ! Je vous aime trop pour faire peser sur vous une telle menace !

Clarisse allait protester mais son frère la prit de vitesse.

— Ma chère enfant, ce château, en dépit des grâces de la Renaissance qui ont adouci son rude aspect original, n'en est pas moins une véritable forteresse que l'on peut mettre sur le pied de guerre en fort peu de temps. En outre, tous ceux qui le servent et nous sont, j'en suis sûr, attachés ne rechigneraient pas s'il fallait se battre pour lui. Sans compter ceux des alentours qui ont souvent cherché refuge dans nos murs quand la nécessité se faisait sentir. Quant à Thomas... il ne devrait pas tarder à nous donner son sentiment.

La porte étant restée entrouverte, une galopade de pieds bottés se faisait clairement entendre. Leur maître fut là dans l'instant.

— Ah ! Vous êtes ici !... Qu'est-ce que c'est que cette lettre dont Chauvin m'a parlé ? Oh ! Lorenza ! Quel mal vous a-t-on encore fait ?

Sans se soucier de bousculer son père, il se jetait à genoux près du lit pour s'emparer de la main qu'on lui abandonnait.

— Mon Dieu ! Comme vous êtes pâle, mon cœur !

La lettre s'interposa alors entre lui et la jeune fille.

— Il y a de quoi ! commenta Mme de Royancourt. Qu'en penses-tu ? J'ajoute que Lorenza veut nous quitter !

Le rapide coup d'œil fut suivi d'un grondement de colère ! Thomas serra plus fort la main de sa fiancée.

— Jamais ! explosa-t-il. Jamais je ne vous laisserai partir ! Quant à ce misérable qui ose vous poursuivre et prétend vous imposer sa volonté, je le débusquerai ! Et, croyez-moi, je saurai lui en faire passer l'envie... et l'expédier en enfer !

— Le Roi interdit les duels, murmura Lorenza.

Thomas se mit à rire.

— Il me passerait bien celui-là ! Comme quelques autres d'ailleurs : presque chaque nuit, si ce n'est le jour, on s'étripe joyeusement dans un coin ou un autre de Paris ! Tout le monde sait que notre Majesté béarnaise a d'autres chats à fouetter ! Et puis il est fort possible que je me refuse à salir mon épée du sang de ce drôle. Avec ceci, je peux, sans me fatiguer outre mesure, économiser une corde au bourreau ! conclut-il en étendant ses mains aux longs doigts maigres mais solides.

— Si tu préfères salir tes mains plutôt que ta rapière, ça te regarde, bougonna le baron. Je ne vois pas où est la différence ! Un bon coup de pistolet à distance convenable ou un poignard planté entre les deux épaules feraient aussi bien l'affaire !

— Ne dites pas n'importe quoi, père ! Je ne suis pas un estafier et vous non plus !

— La chevalerie, hein ? Il y a des moments où je me demande si le plus vieux des deux ce n'est pas toi ! Mais il m'est venu une idée. Allons en discuter dans un coin tranquille ! Et vous, Clarisse, remettez-nous notre promise sur pied : elle convole demain et ne doit plus penser qu'à cela !

Trouver un coin tranquille dans un château livré à des préparatifs de fête n'était pas évident. Même la chère librairie du baron abritait des musiciens en train de répéter au milieu des allées et venues bruyantes des serviteurs et des voix d'une centaine d'ouvriers au travail.

— Allons dans l'orangerie, proposa Thomas.

— Espérons qu'on en aura déjà sorti les plantes dont on va avoir besoin !

— Alors un tour de jardin ?

— Fait plutôt frisquet ce matin ! C'est joli, sous

le soleil, cette petite couche de givre, mais ça ne vaut rien à mes rhumatismes.

— Depuis quand avez-vous des rhumatismes ?

— C'est... c'est tout récent mais va pour le jardin ! J'aurais préféré la chapelle mais j'entends d'ici une cacophonie redoutable : les chanteurs ne sont pas encore à l'unisson et ne semblent pas réussir à chanter la même chose !

On était en effet au tout début de décembre, les dernières évolutions des chevau-légers n'ayant pas permis à Thomas de se libérer plus tôt. En outre, avec son tact habituel, il avait bridé son impatience afin d'accorder à Lorenza un ultime délai de réflexion. A sa tante Clarisse qui s'en étonnait, il avait répondu que la jeune fille ayant été, par deux fois, face au mariage sans avoir eu le temps de souffler, il préférait lui laisser au moins quelques semaines afin de s'y habituer. Pensée délicate dont on l'avait remercié par une larme et un baiser sur le front !

Un moment plus tard, le fils et le père — ce dernier quasi enseveli sous une épaisse pelisse et appuyé sur une canne — suivaient paisiblement le chemin sablé qui contournait l'étang. Le sourcil froncé, le baron allait à pas comptés, l'œil fixé sur une famille de canards que la température de l'eau ne semblait pas décourager, mais sans un mot.

— Eh bien, mon père, de quoi voulez-vous que nous parlions ?

— De ce maudit billet, parbleu ! Tu n'as pas idée de qui aurait pu l'écrire ?

— Aucune ! S'il s'agit d'un des Florentins de la Reine, je ne les connais pas. Même ce Concini qu'elle porte aux nues. Il me déplaît et, en outre, on ne me voit pas souvent à la Cour...

— Il ne t'est pas venu à l'esprit que ce pourrait être ton ancien ami Sarrance ?

— Antoine ? Je sais qu'il a énormément changé mais ce serait tout de même un peu fort !

— Pourquoi ? Ne nous as-tu pas dit qu'il était tombé amoureux de Lorenza dès l'instant où il l'a vue à Fontainebleau ?

— C'est vrai ! Au point de rompre ses accordailles avec Mlle de La Motte-Feuilly et de supplier le Roi de l'envoyer au loin afin de ne pas être contraint d'assister au mariage de son père. Mais on n'en est plus là. Je vous rappelle qu'il n'a cessé d'accuser Lorenza de meurtre envers et contre tous et de réclamer sa tête ! Curieuse façon d'aimer, vous ne trouvez pas ?

— Pour le commun des mortels, sans doute, mais il ne faut pas oublier qu'il est le fils du vieil Hector que l'on a plus ou moins accusé sous le manteau d'avoir assassiné sa femme. Une grande réputation de vaillance n'exclut pas fatalement la cruauté et chez les gens de cette trempe l'amour ne s'écrit pas de la même encre que pour tout un chacun. Et si nous parlions de votre belle amitié ? Qu'en reste-t-il aujourd'hui ?

— Pas grand-chose, je le crains !

— Et pourquoi cela ? Parce que tu t'es rué sur

l'échafaud où elle allait périr en la réclamant pour épouse. Vrai ou pas ?

— Vrai, j'en ai peur ! Je sais qu'il y assistait, mêlé à la foule qui était venue regarder mourir une jeune fille de dix-sept ans préalablement livrée à un vieux satyre qui l'aurait massacrée à coups de fouet si, par miracle, elle n'avait réussi à lui échapper.

— Je te ferai remarquer que le « vieux satyre » et moi étions à peu près du même âge. C'est toujours agréable à entendre !

Thomas rit de bon cœur et passa son bras sous celui de son père.

— L'âge est bien votre seul point commun !

— Me voilà rassuré ! Mais pour en revenir à Sarrance, le crois-tu capable d'avoir pondu ce billet ?

— Il y a seulement quelques mois, je vous aurais dit non sans hésiter, mais il a tellement changé ! Je sais qu'il lui arrive, dans les combats, de se laisser emporter par cette espèce de fureur que les Vikings anciens appelaient *berseke* et prétendaient envoyée par les dieux, ce qui les rendait pratiquement invincibles. Mais l'excitation retombée, il redevenait comme vous et moi. Cependant, après s'être laissé aller jusqu'à défier le Roi à la limite de l'insulte comme il l'a fait...

— Il devrait être embastillé ! Il a eu de la chance qu'Henri ait été de bonne humeur ! Qu'en pense votre colonel ?

— M. de Sainte-Foy n'est pas homme à livrer

ses sentiments. Il a ordonné qu'on le raye des rôles du régiment sans autre commentaire. En revanche, la plupart de ses camarades lui ont tourné le dos. Mais, pour ce que j'en sais, cela ne l'empêche pas de mener joyeuse vie avec des filles et les fêtards les plus notoires de Paris grâce à la fortune des Davanzati. Il joue beaucoup en compagnie de cet ex-croupier de Concini avec lequel la Reine le verrait toujours avec plaisir quand le Roi n'y est pas. On le rencontrerait aussi chez Mme de Verneuil mais là rien d'étonnant : il lui rendait déjà visite avant l'entrée en scène de Lorenza ! Voilà tout ce que je sais !

— Tu ne t'en tires pas si mal, pour quelqu'un qui ne s'intéresse pas aux potins de la Cour ! Donc, au fond de toi-même, tu le crois capable d'avoir rédigé ce maudit billet ?

Thomas haussa des épaules désabusées.

— C'est possible... bien que ce tutoiement me gêne !

— Pas moi ! Ce n'est jamais qu'une infamie de plus laissant supposer des droits de propriété !

— Vous voulez me faire comprendre qu'il en aurait eu...

— Ne divague pas ! J'ai dit une infamie de plus ! De toute façon, et au cas — inimaginable ! — où tu en douterais encore, la nuit de demain devrait te donner une preuve irréfutable.

— Je n'ai pas besoin de preuve ! Ce que je veux, c'est savoir le nom de ce salaud et lui passer mon épée au travers du corps ! A y réfléchir d'ailleurs, l'auteur du billet ne peut pas être Sarrance...

— Pourquoi ?

— La dague. Elle a peut-être tué son père mais je suis sûr qu'il ne l'a jamais vue. Celui qui l'a soigneusement dessinée devait l'avoir sous les yeux...

— Là, il se pourrait que tu aies raison !

Etait-ce le clair rayon de soleil qui envahit sa chambre le lendemain mais, en s'éveillant après une nuit réparatrice, Lorenza se retrouva telle qu'elle était avant l'arrivée du désastreux message : une jeune fille au matin de ses noces avec un garçon qu'elle aimait bien. Le cercle d'affection spontanée et l'atmosphère de ce puissant château dont l'élégance cachait une force réelle avaient, en se refermant autour d'elle, chassé les ténèbres de ses souvenirs. Et c'était une impression délicieuse que de se sentir, après tant de vicissitudes, partie intégrante d'une vraie famille. Surtout de cette famille-là !

A Guillemette qui, après avoir gratté timidement à la porte, passait un visage inquiet par l'entrebâillement, elle offrit un sourire radieux.

— Entre donc ! De quoi as-tu peur ?

— C'est que... vous étiez si malheureuse hier...

— Hier n'est pas aujourd'hui et aujourd'hui j'ai faim !

Brève disparition pour reprendre le plateau laissé sans doute sur un meuble à l'extérieur que la jeune femme de chambre vint déposer sur les genoux de Lorenza.

— Ah ! J'aime mieux ça ! On s'est fait tant de souci pour vous !

— C'est gentil et je vous en remercie tous !

Elle n'eut pas le temps d'en dire davantage : Mme de Royancourt, visiblement en proie à une inquiétude qu'elle s'efforçait de cacher, effectuait une entrée plus discrète que d'habitude. Le soupir de soulagement qu'elle lâcha dès le seuil fut plus révélateur qu'un long discours. Elle aussi se demandait dans quel état elle allait trouver la future baronne. Voir celle-ci tremper une tartine de miel dans un bol de lait chaud lui parut le plus agréable des spectacles.

— Bon appétit ! lança-t-elle. Je suis venue vous annoncer que votre robe vient d'arriver. J'avoue que je commençais à m'inquiéter mais enfin elle est là !

— Comment est-elle ?

— Sublime ! La maison Pèlerin s'cst surpassée et il est préférable que la reine Marie ne nous honore pas de sa présence : elle s'en pâmerait de jalousie !

— Pas au point de se la faire « prêter » tout de même afin de la copier ? Elle a déjà oublié de me rendre mes bijoux...

— Ah ! Si l'on parle de bijoux, je crois que c'est mon domaine !

Après un coup léger frappé à la porte, le baron

Hubert entrait dans la chambre suivi d'un valet chargé d'une cassette et d'une pile d'écrins.

— C'est l'approche de Noël qui vous inspire, Hubert ? le taquina sa sœur. Quel dommage que nous ne soyons que deux ! Nous aurions fait une assez bonne imitation des Rois mages !

A la vue de son futur beau-père, Lorenza se hâta de se lever, d'enfiler sa robe de chambre et ses pantoufles. Elle se sentait soudain très émue.

— Ma chère enfant, commença le baron un rien solennel, puisque vous devenez ma fille en ce jour béni, j'estime naturel de vous remettre le petit trésor qui était celui de ma chère épouse Catherine, la mère de Thomas. J'espère que vous porterez ces babioles avec plaisir...

— ... et beaucoup d'émotion, murmura Lorenza à deux doigts des larmes. Mais c'est avec humilité que je les reçois. Comme un dépôt sacré qu'avec l'aide de Dieu, je voudrais transmettre, dans l'avenir, aux enfants qui seront, je pense, la meilleure façon de vous rendre un peu du bonheur que vous me donnez aujourd'hui...

— Ajoutez-y votre affection et nous serons comblés.

La gorge nouée par l'émotion, Lorenza les embrassa tous les deux.

En parlant d'un petit trésor, le baron Hubert avait fait preuve de modestie. Les joyaux dont elle se considérerait désormais comme dépositaire étaient dignes d'une princesse bien plus que ceux qu'elle avait apportés dans ses bagages.

Colliers, bracelets, pendants d'oreilles, ornements de tête, ceintures, devants de corsage, broches, agrafes, il y en avait de toutes les couleurs, mais perles et diamants dominaient. Une mignonne couronne de chignon composée de fleurs en diamant semblait faite exprès pour retenir un voile de mariée.

— Vous voyez, dit Clarisse, que, si vous vous rendez à la Cour, vous serez aussi joliment parée que les duchesses.

— Ce qui est normal, appuya son frère, car si les Montmorency sont les premiers barons chrétiens, nous, les Courcy, sommes les deuxièmes et ce depuis des siècles. Mais qu'est-ce donc qui vous rend tout à coup si songeuse ?

Lorenza contemplait en effet l'étalement scintillant qui couvrait une table et auquel le soleil arrachait des éclairs.

— Je me demande justement si les porter à la Cour serait prudent. Il est vrai que je serais fort étonnée d'y être appelée et qu'en toute vérité je n'en ai pas envie !

— Si vous pensez à l'œil glauque et aux doigts collants de notre gracieuse souveraine, vous avez pleinement raison... à ceci près qu'il lui serait plus difficile de dépouiller la baronne de Courcy qu'une petite filleule nouvellement arrivée et dont personne ne savait rien ! Certaines de ces pièces sont célèbres ! Et puis dites-vous que notre Dauphin a huit ans, qu'on le mariera peut-être bientôt et que notre Reine à venir ne sera pas affligée de la même passion collectionneuse que sa belle-mère ! Bon, trêve de bavardage ! Je crois qu'il est l'heure d'aller nous adoniser et revêtir nos atours ! Et vous, jeune fille, ajouta-t-il en posant ses deux mains sur les épaules de Lorenza pour la tenir à bout de bras, songez seulement à vous, à être belle... et heureuse ! Il n'y a ici que des gens qui vous aiment et sont prêts à vous défendre ! Contre toute menace !

Bien que les fiancés eussent souhaité une cérémonie simple et que l'on eût convenu de n'inviter que les proches, il suffit à Lorenza d'un regard rapide sur la table préparée pour le festin pour constater que les convives seraient nombreux. Comme elle s'en étonnait auprès de la comtesse Clarisse, celle-ci lui répondit, gaiement, qu'on n'avait invité que les amis, c'est-à-dire les châtelains des environs que l'on connaissait depuis toujours à la seule exception des gens de Verneuil qui étaient d'acquisition récente et à qui son frère — et elle-même d'ailleurs ! — ne pardonnait pas l'offensante désinvolture avec laquelle on avait « déménagé » Lorenza.

— Et s'il n'y avait pas eu que les amis, ils auraient été combien ?

— Environ deux mille personnes au nombre desquelles sont les cousins qu'on ne voit jamais, la famille immédiate se réduisant à mon beau-frère, le marquis de Royancourt avec qui je suis brouillée. Je peux vous préciser que le chiffre eût été dépassé si nous avions reçu nos chers souverains et la Cour ! Vous voyez : nous serons dans l'intimité ! conclut-elle avec un regard satisfait sur la centaine de couverts sagement alignés. Evidemment, il y en aura au moins autant dans les granges où viendront festoyer et danser les villageois de Courcy. On y a allumé des braseros depuis hier soir et il vous faudra aller trinquer avec eux !

— Ce sera avec plaisir mais je voudrais savoir... est-ce que ce sera comme à Chantilly ?

— Vous voulez rire ? Il n'y avait même pas les proches et nos paysans seront bien mieux servis que nous ne l'avons été ! On est avare ou on ne l'est pas ! Et nous sommes les Courcy, que diable !

Il y eut pourtant, dans l'après-midi — le mariage devait avoir lieu à la nuit close ! —, un léger moment d'affolement quand le duc de Bellegarde fit son apparition avec un petit groupe de gentilshommes. Envoyé par le Roi qui, le matin même, pensait venir surprendre ses fidèles Courcy et conduire la mariée à l'autel, il était chargé de remettre un présent au futur couple — une paire d'aiguières de vermeil et de cristal ornées d'améthystes, de quatre roses et de petits diamants — et de remplacer le souverain dans le rôle qu'il espérait assumer lui-même, ce qui eût été un fort grand honneur mais eût obligé le baron Hubert à un exercice de diplomatie. Celui qui devait figurer le père de la mariée était en effet le vieux

Montmorency et on le savait susceptible. Mais la Providence errait décidément du côté de Courcy. Au lieu de se vexer, le Connétable poussa un soupir de soulagement : une sournoise crise de sciatique s'était emparée de sa jambe droite — la meilleure des deux ! — et la perspective de la marche à l'autel le tourmentait d'avance !

Ce fut donc la main sur celle du Grand Ecuyer de France, somptueusement accommodé de drap d'or, de velours noir et de martre sous le collier de l'ordre du Saint-Esprit, que Lorenza fit son entrée dans la chapelle du château illuminée de plusieurs centaines de cierges et fleurie de lys, les mêmes qui se reproduisaient en perles et en fil d'or sur le brocart irisé de sa robe. Des perles encore mais semées de diamants sur la haute collerette de fine dentelle semblable au voile retenu par la petite couronne reçue le matin même. Aucun bijou ne coupait la ligne gracieuse de son cou orné de longues girandoles assorties à la couronne.

Elle irradiait la lumière, si différente de la mariée désespérée de l'an passé que Bellegarde, cependant blasé, mit un genou en terre pour recevoir la main qu'il allait guider et s'exclama :

— Par tous les anges du paradis, Madame, dites-moi que vous êtes l'un d'eux et je vous croirai ! Jamais mes yeux n'ont contemplé beauté plus rayonnante que la vôtre !

— C'est peut-être parce que je suis heureuse, Monsieur le Grand. Tout simplement !

Les mots étaient venus spontanément et Lorenza les découvrit en même temps qu'elle les pensait en dépit des menaces de la veille. Parce qu'elle était persuadée que rien ne pouvait l'atteindre, protégée comme elle l'était par ce château, l'affection de ses habitants et l'amour qu'exprimaient si clairement le regard et le sourire de Thomas qui, à présent, la regardait venir à lui au son triomphal de l'orgue et des violons. Et c'est de tout son cœur qu'elle lui jura amour et fidélité jusqu'à ce que la mort les sépare.

C'était un sentiment nouveau pour elle, différent de ce qu'elle avait éprouvé pour Vittorio, cet élan joyeux encore un peu enfantin venu soudain sur un air de danse et qui s'était dissous aussi vite. Plus encore de l'attirance charnelle ressentie pour Antoine de Sarrance quand leurs regards s'étaient croisés. Avec lui, elle se fût sans doute laissé emporter par tous les excès, toutes les fureurs de la passion mais la froide cruauté, l'acharnement qu'il avait mis à réclamer sa mort avaient brisé le sortilège et c'était sans restriction aucune qu'elle se donnerait tout à l'heure à son époux, simplement heureuse, après tant de périls courus, de pouvoir lui offrir un corps vierge de toute souillure.

Quand il eut passé le lourd anneau d'or à son doigt, il baisa sa main avec une émotion qui le fit trembler. Alors, spontanément, elle lui offrit ses lèvres et ce fut, dans la chapelle, à la face de tous et sous leurs acclamations qu'ils échangèrent leur premier baiser d'époux...

Dans la cour du château, les paysans revêtus de leurs plus beaux habits ovationnèrent le jeune couple qui les rejoindrait tout à l'heure pour boire à leur santé dans la salle basse où ils allaient festoyer. La nuit de décembre était belle, claire et pleine d'étoiles comme en été et il ne faisait pas vraiment froid grâce peut-être aux pots à feu disposés un peu partout. Cependant, une main discrète avait posé une cape d'hermine sur les épaules de Lorenza au moment où, appuyée sur le bras de Thomas, elle quittait la chapelle. L'usage aurait voulu qu'ils se tinssent par la main mais, après leur baiser, Thomas, irradiant de bonheur, avait gardé celle de sa femme pour la glisser sous son bras et l'y maintenir d'un geste tendre. Une extraordinaire atmosphère de joie régnait sur Courcy et personne n'y échappa, sans même savoir pourquoi, y compris les moins gracieux des invités, ceux pour qui un mariage n'était qu'une corvée mondaine de plus !

On gagna, au son des violons, la vaste salle réchauffée à chaque extrémité par une haute cheminée sculptée où brûlaient des troncs d'arbres dont la senteur se mêlait à d'autres fort appétissantes. La table était somptueuse avec sa vaisselle d'or, ses verres d'épais cristal, ses fleurs et ses grands chandeliers à plusieurs branches.

Tout le monde était affamé et chacun y prit place avec satisfaction.

— Seigneur ! s'exclama la duchesse d'Angoulême, voilà ce que j'appelle une noce ! On y respire le bonheur. Cela n'a rien de comparable avec celle que nous avons vécue à Chantilly il y a quelques mois. Notre pauvre Charlotte, bien belle cependant, aurait mérité mieux !

— Je n'ai pas de vaisselle d'or, moi ! grogna le Connétable en jetant un coup d'œil furieux à sa belle-sœur, qui ne fit qu'en rire.

— Evidemment que si, vous en avez ! Seulement vous n'avez pas voulu la sortir surtout pour un gendre aussi gueux que Condé ! Je vous comprends d'ailleurs ! Le pire étant, dans tout cela, que la chère enfant n'a aucune chance d'être heureuse !

— Il est certain, dit Mme de Royancourt, qu'elle l'eût été bien davantage avec ce charmant Bassompierre ! Son plus grand malheur est que le Roi se soit pris pour elle d'un furieux amour ! A propos, où en est le roman ? Pour ce que j'en sais, à la dernière Saint-Hubert, Henri serait allé jusqu'au château de Muret, près de Soissons, déguisé en valet de chien avec un emplâtre sur l'œil en espérant que l'autre serait suffisant pour pouvoir adorer sa bien-aimée !

— Eh bien, chère comtesse, vous avez du retard ! déclara Bellegarde. Il y a quelques jours, le 27 du mois dernier, M. le Prince a fait monter sa femme en voiture sous le prétexte d'une promenade et lui a fait franchir la frontière à Landrecies. Ils sont à ce jour aux Pays-Bas où ce jeune imbécile a demandé la protection de l'archiduc Albert et de l'infante Isabelle-Claire-Eugénie, son épouse...

— Il a cherché refuge chez l'ennemi ? s'indigna Thomas. Lui, prince français ? Mais c'est de la haute trahison !

— Pas le moindre doute là-dessus ! ronchonna Montmorency. Ce jeune drôle a aussi eu le front de m'écrire pour s'excuser d'être parti sans m'avoir dit au revoir ! Que dit le Roi, Bellegarde ?

— Il est à moitié fou de colère et de douleur. Lui aussi a reçu une lettre. Condé y proteste de sa loyauté mais déclare qu'il a pris la clef des champs pour sauver son honneur et sa vie ! Vous imaginez l'effet produit sur notre Sire qui a déjà envoyé des troupes aux frontières en vue de secourir les princes allemands... Si Sully et Villeroy ne cessaient de prêcher pour l'en empêcher, il aurait déjà mis le siège devant Bruxelles ! Nous sommes menacés d'une nouvelle guerre de Troie, Messieurs !

— Et comment réagit la nouvelle Hélène ?

— Elle est au moins aussi folle que son amoureux ! Elle ne cesse de l'appeler à son secours dans des lettres délirantes où elle jure qu'elle ne sera jamais qu'à lui !

La phrase, trop semblable à celle de la lettre que la présence de Thomas à ses côtés lui avait presque fait oublier, frappa Lorenza. Son mari le sentit, chercha sa main pour la garder fermement dans les siennes. Il lui sourit et l'impression pénible s'effaça.

— Or, reprit Bellegarde, attaquer les Pays-Bas, c'est attaquer l'Espagne, l'Empereur et même le pape, crime majeur pour un pays aux trois quarts catholique. Le nonce Ubaldini et l'ambassadeur de Venise, Antonio Foscari, multiplient les mises en garde mais le Roi leur oppose le droit des gens à disposer d'eux-mêmes, ce qui ne convainc personne, à commencer par la Reine qui n'est pas loin de se croire mariée à l'Antéchrist. Sans compter les prédictions qui pleuvent de tous côtés. Selon elles, le Roi ne devrait pas voir finir l'année 1610 dans laquelle nous entrons dans quelques jours !

Un véritable tumulte s'éleva autour des tables, chacun tenant à donner son avis personnel. Ce que voyant, le maître de maison se fit remettre une cuillère à potage en argent et tapa sur la table à coups redoublés tout en criant :

— Messieurs ! Messieurs !

Il finit par obtenir le silence.

— Navré de vous interrompre, clama-t-il, mais je tiens à vous rappeler que nous sommes réunis ce soir pour fêter le bonheur de deux jeunes époux et non pour tenir une réunion politique ! En outre, il y a des dames dont les délicates oreilles ne sont pas accoutumées au fracas des armes...

— Où allez-vous chercher ça ? murmura sa sœur. En ce qui me concerne, je devais encore être au berceau quand je l'ai entendu pour la première fois !

— Cela vous regarde ! Quant à moi, j'entends qu'ici, on ne rebatte pas les oreilles de Madame la duchesse d'Angoulême et de notre cher Connétable d'une affaire qui leur empoisonne l'existence depuis des mois et je vous propose de boire à leur santé ! Musique ! conclut-il en se tournant vers la tribune de l'orchestre.

On l'applaudit. Tout le monde se leva, verre en main, et l'on trinqua joyeusement avant de se consacrer au nouveau plat que l'on venait de servir : de superbes chapons farcis au foie gras, truffés, escortés de tout un assortiment de primeurs délicieuses accompagné d'un admirable vin de la Romanée qui avait les préférences du baron. Cette fois, l'atmosphère ne fut plus qu'à la fête. Le château tout entier bruissait de chansons, de rires et de musique. Un bal était prévu mais l'on porta tellement de « santé » aux jeunes mariés, au Roi, au Dauphin — la Reine ne semblait pas être très appréciée dans la nuit de Courcy ! — que les pas s'alourdissaient et que certains cherchaient un coin tranquille pour y entamer un petit somme.

Emmenée par Mme d'Angoulême et par la comtesse de Royancourt, Lorenza s'apprêtait à se retirer pour aller attendre son époux dans la chambre nuptiale quand un cavalier couvert de poussière que les valets n'eurent pas le temps d'annoncer pénétra en trombe dans la vaste salle, le chapeau à la main, en criant :

— Un message du Roi pour Monsieur le baron de Courcy !

C'était tellement inattendu qu'un silence s'abattit sur la longue tablée. Sans savoir pourquoi, Lorenza se mit à trembler tandis que Thomas, suivi de son père, rejoignait le nouveau venu.

— Un message du Roi, à cette heure ? s'étonna-t-il.

— J'exécute les ordres que l'on me donne, Monsieur, je ne les discute pas !

— Ce n'était pas un reproche. Voyons !

Brisant le cachet, il ouvrit la lettre dont le texte était bref : le Roi réclamait sa présence immédiate sans autre explication.

— Mais c'est impossible ! fit-il, soudain très malheureux. Sa Majesté sait que je me suis marié ce soir. Elle m'a même fait l'honneur...

— ... de m'envoyer moi, duc de Bellegarde et Grand Ecuyer de France, pour conduire la mariée à l'autel ! intervint celui-ci avec hauteur. Qui vous a remis cette lettre ? Le Roi lui-même ?

— Non. M. de Bellecour qui est, je crois, de sa Chambre et m'a prié de me hâter. Moi je ne suis qu'un des courriers...

— Je le vois bien mais cela n'a aucun sens ! Attendez un moment !

Il prit Hubert par le bras pour l'attirer à l'écart.

— Que penses-tu de cela, baron ? Le Roi doit

être devenu fou. Nous n'allons tout de même pas priver nos tourtereaux de leur nuit de noces ? Regarde ta belle-fille ! Elle est toute pâle et ses yeux sont pleins de larmes...

— D'autant que rien ne prouve que cet homme soit vraiment un émissaire royal ! Je vais faire en sorte de le neutraliser : on va le nourrir copieusement, l'abreuver en conséquence... puis on le laissera digérer dans un endroit adéquat...

— ... et demain j'emmènerai Thomas à notre Sire ! Je veux tirer cette histoire au clair. Nous sommes entièrement d'accord !

Puis revenant au messager :

— Voilà votre mission accomplie, mon ami. Vous allez à présent reprendre des forces, un brin de repos et au lever du jour...

— Je dois ramener moi-même M. de Courcy ! Et sans attendre !

Peu patient de nature, Bellegarde prit feu :

— C'est ce qu'on va voir ! Voulez-vous mon sentiment, mon garçon ? Votre histoire ne tient pas debout et... Madame ?

Lorenza venait de s'élancer vers lui :

— Ne me demandez pas pourquoi, Monsieur le duc, mais je suis certaine qu'il s'agit d'un traquenard ! Si vous laissez cet homme emmener... mon époux, je ne le reverrai jamais !

— Diable ! Mais, ma parole, vous croyez ce que vous dites ?

— Moi aussi j'y crois, figure-toi ! renchérit le baron Hubert. Ma belle-fille a reçu des menaces...

— Père ! intervint Thomas. Ce message n'a peut-être rien à voir avec cette affaire et si le Roi ordonne...

— Admettons !... Mais je ne discerne pas ce qu'il pourrait avoir de si urgent à te communiquer. En outre, son messager — ou soi-disant — aura fait quelque mauvaise rencontre, non ? Conclusion, notre bon Roi attendra quelques heures !

— Après quoi, nous rentrerons de conserve à Paris — sans oublier l'émissaire que mon escorte se fera un plaisir de surveiller. Puis, quand Thomas saura ce qu'on lui voulait, je me ferai une joie de le ramener personnellement dans les bras de sa ravissante épouse ! A la santé de laquelle nous allons boire une dernière fois avant que les dames la conduisent vers le bonheur ! Nous escorterons Thomas vers elle dans un petit moment ! conclut Bellegarde.

Afin de ne pas trop rappeler à la jeune épousée la nuit tragique et grotesque de ses premières noces, il était convenu que seules la duchesse d'Angoulême, sa nouvelle tante Clarisse et ses femmes présideraient à son coucher, ce qui lui éviterait de subir les caquetages plus ou moins bienvenus d'illustres inconnues. Aussi se laissa-t-elle conduire en toute confiance jusqu'à l'une des plus belles chambres du château, celle qui, depuis des siècles, avait abrité les nuits de noces de tous les couples de châtelains ! Thomas y était né, comme son père et quelques autres avant lui.

Lorenza l'aima tout de suite. Peut-être parce qu'elle était absolument le contraire de celle où elle avait vécu son martyre, plutôt sinistre avec ses meubles d'ébène, ses tentures sombres et son obscurité. Ici, plusieurs chandeliers en argent massif chargés de bougies rouges éclairaient les lambris bleu clair discrètement rechampis d'or, ainsi que les tentures de brocart assorties. Meubles et sièges avaient la grâce de la Renaissance et la table à coiffer où trônait un beau miroir de Venise étalait un assortiment de flacons de cristal et de peignes, brosses et objets de coquetterie en vermeil. Un bon feu brûlait dans la cheminée de marbre turquin et des tapis bleus et rouges réchauffaient le parquet ciré à glace. Naturellement, il y avait profusion de fleurs dont une brassée d'œillets blancs fournis par l'orangerie qui emplissait un grand vase chinois et embaumaient l'air ambiant.

— Monsieur le baron en a fait mettre beaucoup trop, observa dame Benoîte en frottant les longs cheveux de Lorenza avec des carrés de soie pour les faire briller davantage encore. Demain nos jeunes époux auront mal à la tête ! ajouta-t-elle.

— Ils n'auront qu'à ouvrir la fenêtre ! dit la duchesse.

— Alors ils auront froid !

— Cessez donc de dire des sottises, Benoîte ! reprit Clarisse. L'amour est le meilleur chauffage que je connaisse ! Venez vous mettre au lit maintenant, ma chère enfant !

— Avec votre permission, je préférerais attendre mon époux ici !

Non qu'elle redoutât que Thomas lui tombe dessus comme l'avait fait le précédent mais elle refusait d'instinct le moindre détail susceptible de le rappeler. Elle n'était plus vêtue que d'une longue chemise de fine dentelle sous un peignoir de soie blanche qu'il serait facile de laisser tomber quand le moment serait venu. Et puis elle trouvait du réconfort à se regarder dans le miroir. L'image qu'il lui renvoyait était ravissante et elle voulait s'en assurer jusqu'à l'instant ultime. Elle aurait eu tellement honte de s'offrir, vierge sans doute mais déchirée par l'épreuve subie et dont, le premier, Thomas avait pu contempler le résultat : un corps lacéré, saignant, bleui par le froid. C'était debout qu'elle irait à lui !

— Pourquoi pas, après tout ! fit rondement la duchesse. Cette vieille habitude de présenter la mariée étendue sur le lit, tous charmes offerts, a quelque chose de... bestial, vous ne trouvez pas, Clarisse ? Une oie blanche servie sur un plat et prête à être consommée !

— Ma foi, vous pourriez bien avoir raison ! répondit celle-ci en riant. Mais je crois qu'il est temps que nous nous retirions avant de donner dans la gauloiserie !

Tour à tour, elles embrassèrent Lorenza en lui souhaitant tout le bonheur possible puis sortirent en rappelant leurs souvenirs de jeunesse mais sans cesser de rire. Leur gaieté acheva de rassurer la jeune femme. Si Clarisse pouvait rire de si bon cœur, c'est que l'arrivée du messager royal — ou prétendu messager ! — ne la tourmentait pas. Elle aimait trop son neveu pour ne pas être sensible à tout ce qui pourrait lui arriver de mauvais...

Elle se leva, alla jusqu'à l'une des fenêtres donnant sur l'étang. Sous l'éclairage d'un quartier de lune, il brillait doucement, aussi lisse qu'un miroir qu'aucune ride ne venait troubler, si parfait reflet de la sérénité qu'elle resta un instant immobile à le contempler comme elle pourrait en avoir désormais le loisir soir après soir et sur toute son étendue. Ce qui n'était pas le cas la veille encore lorsqu'elle habitait la tour. Elle décida qu'il serait son ami. La nuit s'avançant devenait plus froide et, réprimant un léger frisson, elle se dirigea vers l'âtre de la cheminée pour tendre ses mains au feu qui flambait. Ce faisant, elle tourna son regard vers la porte et vit que Thomas la contemplait...

Debout contre le vantail, les bras croisés sur sa poitrine, il la fixait sans rien dire.

— Vous êtes là depuis longtemps ?

— Quelques minutes seulement. J'essayais de me persuader que vous êtes réelle et non une apparition que la première lueur du jour emportera !

— Je le suis vraiment et il ne tient qu'à vous de vous en assurer. Pourquoi n'approchez-vous pas ?

— Parce que j'ai l'impression que vous n'êtes pas heureuse autant que je le suis. Il est vrai que cela je n'osais l'espérer. Vous me sembliez soucieuse ?

— Venez près de moi, murmura-t-elle en lui tendant ses deux mains. En réalité, il est exact que je le suis ! Oh, Thomas, que serait-il advenu si M. de Bellegarde n'était arrivé ce matin en bel arroi portant les vœux du Roi ?

— Vous voulez savoir si j'aurais obéi à la lettre au messager ? Si je l'aurais suivi sur l'heure sans vous avoir tenue dans mes bras un seul instant ? Et tout cela à cause de la menace que vous avez reçue ? Certainement pas ! Je suis un soldat et je voue à mon Roi fidélité et dévouement... mais je ne suis qu'un homme, Lorenza... et je vous aime ! Vous quitter cette nuit était au-dessus de mes forces !

Il lui avait pris les mains qu'il réunissait dans les siennes pour y poser ses lèvres avec une ferveur qui troubla la jeune femme. Il brûlait d'une passion qu'il tentait de réfréner de toutes ses forces. Pourtant, elle savait que si elle lui demandait de la laisser seule, il se retirerait comme il l'avait promis, dût-il souffrir mille morts. En effet, il ne s'était pas présenté à elle nu sous une robe de chambre comme le vieux Sarrance, mais tout habillé à l'exception du pourpoint.

Elle retira doucement ses mains et comme il levait sur elle un regard où elle lut une soudaine angoisse, elle lui sourit, défit le ruban qui retenait le peignoir de soie blanche, lequel tomba à terre. Elle l'enjamba et vint contre Thomas, ouvrit sa chemise et caressa les muscles durs de sa poitrine. Elle le sentit frissonner à ce contact. Elle abandonna alors son dernier voile de dentelle mais n'eut pas le temps de se presser contre lui. Déjà il l'étreignait puis se laissait tomber à genoux pour couvrir son ventre de baisers en remontant vers les seins, vers son cou avant de s'emparer de ses lèvres. La retenant d'une main contre son torse, il la caressait de l'autre. A demi pâmée, elle gémissait doucement quand il la porta sur le lit. Puis il réussit à arracher ses propres vêtements sans quitter ses lèvres et s'étendit enfin sur elle pour de nouvelles caresses avant d'entrer en elle. Il maîtrisait si fermement son propre désir que la brève douleur de la défloration n'arracha à Lorenza qu'une plainte heureuse.

Quand, toujours enlacés, ils s'endormirent enfin au matin, Lorenza avait découvert que l'amour physique pouvait être un éblouissement et non une terrifiante, sinon répugnante épreuve et que, auprès de Thomas, les nuits seraient encore plus belles que les jours. Et quand il partit en compagnie de Bellegarde pour se rendre à l'étrange convocation, elle éprouva un déchirement comme s'ils ne formaient plus qu'un seul corps. Elle sut alors qu'elle aimait Thomas et que rien ni personne ne pourraient détruire cet amour.

Clarisse, pour sa part, avait guetté la réapparition des jeunes époux. Les cernes sous les beaux yeux noirs, les mains qui avaient peine à se séparer, le bonheur plus qu'évident de Thomas la renseignèrent mieux qu'une longue confidence et si elle s'égara du côté de la chambre nuptiale que l'on n'avait pas encore eu le temps de refaire, ce fut pour achever de se convaincre, devant les traces de sang sur les draps, que Lorenza était arrivée au mariage aussi vierge qu'elle le supposait... Il ne restait plus qu'à attendre les fruits qu'une union aussi réussie ne pouvaient manquer de produire et, à cette idée, des larmes de joie lui montèrent aux yeux. Aussi se précipita-t-elle vers la chapelle, d'abord pour y cacher son émotion, ensuite pour remercier Dieu le Père, le Fils, le Saint-Esprit, Notre Dame et tous les saints d'avoir permis la réussite de ce qu'elle craignait être un désastre. Sachant d'expérience — elle avait beaucoup aimé son défunt mari — ce que pouvait être un mariage réussi, elle gardait présente à la mémoire la menaçante épître tombée comme une pierre au milieu des préparatifs de la fête. Elle se jura de veiller de près sur ce bonheur tout neuf.

Sa prière achevée sur un signe de croix et une génuflexion, elle se retourna pour sortir et découvrit alors un spectacle tout à fait inhabituel : Hubert sur un prie-Dieu, la figure dans les mains, en oraison ! Pourtant, jusqu'à ce matin, elle s'était demandé — non sans une certaine angoisse ! — s'il était encore un vrai croyant. En dehors des cérémonies obligatoires telles que les enterrements, les mariages, les baptêmes, ou les *Te Deum* de victoire, il ne mettait jamais les pieds dans une église, pas même dans la chapelle de son château, ce qui désespérait le père Fremyet, son chapelain... Et voilà que, ce matin, il était là ! C'était à n'y pas croire !

Elle allait repartir sur la pointe des pieds mais, quand elle fut à sa hauteur, il se signa rapidement et se leva.

— Eh oui ! Je prie ! grogna-t-il. Vous avez quelque chose contre ?

— Dieu m'en garde, Hubert, mais mon étonnement... je veux dire que vous ne nous avez pas habitués à...

— Cessez de bredouiller ! D'ailleurs, je ne priais pas : je remerciais !

Retenant un éclat de rire, elle gloussa :

— Grosse différence en effet ! Et de quoi, s'il vous plaît ?

— Ça ne vous regarde pas !

— Alors je vais vous le dire : Thomas vient de vous offrir la surprise de votre vie ! Certes, c'est un beau garçon, bien bâti, aimant la vie et les femmes tout à fait normalement, mais vous ne le croyiez pas capable de faire — en une seule nuit et encore pas bien longue ! — de la semi-désespérée d'hier la jeune femme rayonnante de bonheur que nous venons de voir. Hier, elle épousait par amitié et par reconnaissance. Peut-être aussi par un besoin de protection compréhensible mais, ce matin, elle se retrouve aussi amoureuse de lui qu'il l'est d'elle. Ce ne sont plus des jeunes mariés mais bel et bien un couple d'amants ! N'ai-je pas raison ?

— Si ! Il faut croire que Thomas est un maître en amour et je serais curieux de savoir comment il s'y est pris.

— Ce n'est plus de votre âge ! Mais au cas où vous garderiez une incertitude sur le passé peu ordinaire de Lorenza, je suis en mesure de vous rassurer : elle était vierge ! Sans le moindre doute possible !

Il exhala un soupir de soulagement.

— J'avoue que vous m'enlevez un sacré poids ! J'avais quelque peine à croire que ce vieux bouc de Sarrance n'ait pas réussi à la soumettre ! Il était fort comme un Turc en dépit de sa taille ! Sans compter le mystérieux correspondant d'avant-hier dont le ton était celui d'un propriétaire !

— Non. S'il en avait été ainsi, Lorenza aurait cherché de nouveau cette mort qui n'avait pas voulu d'elle une première fois et à laquelle Thomas l'avait arrachée ! J'en suis certaine !

— Allons la rejoindre ! La journée va lui paraître interminable… tout comme à nous !

Et elle le fut en effet ! Tandis que le château était livré au grand ménage rendu nécessaire par les réjouissances de la veille, le baron chercha refuge dans son orangerie. Mme de Royancourt se rendit à Chantilly pour bavarder un peu avec Diane d'Angoulême. Quant à Lorenza, elle alla d'abord à la chapelle afin de rendre grâce pour ce bonheur qu'on lui avait accordé et qu'elle n'aurait jamais cru possible... En abandonnant, hier, sa main à celle de Thomas, elle pensait seulement rester fidèle à la promesse qu'elle lui avait faite de ne pas se marchander. Elle était décidée à se donner parce qu'elle avait de l'affection pour lui, parce qu'elle jugeait qu'il l'avait mérité. Mais ce n'est pas sans une vague inquiétude qu'elle avait attendu sa venue. Après tout, les hommes sont tous faits du même bois et les gestes de l'amour ne pouvaient que se ressembler ! Il fallait s'y résigner si elle voulait éviter de lui faire de la peine. Et puis...

Et puis le miracle s'était produit dès l'instant où ses mains puissantes mais si douces s'étaient posées sur sa peau que ses lèvres avaient caressée... Eperdue, le cœur lui battant sourdement dans la poitrine, elle n'avait plus songé à rien sinon à s'offrir encore et encore, à s'ouvrir plus largement à l'accomplissement final qu'il avait su lui faire désirer. Il avait joué de son corps comme d'un instrument de musique, en tirant des sensations inouïes, si affolantes qu'elle s'était entendue haleter :

— Viens !... Oh, viens !

— Il ne faut pas aller trop vite, avait-il murmuré contre sa bouche. Tu es si jeune... si neuve ! Je vais te faire mal...

— Tant mieux !... Je veux... être à toi !

Dût-elle vivre cent ans, elle n'oublierait jamais l'instant où, d'un coup de reins, il était entré en elle. La brûlure du déchirement s'était perdue dans cette joie inattendue qu'elle avait éprouvée quand elle sentit qu'elle ne faisait plus qu'une seule chair avec lui. Trois fois encore, il l'avait possédée jusqu'à ce que le sommeil les emporte au même instant, si étroitement enlacés l'un à l'autre qu'au réveil ils avaient recommencé à s'aimer. Mais ensuite, la laissant se rendormir, Thomas était allé s'arroser copieusement d'eau froide afin de se retrouver prêt à rejoindre Bellegarde.

Elle eut soudain un peu honte d'évoquer, au pied d'un autel, les heures brûlantes de cette nuit d'amour, mais quand le prêtre qui les avait unis s'approcha d'elle pour lui demander si elle voulait se confesser, elle se conduisit d'une façon fort répréhensible en éclatant de rire.

— Me confesser ? De quoi, Seigneur ? De nous être aimés éperdument, Thomas et moi ? Ne nous y avez-vous pas incités en bénissant notre mariage ?

— Je vous ai invités à procréer sous le regard de Dieu. Au-delà de cette perspective, ma fille, il ne faut pas tomber dans la luxure... qui est un grave péché !

Elle le considéra de ses grands yeux noirs devenus immenses.

— J'aimerais savoir où commence le péché.

Il fronça les sourcils et sa bouche se resserra jusqu'à ne plus former qu'une mince ligne méprisante.

— J'ai manqué à mon devoir, hier, en ne vous conseillant pas les nuits de Tobie par lesquelles devrait commencer toute union chrétienne...

— Les nuits de Tobie ? Qu'est-ce ?

— Un couple soucieux de plaire au Seigneur se doit de consacrer à la prière les trois premières nuits de leur union ! A la prière seule ! précisa-t-il en levant vers la voûte un doigt autoritaire. Ensuite seulement on peut laisser parler la chair... mais jusqu'à un certain point !

— Lequel ? murmura Lorenza, de plus en plus abasourdie.

— Lorsque la femme a reçu la semence, elle et son époux doivent se séparer pour prendre du repos mais non sans avoir au préalable prié Dieu de bénir cette étreinte afin qu'elle porte son fruit !

— Mais on ne peut pas le savoir tout de suite !

— Aussi peut-on réitérer le lendemain et les nuits suivantes jusqu'à ce que l'enfant s'annonce. Mais une fois seulement. Vous devriez vraiment vous confesser, ma fille ! Combien... de fois ?

Révoltée par ce regard devenu trouble, cette bouche que la langue humectait sans cesse, la jeune femme riposta :

— En vous confiant que nous nous étions aimés follement, je crois avoir tout dit. De toute façon, il faudra vous en contenter, ajouta-t-elle, désinvolte, en se dirigeant vers la sortie après une brève génuflexion et un signe de croix.

Elle tremblait de colère. Qui était ce prétendu homme de Dieu qu'elle jugeait répugnant ? Et par quelle incroyable alchimie avait-il réussi à se faire confier les consciences d'une si importante châtellenie que Courcy ? Elle n'imaginait pas un instant Clarisse en train d'ouvrir son âme à un religieux de cette espèce. Quant au baron Hubert, la seule évocation était à mourir de rire...

Mme de Royancourt n'étant pas encore rentrée, ce fut auprès de ce dernier qu'elle alla s'épancher. Il s'occupait à vaporiser du liquide sur les feuilles brillantes de ses orangers.

— Ne m'en veuillez pas, s'il vous plaît, mais je ne parviens pas à comprendre comment ce prêtre est devenu votre chapelain ! Il est si différent du château et de ses habitants !

— C'est le moins que l'on puisse dire et si le père Fremyet ne nous l'avait amené lui-même avant de partir se soigner aux eaux de Bourbon, son pays natal, on ne l'aurait jamais accepté. Le père de Luna est un Jésuite et je n'ai jamais aimé ces gens-là, mais comme sa présence ici n'est que temporaire, on n'a pas voulu ergoter. Evidemment, nous aurions préféré qu'un autre vous mariât mais faute de grives on se contente de merles... Et Thomas avait tellement hâte d'être heureux ! J'ai l'impression qu'il l'est, aussi tâchez de supporter Luna jusqu'au retour de notre brave Fremyet !

— Je promets... à condition qu'il ne vienne pas tous les matins me demander de me confesser ! Je ne veux pas qu'il abîme mon bonheur !

Lâchant son vaporisateur, il se tourna vers elle et la prit aux épaules.

— Votre bonheur ! fit-il, ému. Quel joli mot dans votre bouche, mon enfant ! Et combien doux à entendre ! Car vous l'êtes, n'est-ce pas ?

— Heureuse ? Oh oui ! Merveilleusement ! Je n'aurais jamais cru que ce fût possible de l'être autant ! Thomas est...

— N'en dites pas plus !

Il l'embrassa sur les deux joues puis revint à son oranger.

— Quant au père de Luna, vous n'avez qu'à lui dire chaque matin : « Rien à déclarer ! » et moi je vais essayer de savoir si notre Fremyet a bientôt fini de barboter dans son bain !

Au grand soulagement de la famille, le carrosse de Bellegarde ramena Thomas le soir même mais ce qu'il avait à leur apprendre ne manquait pas d'intérêt. Non seulement le Roi n'avait pas réclamé le jeune homme mais le messager était inconnu au bataillon des courriers. Quant à M. de Bellecour, il était depuis quinze jours dans ses terres du Nivernais. Aussi ledit messager recevait-il à cette heure l'hospitalité du Grand Châtelet où l'on allait œuvrer pour en savoir davantage.

— Je pense que l'on peut se fier à mon ami

d'Aumont pour faire le nécessaire, commenta le baron Hubert à qui Thomas venait de remettre une lettre du Grand Prévôt. Il n'aime pas du tout mais pas du tout cette histoire ! Une chose est certaine, en tout cas, c'est que notre bon roi Henri t'a sans doute sauvé la vie en envoyant Bellegarde jouer les pères nobles à la chapelle. Tu avais toutes les chances de tomber dans une embuscade !

— Au fond, il aurait peut-être mieux valu que je joue le jeu mais suivi à distance raisonnable par une troupe de nos gens dûment armés. On aurait su au moins qui l'on allait rencontrer !

— Pas sûr ! Escamoter quelqu'un de nuit et sur un chemin forestier n'est pas un exploit...

— Et ces angoisses à cause de moi ! gémit Lorenza, toute sa joie disparue. Si seulement je pouvais savoir qui est mon ennemi !

Voyant sa détresse, Clarisse jugea qu'il était temps de s'en mêler.

— Cessez de vous tourmenter ! On finira par y arriver puisque nous avons le Roi pour nous ! Ne songez qu'à être heureuse ! Tenez ! Montez vite dans votre chambre. On va vous y apporter votre souper ! Vous avez besoin d'être seuls tous les deux !

— Et nous aussi, nous serons seuls tous les deux ? ronchonna son frère en contrefaisant sa voix. Vous n'allez pas commencer à nous obliger à jouer les vieux croûtons ?

— Vous ne courez aucun danger, lança

Thomas qui avait déjà saisi sa femme par la taille pour l'entraîner vers l'escalier.

Clarisse, qui les regardait s'envoler en souriant, glissa son bras sous celui de son frère.

— Cessez donc de grogner ! Vous n'avez donc pas envie d'avoir des petits-enfants ?

— Quelle question ! Et où allez-vous encore ?

— Dire à Chauvin qu'on laisse le plateau à leur porte ! Je suis certaine qu'ils n'ouvriront pas avant un moment !

Rien n'était plus juste. A peine la porte refermée d'un coup de talon, les jeunes époux s'étaient enlacés pour un long, long baiser qui manqua faire défaillir Lorenza. Après quoi, Thomas la fit asseoir devant le grand miroir de la table à coiffer, se plaça derrière elle et commença à retirer les épingles à tête de perle et les petits peignes précieux qui maintenaient sa chevelure. La soie vivante de ses cheveux coula sur ses mains en un flot doré dans lequel il enfouit son visage pour mieux le respirer. La haute collerette de dentelle l'encombrait et il l'ôta avant de s'attaquer au corsage qu'il dégrafa. Le miroir renvoya à Lorenza leur double image qui la fit rougir.

— Thomas ! murmura-t-elle tandis qu'il dégageait ses épaules et les baisait. Est-ce que...

— Allons, mon cœur, souffla-t-il contre son cou. Vous n'allez pas me refuser le délicieux plaisir de vous déshabiller ? Autant vous prévenir tout de suite, c'est une habitude qu'il vous faudra prendre car j'ai bien l'intention de ne pas m'en priver. Avec des variantes, évidemment ! acheva-t-il en riant. Alors pensez à autre chose, faites une prière ou racontez-vous une histoire mais ne me gênez pas !

Elle se mit à rire et leva les bras pour attirer sa tête contre la sienne...

2

Un honneur peu souhaité !

Le bonheur !... Pendant les jours — et les nuits ! — qui suivirent, il s'amplifia et s'épanouit comme une fleur entre les deux jeunes gens. Pour leur plus grande joie, le froid et la neige avaient investi le pays dès le 1er janvier, refermant sur eux-mêmes villages et châteaux qui ne communiquaient plus guère entre eux. A Chantilly, le jeune Montmorency avait bien émis l'idée d'une chasse au loup mais s'en était tenu là quand son père lui avait ri au nez, en le mettant au défi d'en rencontrer un seul dans la région depuis que son grand-père en avait fait une telle hécatombe que les rares survivants avaient quitté une terre aussi inhospitalière et qu'il ne s'en trouvait plus aucun à dix lieues à la ronde...

A Courcy, des feux d'enfer ronflaient à longueur de journée dans les vastes cheminées : Clarisse était frileuse et Hubert avait des rhumatismes même s'il refusait farouchement de l'admettre. Il se réfugiait le plus souvent dans son orangerie — chauffée elle aussi ! — où, loin des regards amusés de sa sœur, il s'ennuyait ferme la plupart du temps, ne ressuscitant qu'à l'heure des repas quand les jeunes époux faisaient leur apparition, la main dans la main, souriants et si visiblement heureux qu'il était difficile de leur en vouloir de vivre enfermés la plupart du temps.

Ils étaient toujours gais d'ailleurs et les conversations avec eux se ressentaient de leur joie de vivre. Et si, après le souper, ils consacraient volontiers une heure ou deux à la vie en société, il devenait peu à peu évident au trouble soudain de Lorenza sous le regard ardent de son mari, à leurs mains qui n'osaient pas se joindre, qu'ils mouraient d'envie de retourner à leur solitude.

— J'ai l'impression qu'ils font ça en riant, émit un jour le baron qui, de nuit, s'était aventuré pieds nus jusqu'à leur porte et avait entendu le rire sonore de son fils.

— Laissez-les donc tranquilles ! lui conseilla Clarisse qui s'amusait franchement. Rien n'est plus agaçant que les sombres passions où les amants ne se prennent pas au sérieux mais au tragique. Ces deux-là sont transfigurés par leur amour. La beauté de Lorenza est devenue éblouissante, vous ne trouvez pas ?

— Sans aucun doute... et c'est un bien joli spectacle ! Mais au train où ils y vont, ils devraient au moins nous fabriquer des jumeaux. Si ce n'est plus !

— Un unique exemplaire devrait suffire et, en ce qui me concerne, je prie pour qu'elle soit enceinte quand Thomas regagnera son régiment. Ce qui ne saurait tarder, hélas ! Lorie — Thomas, tendrement, avait ainsi rebaptisé sa femme ! — serait moins triste si...

— ... elle a des nausées tous les matins et prend en dégoût la moitié de ce qu'on lui servira ! Ça doit être distrayant, en effet !

— Oh ! Vous êtes insupportable ! Et surtout, vous ne savez pas ce que vous voulez !

— Etre grand-père, évidemment ! Mais elle est si ravissante ! Ce serait dommage que cela l'abîme !

— On y veillera ! Soyez rassuré ! Mais vous aurez votre rôle à jouer.

— Moi ? Vous voulez que je...

— Non je ne veux pas que vous... Grâce à Dieu, vous ne ressemblez pas au vieux Sarrance ! Mais l'entente de ces deux-là n'est pas uniquement bâtie sur un exceptionnel accord sensuel mais aussi intellectuel. Ils parlent d'un tas de choses ensemble.

— Comment le savez-vous ? Vous écoutez aux portes maintenant ?

— Tout comme vous, cher frère, tout comme vous ! Ils ont à peu près les mêmes goûts, une culture supérieure et un égal sens de l'humour. Ils aiment la nature, le grand air...

— Ils ne sortent pas souvent !

— Ils savent que leur temps d'intimité leur est compté, qu'il va bientôt falloir se séparer et c'est on ne peut plus normal ! Ajoutez à cela qu'ils détestent également la vie de Cour !

— Pour aimer ça, il faut apprécier le martyre ! Quoique, avec notre joyeux Henri, elle soit à peu près supportable !

— On voit que vous ne la fréquentez pas en ce moment ! D'après la duchesse Diane, la fuite aux Pays-Bas de Condé le rend enragé. Il ne parle que de lever une armée pour aller récupérer Charlotte. Il expédie lettre sur lettre à l'archiduc Albert et, entre-temps, il augmente les impôts et interdit les duels sous peine d'y laisser la tête !

— Pas moins ? Qu'est-ce qui lui prend ?

— Il dit que cet exercice décime sa noblesse et qu'il vaut beaucoup mieux que tout ce petit monde aille se faire tuer sous Bruxelles au lieu de s'étriper bêtement pour un coup d'œil de travers ! Et je ne vous parle pas du ménage royal !

— La grosse Marie vient pourtant de lui donner une nouvelle fille...

— Une petite Henriette mignonne à croquer à ce qu'il paraît ! Il l'a dorlotée, baisotée et câlinée pendant deux jours, après quoi il l'a renvoyée à Saint-Germain rejoindre le reste de la marmaille ! Remarquez, cela n'a fait ni chaud ni froid à la génitrice qui n'aime, parmi ses enfants, que le petit duc d'Anjou, mais Henri l'a expédié dans le même carrosse que la nouveau-née et elle enrage. D'autant plus qu'il a fait revenir le Dauphin qu'elle n'aime pas. Il est vrai qu'à bientôt neuf ans, il devrait commencer son apprentissage de futur roi !

— Eh bien ! J'espère que l'on va oublier encore nos amoureux un moment !

Deux jours ! Pas un de plus.

Le troisième, le temps s'était radouci, la neige avait fondu et même les chemins redevenaient praticables. Vers midi, un cavalier embouqua l'entrée du château et sauta directement sur les marches du perron. C'était l'un des camarades de Thomas, Henri de Bois-Tracy, qui était aussi son meilleur ami depuis qu'Antoine de Sarrance était devenu un ennemi. Il avait d'ailleurs assisté au mariage.

De taille moins élevée que Thomas, il avait une figure fine, allongée par une barbiche en pointe, des yeux bruns et vifs, une bouche spirituelle ornée de belles dents, une silhouette élégante qu'il voulait toujours à la dernière mode et le pied sensible : quiconque marchait dessus se retrouvait presque instantanément l'épée à la main en face de la sienne qui était redoutable. A part cela, le plus joyeux garçon de la terre !

Comme on allait passer à table, son couvert fut mis d'autant plus vite qu'il faisait partie des habitués de la maison, et il se retrouva bientôt le verre à la main à rafraîchir son gosier sec.

— Notre colonel, M. le comte de Sainte-Foy,

m'envoie te chercher, déclara-t-il à Thomas. Le Roi a besoin de toi !

— Encore ?

— Oui, mais cette fois c'est vrai. C'est la raison pour laquelle j'ai été choisi...

— Qu'est-il advenu du messager de l'autre soir ? demanda le baron.

— Il est mort, Monsieur. On l'a retrouvé empoisonné dans sa prison. Sans doute pour lui éviter la question, ce qui fait que l'on ne saura jamais qui l'a envoyé.

— Tu sais où je vais ?

— Tu peux dire où nous allons parce que j'y vais aussi. On va escorter un de nos anciens chefs, le marquis de Praslin, porteur d'une lettre confidentielle à l'archiduc Albert que Praslin a déjà rencontré. Outre ses qualités militaires, c'est un diplomate...

— C'en est un, en effet, acquiesça le baron Hubert. Je le connais un peu et je crois deviner l'objet de ses démarches à Bruxelles : essayer de convaincre l'Altesse impériale de laisser partir... ou même d'enlever discrètement la belle Charlotte pour la ramener dans nos bonnes vieilles frontières ?

— Ce serait un coup de force répréhensible, fit vertueusement Bois-Tracy, et nous sommes revêtus du statut d'ambassadeurs... mais il est évident que si la princesse de Condé insistait pour nous suivre...

— Oh, vous pouvez être sûr qu'elle insistera ! le

conforta Mme de Royancourt. Sa tante ne cesse de recevoir des billets où elle la supplie de lui faire parvenir des vêtements convenables ! Quand Condé l'a embarquée, il ne lui pas laissé le temps d'emporter des bagages. Elle n'a que deux chemises. La pauvre petite est au bord du désespoir !

— Ah, les femmes ! soupira son frère. Vous ne comprenez pas que ces plaintes sont destinées à exciter la colère du Roi ? Sa bien-aimée exposée à moitié nue aux rigueurs de l'hiver ! Entre nous, l'archiduchesse-infante Isabelle-Claire a trop le sens du rang pour laisser dans le dénuement une petite princesse française, même si elle et son époux préféreraient ladite princesse ailleurs... Vous restez, Bois-Tracy ?

— J'en serais fort aise car votre hospitalité est sans égale, baron, mais nous devons, Thomas et moi, être ce soir même au Louvre ! Pardonnez-moi, Madame, ajouta-t-il à l'adresse de Lorenza dont Thomas venait de reprendre la main, j'espère qu'il me sera donné, dans la suite des temps, d'être un jour porteur de bonnes nouvelles et regardé comme un ami par d'aussi beaux yeux !

En dépit de sa gorge un peu serrée, Lorenza lui offrit un beau sourire.

— Vous pouvez vous considérer comme tel puisque mon époux vous aime, lui assura-t-elle en se levant. Je vais faire préparer son bagage.

Ils sortirent tous deux suivis silencieusement des yeux par les autres. Puis le baron Hubert eut un petit rire.

— Aimez-vous toujours la vieille prune, Bois-Tracy ?

— La vôtre est inoubliable !

— Alors, je vais en faire porter dans la bibliothèque ! Elle nous aidera à supporter l'attente !

— L'attente ? Vous pensez qu'elle...

— Pourrait être un brin longuette ? Mon cher, cela fait quinze jours que nos tourtereaux n'ont quitté leur chambre que pour les repas... et encore pas régulièrement ! Alors, la première séparation !...

— On ira un peu plus vite, voilà tout ! fit le jeune homme avec philosophie. Il est vrai, ajouta-t-il plus bas comme pour lui-même, qu'elle est bien belle !

En effet, deux heures s'écoulèrent avant que le pont dormant du château retentisse sous les sabots des chevaux lancés au galop...

Quand vint l'heure du souper, ni Clarisse ni Hubert n'espéraient la présence de Lorenza qu'ils imaginaient écroulée sur son lit et pleurant toutes les larmes de son corps. Pourtant, elle les rejoignit ponctuellement, tirée à quatre épingles et souriante.

— Alors, père, dit-elle. Comment vont les orangers ?

Soudain rayonnant, il lui prit le bras pour la conduire à table.

— Nous verrons cela demain, mon petit ! Nous verrons cela demain...

Décidément, elle était de bonne race...

La vie reprit à Courcy comme avant le mariage, à cette différence près que la neige, revenue après une courte trêve, isolait à nouveau les châteaux, incitant leurs habitants à rester chez eux. Ce qui n'était pas sans charme. Comme on n'attendait pas de visites, on fermait les portes qui commandaient l'enfilade des salons pour se réunir dans la librairie où un feu d'enfer flambait dans la cheminée. Clarisse brodait tandis que son frère complétait la culture de Lorie — tous deux avaient adopté le tendre diminutif ! — en lui faisant lire les bons auteurs et, ensuite, en discutant sujet et tournure à longueur de temps, alternant disputes et chœurs laudatifs pour le plus grand amusement de la brodeuse. Il arrivait même que l'on se fît servir sur place. Les mets arrivaient alors des cuisines sur des chauffe-plats véhiculés par des laquais emmitouflés de cache-nez et autres lainages pour éviter d'attraper froid. Les châtelains tenaient essentiellement à ce que leur personnel n'eût pas à souffrir des intempéries. Ils bénéficiaient en outre de multiples centres de chaleur entre les cuisines et offices pour les serviteurs et la vaste salle des gardes pour ces derniers.

Le seul inconvénient était que les nouvelles ne passaient pas. On en avait un peu par Chantilly mais rarement, la duchesse Diane étant à Paris — pas fameuse depuis quelque temps, l'atmosphère de la Cour devenait, paraît-il, irrespirable ! —, et aucune des pourparlers de Bruxelles.

On savait seulement que le marquis de Praslin et ses deux anges gardiens étaient arrivés à bon port.

Pour sa part, Lorenza s'attardait volontiers dans la chambre où elle avait vécu tant d'heures délicieuses dans les bras de Thomas. Elle paraissait immense à présent que son corps vigoureux, sa voix chaude et son rire sonore l'avaient désertée. La jeune femme s'étendait sur le lit pour retrouver son odeur, ou s'asseyait devant la table à coiffer dont le miroir avait reflété bien des caresses quand il la déshabillait lentement. Ou bien elle méditait face au feu, assise sur la peau d'ours qui les avait accueillis à plusieurs reprises... C'étaient des moments doux et torturants à la fois où elle pouvait mesurer à quel point elle aimait son époux. Elle s'efforçait alors de repousser loin d'elle la terreur que lui avait inspirée le billet reçu la veille de son mariage parce qu'elle savait maintenant que, si elle le perdait, elle ne pourrait lui survivre. Péché ou pas, elle se donnerait la mort... mais non sans avoir abattu l'assassin de sa propre main !

Enfin, la vague de froid disparut, relayée par une pluie battante qui transforma la neige et le verglas en boue, et les communications reprirent avec la Cour. Cependant, personne ne bougea.

— Attendons que ça sèche ! commenta le baron. Il faut avoir à dire quelque chose de très important pour accepter de s'enfoncer dans la gadoue jusqu'aux yeux !

Ce qui ne l'empêchait pas de rejoindre régulièrement sa chère orangerie botté jusqu'au ventre, affublé d'une sorte de poncho en forte toile, d'un bonnet de laine épaisse et appuyé sur une canne pour éviter de glisser. Des gants de gros cuir protégeaient ses mains qu'il avait fort belles et dont il prenait grand soin. C'était sa coquetterie à lui évidemment mise à mal par la fréquentation des rosiers.

Et puis, un beau matin, le soleil revint. Arriva aussi un cavalier arborant les couleurs de la Reine — le bleu et le blanc ! — et porteur d'un message pour la baronne de Courcy. Il émanait du Surintendant de la maison de la souveraine, ce Sébastien Zamet, banquier florentin richissime, fort ami du Roi de surcroît bien que ce fût chez lui que la belle Gabrielle d'Estrées eût pris son dernier repas[1]. L'homme repartit d'ailleurs sans attendre la réponse après avoir avalé la bolée de vin chaud qu'on lui offrit.

Pendant ce temps, Lorenza tournait et retournait entre ses doigts le rouleau de parchemin scellé aux armes de France sans se résoudre à en faire sauter le cachet.

— Eh bien, qu'attendez-vous ? s'impatienta sa nouvelle tante qui mourait de curiosité. On dirait que cela vous fait peur ?

1. Ce qui avait empêché Henri IV de l'épouser et conduit Marie de Médicis au trône de France.

— Mais j'ai vraiment peur ! La Reine m'a détestée dès notre rencontre à Fontainebleau et je n'ai jamais eu d'elle que de mauvais procédés. Tenez ! ajouta-t-elle en lui tendant l'objet, lisez à ma place. Moi je vais m'asseoir !

— Vous craignez de vous évanouir ?

— Avec elle, qui peut savoir !

— Cela a tout l'air d'un document officiel ! dit Clarisse en faisant sauter le sceau d'un doigt rapide. Elle le lut ensuite — le texte était assez bref — puis le rendit à la jeune femme : C'en est un en effet ! Un brevet qui vous incorpore à l'escadron des dames de Sa Majesté !

— Moi ? Que je... Jamais de la vie ! Je ne veux pas y aller !

Cette fois, Clarisse n'avait plus envie de rire. Elle alla s'asseoir près de Lorenza dont elle prit la main.

— Je crains que vous n'ayez pas le choix, mon petit ! On ne vous demande pas votre avis et vous devez obéir. En vous montrant convenablement reconnaissante par-dessus le marché !

— Mais je peux être malade ? Sa grosse Majesté redoute d'approcher les porteurs du moindre bobo comme s'ils avaient la peste, la lèpre ou le choléra !

— A moins d'être à l'agonie, cela vous fera gagner quelques jours mais pas davantage ! Si elle vous veut chez elle, soyez sûre qu'elle vous enverra chercher !

— Mais enfin pourquoi ? Elle a tout fait pour

me détruire. Elle avait même refusé ma grâce quand on m'a condamnée. En outre, elle a auprès d'elle Honoria que je me refuse désormais à appeler ma tante !

Clarisse reprit la lettre, la relut puis soupira.

— J'aurais dû y penser plus tôt. Ce n'est pas à vous, en tant que Lorenza, que s'adresse cette nomination... contresignée en outre par le Roi...

— Le Roi ? Il sait pourtant bien...

— Rien du tout ! Il s'est conformé à la tradition et moi j'aurais dû y réfléchir plus tôt. Les baronnes de Courcy ont, depuis Louis VII et Aliénor d'Aquitaine que la dame de Courcy d'alors a sauvée de la mort, le privilège inaliénable d'entrer au service d'honneur de la reine de France. Votre défunte belle-mère, cette charmante Claire, a servi Catherine de Médicis et Louise de Vaudémont, l'épouse d'Henri III, jusqu'à ce qu'une maladie l'emporte. Mme de Guercheville, la dame d'honneur de Marie, l'a bien connue... Et dites-vous bien que vous ne serez pas au dernier rang : si nos ancêtres n'avaient pas tenu aussi obstinément à leur titre de baron vous devriez être duchesse ! Mon frère vous en dira tout autant. Plus peut-être. Il est tellement fier de ses ancêtres !

— C'est une catastrophe ! gémit Lorenza, effondrée.

— Avec une souveraine de cet acabit, je partage votre opinion. Notez cependant qu'il y a tout de même une compensation : on ne saurait s'en prendre à la baronne de Courcy comme à n'importe quelle dame du palais.

— Si vous vous imaginez qu'elle s'en souciera, c'est que vous ne la connaissez pas. Elle va m'en faire voir de toutes les couleurs... Si même elle n'arrange pas un accident ! Vous vous rendez compte que je vais devoir vivre auprès d'elle jour et nuit ?

— Où avez-vous pris cela ? Les dames servent par quartiers sauf celles qui ont un poste de dame d'honneur ou de dames d'atour et vous ne serez ni l'une ni l'autre. Rien ne dit d'ailleurs qu'elle soit ravie de vous voir arriver. Auquel cas, vous resterez chez vous ou rentrerez à Courcy autant qu'il vous plaira.

Les lourds nuages qui l'assombrissaient commençaient à s'effacer du front de la jeune femme. Pourtant elle objecta encore :

— Chez moi ? Mais je n'ai aucun chez moi ! Elle va m'enfermer dans un trou quelconque avec Honoria et attendre tranquillement que l'une dévore l'autre !

Là, Clarisse se mit à rire franchement.

— Mais non ! Hubert va vous en trouver un ! Notre hôtel parisien a subi des dégâts durant les guerres de Religion et on n'a pas jugé utile de le remettre en état. Evidemment, il y a l'appartement de garçon de Thomas, mais il ne saurait convenir.

La voix sonore d'un valet annonçant la duchesse d'Angoulême interrompit le débat.

— Vous m'avez l'air grandement agitées, toutes les deux, fit-elle en ôtant ses gants. Pas d'ennuis, j'espère ? ajouta-t-elle tandis qu'elles la saluaient avec les égards dus à une Altesse royale.

— Oh si ! soupira Lorenza en agitant le malencontreux brevet. Ceci m'incorpore aux dames de la Reine !

Diane de France leva un sourcil surpris.

— C'est normal ! Vous êtes baronne de Courcy...

— Je viens de lui expliquer, dit Clarisse, et nous en étions arrivées à un accord mais il reste un détail : son logement. Hubert n'a pas voulu remettre à neuf notre hôtel de la rue de Tournon qu'il a toujours trouvé affreux ! Ce en quoi je ne lui donne pas tout à fait tort.

— Moi non plus ! Cela dit, j'ai pour vous la solution idéale !

Et comme deux paires d'yeux l'interrogeaient, elle sourit.

— Chez moi, voyons ! Mon hôtel de la rue Pavée[1] est immense, ainsi que vous le savez, et je m'y ennuie à mourir depuis que l'on a donné Charlotte à l'horrible petit Condé ! Nous allons y mener toutes les deux une vie charmante ! Surtout si vous vous joignez à nous, ma chère Clarisse. Normalement, vous devriez présenter

1. Il existe toujours. C'est aujourd'hui l'hôtel de Lamoignon qui a été restauré il y a quelques années.

vous-même — à défaut de cette pauvre Claire ! — votre nièce à la Cour. Je vous assisterai... et je m'en réjouis d'avance ! Cela va être un vrai plaisir de voir toutes les mines d'enterrement que votre beauté ne manquera pas de susciter. Vous acceptez, j'espère ?

— Avec reconnaissance, Madame la duchesse, répondit Lorenza, soulagée d'un grand poids.

Elle savait que là, dans cette demeure quasi royale, elle n'avait pas grand-chose à craindre auprès de la vieille dame. Diane[1] avait alors soixante et onze ans et si elle se déplaçait en s'aidant d'une canne, elle n'en demeurait pas moins droite et fière. Quant à son visage, la peau finement ridée bénéficiait d'une ossature parfaite permettant d'entrevoir encore la rare beauté qui avait été la sienne. Deux fois veuve — d'un prince Farnèse et d'un Montmorency —, Mme d'Angoulême n'avait jamais permis à quiconque de lui manquer et la Médicis elle-même devait s'y soumettre. Même si elle avait pensé étouffer de fureur en constatant que Madame Diane ne voyait aucun inconvénient à favoriser la passion d'Henri pour sa trop jolie nièce !

Une entente parfaite régnait donc entre les trois femmes quand Hubert, revenant de sa chère orangerie, vint saluer la visiteuse après avoir

1. Fille naturelle d'Henri II et de la belle Milanaise Filippa Duci dont il avait fait incendier la maison pour l'obliger à en sortir... et l'avait violée !

tout juste pris le temps de se laver les mains. Naturellement, on le mit au fait... et le large sourire qu'il réservait d'habitude à la duchesse déserta sa figure. On eut beau lui rappeler que toutes les baronnes de Courcy avaient servi les reines de France, il ne voulait rien entendre.

— Etant donné les circonstances, j'estime qu'une exception s'imposait ! Comment pouvez-vous envisager sans frémir d'envoyer cette pauvre enfant dans les griffes de Sa détestable Majesté ? L'ogresse va n'en faire qu'une bouchée !

— *Primo,* je l'accompagnerai, l'apaisa sa sœur. Et *secundo,* elle va loger à l'hôtel d'Angoulême où elle sera parfaitement protégée !... puisque notre amie a l'obligeance de nous offrir l'hospitalité.

— C'est trop gentil ! fit-il en souriant à la duchesse à l'égard de laquelle, depuis son veuvage, il cultivait un petit faible. Mais il va falloir m'accepter aussi !

— Vous voulez venir ? Vous qui abhorrez la Cour ? s'étonna Clarisse.

— Justement parce que j'abhorre la Cour. Je veux voir dans quel bourbier cette pauvre enfant va devoir évoluer. Et puisque Thomas n'est pas là, je veux y être, moi ! J'en profiterai pour faire un tour rue de Tournon, voir où en est ce fichu hôtel !

— Il est bien temps ! fit Clarisse en haussant les épaules... Quelle mouche vous pique ? Vous voulez retourner y habiter ?

— Vous savez pertinemment que non mais si Thomas est appelé à commander un régiment ou à assumer une charge quelconque, il lui faudra ainsi qu'à son épouse un logis parisien digne d'eux ! Ce sont des Courcy, que diable ! Cela dit, vous voulez bien de moi, ma chère duchesse ?

— Cette question ! Je crois même que notre entrée au Louvre va valoir le déplacement ! En attendant, il faut nous occuper tout de suite de vos toilettes ! Vous n'en manquez pas, n'est-ce pas ?

— Non, en effet. Ni de bijoux d'ailleurs puisque j'ai reçu ceux des dames de Courcy, mais ils sont magnifiques et je n'ai pas l'intention de les emporter.

— Mais pourquoi ?

Lorenza raconta alors comment, à son arrivée au Louvre, la Reine avait voulu voir ses vêtements et en particulier sa cassette à laquelle on avait fait subir quelques prélèvements dans le but de les « copier »...

— Et vous ne les avez jamais revus ? J'ai compris. Mais ceux-là vous pourrez vous en parer sans crainte. Quelque audace que l'on ait et si sotte que l'on soit, je pense que l'on n'oserait pas !

— On peut me les faire voler ! Je préfère ne pas courir le risque. Dans les premiers temps tout au moins. J'aurai déjà de suffisantes raisons de me tourmenter !

Le baron Hubert éclata de rire.

— C'est ce que l'on appelle de l'enthousiasme ! s'esclaffa-t-il. Mais elle n'a peut-être pas tort. Avec les Conchine et toute la clique dont ils s'entourent, un peu de prudence s'impose !

Tandis qu'il la raccompagnait à sa voiture, la duchesse demanda :

— Depuis combien de temps n'avez-vous pas remis les pieds rue de Tournon ?

— Est-ce que je sais ? Quatre ou cinq ans peut-être ?

— Vous feriez mieux de revendre la maison ! Je n'ai pas le sentiment que les entours vous plairont ! Il y a environ trois ans, votre voisin immédiat, l'hôtel de Garancière, a été acheté par Concini, qui non seulement l'a remis en état mais y étale un faste que d'aucuns jugent d'un goût douteux qui sent son parvenu !

— Et moi le tout premier ! brama-t-il en virant au rouge brique. Comment se fait-il qu'on ne m'ait pas prévenu ?

— Quand une maison change de main, les notaires n'ont pas coutume d'en informer les voisins et vous ne pouviez pas le deviner puisque vous vous désintéressiez de votre propriété. Et c'est pourquoi je vous répète que vous devriez vendre maintenant que le mal est fait !

— Ça, jamais ! Ah, il a osé s'installer là, ce ruffian ? Eh bien, il n'a pas fini de manger de la poussière parce que je vais tout remettre à neuf. Et je vais faire en sorte de lui rendre la vie impossible ! Il va savoir ce que c'est qu'un voisin teigneux !

— Prenez garde que ce ne soit lui qui vous empoisonne l'existence ! Il fait ce qu'il veut de la *bonne* Marie !

— Et moi le Roi m'honore de son amitié ! Le Roi, vous entendez ?

— Allons, calmez-vous ! Je sais tout cela !... Mais aussi que les devins n'hésitent pas à prédire ouvertement que ce cher Henri ne verra pas l'année finir !

— On me l'a appris. Et je ne fais que m'en gausser, tout comme lui !

— Eh bien, pas moi ! Et ne m'accusez pas de n'être qu'une femme superstitieuse car je ne le suis pas. Et pourtant, je ne vous cache pas que j'ai peur !

— Peut-être avez-vous raison mais je pense, moi, que la meilleure façon de surveiller un ennemi est de s'installer à sa porte ! Et c'est ce que je vais faire... ventre-saint-gris !

Sans attendre, il se rua dans son cabinet d'écriture afin de donner rendez-vous cinq jours plus tard et sur place à Louis Métezeau, architecte du Roi qui avait précédemment travaillé à Courcy, et qu'il allait charger de remettre en état son hôtel parisien sans regarder à la dépense avec pour seul mot d'ordre : une élégance du meilleur aloi réduisant son voisin immédiat à ce qu'il était... un repaire pour ruffian enrichi ! Comme il œuvrait pour ledit voisin, Métezeau, la mort dans l'âme parce qu'il savait quel client était Courcy, le lui avoua.

— Et alors ? ricana celui-ci. Cela ne me gêne pas. L'important est que la demeure de mes futurs petits-enfants soit la plus belle ! Cela ne doit pas être difficile, que diable ! Accumulez chez lui toutes les pâtisseries italiennes qu'il voudra et tenez-vous-en pour moi à la noble pureté du goût français ! Crédit illimité !

Que répondre à cela ? Résigné à la perspective d'une longue suite de nuits sans sommeil, l'architecte accepta...

Le soir de ce même jour, Lorenza, escortée d'Hubert et de Clarisse, prêtait, entre les mains de Mme de Guercheville, dame d'honneur de la Reine, le serment d'obéissance et de fidélité exigé de toutes celles qui entraient au service d'accompagnement de Sa Majesté, avant d'être amenée en sa présence pour exécuter le rite des trois révérences que Lorenza connaissait pour s'y être pliée, dix-huit mois plus tôt, lors d'une arrivée à Fontainebleau qui ne lui avait pas laissé un bon souvenir. Il en allait tout autrement ce soir où, se sachant solidement soutenue par sa tante et son beau-père, elle savourait une sorte de triomphe, assez inattendu d'ailleurs mais réel et qui la payait de tous les dédains, de toutes les avanies qu'elle avait endurés.

Jamais elle ne s'était sentie aussi sûre d'elle. La simplicité voulue de sa robe — velours vert sombre, satin blanc et dentelles de Malines pour la grande collerette ! — servait seulement d'écrin à l'un des plus beaux joyaux de la collection Courcy : trois émeraudes de tailles dégradées mais superbes, soutenues au ras du cou par un étroit collier de perles et auxquelles répondait une quatrième portée en ferronnière au milieu du front, point d'orgue d'un fil de perles tressé dans l'or vivant de la chevelure. Rien sur la robe, rien aux oreilles, un bracelet de perles à chaque poignet et, aux doigts, son anneau de mariage et une cinquième émeraude qui était celle de ses fiançailles.

Etant donné la méfiance que lui inspirait Marie de Médicis, il avait fallu toute l'autorité du baron Hubert pour qu'elle accepte de porter ces magnifiques bijoux.

— Perdez donc cette crainte qu'on vous en déleste au Louvre ! La Médicis est folle de bijoux mais pas à ce point-là ! Mettez-vous une fois pour toutes dans la tête que vous êtes la baronne de Courcy et que cela oblige, sacrebleu !... Et puis je ne serai pas fâché de contempler la mine que l'on tirera devant les pierres de la reine Marguerite.

— La reine Marguerite ?

— De Provence, l'épouse de Saint Louis. Elle les avait achetées à un marchand de Saint-Jean-d'Acre fraîchement débarqué des Indes. Cher, évidemment, et cela lui avait valu une sévère remontrance de son saint époux — grand roi mais sûrement pas facile à vivre ! — qui lui avait rappelé vertement que l'on n'était pas venus en Terre sainte pour s'y livrer à des emplettes frivoles. La mort dans l'âme, elle les avait donc revendues à notre aïeul Enguerrand de Courcy qui n'avait vu aucun inconvénient à mélanger croisade et enrichissement... En rentrant, il s'était marié et avait offert tout naturellement les émeraudes à sa jeune et belle épouse qui l'en avait remercié en lui donnant six marmots ! Je me hâte de vous dire que vous n'êtes pas obligée d'en fabriquer autant. Deux ou trois feront largement notre affaire... mais je ne vous empêche pas d'en rajouter.

Le résultat dépassa ses espérances. Quand, après les deux premières révérences, Lorenza mit genou en terre pour baiser le bas de sa robe — constellée de petits diamants et de perles et sous laquelle elle brillait comme une énorme étoile —, la Reine avait — littéralement ! — louché sur les joyaux en prenant une teinte ponceau révélatrice. A la présentation de Mme de Guercheville et au petit discours d'Hubert, elle avait marmonné en réponse quelques paroles parfaitement incompréhensibles auxquelles le Roi s'était hâté d'ajouter une chaleureuse bienvenue ! Il avait embrassé le baron, ce qui lui avait permis d'embrasser aussi Lorenza sans oublier Clarisse.

Mais cela avait bien été le seul moment détendu de la soirée. Il régnait à la Cour, en effet, une atmosphère pesante, devenue quasi étouffante même quand, avisant Mme d'Angoulême qui bavardait avec Mme de Royancourt, Henri s'était glissé entre elles pour demander à la duchesse, avec des larmes dans les yeux, si elle « avait des nouvelles de son bel ange ».

— Aucune, Sire, pour le moment ! Tout ce que nous savons est qu'elle reçoit l'hospitalité de l'infante Isabelle qui la traite bien parce qu'elle a su lui plaire, Dieu soit loué ! Mais elle n'a guère de liberté tandis que Condé s'agite aux frontières... On parle beaucoup de guerre, hasarda-t-elle.

Un éclair de colère s'alluma dans l'œil bleu d'Henri IV.

— Et l'on a raison ! Il faut en finir avec la succession de Juliers et nous réglerons cette affaire du même coup ! Ensuite nous verrons à obtenir du pape...

Il s'arrêta, l'œil soudain fixé sur les moires pourpres du nonce apostolique Ubaldini qui venait de ce côté avec l'ambassadeur vénitien Foscari, puis tourna les talons pour rejoindre son ministre Sully avec lequel il s'éloigna, entraînant avec lui le baron Hubert dont il avait pris le bras. Les trois femmes entreprirent alors une lente promenade le long de la galerie. Rien ne semblait, pour une fois, prévu pour la soirée, ni concert, ni bal. Pas même le jeu !

— En vérité, marmotta Mme d'Angoulême, c'est à se demander si l'on n'est pas en deuil de quelqu'un !

— Vous n'imaginiez tout de même pas qu'on allait donner une fête en mon honneur ? murmura Lorenza qui cherchait des yeux Mme de Guercheville pour apprendre d'elle quand elle devrait prendre son service.

C'est à ce moment qu'elle entendit :

— Eh bien, vous voilà de retour parmi nous ? fit la voix railleuse de Mlle du Tillet. Je tenais à vous faire mon compliment ! Ainsi que pour votre mariage ! Vous êtes heureuse, j'espère ? Un beau nom, un époux superbe et une grande fortune ! Que demander de mieux !

— Vous pourriez ajouter : l'immense honneur d'être nommée dame du palais ? persifla Clarisse. Il est vrai que celui-là relève du nom en question et que la Reine n'a dû l'accepter que du bout des lèvres. Son accueil n'a pas été des plus chaleureux !

La Du Tillet haussa les épaules.

— Que voulez-vous ? Se soumettre à une obligation n'est jamais fort agréable...

— D'où je peux espérer qu'elle ne requerra pas souvent mes services, répliqua Lorenza qui ne demandait qu'à rentrer au château.

— Détrompez-vous, ma chère ! Votre « quart » commence dès demain. Dans les jours qui vont venir, la Reine va avoir besoin de tout son monde. Il va y avoir tant à préparer, tant d'essayages et de répétitions ! Et nous n'avons guère plus de deux mois... Elle tient à ce que l'événement soit plus que brillant : inoubliable ! C'est de cela sans doute qu'elle s'entretient avec le nonce. Il suffit de voir son sourire et les grâces qu'elle déploie pour lui !

— Elle lui fait toujours bon visage, fit Mme d'Angoulême qui s'était écartée un instant pour répondre au salut d'un couple. Il n'y a là rien de nouveau ! Et d'abord de quel événement parlez-vous ? poursuivit-elle.

Mlle du Tillet s'épanouit soudain comme une salade assoiffée sous l'arrosoir.

— Mais le sacre, Madame la duchesse ! Le sacre que le Roi s'est enfin laissé convaincre de lui accorder. Ce qui est la sagesse quand il s'apprête à partir en guerre !

— La guerre ? Pour récupérer une jolie femme qu'il aura peut-être oubliée dans un an ou deux ? soupira Clarisse en haussant les épaules. L'archiduc Albert ne sera pas assez sot pour s'engager dans cette aventure ! Il renverra le jeune couple Condé et voilà tout !

— Vous savez bien qu'il n'y a pas que cela ! Ce que le Roi veut c'est débarrasser les Pays-Bas du joug espagnol, au nord, et amoindrir l'Espagne tout entière, au sud !

— Mais au-dessus des Pays-Bas il y a la Hollande, et la France lui est alliée comme à l'Angleterre et aux princes allemands...

— Et derrière les princes, il y a l'Empereur — catholique ! — très lié à l'Espagne qui se veut l'enfant chéri du pape... que notre Reine révère comme il se doit ! Regardez-la avec le cardinal Ubaldini !

— C'est étrange, intervint Lorenza. Lorsque j'ai disparu de la Cour, il n'était question que des mariages espagnols...

— Oh, le Roi ne veut même plus en entendre parler ! Voilà pourquoi il est si important que notre Reine soit couronnée ! expliqua la Du Tillet qui s'en repentit en voyant se froncer trois paires de sourcils.

— Parce que devenue régente... au cas où le Roi ne reviendrait pas, elle se hâterait de renverser sa politique... et de les conclure, ces fichus mariages ! murmura Mme de Royancourt.

— Mais, fort heureusement, Sa Majesté jouit d'une excellente santé. Et bien qu'il ait tant fait depuis plus de dix ans pour préserver la paix, il est sans conteste l'un des meilleurs guerriers de notre temps parce qu'il adore l'action ! acheva la comtesse Clarisse tandis que Mme d'Angoulême enchaînait :

— Mais, comme par hasard, Paris bourdonne de tout un assortiment de prédictions désastreuses pour la vie du Roi. Lequel a d'ailleurs refusé de laisser venir ici la fameuse Pasithée que sa tendre moitié ne cesse de réclamer !

En dépit d'un long usage de l'escrime verbale de la Cour, la Du Tillet se sentit rougir et rompit les chiens :

— Veuillez me pardonner, Madame la duchesse,

Mesdames, mais je vois là-bas Mme de Guercheville qui me fait signe !

Et, après l'ébauche d'un salut, elle disparut dans la foule suivie du regard par les trois autres.

— Je n'aime pas du tout cela ! commenta Mme d'Angoulême. A mon tour de vous abandonner... Je voudrais essayer d'apprendre où en est l'ambassade du marquis de Praslin !

La réponse lui parvint aussitôt, apportée par le baron Hubert qui venait de les rejoindre.

— Il est encore à Bruxelles avec ses deux acolytes ! Ce qui est bon signe. Le Roi attend beaucoup de sa diplomatie !

— C'est plutôt la sienne qui m'inquiète ! dit sa sœur. Il vous a parlé aussi de ce fichu couronnement ?

— Tout le monde en parle. Pourquoi pas lui ?

— Comment en est-il venu là ? C'est de la démence !...

Courcy se détourna pour appeler un valet qui portait des coupes de vin blanc, servit ses compagnes, en prit une pour lui, avala la moitié du contenu et se décida enfin à répondre :

— Je crois surtout que c'est pour avoir la paix ! Son impossible Majesté le harcelait, alternant ses réclamations avec des crises de larmes en l'adjurant qu'en son absence ce serait pour elle la seule garantie pour sa vie. Une fois couronnée elle sera intouchable sauf pour un personnage assez fou pour risquer d'être tiré à quatre chevaux en place de Grève !

— Et il a avalé cette ânerie ? s'indigna Lorenza. Comment lui, si intelligent cependant, ne comprend-il pas qu'il jouera ainsi sa vie ? Dès l'instant où elle sera sûre de la régence, on pourra se débarrasser de lui ! Il y a des gens qui n'attendent que cela...

Brusquement Hubert la saisit par le bras pour l'entraîner à l'écart, clamant à haute voix :

— Venez donc admirer les nouvelles tapisseries du salon Carré ! Elles sont superbes... (Il reprit plus bas :) Taisez-vous pour l'amour de Dieu ! Je sais à quoi vous pensez ! Cet entretien que vous avez surpris, dans le bois de Verneuil, entre la dariolette de la marquise et cet individu d'Angoulême !

— Comment n'y pas penser ? Il devait revenir après un couronnement auquel personne n'ajoutait foi, et voilà que cela va se faire !

— Comment dites-vous qu'il s'appelait ?

Prise de court, elle hésita :

— ... Naillac... Draillac !... Seigneur ! J'ai oublié ! fit-elle, confuse. C'est trop bête !

— Ça vous reviendra ! Décrivez-le-moi en attendant !

Cela était plus facile. Elle n'avait qu'à fermer les yeux pour le revoir : une sorte de géant roux, une barbe en broussaille, un pourpoint de grosse laine verte fatigué, un regard bizarre d'illuminé.

— Il a dit que M. d'Epernon l'envoyait ?

— Oui. Et si j'ai bien compris ce n'était pas la première fois...

— Comme cet homme venait d'Angoulême et qu'Epernon en est gouverneur, ce n'est pas surprenant. Ce qui l'est davantage, c'est l'entente que cela suppose entre Epernon et la Verneuil. Quand vous étiez chez elle, l'aviez-vous déjà vu ?... Vous le connaissez au moins ?

— Non...

— Bon ! Regardez là-bas près du Vénitien. Ce petit homme mince et sec à la mine dolente, au nez droit, à la barbe pointue, à l'air arrogant ! Il était beau jadis, au temps où il avait gagné le cœur du roi Henri III. La cinquantaine atteinte, il ne l'est plus guère avec son front dégarni mais il se comporte comme s'il l'était toujours ! Il hait le Roi mais s'arrange pour que l'on croie le contraire. Extrêmement riche, couvert de charges et d'honneurs, il a des faiblesses de parvenu et se rend la plupart du temps odieux à force de hauteur !

— Eh bien, fit en souriant Lorenza. Quel portrait ! Vous ne l'aimez guère, on dirait ?

— C'est peu de le dire ! Je l'exècre parce que je suis persuadé que notre Roi n'a pas de pire ennemi que ce petit serpent aussi cruel que vindicatif !

— Je ne l'ai jamais vu. En revanche, il m'est arrivé d'apercevoir Mlle du Tillet au temps de ma claustration et j'en ai été surprise étant donné l'état des relations de la Reine et de la favorite l'an passé !

— Voilà qui clôt le débat ! Elle est la maîtresse

d'Epernon depuis des années ! Quant à la dariolette, savez-vous comment elle s'appelle ?

— Jacqueline d'Escoman. Elle faisait tous ses efforts pour renvoyer ce... ce Ravaillac... oui, oui... Ravaillac, voilà le nom !... d'où il venait !

— Je demanderai à ma sœur de tenter d'apprendre ce qu'elle est devenue... Quant à vous, mon enfant, et puisque vous faites partie désormais de ce monde aussi dangereux qu'un sable mouvant sous le brouillard, je vous conjure de faire attention où vous poserez les pieds !

Elle se pencha pour poser un baiser sur sa joue.

— Soyez sans crainte, je me garderai !

Il ne fallut pas longtemps à Lorenza pour découvrir à quel point le rôle de dame du palais pouvait être ennuyeux ! Il n'y avait strictement rien à faire sinon regarder, assister à toutes les étapes de la journée royale en ne parlant que si l'on s'adressait à vous, en saluant à qui mieux mieux et en rendant de menus services tels que passer un mouchoir. Il fallait éviter la moindre initiative. Un rôle muet, figé, moins important que celui d'une des nombreuses tapisseries de l'appartement royal : elles, au moins, combattaient les courants d'air alors que Lorenza devait se contenter de lutter contre l'ennui.

D'abord il fallait être là dès 8 heures du matin, heure à laquelle on ouvrait les rideaux du lit où reposait le couple royal et où l'on apportait le bouillon qui servait de petit déjeuner. Cela, c'était en principe la règle... sauf pour les jours de Conseil où Henri se levait à 7 heures et ceux où son épouse, qui se couchait tard — et donc aimait dormir tard! —, refusait de se réveiller. Cela amusait Henri et l'agaçait en même temps : il n'hésitait pas, lorsque le programme de la journée l'exigeait, à pousser Madame la Reine hors du lit sans plus de façons, ce qui le faisait rire mais la mettait, elle, de mauvaise humeur jusqu'au soir.

Le Roi disparu, venait le moment des femmes de chambre, Catherine Forzoni et Catherine Salvagia, qui ne venaient pas du dehors puisqu'elles couchaient dans la chambre même, chose qui exaspérait le Roi car il les détestait. Elles passaient alors à la Reine sa chemise de jour, en soie ou en toile fine brodée d'or, ainsi que ses bas — en soie jaune et bleue! — puis l'un des nombreux jupons qu'elle mettait un temps fou à choisir. Vêtue d'une veste d'intérieur, elle donnait audience aux gens de sa maison : l'intendant et le trésorier prêts à prendre ses ordres.

Venait ensuite la toilette : la Reine barbotait quelques instants avec une grosse éponge dans une cuvette de cristal. Une fois sèche, le visage et les mains enduits d'une crème destinée à conserver leur blancheur, la signora Concini entrait en scène. C'était à elle qu'appartenait le privilège de coiffer la Reine, de choisir la robe qu'elle allait mettre — et Dieu sait s'il y en avait ! — puis les bijoux dont elle possédait une véritable collection sans cesse augmentée, de la parfumer, ce qui demandait mûre réflexion avant que soient aspergés les cheveux, la gorge et l'intérieur des gants. Après quoi, il ne restait plus qu'à fixer la collerette, le plus souvent en point de Venise, et à chausser Sa Majesté.

Etant la seule à qui la Reine n'adressait pas la parole alors qu'elle bavardait parfois avec les autres dames mais, surtout, avec l'indispensable Leonora, Lorenza trouvait à se distraire en observant l'alignement des filles d'honneur toutes vêtues des mêmes robes de toile d'argent ou d'or avec des nœuds de rubans assortis fichés au sommet de la tête et qui, visiblement, s'ennuyaient à mourir.

Ensuite la règle voulait que la Reine rejoigne son cabinet pour les audiences du matin. Cela accompli, on allait entendre la messe à Saint-Germain-l'Auxerrois avant le déjeuner en tête à tête avec le Roi devant un grand concours de peuple et au son de la musique. Enfin... quand il n'y avait pas de brouille dans le ménage ! Ce qui était de plus en plus fréquent.

Au bout d'une semaine, Lorenza n'en pouvait déjà plus tant elle se sentait étouffer.

— Je ne crois pas que je tiendrai encore longtemps, confia-t-elle à la duchesse Diane en rentrant un soir à l'hôtel d'Angoulême.

— Elle est si désagréable que cela ? fit celle-ci

qui, depuis que le Roi avait pris feu pour sa nièce, n'était guère la bienvenue chez la Reine.

— Non. En dehors du fait qu'elle n'a pas l'air de me voir — c'est un peu comme si j'étais devenue transparente ! —, elle aurait même tendance à déborder de gaieté. On ne parle chez elle que du sacre, encore le sacre et toujours le sacre ! Et on passe des heures avec tous les fournisseurs dont le talent est désormais voué à magnifier Sa Majesté sur toutes les coutures. En revanche, le Roi, lui, est lugubre !

— Cela peut se comprendre ! Il doit déjà se mordre les doigts d'avoir enfin accepté et, en outre, cette aberration va coûter une fortune au Trésor. Mais vous dites que personne ne vous parle ?

— Parfois Mlle du Tillet, mais sur un tel ton que j'ai l'impression qu'elle se moque de moi !

— Eh bien, tournez-lui le dos ! Mais vous m'étonnez pour Mme de Guercheville ! C'est une femme charmante !

— Il est vrai qu'elle m'adresse parfois un sourire mais elle n'a pas une minute à elle tant on l'accable sous les responsabilités !

— Et la Galigaï ?

— Elle ne parle à personne en dehors des ordres à donner à tous ceux et celles qui dépendent de sa charge de dame d'atour. Sa tâche achevée, elle regagne son appartement et n'en sort que si on la rappelle. On murmure qu'elle a de longs conciliabules avec la Reine... mais la nuit !

— Et du côté des hommes ? Vous tient-on aussi en ostracisme ?

— Non. J'ai reçu la bénédiction du Grand Aumônier, Mgr de Bonzi, qui est florentin lui aussi, et de quelques autres prêtres. Vous n'ignorez pas, bien sûr, que la maison religieuse de Sa Majesté est nombreuse. On me presse d'ailleurs de prendre un confesseur, Jésuite de préférence et j'avoue...

— ... que vous vous méfiez ? Vous avez raison. Je ne suis pas certaine que tous respectent le secret de la confession. Non que je redoute la révélation des noirceurs de votre âme, mon enfant, ajouta-t-elle en riant, mais laissez-moi ce soin ! Je me charge de vous trouver l'oiseau rare : à la fois honnête, bienveillant et inattaquable. Avez-vous vu le Roi ?

— Chaque jour, comme le reste de la Cour. Il me gratifie d'un mot en passant avec un bon sourire mais ne s'attarde pas. En dehors des heures réglementées par le protocole, on le voit moins chez la Reine. Même le soir où il s'enferme avec ses proches pour travailler à préparer sa guerre. On raconte même que la date du départ est choisie. Ce sera le 19 de mai...

— Alors que la Reine sera couronnée le 13... Ainsi la décision est prise ! J'avoue que je n'y croyais pas vraiment. D'autant moins que le marquis de Praslin, Courcy et Bois-Tracy sont encore à Bruxelles...

— Ils sont peut-être sur le chemin du retour ?

Oh, Madame la duchesse, je ne vous cache pas que je suis inquiète. Cette ambassade me paraît étrangement longue !

— Parce que votre Thomas vous manque ?

— Oh oui ! D'autant plus s'il ne revient que pour repartir guerroyer...

Elle en avait les larmes aux yeux... Mme d'Angoulême se pencha pour lui tapoter la joue.

— Décidément la Cour ne vous réussit pas ! Il s'en faut de deux mois et ils ont le temps de rentrer. D'ailleurs l'archiduc Albert a trop le sens du pouvoir pour en abuser en retenant contre son gré un ambassadeur dûment accrédité ! Rassurez-vous sur ce point ! Rien d'autre à m'apprendre ?

— Ah si ! se souvint la jeune femme dont le visage s'éclaira. J'ai eu l'honneur de rencontrer Monseigneur le Dauphin, qui vient chaque matin saluer sa mère flanqué de son gouverneur, M. de Souvré, mais aujourd'hui il m'a parlé.

Depuis le début de l'année, en effet, le Dauphin Louis, qui allait sur ses neuf ans, avait quitté la pouponnière du château de Saint-Germain où l'on élevait pêle-mêle les enfants de la Reine et les rejetons des diverses favorites afin d'entamer son éducation de futur roi, ce qui l'avait empli de joie. S'il avait de l'affection pour ses cinq frères et sœurs, Elisabeth, Christine, Nicolas, Gaston et Henriette-Marie — cette dernière âgée seulement de cinq mois ! —, il détestait d'instinct et méprisait ouvertement les bâtards de Gabrielle d'Estrées, les jeunes Vendôme — dont l'aîné s'était marié l'année précédente ! —, ceux d'Henriette d'Entragues, de Jacqueline de Moret et d'une certaine Charlotte des Essarts qui n'avait guère compté.

— Et que vous a dit notre future Majesté ?

— « Bouchou Madame. Vous gètes bien cholie ! » Je crois qu'il vient de perdre une dent et son élocution s'en ressent, fit Lorenza en riant. Grâce à Dieu, il tient de son père, brun, vigoureux et pétulant comme lui... mais j'ai l'impression que sa mère ne l'aime guère.

— Elle n'en aime aucun, à l'exception du jeune duc d'Anjou, Gaston, qui tient assez des Médicis. C'est plutôt triste parce que Louis adore sa mère. Je me demande vraiment pourquoi elle est si froide avec lui !

— C'est parce qu'elle n'aime qu'elle-même... et le duo Concini qui font d'elle ce qu'ils veulent ! Cela aussi est triste ! Drôle de mère ! Drôle de Reine que nous avons là ! Fasse le Ciel que notre Henri nous soit conservé longtemps encore ! Dieu sait alors ce qu'il adviendrait au royaume de France !

Une phrase qui devait revenir, malheureusement, très souvent à l'esprit de Lorenza dans la suite des temps !

3

Rencontres sur le pont du Louvre...

Le lendemain matin, quand le petit carrosse de la duchesse Diane déposa Lorenza à l'entrée du pont dormant qui enjambait les anciens fossés du Louvre, elle se trouva prise comme d'habitude dans le flot incessant qui, dès l'ouverture des portes, envahissait la vieille forteresse devenue palais. Seuls, en effet, les équipages princiers pouvaient pénétrer dans la grande cour. Elle allait franchir le corps de garde quand une femme essoufflée la rattrapa.

— Par grâce, Madame la baronne, écoutez-moi !

Elle la reconnut aussitôt. Petite, un peu bossue, un peu boiteuse, avec sa figure intelligente mais pour l'instant proche du désespoir... c'était la dariolette de Mme de Verneuil.

— Mademoiselle d'Escoman ? Que vous arrive-t-il ?

— Vous allez chez la Reine ?

— Bien entendu mais...

— Alors emmenez-moi s'il vous plaît ! J'ai à révéler une foule de choses graves à Sa Majesté !

— C'est impossible, voyons ! On n'entre pas ainsi chez Sa Majesté, même accompagnée d'une de ses dames. Seul son confesseur aurait ce pouvoir et...

— Je me suis rendue à la maison professe des Jésuites où je crois bien qu'on m'a prise pour une folle ! Mais je ne le suis pas ! Je le jure !

— Je ne l'ai jamais pensé mais puisque vous appartenez à la maison de Mme de Verneuil...

— Oh non, je ne lui appartiens plus ! Je suis fidèle sujette de Leurs Majestés, moi, et quand j'ai compris ce qui se tramait au château et à celui de Malesherbes... Savez-vous que l'un comme l'autre sont des nids de conspirateurs d'où partent — ou arrivent ! — de nombreux messages pour l'Espagne ou pour Bruxelles ?

— Mon Dieu, comment voulez-vous que je le sache ?

— Et cela ne date pas d'hier ! L'an passé, j'ai accompagné Mme la marquise à l'église Saint-Paul où elle a été rejointe par M. le duc d'Epernon qu'elle était censée exécrer. On m'avait postée de façon à ce que j'empêche qu'on les approche mais j'ai entendu... des choses horribles !

— Ne connaissiez-vous pas Mlle du Tillet ? Il me semble avoir entendu cela.

— C'est vrai et elle m'avait promis qu'elle verrait la Reine... mais elle ne m'adresse même plus la parole ! Il faut pourtant que la Reine soit prévenue qu'on en veut à la vie du Roi ! Le couronnement va avoir lieu... et l'homme d'Angoulême est revenu !... Oh, Dieu, vous ne devez rien comprendre à mes propos ! Il faudrait que j'explique...

Cette fois, Lorenza allait lui dire qu'elle savait de qui elle parlait quand elles furent soudain abordées par un officier du guet accompagné de quatre soldats. Le premier salua Lorenza :

— Je vous demande excuses, Madame, mais je dois arrêter cette femme !

Sa main s'abattit lourdement sur l'épaule de la malheureuse qui ferma les yeux en gémissant :

— Oh, mon Dieu ! Ayez pitié !

On l'emmenait déjà. Lorenza s'interposa :

— Je suis la baronne de Courcy, dame de la Reine ! De quoi cette pauvre fille est-elle accusée ?

— Elle a abandonné son enfant sur le Pont-Neuf !

— Son enfant ? Elle en a un ?

— Un fils, oui. La nourrice n'en a plus voulu parce qu'elle ne payait plus et elle a dû le reprendre mais elle s'en est défaite ! C'est un crime qui mérite la mort ! Veuillez m'excuser, Madame la baronne !

Le cœur serré, Lorenza regarda s'éloigner le triste cortège. Elle savait d'expérience vers quoi allait cette malheureuse que semblait poursuivre un impitoyable destin : la prison, les interrogatoires — elle-même avait eu la chance que la torture lui soit épargnée ! —, enfin l'échafaud ! Et elle admira son courage car elle l'entendit encore crier à son adresse :

— Prévenez le Roi !... Un homme en vert !...

Puis plus rien ! On l'entraînait rapidement mais, heureusement, sans la molester, ce qui rassura un peu Lorenza. Elle était si frêle ! Peut-être ces hommes étaient-ils sensibles à la pitié ? En même temps, elle eut honte de n'avoir pas fait davantage pour elle et, prenant ses jupes à deux mains, elle s'élança à leur poursuite, les rejoignit comme ils allaient aborder le Pont-Neuf.

— Un instant, Monsieur l'officier ! Où la conduisez-vous ?

Il ne répondit pas d'emblée, surpris de voir resurgir devant lui cette belle dame en robe de cour.

— Je... Madame la baronne ! Pourquoi faites-vous cela ?

— Cela me regarde. Répondez-moi plutôt !

— A la Conciergerie ! fit-il en désignant, au bord de l'île de la Cité, les tours en poivrières du vieux palais.

— Pourquoi pas au Châtelet ?

— Je pense que... qu'il n'y a plus de places ! S'il vous plaît, Madame, ne me retenez pas plus longtemps...

— Un mot encore ! L'enfant ? Qu'en a-t-on fait ?

— Ce que l'on fait de ses pareils ! On l'a porté à l'Hôtel-Dieu.

Il eut alors un geste vague du côté des tours de Notre-Dame.

— Je vous remercie. Voulez-vous, s'il vous plaît, donner cela au concierge, ajouta Lorenza en tirant deux pièces d'or de son aumônière. Je désire qu'elle soit bien traitée et nourrie convenablement. Elle est déjà assez misérable, je veux qu'au moins elle garde des forces... (Puis revenant à la prisonnière :) Soyez en paix : je ferai de mon mieux !

— Merci !... Oh merci !... Que Dieu vous bénisse !

On l'entraînait à nouveau et cette fois Lorenza n'insista pas. Elle espérait seulement que le sergent fût un homme honnête et que son argent ne finisse pas dans sa poche.

— Vous avez eu raison d'en donner deux, approuva derrière elle une voix en toscan. Avec une seule la tentation eût été trop forte. Et la deuxième suffira pour que la femme en bénéficie !

Elle se retourna et laissa échapper une exclamation de surprise : Filippo Giovanetti était là qui la regardait en souriant.

— Ser Filippo ! Par quel miracle ? Le grand-duc vous a renvoyé en France ?

— Ma foi, non. Je me suis renvoyé tout seul ! N'ayant jamais été interdit de séjour, j'ai le droit de me promener où bon me semble... mais ne restons pas ici. Je vous ramène au Louvre d'où je vous ai suivie.

— Vous alliez chez la Reine ?

— Tout de même pas ! Mais j'avoue que rencontrer le Roi ne me déplairait pas !

— Je suis sûre qu'il sera ravi de votre retour. Il a été très mécontent de ce que l'on vous a fait !

— Et plus que soigneusement fait, vous pouvez m'en croire. J'ai été escorté jusqu'à Marseille par deux hommes qui ne m'ont lâché que sur le bateau. Mais ne restons pas ici ! Voilà ma voiture ! dit-il en désignant un véhicule à deux chevaux dont les rideaux étaient abaissés et qui était stationné à quelques pas. Il l'y conduisit et l'aida à monter.

— Vous tenez essentiellement à prendre votre service ce matin ? demanda-t-il.

— Que j'assume mes fonctions ou non devrait lui être indifférent. Elle me considère juste un peu moins qu'un meuble... mais comment savez-vous... ?

— ... que vous êtes Madame la baronne de Courcy, dame de la Reine. C'est l'enfance de l'art pour un diplomate et, comme je ne suis revenu que pour vous...

— Pour moi ? Avais-je une telle importance ?

Elle crut un instant qu'il allait se mettre en colère tant son visage se contracta.

— Vous en doutiez ? Alors que le grand-duc Ferdinand vous avait placée sous ma responsabilité, je vous ai dirigée droit dans un piège et, pour finir, on vous a enlevée de ma voiture pour vous incarcérer et vous mettre en grand danger d'être condamnée ?

— En danger ? J'ai été condamnée et conduite à l'échafaud. Sans l'intervention de celui qui est devenu mon cher époux, je ne serais plus de ce monde.

— Je sais, mais je voudrais savoir si vous êtes heureuse...

Le sourire lumineux qu'elle lui offrit était, à lui seul, une réponse mais elle ajouta tout de même :

— Au-delà de tout ce que je pouvais imaginer ! Sans rien demander il m'a tout donné — même une famille adorable ! — mais surtout le plus bel amour ! En dépit des menaces qui pèsent sur lui, il m'a épousée... et je n'ai aucune honte à avouer que je suis à lui corps et âme !

C'était vrai qu'elle était transformée et, devant l'éclat de son épanouissement, l'ancien ambassadeur sentit un pincement au cœur. Depuis leur première rencontre, il aimait Lorenza et, un instant, il envia férocement l'homme qui avait su cueillir cette fleur sans pareille, mais il était trop fin diplomate pour ne pas savoir cacher ses sentiments et ce fut d'une voix égale qu'il s'enquit :

— N'avez-vous pas mentionné des menaces ?

— Si. La veille de notre mariage, j'ai reçu un billet anonyme sans autre signature qu'un dessin parfait de la dague au lys rouge. L'auteur prédisait la mort à Thomas s'il osait m'épouser parce que je ne serais jamais à un autre qu'à lui ! Et Thomas n'a fait qu'en rire. Il m'a épousée, il m'a fait sienne et ce monstre inconnu n'y peut plus rien !... Mais revenons à vous, ser Filippo ! Vous êtes à Paris depuis longtemps ?

— Quelques jours seulement. Le temps de me réinstaller et de vous rechercher.

— Où habitez-vous ?

— Toujours rue Mauconseil ! J'ai racheté l'hôtel à la couronne de Toscane. D'ailleurs, le nouvel ambassadeur, Matteo Botti, marquis de Campiglia, qui arrive de Madrid où il était fort bien vu, est tout dévoué à Marie et s'est établi à l'hôtel de Gondi qui sont de ses grands amis, conclut-il avec une amertume qui n'échappa pas à sa compagne.

— Cela signifie que celui-là aussi est inféodé à l'Espagne et prêt à la servir envers et contre les volontés du Roi ?

— Exactement ! Comme Epernon, comme la Verneuil et même le ministre Villeroy ! Tous soutiennent la Reine qui veut à tout prix le double mariage avec l'Espagne et cela à l'encontre de la décision formelle de son époux. Ce que vous a crié cette malheureuse est la réalité... mais qui est cet homme en vert ?

— Un illuminé venu d'Angoulême, une créature des Jésuites qui veut éliminer le Roi ! Mais on l'a prié d'attendre le couronnement de Marie ! Et maintenant j'avoue que j'ai peur ! Ces faits s'enchaînent trop bien ! Et les mauvais bruits qui courent pourraient avoir raison : le roi Henri n'a jamais été en si grand péril ! Il faut le prévenir !

— C'est ce que j'aimerais faire mais je ne suis pas certain d'être reçu au Louvre ni écouté... Or le couronnement ne précédera que d'une petite semaine le départ du Roi pour la guerre !

On était arrivés au Louvre et la voiture s'était arrêtée à l'entrée du pont afin de permettre à Lorenza de descendre. Mais elle ne bougea pas.

— Finalement, je ne prendrai pas mon service aujourd'hui ! Mon arrivée tardive déclencherait les fureurs et je n'aurais aucun moyen d'essayer de voir le Roi. Voulez-vous être assez aimable pour m'arrêter où j'habite ?...

— ... A l'hôtel d'Angoulême dans la rue Pavée ! Avec plaisir !

— Décidément on ne peut rien vous cacher !

— Auparavant, je voudrais passer rue Mauconseil. J'ai un cadeau pour vous !

— Un cadeau ? Mais de qui ?

— De qui voulez-vous que ce soit ? De moi, bien sûr !

— Oh ! Vous m'avez rapporté quelque chose ?

— Non. Je vous ai ramené quelqu'un... Vous ne devinez pas ?

Les yeux de Lorenza se mirent à étinceler.

— Bibiena ?

— Bravo ! J'ajoute que si je ne l'avais pas acceptée, elle se serait jetée sous les roues de ma voiture. La rapatrier à Florence n'a pas été une mince affaire. Elle voulait rester en France et j'ai eu un mal de chien à la raisonner.

— Comment se serait-elle arrangée, mon Dieu,

seule et sans argent dans un pays dont elle ne connaît pas la langue ?

— C'est ce que la grande-duchesse Christine et moi lui avons expliqué. Non sans difficulté ! En désespoir de cause, j'ai dû lui jurer de l'emmener lorsque je reviendrais. Et, en attendant, elle s'est mise au français ! Oh, ce n'est pas parfait mais en y mêlant un brin de latin d'église et quelques mots de chez nous, elle se fait parfaitement comprendre...

Lorenza riait de si bon cœur qu'elle ne s'aperçut pas qu'ils étaient parvenus à destination. La voiture à peine arrêtée dans la cour de l'hôtel, elle sauta à terre, mais ce fut pour tomber dans les bras de sa chère nourrice qui accourait aux nouvelles. On s'embrassa à plusieurs reprises et pendant d'interminables minutes ce fut un concert à deux voix que Giovanetti écoutait, résigné, assis sur une marche du perron. Ces dames n'avaient même pas pris la peine d'entrer dans la maison...

Quand il en eut assez, il les prit chacune par un bras, les fit pénétrer dans le vestibule, envoya Bibiena empaqueter ses hardes et poussa Lorenza dans un salon pour lui offrir un rafraîchissement. Elle protesta :

— J'aurais pu aller avec elle !

— Non, parce que cet exercice aurait pris des heures. Au lieu d'emballer vous vous seriez assises toutes les deux pour continuer à vous raconter vos aventures et moi je n'ai pas toute la journée à vous consacrer !

Lorenza n'eut pas l'impolitesse de lui demander ce qu'il avait de si urgent à faire puisqu'il était redevenu apparemment un simple citoyen de Florence. Elle en profita pour prendre des nouvelles de son médecin, Valeriano Campo, qui l'avait soignée avec tant de dévouement et de savoir-faire quand, repêchée dans la Seine par Thomas, elle avait failli mourir chez Mme de Verneuil.

— Naturellement, j'espérais l'emmener mais il a fait une chute de cheval et s'est fracturé une jambe, ce qui m'a permis de constater que s'il est un merveilleux médecin, il fait un malade effroyable parce qu'il ne décolère pas. Il a juré de me rejoindre dès que ce sera possible...

— J'en serais heureuse car je lui dois énormément.

Enfin Bibiena fut prête et l'on prit le chemin de l'hôtel d'Angoulême. Etant donné les dimensions de ce petit palais, Lorenza ne doutait pas que la duchesse acceptât de voir ainsi s'augmenter le personnel de son invitée. Elle n'y prêterait sans doute même pas attention.

Elle fut cependant contente de l'accueil que Mme d'Angoulême réserva à sa nourrice, lui faisant même donner une chambre voisine de la sienne. La jeune Guillemette en conçut d'abord un dépit qui ne dura guère. La bonne humeur de la grosse Florentine était communicative.

Avant de quitter Lorenza, Giovanetti lui promit de se rendre à l'Hôtel-Dieu afin de se renseigner sur ce qu'il était advenu de l'enfant de Jacqueline d'Escoman dont on ne savait rien, hormis qu'il s'agissait d'un garçon. Il était d'usage d'épingler leur prénom sur ces pauvres petits mais on ignorait son âge et aussi quand avait eu lieu l'exposition sur le Pont-Neuf.

— Cela doit être assez récent, commenta Mme d'Angoulême qui, naturellement, s'intéressait à l'incident. Les scrupules de cette malheureuse ont dû alerter ces gens, et elle a certainement été suivie...

— Mais que fait-on de ces bambins ? s'inquiéta Lorenza.

— S'ils ne sont plus des nourrissons on les confie à l'hôpital de la Trinité qui porte depuis quelques années le nom d'Hospice des Enfants bleus parce qu'on les habille de cette couleur — garçons ou filles. On les élève dans la crainte de Dieu et on leur apprend un métier... à moins que, sur le pont même, ils ne soient récupérés par les truands des cours des miracles pour en faire des chenapans !... ou des estropiés propres à attirer la compassion des bonnes gens.

— Quelle horreur ! s'indigna Lorenza. Je vais avec vous !

— Il n'en est pas question ! intima la duchesse. Si cette Escoman était espionnée, on ne vous a que trop vue avec elle. Et devant le Louvre par-dessus le marché ! En revanche, je veux aller avec vous, Excellence !

— Oh, vous feriez cela ? dit Lorenza, émue.

— Et pourquoi pas ? Ce ne serait pas la première fois et on me connaît à l'hospice ! Restez tranquille, vous vous êtes suffisamment compromise pour aujourd'hui !

Prenant Giovanetti par le bras, la duchesse l'entraîna au-dehors à une allure qui faisait grand honneur à ses jambes de soixante-douze ans. Lorenza remonta avec Bibiena afin de pouvoir bavarder loin des oreilles de la domesticité même si l'usage du toscan élevait déjà une barrière contre la curiosité.

— Ainsi, remarqua l'ancienne nourrice, vous voilà promue dame de la Reine ? C'est à n'y pas croire ! Elle vous a détestée dès qu'elle vous a vue !

— Rassure-toi, c'est toujours le cas ! Seulement elle ne pouvait pas faire autrement : depuis des siècles, les dames de Courcy ont une sorte de droit d'entrée dans ce cercle très fermé que sont les dames de la Reine. Quand j'arrive chez elle, le matin, elle répond à ma révérence par un signe de tête et ne m'adresse jamais la parole. Dans un sens, c'est une bonne chose : selon ce qu'elle dirait, j'aurais peut-être quelque peine à retenir une insolence et je ne veux pas risquer de la brouiller avec mes beaux-parents, le baron Hubert et la comtesse Clarisse.

— Comment sont-ils ?

— Merveilleux ! Et je les adore !

— Et... le mari ?

— Lui ?... Je l'aime, Bibiena ! Autant qu'il est possible d'aimer !

Les yeux sombres venaient de s'illuminer et la jeune femme rosissait. Bibiena n'insista pas, se promettant seulement de prier dorénavant pour Thomas. Mais soudain, une idée lui traversa l'esprit.

— Et votre tante ? Qu'est-elle devenue ?

Radieux l'instant précédent, le visage de Lorenza se ferma.

— Je n'en sais rien et je ne veux pas le savoir !

Ce n'était pas tout à fait vrai. Le jour de sa prise de fonction, elle s'était demandé, non sans inquiétude, comment elle réagirait en se retrouvant en face d'Honoria, mais ne l'ayant aperçue nulle part elle s'était prudemment gardée de poser la moindre question. Elle souhaitait, au fond, que cette mégère avide eût repris le chemin de Florence afin d'essayer de récupérer ce qu'il restait encore là-bas de la fortune des Davanzati dont le testament de Francesco, le père de Lorenza, lui avait accordé une infime partie.

— Je ne suis pas sûre que vous ayez raison. Il est toujours salutaire de savoir à quoi s'en tenir sur ses ennemis. Et on peut dire que celle-là en est une. Et acharnée !... Mais vous avez dû voir la Galigaï ?

— Tous les matins quand elle vient coiffer la Reine et l'aider à choisir ses atours de la journée, après quoi elle réintègre sa tanière.

— Sans parler à personne ?

— A la Reine et aussi aux divers fournisseurs : tailleurs, gantiers, chausseurs, parfumeurs et tutti quanti... mais à aucune des dames. Parfois, on la voit surgir avec son voile noir : elle ne le retrousse que juste ce qu'il faut pour ne pas gêner son travail puis le laisse retomber. C'est un oiseau nocturne car c'est, paraît-il, après le coucher de la Reine qu'elle vient s'entretenir avec elle.

— Et le Roi alors ? Il n'est pas là ?

— Pas toujours ! Il est assez souvent absent ces temps-ci. De toute manière, sa venue chasse la Galigaï.

Le bruit des roues d'un carrosse franchissant le porche attira Lorenza à la fenêtre : il ramenait la duchesse mais pas Giovanetti. En revanche, un laquais prit dans ses bras un petit garçon blond de quatre ou cinq ans, mal vêtu de haillons, dont la frimousse pâle et les traits tirés d'enfant chichement nourri fendirent le cœur de Lorenza.

— Viens avec moi ! dit-elle à Bibiena. Je crois que tu vas avoir de quoi t'occuper !

Ramassant ses jupes, Lorenza s'élança dans l'escalier qu'elle descendit en courant.

— C'est lui ? demanda-t-elle.

— Aucun doute ! répondit Mme d'Angoulême. Il était encore à l'Hôtel-Dieu, sa mère l'ayant déposé sur le pont hier dans la journée. En tout cas, s'il venait tout droit de chez sa nourrice, il n'y a pas lieu de la féliciter ! Il n'a que la peau sur les os, le pauvre petit.

— On ne lui a donc rien donné à l'Hôtel-Dieu ?

— Si, mais ce n'était sûrement pas suffisant. Votre Bibiena pourra s'en occuper. Je vais donner les ordres pour qu'on lui porte tout ce dont elle aura besoin.

— Comment vous remercier, Madame la duchesse ?

— Laissez, laissez ! Et regardez : ils se sont déjà adoptés mutuellement !

En effet, l'enfant se nichait dans le giron de la grosse femme avec un soupir de bonheur qui lui fit venir les larmes aux yeux.

— On va bien le soigner, assura-t-elle.

Mais l'attention de tous se détournait : suivi de sa sœur qui s'efforçait de le calmer, le baron Hubert effectuait l'une de ces entrées fracassantes dont il était coutumier quand il était en colère et, cette fois, il soufflait le feu par les naseaux.

Son regard tomba sur sa belle-fille :

— Ah, vous êtes là, Lorie ? Je vous croyais au palais. Mais vous pourriez peut-être me dire où est le Roi ?

— Non. Je n'ai pas pris mon service au Louvre ce matin. Aussi...

— Et vous, Madame la duchesse ?

— Vous ne devez pas ignorer que depuis la fuite des jeunes Condé, je ne suis plus *persona grata* sauf en présence du Roi. Mais dans quel état vous voilà ! D'où sortez-vous ?

— De chez moi où j'étais allé inspecter mes travaux. En repartant, ce Conchine de malheur fanfaronnant au milieu de sa bande de rustres a osé se moquer de moi. Je n'ai pas manqué de dégainer aussitôt mais l'arrivée de deux archers les a mis en fuite ! Et vous ne devinerez jamais quel jeune misérable était avec lui et a fait chorus ? Par tous les diables de l'enfer, je les étriperai tous les deux ! fulmina-t-il si fort que l'enfant, effrayé, se mit à pleurer. Qui est ce petit ? Il ne semble pas très gaillard !

— Un enfant que Madame la duchesse a accepté de recueillir, répondit Lorenza. Je vous expliquerai plus tard... mais d'abord, dites-nous qui était le comparse de ce malotru !

Saisie d'un pressentiment, elle redoutait d'entendre un certain nom. Clarisse s'en rendit compte et voulut l'éviter :

— C'est sans grande importance, ma chérie ! Mon frère a toujours eu la langue trop longue...

— Sans importance ? Sans importance ? La langue trop longue ? Non mais ! s'insurgea l'incriminé. Dieu sait que ce n'est pas la faute de ma « fille » si elle a porté...

— C'est Antoine de Sarrance, n'est-ce pas ? coupa celle-ci. Ce n'est pas la première fois que j'entends associer son nom à celui de l'ancien croupier de Florence. Depuis qu'il a eu l'impudence d'insulter le Roi, il semble s'être donné à tâche de commettre les pires folies en se targuant d'une impunité due au trop bon vouloir de Sa Majesté ! On dirait qu'il souhaite imiter en tout son père ! lança-t-elle avec dégoût.

— Le vieil Hector était certes une brute mais pas un lâche... ni un traître. Et je jurerais que cette clique florentine que la Reine traîne dans son sillage ne souhaite que le trépas de notre Henri !

— Vous avez sans doute raison, mais à ce propos, père, il serait urgent que vous ayez un entretien avec le Roi. Un entretien seul à seul.

Elle voulut prendre son bras pour l'apaiser mais il se dégagea presque brutalement :

— Vous voulez que je m'abaisse à lui rapporter ce qu'on m'a fait comme un marmot malmené ? Et en pleurnichant de préférence ? Vous, Lorenza ? Sachez alors...

— Si vous la laissiez parler ! cria sa sœur. Elle a une foule d'autres raisons de se tourmenter. Savez-vous qui est ce petit garçon que Madame Diane vient de ramener de l'Hôtel-Dieu ?

— Ne hurlez pas de la sorte ! Je ne suis pas sourd ! riposta-t-il encore plus haut. Comment voulez-vous que je le sache ?

Lorenza fonça dans la bataille.

— Vous souvenez-vous, père, de cette femme dont je vous ai parlé dès mon arrivée à Courcy et dont j'avais surpris le curieux dialogue dans les bois de Verneuil avec cet homme bizarre qui venait d'Angoulême ? Un homme vêtu de vert ?

Il se contenta de hocher la tête et elle reprit :

— Ce matin, à mon arrivée au Louvre, elle s'est ruée sur moi en me suppliant de l'introduire auprès de la Reine afin de l'avertir d'un grave danger menaçant la vie de son époux. Etant donné la chaleur de mes relations avec Sa corpulente Majesté, je lui ai répondu que c'était impossible. Sur ce, elle m'a appris qu'à Verneuil comme à Malesherbes, on ne cessait d'envoyer et de recevoir des messages du roi d'Espagne et de l'archiduc Albert. Qu'en fait, toute la famille d'Entragues conspirait avec le duc d'Epernon, que le couronnement aurait lieu et que l'homme d'Angoulême était de retour. Malheureusement, je n'ai même pas eu le temps de lui répondre : des archers du guet sont arrivés qui l'ont arrêtée et conduite illico à la Conciergerie.

— Sous quel chef d'accusation ? s'étonna le baron qui, cette fois, écoutait attentivement.

— Abandon d'enfant. Rejetée de partout, Jacqueline d'Escoman — c'est son nom ! — a été obligée de reprendre son fils que la nourrice refusait de garder plus longtemps parce qu'elle n'avait plus les moyens de la payer. Alors, n'ayant plus aucune ressource, elle s'est résignée, hier au soir, à l'abandonner sur le Pont-Neuf.

— Elle encourt la mort ! C'est chose grave !

— Croyez-vous qu'elle n'en soit pas consciente ? Qu'aurait-elle dû faire : se suicider en se jetant à l'eau avec l'enfant ? C'est sans doute ce qu'il serait arrivé si elle ne s'était donné à tâche de sauver le

Roi ! Elle s'est rendue chez les Jésuites pour que ceux-ci avertissent le père Coton qui est le confesseur de la Reine, mais on l'a éconduite sans vouloir l'entendre...

— Ce qui m'étonne, c'est que les « bons » pères l'aient laissée repartir !

— N'exagérons rien ! Ce ne sont pas des assassins ! s'exclama la comtesse Clarisse.

— Demandez donc ça aux mânes de Jean Chastel qui a manqué le Roi d'un cheveu il y a quelques années ! Si je m'en réfère aux bruits qui courent, il y aurait dans leur couvent deux ou trois cellules meublées dans le style de celles du Châtelet ! (Il se tourna vers sa belle-fille :) Cette malheureuse ne vous a rien dit d'autre ?

— Pas grand-chose sinon : « Prévenez le Roi !... L'homme en vert ! »

— Elle a eu de la chance qu'on ne l'ait pas bâillonnée !

— J'ai donné deux écus au sergent afin qu'en prison, elle soit convenablement traitée.

— C'est judicieusement pensé : l'un d'eux ira sans doute à destination. Ce qui n'eût pas été le cas si vous n'en aviez donné qu'un seul !

— C'est ce que m'a dit Filippo Giovanetti qui...

— Il était là, lui aussi ? Il devait y avoir un monde fou devant le Louvre ce matin !

— Il est revenu à Paris à titre privé et a même racheté son ancienne ambassade de la rue Mauconseil ! Et surtout, il m'a ramené ma chère nourrice, Bibiena, qui vient d'emporter le petit à la cuisine. A ce propos, je ne sais même pas comment il s'appelle !

— Nicolas ! répondit la duchesse qui revenait... Pauvre enfant ! Si sa mère meurt sur l'échafaud...

— Il n'en saura rien, assura le baron. Nous le ramènerons à Courcy avec nous et nous en ferons... tiens ! un jardinier ! Cultiver des salades ou des roses n'a jamais nui à personne et ne tombe pas sous le coup de la loi !... En attendant, je file au Louvre. Vous avez raison, Lorie : il est urgent que je parle au Roi ! Et j'en profiterai pour dire à Mme de Guercheville que vous vous sentiez souffrante ce matin !

Et il sortit en coup de vent.

— Pourvu, mon Dieu, qu'il ne commette pas quelque impair ! gémit Clarisse. Quand il est à ce point en colère il ne se maîtrise pas toujours !

— Oh, sa colère semble apaisée, la rassura Lorenza.

— Vous ne le connaissez pas comme moi. Je peux vous assurer qu'il l'a seulement mise en veilleuse. Elle peut resurgir en quelque lieu que ce soit. Si, par malheur, il rencontre l'un de ces deux imbéciles il est capable du pire !

— Que pouvons-nous faire ?

— Prier !

Le Ciel, ce jour-là, était du côté de Mme de Royancourt. Quand le baron revint, il n'avait vu aucune des personnes qu'il souhaitait rencontrer : le Roi était parti pour la Bastille où

Sully l'attendait pour évaluer, avec lui, le montant de son trésor et ce qu'allait coûter la guerre prochaine. Quant aux deux insulteurs, il ne risquait guère de tomber dessus. Le jeune Sarrance n'avait plus le droit de franchir le seuil du Louvre. Et Concini adoptait en présence d'Henri IV une attitude réservée, se tenant plutôt dans l'ombre de la Reine que dans la lumière éclatante des salons, à se pavaner. Peut-être attendait-il son heure, ce qui n'était pas fait pour rassurer Courcy.

En revanche, il croisa Mme de Guercheville à laquelle il transmit les excuses de sa belle-fille « prise d'un léger malaise ».

— Un malaise de bon augure, j'espère ? émit la dame d'honneur en souriant.

— Ma foi, je n'en sais rien, je me contente d'espérer...

— Quoi qu'il en soit, je vais prévenir Sa redoutable Majesté. Elle n'adresse jamais la parole à donna Lorenza sinon pour lui donner un ordre comme à une domestique dans le seul but de l'humilier et je serais étonnée qu'elle la reçoive avec grâce demain matin. Enfin, je ferai ce que je pourrai.

— Ne vous tourmentez pas pour elle. Lorenza s'y attend !

Certes, mais elle n'était pas préparée à l'avalanche d'imprécations en deux langues qui s'abattit sur sa tête dès qu'elle pénétra dans la chambre royale. Où d'ailleurs le Roi n'était plus.

C'était jour de Conseil et il avait dû, comme d'habitude, en sortir à 7 heures. C'était dommage parce qu'il aurait peut-être clos le bec de son insupportable moitié.

On commença par la traiter de menteuse. Il n'était pas vrai qu'elle eût été malade la veille : on l'avait vue sur le pont du Louvre en conversation animée avec une femme de rien dont, d'ailleurs, les gens du guet étaient venus s'emparer et pour qui elle avait donné de l'argent...

D'autant plus calmement que l'autre ne disait que la vérité, Lorenza tenta de couper court :

— Cette femme, que j'ai connue chez Mme de Verneuil, me suppliait de la mener à Votre Majesté afin de lui révéler un complot touchant la vie du Roi...

— Encore une intrigue que l'on a dû découvrir en haut lieu puisque la femme a été arrêtée. Si c'était vrai, vous seriez venue m'en informer tout de suite et vous n'auriez pas filé avec un homme qui vous a prise dans sa voiture... Il n'est pas difficile de deviner ce que vous alliez y faire !...

Dès lors, plus rien ne pouvait endiguer le torrent. Pâle de colère, Lorenza s'entendit traiter de bâtarde entrée par intrigue dans une honnête maison, de criminelle perverse, de gibier de potence, de bougresse au service du premier venu dont le ventre portait sans doute le fruit de quelque soudard auquel elle avait dû s'offrir en profitant du départ de son pauvre imbécile d'époux, qui n'avait au fond que ce qu'il méritait en ramassant une putain dans le ruisseau...

Cette fois, la coupe déborda. En dépit du regard implorant de Mme de Montalivet — avec qui elle ébauchait une amitié ! — et de l'aide que Mme de Guercheville tentait de lui apporter en s'efforçant de calmer la mégère royale écumante de fureur, Lorenza lança :

— Quelle pitié qu'une princesse de si noble ascendance ait été si mal élevée ! Je m'en voudrais donc de lui imposer plus longtemps ma présence. Je sais que, baronne de Courcy, j'ai le droit de servir la reine de France, mais j'y renonce avec soulagement jusqu'à ce que...

— Gaaaaaardes ! brama l'intéressée.

Deux suisses armés de pertuisanes apparurent aussitôt.

— Que veut la Reine ?

Marie désigna Lorenza d'un doigt dodu tremblant de rage :

— Que l'on couse cette femme dans un sac et qu'on la jette dans la Seine !

— Encore ? fit la voix goguenarde du Roi qui franchissait justement la double porte laissée ouverte. Il n'y a pas si longtemps qu'on l'en a sortie pourtant !

Les révérences étalèrent les robes autour de lui comme autant de corolles de fleurs sur les tapis. Henri salua puis releva les femmes d'un geste avant de venir baiser la main de la sienne. Il semblait d'excellente humeur.

— Alors ? M'apprendra-t-on ce qui se passe ici ? Dites-moi un peu, ma mie, ce que vous a fait Mme de Courcy pour mériter un traitement aussi barbare ?

— C'est une menteuse éhontée qui a répondu par des insultes à la mercuriale méritée que je lui adressais !

Les épais sourcils gris d'Henri remontèrent au milieu de son front quand il se tourna vers Lorenza.

— Avez-vous vraiment menti, baronne ?

— Oui, Sire. Je l'avoue. Hier, en venant prendre mon service, j'ai été surprise à la porte du Louvre par une pauvre femme qui m'a suppliée de la mener à la Reine.

— Que lui voulait-elle ?

— L'informer d'un complot contre la vie du Roi.

La belle humeur de celui-ci s'évanouit instantanément.

— Vous aussi ?... Ne me parlera-t-on que de ces balivernes jusqu'à mon départ pour la guerre ? Pourquoi cette femme s'est-elle adressée à vous ? Vous la connaissiez ?

— Un peu, Sire ! Je l'ai rencontrée au château de Verneuil où elle servait de dariolette, mais la marquise a dû s'en défaire et elle m'est apparue si misérable qu'elle a éveillé ma pitié...

— Mal placée ! grogna Marie. La baronne oublie de mentionner que le guet est venu l'appréhender pendant leur entretien !

Le Roi revint à Lorenza.

— Est-ce la vérité ?

— Oui, Sire !

— Vous a-t-on dit pourquoi ?

— Elle est accusée d'avoir abandonné son enfant sur le Pont-Neuf parce que, n'ayant plus d'emploi, elle ne pouvait plus subvenir à ses besoins. Elle était si pitoyable que j'ai donné un peu d'argent pour qu'elle soit traitée convenablement.

— Et là-dessus, fulmina la Reine, votre Courcy, au lieu de répondre à son devoir, a filé avec un homme et s'est fait excuser en alléguant je ne sais quel malaise !

— Un homme ?

— Un vieil ami, Sire, et je m'étonne que la personne qui nous observait ne l'ait pas reconnu puisqu'il s'agissait de Filippo Giovanetti, qui fut notre ambassadeur auprès de Leurs Majestés.

Marie se jeta goulûment sur ce nouveau prétexte à récriminations :

— Il a osé revenir, cet espion, ce ruffian, après avoir été chassé par moi ? Il va apprendre ce que cela coûte de me narguer et je vais donner des ordres pour que...

Mais, cette fois, la patience de l'époux était usée jusqu'à la corde :

— En voilà assez, Madame ! Jusqu'à preuve du contraire, le gouvernement de ce royaume m'appartient et vous êtes mal venue de rappeler que vous avez chassé de façon infâme un diplomate que j'apprécie et qui, si ma mémoire ne me trahit pas, venait de vous servir fidèlement en allant chercher donna Lorenza ! (Puis s'adressant à la jeune femme :) Ser Filippo vous a-t-il confié la raison de son retour et ce qu'il faisait sur le pont du Louvre ?

— Il venait saluer le Roi... et la Reine ! se hâta-t-elle d'ajouter. Se mettre à leur disposition...

— On n'a pas besoin de lui ! grommela celle-ci. Le nouveau grand-duc nous a envoyé en Matteo Botti un homme de grand mérite, totalement dévoué aux bonnes relations entre nous et notre terre natale...

— Sans compter l'Empereur auquel il semble encore plus attaché, marmotta Henri. (Puis plus haut :) Quoi qu'il en soit, Madame de Courcy, dites à Giovanetti que je le reverrai avec plaisir. J'espère qu'il prolongera son séjour parmi nous !

— Pour un temps sans doute illimité, Sire, répondit-elle. Je me demande même s'il ne souhaite pas devenir l'un des sujets de Leurs Majestés puisqu'il s'est porté acquéreur de l'hôtel de la rue Mauconseil où il avait implanté... provisoirement son ambassade.

— Je croyais, lança la Reine avec aigreur, que vous trouviez qu'il y avait trop de Florentins ici ?

Henri IV se gratta la barbe et offrit à son épouse un sourire faunesque :

— C'est que je ne les mets pas tous dans le même panier. Celui-là, je l'aime bien. Non seulement il est très cultivé mais il joue aux échecs comme un dieu... et pousse même l'amabilité jusqu'à se laisser battre galamment de temps à autre ! Retirez-vous à présent, baronne... sans omettre de saluer votre Reine ! Vous reviendrez sans faute demain et tout sera oublié !

Lorenza plia le genou pour baiser la main qu'il lui tendait, salua la Reine comme si la « bonne dame » était transparente et allait sortir quand elle se ravisa :

— Avec la permission de Leurs Majestés, encore un mot, Sire !

— Lequel ?

— Le baron Hubert de Courcy, mon beau-père, désire vivement que le Roi lui accorde un moment d'entretien. Il n'a pas réussi jusqu'à présent...

— Ne le faisons pas attendre plus longtemps ! Je chasserai ce tantôt à Vincennes. Dites-lui de me rejoindre à 2 heures à la porte Saint-Antoine !

— Je remercie Votre Majesté !

Ramenée rue Pavée par une des voitures du Louvre, Lorenza vit que la cour de l'hôtel, cependant vaste, était occupée en partie par un somptueux carrosse avec cocher, laquais, pages et escorte. Tous portaient les armes de France ainsi que la couronne et tous — à la seule exception du cocher grisonnant — étaient pourvus de cheveux blonds plus ou moins longs. Intriguée mais devinant une visite auguste, elle voulut gagner discrètement l'appartement qu'elle partageait avec Clarisse mais Sauvegrain, le maître d'hôtel, la rattrapa au pied de l'escalier :

— Madame la duchesse prie Madame la baronne de bien vouloir la rejoindre au salon bleu.

— Est-ce que Monsieur le baron est là ?

— Dans la librairie, oui, Madame la baronne.

— Allez lui dire de ma part que le Roi chasse à Vincennes ce tantôt et qu'il sera à 2 heures à la porte Saint-Antoine ! Je ne veux pas me faire attendre !

Quand le valet lui eut ouvert la porte, elle vit, en effet, Mme d'Angoulême assise devant la grande cheminée bien flambante qui bavardait avec une dame d'une cinquantaine d'années, plutôt rondelette en dépit du corset qui lui serrait férocement la taille et faisait remonter jusqu'à la limite du décolleté des seins rebondis sous une fraise de fine dentelle. Outrageusement maquillée — on pourrait même dire plâtrée ! —, cette inconnue n'en était pas moins de fière allure dans ses brocarts orange cousus de perles à rendre jalouse la Médicis. Quant à ses cheveux remontés en courtes boucles, ils étaient d'un blond aussi peu naturel que possible sous un diadème de perles. Mais elle avait de beaux yeux noirs, très vifs sous leurs paupières fanées, et quelques restes de ce qui avait dû être une véritable beauté.

— Venez, chère Lorenza, fit la duchesse Diane, que je vous présente « notre » reine Marguerite qui veut bien m'honorer du titre de demi-sœur et qu'à l'unisson du peuple tout entier, je ne cesse de regretter ! Surtout quand je regarde sa remplaçante !

Ainsi c'était elle, cette fameuse reine Margot, fille d'Henri II et de Catherine de Médicis, mariée de force au futur Henri IV à la veille de la Saint-Barthélemy et dont les nombreuses aventures amoureuses amusaient toute l'Europe ? A cet instant, elle éclata d'un rire plein de jeunesse.

— C'est grand dommage pour vous tous car moi je ne regrette rien ! Et certes pas ces nuits — rares par bonheur ! — où j'ai partagé la couche de ce cher Henri ! Non seulement il faisait l'amour à la va-vite — peut-être ne l'inspirais-je pas beaucoup et d'ailleurs je ne faisais rien pour cela ! — mais, en outre, il empestait et vous savez, ma chère amie, à quel point j'aime les parfums et les garçons soignés ! Mais approchez que je vous voie mieux, petite ! ajouta-t-elle en tendant à Lorenza une main chargée de bagues sur laquelle celle-ci s'inclina. Vous êtes vraiment très belle ! Comment se fait-il qu'en amateur éclairé il ne vous ait jamais jeté le mouchoir ?

La duchesse eut un petit rire :

— Oh, il pouvait espérer que le vieux Sarrance la lui prêterait mais les choses ont tourné différemment. Grâce au Ciel, le voilà coiffé jusqu'à la folie de ma nièce Charlotte et Lorenza a trouvé le bonheur auprès de Thomas ! Ils s'aiment profondément !

— Et au moins ils doivent former un beau couple ! Thomas est l'un des hommes les mieux bâtis que je connaisse et vous êtes faites au tour ! Au fond, c'est une chance pour vous qu'Henri soit tombé fou de la jeune Charlotte. Une rencontre étrange d'ailleurs si l'on considère que cette Montmorency sera assurément son dernier amour et qu'une autre, du même nom, a été à l'origine de notre rupture ! Vous souvenez-vous de la Fosseuse, duchesse ?

— Françoise de Montmorency-Fosseux ? C'est pourtant vrai !

— Et elle aussi avait quinze ans... Moi j'en avais... mon Dieu, c'était en... 1578 ? Il y a donc... trente-deux ans ?

— C'est à n'y pas croire quand on vous regarde, Madame ! la rassura la duchesse avec un sourire en coin à l'intention de Lorenza, mais c'était de la courtisanerie gaspillée, car l'ancienne reine de Navarre était repartie dans ses souvenirs.

— Henri et moi étions mariés depuis six ans quand ma mère Catherine s'est avisée qu'il serait peut-être temps de réunir notre couple afin de mettre un terme à cette situation dangereuse. En effet, chef des protestants, mon époux était entré en guerre ouverte contre mon frère, le roi Henri III.

— Il n'avait pas tout à fait tort, il me semble, Sa Majesté ayant joyeusement oublié de payer votre dot, fit remarquer Diane.

— Je ne dis pas qu'il avait tort, je dis ce

qui est. Ma mère donc, sous prétexte de visiter quelques châteaux amis, m'a fait monter en carrosse et conduite à Nérac où Henri tenait sa cour. C'était, je dois le reconnaître, un endroit charmant avec ses plaisants jardins au bord de la Baïse et ses allées couvertes si propices aux promenades à deux par une nuit étoilée...

— J'imagine que le Roi a été heureux de retrouver sa belle épouse ?

— Eh bien, on ne peut pas dire qu'il ait montré une joie extravagante. Sur le moment tout au moins mais ma mère, cette grande politique, qui le connaissait bien, avait pris soin d'emmener dans nos bagages quelques-unes des jolies filles de son « Escadron volant[1] ». Il y avait, entre autres, Victoria de Ayala que l'on appelait Dayelle, Anne Le Reboûrs... et la jeune Françoise, surnommée Fosseuse, qui possédait un visage d'ange...

— Tout comme notre Charlotte !

— ... et dans ses beaux yeux bleus tous les démons de la sensualité. Naturellement, ce fut sur elle qu'Henri jeta son dévolu et voyez comme les choses se répètent : il n'avait que vingt-quatre ans alors, cependant il traitait cette gamine

1. Groupe de jolies filles ou femmes de la noblesse dont Catherine de Médicis avait fait l'arme de séduction de ses plans politiques. Au moment de son mariage avec Marguerite, Henri était l'amant de Mme de Sauves qui en faisait partie.

comme il l'a fait avec Charlotte, l'appelant « ma fille » et se comportant avec elle comme avec un bébé. Il la faisait asseoir sur ses genoux pour la gaver de friandises tout en palpant sournoisement ses rondeurs prometteuses. Ce badinage galant m'a amusée un moment, d'autant que j'avais découvert le magnifique vicomte de Turenne qui me regardait de façon peu respectueuse sans doute mais fort intéressante. Nérac avait énormément de charme à cette époque et notre agréable vie aurait pu continuer longtemps si mon royal frère ne s'était avisé d'envoyer en renfort le plus jeune de la famille, Alençon, afin de conclure une paix définitive.

— Et il n'y a pas eu de paix ? demanda Lorenza que l'histoire amusait.

— Oh non ! Et si, d'abord, j'avais été ravie de recevoir François que j'aimais beaucoup, j'ai senti que nous allions vers de graves difficultés quand il est tombé, lui aussi, amoureux de Fosseuse. Laquelle, sachant les égards que l'on doit à un prince du sang, lui a peut-être un peu trop souri pour la tranquillité de mon époux qui est venu se plaindre à moi et a exigé que je parle à mon frère afin de le dissuader de piétiner ses plates-bandes. Ce que j'ai fait avec toute la diplomatie dont j'étais capable. J'avoue à ce propos que j'avais d'autant moins envie de voir partir François qu'il avait avec lui un certain baron de Champvallon qui me plaisait assez. Ayant réussi dans mon entreprise, nous avons tiré les Rois fort joyeusement. Henri a eu la fève et l'a offerte à Fosseuse qui l'en a remercié d'une voix mourante tandis que moi, pauvre innocente, je dansais éperdument avec Champvallon à la grande fureur de mon pauvre Turenne. C'est là que le paradis allait se changer en enfer... S'il vous plaît, donnez-moi quelque chose à boire, ma chère Diane !

— Oh ! Je vous supplie d'excuser ce manque à mes devoirs d'hôtesse !

— Ce n'est rien ! fit Margot après avoir avalé d'un trait le verre de Malvoisie que Lorenza lui servit. Un beau soir, poursuivit-elle, Mme de Duras qui dirigeait les filles d'honneur vint m'annoncer le plus calmement du monde que Fosseuse était enceinte de plusieurs mois, qu'elle espérait donner le jour à un fils, ce qui permettrait à Henri de me répudier pour l'épouser elle !

— Oh !

— Cette fois, il fallait se battre. Contre Henri, en premier lieu, qui est venu la mine pateline me confier que sa « fille Fosseuse » souffrait de ballonnements d'estomac et qu'elle aurait grand besoin d'un petit séjour aux Eaux-Chaudes où il serait utile que je l'accompagne ! Comme je comptais, moi, faire une cure à Bagnères, je l'ai envoyé promener. Les Eaux-Chaudes n'ayant produit aucun effet, quand nous nous sommes retrouvés à Nérac en juillet, il était évident, même pour les plus myopes, que les ballonnements tenaient bon. Prise de je ne sais quelle pitié stupide, j'ai proposé alors à cette fille de l'emmener passer les deux derniers mois dans un château éloigné, le Mas-d'Agenais, mais elle m'a répondu qu'elle était très bien à Nérac et qu'elle n'était pas grosse. Je l'ai donc abandonnée à son sort jusqu'au jour où Henri est venu me supplier de la loger dans une chambre écartée de celle des filles d'honneur. Il était temps : la nuit suivante cette petite dinde accouchait d'une fille qui mourut à peine née tandis qu'Henri chassait dans les environs.

— Vous deviez être soulagée ? avança la duchesse.

— Même pas ! Henri n'est revenu que pour me transmettre les plaintes de l'accouchée qui voulait être transportée dans mon propre appartement afin de « préserver sa réputation » ! On croit rêver, n'est-ce pas ? Naturellement, j'ai refusé avec indignation mais, de la sorte, j'avais déchaîné les fureurs de l'enfer sur moi. Cette idiote n'a cessé de me dénigrer auprès d'un époux qui buvait ses paroles comme les évangiles. C'en est venu au point que j'ai écrit à ma mère. Elle m'a répondu : « Revenez et prenez avec vous cette Fosseuse ! Navarre suivra ! »

— Et il a suivi ?

— Non. Je crois qu'il craignait un peu l'hospitalité de sa belle-mère mais surtout il avait changé d'amour : cette fois il s'agissait de la belle Corisande, la comtesse de Guiche, qui menait Henri à la baguette. Altière et cruelle, c'était un véritable danger. Je m'en suis aperçue quand je suis rentrée à Nérac : elle a tout simplement tenté de m'empoisonner avec un bouillon. C'est une pauvre servante qui est morte à ma place. J'ai alors décidé de m'enfuir. D'autant plus qu'à ce moment, la mort de mon frère Alençon faisait d'Henri l'héritier présomptif de la couronne de France. Je me suis réfugiée à Agen qui m'appartenait et jamais je n'ai revu Nérac.

Sa voix se fêla sur une petite note triste. Alors Lorenza osa poser la question :

— Qu'est devenue la Fosseuse ?

— Ma mère s'est chargée de la marier à un certain François de Broc, seigneur de Saint-Marc, et on n'a plus entendu parler d'elle.

— A quoi ressemblait-elle ? interrogea Mme d'Angoulême.

— A votre Charlotte justement ! Même peau laiteuse, même chevelure d'or roux, même âge aussi. Depuis que cette histoire a pris les proportions que nous savons, je me suis demandé à maintes reprises si son souvenir n'entre pas pour une part dans cette folle passion d'Henri qui met le royaume au bord de la guerre et qui fait si peur à la Reine ! Je ne dirais pas que je l'aime celle-là, bien qu'elle me reçoive toujours aimablement, mais j'ai vécu ce qu'elle vit et je la comprends !

— Il y a pourtant une sérieuse différence, fit doucement la duchesse. Le Dauphin Louis va avoir neuf ans, elle est sa mère... et elle va être sacrée ! C'est Henri, plutôt, qui devrait avoir peur !

— De quoi, mon Dieu ? Le peuple l'aime et il a déjà échappé à je ne sais combien d'attentats ! C'est un atout inappréciable que la chance !

En se levant pour prendre congé, Margot eut un geste maladroit qui remonta soudain sa collerette et fit basculer légèrement sa coiffure, qu'elle se hâta de remettre en place. Lorenza ouvrit de grands yeux.

— La reine Marguerite porterait-elle perruque ? s'étonna-t-elle quand on eut raccompagné cette dernière à sa voiture.

— Bien sûr, voyons ! répondit Mme d'Angoulème. Jeune, c'était une superbe brune mais elle pense que le blond rajeunit. N'avez-vous pas remarqué que les cheveux de ses pages sont de longueurs diverses ?

— Si, mais...

— C'est parce qu'elle les fait tondre à tour de rôle pour confectionner ses perruques, conclut la duchesse en riant. La reine Margot ne laisse jamais rien au hasard !...

4
L'assassinat

Quand le baron Hubert revint de la chasse à Vincennes, sa belle humeur habituelle l'avait quitté. Il était même, visiblement, très soucieux.

— Seigneur ! s'exclama Clarisse, que vous est-il arrivé ? On dirait que vous portez Dieu en terre.

La duchesse Diane étant absente ce soir, elle et Lorenza se tenaient seules dans le salon où l'on avait coutume d'attendre les repas. Clarisse brodait, sa nièce lisait.

— Ce n'est pas tout à fait ça, marmotta-t-il, mais on n'en est pas loin ! Votre histoire m'inquiétait, Lorie, mais cette fois j'ai vraiment peur ! On prétend que le Diable rend fous ceux qu'il veut perdre et je commence à y croire !

— Si vous essayiez d'être un peu plus clair ? Le Roi ne vous a pas écouté ?

— Si, mais il m'a éclaté de rire au nez et s'est écrié : « Encore ? C'est une gageure ma parole ?

Depuis une semaine on me rebat les oreilles d'une folle qui se répand partout en annonçant que Satan, sous l'apparence d'un escogriffe vert, va me faire passer de vie à trépas après le sacre ! »

— Et il n'y ajoute pas foi ?

— Non. Le coup — si coup il y a ! — est monté judicieusement ! Voilà des mois que mages et devineresses prédisent sa fin à l'envi. On a dû lui présenter l'histoire du grand homme vert à la manière d'une bonne plaisanterie...

— Une plaisanterie ? Sa mort ? Cela n'a pas de sens !

— C'est également mon avis ! D'ailleurs, il riait un peu trop fort et je jurerais qu'au fond il a peur. Mais Joinville, avec son sourire enjôleur, a détourné son attention en lui parlant de sa grande passion et j'ai compris que je perdais mon temps !

— Avez-vous évoqué Epernon en spécifiant que l'homme venait d'Angoulême ?

— Le moyen ? L'ancien mignon était au coude du Roi et ne le lâchait pas d'une semelle. Il m'aurait sauté à la figure et comme notre Sire interdit les duels depuis quelques semaines... J'aurais eu contre moi tout ce monde pour qui je jouais les trouble-fête. Quant au Roi, il est tellement épris que la seule évocation de sa bien-aimée suffit à chasser ses idées les plus noires. Songez donc, ajouta-t-il avec un ricanement, qu'il va combattre pour elle, se couvrir de gloire peut-être sous ses yeux et la conquérir de haute lutte !

— Le grand maître était là ? s'enquit Clarisse.

— Sully ? Non. Il a suffisamment à s'occuper avec le départ prochain des troupes. Je suis d'ailleurs passé chez lui en revenant mais il n'y était pas !

— Alors il faut y retourner, l'adjurer d'entendre la d'Escoman et obtenir au moins que l'on ajourne le sacre !

— Il ne demanderait pas mieux parce qu'il le redoute ! Ainsi que le Roi ! J'en suis intimement persuadé. Bellegarde l'a entendu répondre à Bassompierre qui l'interrogeait sur un détail du cérémonial : « Ah, maudit sacre ! Il me fera périr ! »

— Et cette aberration aura lieu quand même ?

— Il le faut bien, s'il veut prendre la tête de son armée ! Le Dauphin n'est que dans sa neuvième année et il faut quelqu'un pour garder le royaume jusqu'à ce qu'il soit en âge de régner ! Si seulement Thomas rentrait !

Clarisse en laissa tomber son ouvrage :

— Voulez-vous nous expliquer ce qu'il pourrait bien faire ?

— Fouiller Paris à la recherche de l'homme en vert. Vous l'ignorez sans doute, Lorie, le doux temps de la lune de miel n'accordant guère de place à la domesticité, mais le valet de Thomas, Gratien, est le garçon le plus curieux et le plus futé qui soit. Il connaît Paris comme sa poche et en fouinant dans les auberges, par exemple, il dénicherait peut-être le personnage, surtout si vous pouvez le lui décrire. S'il le trouve on... l'élimine discrètement et ce serait déjà un souci en moins ! Vous n'êtes pas d'accord ?

— Et si nous agissions ensemble, vous et moi, père ? Avec des habits appropriés, je fais un garçon tout à fait convaincant... Oh, père, dites oui, je vous en supplie ! Je l'ai vu, moi, l'homme en vert !

— N'oubliez-vous pas votre service chez la Reine ? rappela Clarisse. Elle n'est pas femme à vous accorder des vacances !

— Et la nuit ?

Elle crut que les yeux du baron allaient lui sortir des orbites.

— Vous voulez courir les tavernes avec moi de nuit ? Ma parole, vous perdez l'esprit, Lorie. Si j'acceptais et si Thomas l'apprenait, il m'arracherait la peau avec ses dents !

— Mais enfin, pourquoi Thomas ne rentre-t-il pas ? gémit Lorenza au bord des larmes. Ce genre d'ambassade destinée, j'imagine, à remettre et à traduire un message ne dure pas si longtemps !

— Là, vous avez entièrement raison ! Surtout lorsqu'elle est composée uniquement de militaires ! Ce tantôt, quand la chasse a regagné le Louvre, j'ai eu l'occasion de bavarder un instant avec le comte de Sainte-Foy, le colonel des deux garçons qui supporte très mal cette récente manie du Roi de lui emprunter ses meilleurs officiers pour les transformer en diplomates. Et il se trouve qu'il a une idée là-dessus...

— Laquelle ?

Le vieux gentilhomme prit un air de conspirateur, regarda autour de lui avec circonspection pour s'assurer qu'aucune oreille indiscrète ne traînât dans le coin et chuchota :

— Le message à l'archiduc Albert ne serait qu'un prétexte. En réalité, il s'agirait d'enlever la belle Charlotte, exercice pour lequel des soldats jeunes et dûment entraînés se révèlent plus efficaces que ces mollassons de bureaucrates dont se compose en général le personnel d'une quelconque délégation !

— Miséricorde ! fit Lorenza, horrifiée. Et s'ils se font prendre, l'affreux petit Condé demandera leurs têtes ?

— Tel que je le connais, il demandera plutôt qu'on les lui paie... très cher de préférence. J'ajoute que je suis prêt à débourser n'importe quelle rançon, et vous devriez vous sentir rassurée. Mais revenons à votre projet de traque de l'homme vert ! Vous dessinez agréablement, il me semble ? Seriez-vous capable d'esquisser son portrait ?

— Je peux essayer. Ce n'est pas un visage facile à oublier quand on l'a vu ne serait-ce qu'une seule fois ! Il est de taille plus élevée que la moyenne, roux, le cheveu et la barbe hérissés...

— Attelez-vous tout de suite à cette tâche ! Dès

que ce sera fait, j'entreprendrai la tournée des auberges plus ou moins borgnes !

— Pas tout seul, j'espère ? s'écria sa sœur.

— Je ne suis pas fou ! J'emmènerai Poitevin et Buisson, les plus solides de mes valets... ceux aussi qui possèdent les gueules les plus patibulaires !

Après quelques essais maladroits, la jeune femme put enfin remettre à son beau-père un assez bon portrait de l'homme d'Angoulême. Ainsi pourvus, le baron et ses hommes, convenablement déguisés, se mirent à hanter les tavernes et cabarets louches, et une attente anxieuse commença pour « ses femmes » !

Il fallut une semaine à peu près pour retrouver la trace du personnage à l'auberge des Cinq Croissants, rue Saint-Jacques. Malheureusement, il en était parti la veille sans dire où il allait.

— Le patron a d'ailleurs ajouté qu'il n'était pas fâché de le voir filer parce qu'il lui trouvait une drôle de tête et qu'il ne plaisait pas à ses autres clients. Il payait bien cependant mais, en ce moment, ce ne sont pas les voyageurs qui manquent. Toute la province débarque à Paris !

— Mais pourquoi ?

— Le sacre, voyons ! Nous en sommes à une semaine !

— Seigneur, c'est pourtant vrai ! s'exclama Clarisse. D'habitude, cela se déroule à Reims et on va la sacrer à Saint-Denis ? Je me demande bien pourquoi !

— On est pressés ! Or, préparer le faste de la ville et de la cathédrale ne peut pas se faire en cinq minutes. Souvenez-vous que le Roi a reçu l'onction à Chartres !

— On était en guerre et c'était normal ! Au moins la « joyeuse entrée » dans la capitale représentait quelque chose ! Tandis que, là, elle va quitter le Louvre pour gagner les portes de la ville où elle reviendra coucher et fera tout de même, quelques jours après, une « joyeuse entrée » parfaitement grotesque ! Et pourquoi donc pas à Notre-Dame ? C'est encore plus près !

— Il faut tout vous expliquer, Clarisse ! ronchonna son frère. A Saint-Denis sont enterrés les rois qui ont été sacrés à Reims. Cela donne une sorte de continuité que notre magnifique cathédrale n'offre pas ! Comment ça va au Louvre ? interrogea-t-il Lorenza.

— Oh, c'est du délire ! Entre deux essayages — et il y en a une douzaine par jour parce que la Reine n'est jamais satisfaite —, les répétitions dans Saint-Germain-l'Auxerrois et les exercices de mémorisation des textes et prières qu'elle devrait réciter, on nage dans le velours, la soie, l'hermine, les dentelles, les bijoux et l'incohérence. C'est tout juste si les perles et les diamants ne vous glissent pas sous les pieds ! Cela sous l'avalanche ininterrompue des clameurs et reproches de Sa Majesté ! Une horreur !

— Je vous crois volontiers ! En tout cas, nous

allons poursuivre notre quête, il faut absolument dénicher l'oiseau vert !

Deux jours avant le sacre, on sut où le gibier avait installé ses pénates en quittant les Cinq Croissants. C'était beaucoup plus proche du Louvre, à l'enseigne des Trois Pigeons, rue Saint-Honoré... Mais on apprit aussi qu'on ne l'y avait pas gardé. Il tenait des propos étranges et décousus et, comme on en était à refuser du monde, on l'avait prié d'aller tenir ses discours ailleurs. Où ? Bien entendu, nul n'en savait rien !

— C'est à s'arracher les cheveux ! gémit Hubert à qui sa sœur fit observer que n'en ayant déjà plus tellement, c'était un luxe qu'il ne pouvait pas s'offrir...

L'entrée de Buisson portant un chiffon de papier à lui adressé ramena momentanément le calme. Le billet émanait des Cinq Croissants — où, évidemment, on avait laissé quelque argent « au cas où » — et annonçait que l'homme en vert y était revenu. Mais la joie fut de courte durée car le scripteur précisait qu'au moment où on allait envoyer prévenir, l'homme avait à nouveau disparu en compagnie cette fois d'un personnage qui semblait être un valet déguisé et on n'avait revu ni l'un ni l'autre...

— Ce n'est pas la peine de continuer nos recherches, soupira le baron affalé dans un fauteuil. Ceux qui l'emploient ont dû juger plus prudent de le mettre à l'abri dans un endroit moins public qu'une auberge. Les propos qu'il tient ne peuvent que les avoir inquiétés.

— Je propose à Monsieur le baron de me permettre d'y retourner tout seul, dit Buisson. On pourrait peut-être me décrire celui avec lequel il s'est esbigné ? Entre valets de grandes maisons il arrive qu'on se connaisse un peu !

— C'est une lumineuse idée ! Allez-y, mon ami !... et que Dieu vous aide ! Mais sans guère d'espoir, soupira-t-il quand Buisson eut disparu. Si on l'a caché chez Epernon, les Jésuites ou les Entragues, on n'en saura rien. Il n'en émergera qu'au moment de frapper !

— En tout cas, cela signifie surtout que l'attentat suivra le sacre de près, émit la duchesse Diane qui était entrée sur les talons du valet. Aucun d'eux ne peut se permettre de garder longtemps ce genre d'explosif !

On en fut encore plus persuadé au retour de Buisson. La description de l'inconnu manquait de précision. En revanche, ce qu'il avait appris à l'auberge était proprement terrifiant : un couteau à longue lame manquait à la cuisine !

Le baron Hubert sauta sur ses pieds.

— Je cours chez Sully ! Il faut qu'il sache le résultat de nos investigations coûte que coûte ! Il trouvera peut-être une solution... Lui au moins parvient à se faire écouter !

Le galop de son cheval franchit le portail quelques instants plus tard...

Malheureusement, le ministre n'était pas chez lui et le baron allait le chercher en vain...

Le lendemain, jeudi 13 mai 1610, il faisait le plus beau temps du monde. Dans un ciel sans nuages, un soleil éclatant illuminait Paris et l'interminable rue Saint-Denis, parée de fleurs et de tentures aux couleurs de la Reine, qui allait mener celle-ci des rives de la Seine jusqu'à la vénérable basilique où elle recevrait la couronne. L'héroïne de la fête n'avait jamais été vue de si belle humeur. Bien qu'elle ait dû se lever très tôt pour entendre la messe, communier, déjeuner et enfin se livrer à ses femmes pour être revêtue de l'immense robe de velours bleu brodée de lys d'or toute scintillante de diamants, de la grande collerette, dorée elle aussi, et du long manteau à traîne doublé d'hermine, elle rayonnait positivement. Il faut avouer qu'Henri avait bien fait les choses et n'avait pas lésiné sur les dépenses, même s'il considérait ce sacre comme un cauchemar. Marie devait en parler plus tard à l'ambassadeur florentin venu lui offrir des condoléances en présence d'autres témoins de la journée.

— C'était comme le Paradis ! N'est-il pas vrai, Messieurs, que la cérémonie de mon couronnement a été semblable en beauté à l'ordre divin du Paradis ?...

Et de la décrire !

Dix-neuf gradins avaient été élevés dans l'église

où allaient prendre place, en fonction de leurs rangs, les princes du sang, les princesses du sang, les cardinaux, les évêques, les officiers de la Couronne, etc. A propos des princesses du sang, le Béarnais avait pensé joindre l'agréable au nécessaire en réclamant la présence du prince et de la princesse de Condé, mais il avait essuyé une nouvelle fin de non-recevoir. En revanche, la reine Margot était là, parée telle une châsse et plus blonde que jamais.

Quant à Henri, faisant contre mauvaise fortune bon cœur, il fit montre d'une gaieté parfaite pendant la cérémonie à laquelle il assistait dans une loge vitrée édifiée près du maître-autel où se tenaient, en retrait, l'archevêque de Reims, les ducs d'Epernon, de Bellegarde, de Montbazon et de Retz ainsi que MM. du Bellay, de Vic, de Courcy... et de Praslin !

Fort surpris, le baron Hubert ouvrait déjà la bouche quand ce dernier protesta :

— Ah non ! Vous n'allez pas me sauter dessus comme l'a fait tout à l'heure Sainte-Foy outré de l'usage abusif que l'on fait de ses officiers et réclamant leur retour. Je lui ai répondu qu'ils étaient encore là-bas pour le service du Roi ! Autant dire : secret d'Etat !

— Secret d'Etat ? Mon œil ! Pas difficile à deviner votre mystère ! Ils ont pour mission de...

— Et si vous vous taisiez tous les deux ? fit sévèrement le Roi en se retournant. Vous me gâchez mon plaisir !

La stupeur laissa les deux gentilshommes pantois. Son plaisir ? Alors qu'il considérait, la veille encore, ce couronnement comme une catastrophe ?

Il est vrai que ce sacre-là différait des autres. Le sévère protocole habituel se dévergondait. Cela avait commencé par l'altercation qui avait opposé l'ambassadeur de Florence à ceux des Provinces-Unies et de Venise, ceux-ci ayant réclamé le pas sur le dernier qui les avait bousculés en les traitant d'« animaux aquatiques ! ». Il avait fallu les séparer. On en avait à peine fini avec eux que Foscari, ambassadeur de la Sérénissime, saluant celui de Madrid, s'était contenté de l'appeler « Monsieur l'ambassadeur ». L'autre, don Inigo de Cardeñas, prétendant au titre d'Excellence, lui avait donné un violent coup de chapeau dans la figure. Le Vénitien, le nez pissant le sang, avait répondu à coups de poing !

La paix était à peine rétablie dans la petite classe des diplomates — ou soi-disant tels ! — que l'architecture s'en mêlait : la dalle qui fermait la crypte où l'on enterrait les rois de France se brisa net et il fallut se hâter de la replâtrer, ce qui contraria vivement l'héroïne de la journée. Mais ce qui suivit l'ennuya encore plus, alors que la cérémonie en était à son point culminant. Marie venait de recevoir du cardinal de Joyeuse l'onction du saint chrême sur le front et la poitrine, puis le sceptre et la main de Justice. Le Dauphin et sa sœur Elisabeth, également vêtus de satin brodé d'or, apportèrent la couronne tant désirée au cardinal qui la posa sur la tête inclinée de Marie. Fit-elle un faux mouvement ou ses cheveux fraîchement lavés étaient-ils glissants, toujours est-il que la couronne faillit tomber et qu'elle dut la retenir avant qu'elle n'aille à terre. Cela créa un froid mais la cérémonie s'acheva sans autres incidents. La foule massée à l'extérieur éclata en acclamations sous une pluie de pièces d'argent et d'or frappées à l'effigie de celle qui pouvait à présent devenir régente durant l'absence de son époux. Celui-ci fut le premier à l'appeler ainsi, en guise de plaisanterie sans doute, mais l'on comprit mal pourquoi Henri désigna le Dauphin à plusieurs reprises en disant :

— Messieurs, voici le Roi !

A sa place parmi les dames de la Reine, Lorenza avait observé tout cela avec une inquiétude qu'elle confia à la comtesse Clarisse lorsqu'elles furent revenues au Louvre pour le festin.

— Traitez-moi de Florentine superstitieuse, ma tante, mais je n'ai pas aimé ce sacre !

— Les Florentines n'ont pas le monopole de la superstition, j'imagine, et je partage entièrement votre point de vue. Il y a là un présage. Si Marie de Médicis doit devenir régente, ce ne sera pas bon pour le royaume ! Mais venez ! J'ai une question à poser à mon cher frère !

Quand elles le rejoignirent, il s'entretenait avec

Bellegarde dans une encoignure de fenêtre en buvant un verre de vin. Sans se soucier d'interrompre leur conversation, elle demanda :

— De quoi parliez-vous tout à l'heure à Saint-Denis avec M. de Praslin ? Car même si ma vue n'est plus ce qu'elle était, j'ai bien cru le reconnaître !

— C'était lui en effet et j'en ai profité pour demander où était mon fils. Il m'a répondu qu'il était toujours à Bruxelles avec Bois-Tracy, leur mission n'étant pas achevée.

— Alors pourquoi Praslin est-il rentré ?

Roger de Bellegarde intervint.

— Etant à la tête d'une des quatre compagnies des gardes, il se devait d'être là même si c'est celle de Vitry qui assure le service aujourd'hui, mais je suppose qu'il est plutôt venu prendre de nouvelles instructions avant de retourner là-bas où les choses se présentent mal, la princesse étant toujours logée, sous surveillance, au palais des Archiducs. On n'ose tout de même pas intercepter son courrier, or elle ne cesse de se plaindre et d'appeler son héros au secours !

— En tout cas, n'essayez pas d'aller lui parler, avertit le baron. Il se réfugiera derrière le secret d'Etat comme il l'a fait avec moi !

— Un bien grand mot pour une affaire d'amour !

— Qui n'en débouche pas moins sur une guerre ! Praslin a dû recommander à ses deux « assistants » de continuer à observer les mouvements du palais ainsi que ceux de la belle en attendant l'arrivée du Roi. N'oubliez pas qu'il prend la route des Pays-Bas le 19, dans trois jours, fort d'une armée beaucoup plus puissante que s'il s'agissait de libérer Juliers, conclut le Grand Ecuyer. Même Sully y sera, nanti d'un trésor de huit millions !

— Et ce même jour, Marie sera régente ! Dieu nous protège !

— N'exagérons rien ! Elle aura le titre mais pas le pouvoir. Elle se contentera de présider le Conseil que le Roi a nommé. Ils sont quinze et elle n'aura droit qu'à une seule voix : la sienne. Allons ! Cessez de vous tourmenter, belle amie ! ajouta-t-il à l'intention de Lorenza. Vous retrouverez bientôt votre époux !

— Dieu vous entende, Monsieur le Grand !

Décidément, elle aimait de moins en moins cette histoire...

Quelqu'un étant venu informer Bellegarde que le Roi le cherchait, il s'excusa et s'éloigna. Lorenza en profita pour glisser sa main sous le bras de son beau-père.

— Avec toute cette agitation, vous ne m'avez pas encore rapporté ce que vous a dit M. de Sully !

— Cela ne valait pas la peine de vous empêcher de dormir vous aussi ! C'est à croire qu'un vent de folie souffle sur nos têtes pensantes, car mes craintes n'ont pas retenu deux minutes l'attention de notre ministre ! Il est tout frétillant à l'idée de partir en guerre avec son roi et m'a déclaré que des menaces d'attentat, il en pleuvait de partout, que le Roi allait ressentir un bénéfice immense à se retrouver au milieu de son armée où il serait gardé mieux que nulle part ailleurs, que « après le couronnement » ne signifiait pas pour autant qu'on l'attaquerait le lendemain même, et qu'on verrait à s'occuper de l'homme en vert quand on reviendrait vainqueurs, avec la princesse dans le cortège triomphal, etc.

— Il devient fou ou quoi ?

— Je pense que la perspective de se couvrir de gloire, lui et sa famille, chatouille agréablement sa vanité. Songez qu'il va prendre part à la guerre comme général et comme trésorier, que son fils va commander l'artillerie et son gendre, le duc de Rohan, les Suisses que l'on a levés dans les Quatre-Cantons et qui viennent de nous arriver ! Il faut dire que nous emmenons une sacrée armée et que, au moins sur le papier, l'Espagne devrait être battue à plate couture !

Suffoquée, Lorenza retira sa main pour regarder le baron en face.

— Mais ma parole, on dirait que tout cela vous enchante ? Vous n'allez pas m'apprendre que vous allez guerroyer vous aussi ?

Il lui offrit un visage faunesque.

— Hé, hé ! J'avoue avoir été tenté ! Ce diable d'homme est entraînant ! Si j'avais dix ans de moins et si le devoir ne me commandait pas de veiller sur vous, je ne sais pas si je résisterais à la tentation de galoper à nouveau derrière le beau panache blanc de « Nouste Henri » ! Mais rassurez-vous, poursuivit-il avec un soupir en reprenant la main de sa belle-fille qu'il fourra sous son bras, avant de voler au secours du « bel ange » du Roi, j'ai à protéger celui de Thomas. Et maintenant nous devrions tous aller nous coucher. La journée a été rude pour tout le monde !

— Pas pour la Reine en tout cas ! Elle rayonne positivement !

— Ah, c'est que, pour elle, la magie continue ! Il lui faut à présent préparer sa « joyeuse entrée » ! Demain nous irons assister aux préparatifs ! Cela vous changera les idées...

— Cela m'étonnerait fort, murmura-t-elle.

En fait, elle eut un sommeil fort agité, ne cessant de penser à son époux pratiquement seul avec Bois-Tracy sur un terrain miné. Et quand elle arriva au Louvre pour prendre son service, elle put constater que l'atmosphère n'était plus celle de la veille. La Reine dormant encore, on parlait à voix basse dans les appartements. Quant au Roi, il s'était levé aux aurores, Morphée s'étant dérobé à cause d'une chouette qui avait hululé toute la nuit aux abords de la chambre royale. Du coup, ses mauvais pressentiments l'avaient repris et, les mains nouées derrière le dos, le dos rond, il arpentait les appartements royaux, échangeant quelques mots avec l'un ou l'autre. Il attendait Sully mais Sully ne vint pas. Il souffrait d'un dérangement d'estomac qui le retenait chez lui.

— Nous avons à parler pourtant ! grogna le Roi. S'il ne peut venir, j'irai le voir ce tantôt !...

Il achevait à peine sa phrase que l'on introduisit le jeune duc César de Vendôme, l'aîné des enfants qu'il avait eus de Gabrielle et qu'il avait marié l'été précédent à Marguerite de Vaudémont-Lorraine. Henri aimait beaucoup ce magnifique garçon de seize ans auquel il ne reprochait qu'une chose : un goût à peine dissimulé pour les gens de son sexe alors que les filles ne l'inspiraient guère. En dehors de cela, follement brave et follement orgueilleux, César se sentait parfaitement capable d'être roi mais n'aurait jamais rien tenté contre un père qu'il aimait. Ce matin-là, il était visiblement inquiet.

— Je suis venu vous supplier de ne pas sortir aujourd'hui, Sire ! Il y va de votre vie. Un grand devin nommé Labrosse prédit que vous mourrez avant le coucher du soleil !

— Vous, vous avez consulté l'Almanach ! Ce Labrosse est un vieux fou qui appartient au comte de Soissons. On parle tellement de ma mort qu'il veut se distinguer en l'annonçant pour aujourd'hui ! C'est grotesque !

— Non. C'est logique puisque, avant votre départ pour Bruxelles, c'est le seul jour où vous ne serez pas en représentation. C'est-à-dire trop entouré pour que l'on puisse vous atteindre !

— Expliquez-vous.

— Nous sommes le 14. Demain, samedi 15, il y a grande chasse. Dimanche 16, la Reine fait sa « joyeuse entrée ». Lundi, ce sont les noces de ma sœur Catherine avec Montmorency[1] dont les réjouissances dureront jusqu'au soir du mardi 18 et, le lendemain, vous serez à la tête de l'armée !

— Mais je veux sortir ! Sully est malade et...

— Vous le verrez plus tard, voilà tout ! Par pitié, Sire mon père, écoutez-moi !

— Vous êtes un enfant et si vous attachez du crédit à tous les mauvais bruits, vous ne ferez jamais rien !

Désolé mais certes pas découragé, César s'en alla chez la Reine. Il ne l'aimait pas mais ce jour-là il aurait fait n'importe quoi pour empêcher son père de quitter le Louvre. C'est à peine si elle y prêta attention. Elle avait mille choses à faire, voyons ! D'ailleurs, elle essayait une robe quand il se présenta mais, superstitieuse à l'excès, elle se signa à trois reprises en l'écoutant d'un air effrayé puis le congédia en disant qu'elle ferait ce qu'elle pourrait et n'y pensa plus au bout de cinq minutes. Découragé, le jeune duc rentra chez lui sans être parvenu à mettre un terme à son angoisse. Et pourtant...

Et pourtant, l'homme en vert n'était pas loin. César passa devant lui sans même s'en apercevoir

1. Elles n'auront pas lieu. Catherine de Vendôme épousera quelques années plus tard le duc de Nemours.

quand il franchit les guichets du Louvre. Renseigné — par qui ? —, l'homme avait fait le même calcul que Vendôme et attendait son heure, assis entre les deux voûtes sur un montoir à chevaux que le porche dissimulait. Et là, il patientait...

Tandis qu'une activité intense régnait chez Marie, le Roi, indécis, et malgré tout inquiet, continuait à faire les cent pas dans son cabinet... Lorsque vint l'heure du repas, il mangea de bon appétit et sembla retrouver sa bonne humeur habituelle bien qu'il n'eût guère participé aux propos échangés.

Le repas achevé, il recommença à tourner en rond, décida de s'accorder une sieste et s'étendit sur son lit mais n'y resta pas. Incapable de se reposer, il demanda l'heure à un garde.

— Quatre heures, Sire ! répondit cet homme. Le temps est magnifique. Votre Majesté devrait prendre l'air. Ce n'est pas bon de rester enfermé.

— Tu as raison. Il faut que j'aille chez Monsieur de Sully. Va dire que l'on apprête mon carrosse.

Et le voilà parti chez la Reine... où le doute le reprit.

— Ma mie, irai-je ou n'irai-je pas ? demanda-t-il en l'embrassant.

Marie le fixa de ses yeux ronds.

— Si vous n'en avez pas envie, restez !

— Certes... mais Sully est malade et j'ai promis d'aller le voir...

— Vous le verrez demain !

— Vous savez bien que ce ne sera pas possible. Je sors !

Et il disparut... pour revenir peu après.

— En vérité, je ne sais pas ce que j'ai mais je n'arrive pas à me décider.

Là-dessus, il embrasse à nouveau sa femme en murmurant :

— Ma mie, irai-je ou n'irai-je pas ?

Une troisième fois, il répéta la question et... donna un autre baiser, qui fit rire la vieille maréchale de La Châtre auprès de qui Lorenza était assise, un livre qu'elle ne lisait pas dans les mains. Etranglée par une émotion qu'elle contenait à grand-peine, elle regardait ces deux êtres unis par le mariage, la couronne, des enfants... mais non par l'amour. Son attention se concentrait surtout sur cette grosse femme molle, qui, au lieu de trancher le dilemme angoissant de son époux en l'obligeant à rester auprès d'elle, répondait sans chaleur :

— Faites à votre idée ! Restez si l'envie de sortir vous a quitté !

La jeune femme brûlait de l'empoigner à deux mains et de la secouer en lui disant de se remuer un peu et de le retenir de toutes ses forces. Mais non : finalement Henri se dirigea vers la porte en disant qu'il rentrerait tôt et ne serait dehors qu'à peine une heure. Tandis que Mme de La Châtre s'exclamait qu'en vérité le Roi était plus amoureux de la Reine que jamais, Lorenza s'éclipsa et rejoignit Henri dans l'antichambre.

— Sire ! supplia-t-elle, différez votre visite, je vous en conjure ! C'est Dieu, j'en suis certaine, qui vous souffle votre indécision !

Il se mit à rire mais ce rire sonnait faux.

— Vous aussi, ma belle ? Savez-vous que c'est fort agréable de susciter une inquiétude dans ces beaux yeux ? M'aimeriez-vous un peu en dépit de...

— N'en parlons plus, Sire ! Vous ne pouviez pas savoir et à présent je suis heureuse... et je voudrais que mon Roi le soit aussi. C'est pourquoi je l'implore... de faire n'importe quoi sauf de mettre le nez dehors !

— J'étouffe entre ces murs ! J'ai besoin d'air !

— Le Roi, pour une fois, ne pourrait-il se contenter des jardins ? Le temps y est plus agréable que dans les rues... et cela sent moins mauvais ! N'allez pas dans la ville, Sire ! Un homme venu d'Angoulême y guette sa proie. Un homme roux habillé de vert qui a juré votre mort !

— Comment le savez-vous ?

— Je l'ai vu et entendu, Sire... dans un petit bois près du château de Verneuil. Il s'y entretenait avec la dariolette de la marquise. Il disait attendre le couronnement et alors...

— Qui est cette fille ?

— La demoiselle d'Escoman.

— Où est-elle ? Pourquoi n'est-elle pas venue me parler ?

— Elle l'a tenté en vain... et maintenant elle est incarcérée à la Conciergerie.

— Pour quel motif ?

— Tombée dans la misère parce que personne ne voulait l'écouter, elle a dû abandonner son enfant... sur le Pont-Neuf !

— C'est un crime, cela ! fit Henri soudain assombri.

— Je sais, Sire, mais à moins de se jeter à l'eau avec lui... Et puis elle voulait à tout prix faire entendre sa voix, si faible cependant. Toutes les portes se refermaient devant elle. Ceux à qui elle s'adressait refusaient de l'entendre... parce qu'ils étaient de ce complot qu'elle avait découvert.

— Qui ?

Lorenza n'hésita qu'à peine. Il était vital de le convaincre.

— Les Jésuites, Mlle du Tillet, Mme de Verneuil, le duc...

A cet instant, celui dont elle s'apprêtait à prononcer le nom entra dans la galerie, tout sourires.

— Ah, Sire, vous êtes là ! s'exclama d'Epernon. Je vous cherchais afin de vous proposer ma compagnie pour aller chez le grand maître ! Le temps est si radieux ! Veuillez me pardonner, Madame de Courcy, je ne vous avais pas vue !

Henri s'esclaffa.

— Ne pas remarquer une aussi jolie femme ? Il faut soigner vos yeux, mon cher duc ! Venez donc avec moi ! C'est une bonne idée... Voyez, chère baronne ! Je vais être solidement escorté. En comptant Montbazon et deux ou trois autres, je serai bien entouré !

Il s'empara d'une de ses mains pour y poser un baiser.

— Elle est froide ! Il est vrai que, dans ce cas, on dit que le cœur est chaud ! Je vous verrai à mon retour, ma belle enfant... et nous causerons tout à loisir ! Venez, duc !

Vaincue, elle s'affala presque dans sa révérence en murmurant :

— Ce sera avec... bonheur, Sire !

Les larmes aux yeux, sans savoir pourquoi, elle regarda les deux hommes s'éloigner dans la galerie. Le pourpoint noir du Roi, en soie « égratignée », contrastait avec le pourpre abondamment brodé de l'ancien mignon d'Henri III et elle frissonna : il lui semblait voir du sang coulant de cette silhouette funèbre...

Pour se remettre, elle respira à plusieurs reprises avant de retourner chez la Reine qu'elle trouva étendue sur son lit de repos et bavardant à bâtons rompus avec son amie Mme de Montpensier qui, pour une fois, ne donnait pas l'impression de souffrir d'un de ses multiples maux qui la « martyrisaient » sans cesse... L'atmosphère était même particulièrement détendue. On était d'excellente humeur en évoquant les fastes de la veille et le véritable triomphe que seraient ceux du surlendemain ! Mme de La Châtre faisait chorus et ce groupe joyeux contrastait avec la solitude de Mme de Guercheville qui se tenait debout près d'une fenêtre donnant sur la cour.

Lorenza la rejoignit et vit qu'elle regardait le

Roi monter dans son carrosse dont il avait fait relever tous les mantelets de cuir afin de mieux respirer. Il s'installa au fond entre Epernon et le duc de Montbazon. MM. de Lavardin et de Roquelaure s'assirent près de la portière de droite et MM. de Mirebeau et de Liancourt à celle de gauche. Liancourt, Premier Ecuyer, demanda où l'on allait.

— Menez-moi hors de céans ! répondit le Roi bizarrement et, de façon plus étrange encore, il fit un grand signe de croix...

La voiture s'ébranla et disparut aux yeux des deux observatrices. Lorenza se signa presque furtivement. Mme de Guercheville le vit et fit de même.

— Vous avez peur ? murmura-t-elle.

— Oui. Je sais que l'homme en vert existe. Je l'ai vu de mes yeux l'an passé.

— Où cela ?

— A Verneuil.

— Ah !

Elles se regardèrent un instant sans plus parler : elles s'étaient comprises...

Cependant, le carrosse disparaissait sous la voûte après qu'on eut renvoyé M. de Praslin revenu à ses fonctions habituelles de capitaine de la seconde compagnie des gardes du corps qui aurait dû l'escorter. Seuls quelques valets furent autorisés à le suivre à pied. Il fut allégué qu'il y avait déjà suffisamment de monde dans les rues de Paris où les badauds allaient contempler les arcs de triomphe et autres splendeurs destinées à la « joyeuse entrée ».

Le Roi avait demandé que l'on passe par la Croix du Trahoir mais, arrivé là, il décida que l'on irait au cimetière des Innocents. On lui fit remarquer que ce n'était guère le chemin de l'Arsenal mais il déclara qu'avant de s'y rendre, il voulait visiter certaine demoiselle Reine Paulet que l'on surnommait la Lionne, une superbe rousse dont on vantait partout la beauté et l'esprit.

— Oh, Sire, vous voulez aller chez une femme ? Aujourd'hui ?

— Pourquoi pas ? J'ai vu ce matin mon fils Vendôme qui a tout ce qu'il faut pour plaire aux plus difficiles mais qui leur préfère les garçons. J'ai dans l'idée de la lui donner pour maîtresse. Elle est de celles à qui l'on ne résiste pas !

— En ce cas...

On prend, par la rue de la Ferronnerie, une sorte de boyau coincé entre l'un des murs du vieux cimetière et l'auberge du Cœur Couronné percé d'une flèche. A ce moment précis, un haquet de vin venant de la droite et une charrette à foin débouchant de la gauche obstruent la ruelle. A cette vue, les valets suiveurs décident de passer par le cimetière, sauf l'un d'eux qui va essayer de faire ranger les deux véhicules.

Pour charmer les longueurs de l'attente, Epernon sort une lettre qu'il déplie pour la lire au Roi. Pour mieux l'entendre, celui-ci passe son bras autour de son cou. Il n'y a plus personne autour du carrosse. Alors...

L'homme en vert a sauté sur une borne placée devant l'auberge, s'accroche d'une main à la portière de la voiture et de l'autre, armée d'un long couteau, frappe Henri à la poitrine au-dessus du cœur, mais le coup déchire seulement la peau.

— Ah ! Je suis blessé !

L'assassin frappe une deuxième fois, comme la foudre, puis une troisième. Ces deux coups-là sont mortels...

Après le premier, le Roi a levé le bras. Les suivants ont percé le poumon et l'aorte. Le dernier a également traversé la manche du duc de Montbazon qui n'a rien compris.

— Qu'est-ce, Sire ? demande-t-il benoîtement[1].

— Ce n'est rien, murmure Henri d'une voix qui s'éteint.

Aussitôt, il vomit un flot de sang. Tout est fini !

Ravaillac, lui, n'a pas bougé. Son exploit réussi, il semble en extase : il a enfin réussi à tuer l'Antéchrist. Des gentilshommes se sont précipités sur lui : l'un le frappe au visage du pommeau de son épée, un autre lui arrache son poignard pour l'en transpercer, mais la voix soudain impérieuse d'Epernon retient son geste :

1. Il était loin d'être une lumière !

— Ne le tuez pas ! Il y va de vos têtes !

Certains, furieux, se préparent à passer outre mais alors il crie :

— Le Roi n'est que blessé !

Les spectateurs du drame réclament un chirurgien, du vin pour laver la blessure et ranimer le Roi, mais le duc ne laisse personne lui voler la vedette.

Il ordonne que l'on rabatte les mantelets et que l'on regagne le Louvre sur-le-champ. La lourde voiture sort de la ruelle et repart non sans laisser une trace sanglante. On retourne au Louvre au milieu d'une rumeur qui grandit jusqu'à devenir clameur furieuse. Le peuple qu'Henri aimait tant et qui le lui rendait bien est prêt à se soulever, emporté par sa colère et son indignation. On avait beau crier qu'il n'était que blessé et non mort, personne ne voulait le croire. Les bruits annonçant la tragédie n'avaient que trop couru !

Tandis que l'on transporte au Louvre le corps du Roi, son épouse toujours étendue sur sa chaise longue a fini par s'assoupir, bercée par les paroles de Mme de Montpensier. De nouveau à la fenêtre, Mme de Guercheville et Lorenza voient revenir le carrosse entouré d'une agitation indescriptible. Une même épouvante se lit dans le regard qu'elles échangent mais elles n'ont pas le loisir de revenir près de la Reine : la porte de sa chambre vient de s'ouvrir d'un coup de pied qui réveille Marie. C'est Concini.

— *E ammazato*[1] *!* lance-t-il avant de disparaître.

En même temps, un vacarme assourdissant se fait entendre dans la petite chambre du souverain qui est de l'autre côté.

— Allez donc voir, ma bonne, ce qu'il se passe ! dit Marie à Mme de Montpensier qui se précipite, ouvre les portes qu'elle referme violemment après une exclamation horrifiée.

Marie s'est alors levée d'un bond en s'écriant :

— Mon fils !

Elle se rue vers la modeste chambre malgré les efforts de la Montpensier qui lui assure qu'il ne s'agit pas de son fils. En y entrant, elle bute sur Praslin qui lui déclare :

— Madame, nous sommes perdus !

Il éclate alors en sanglots. Elle l'écarte brutalement, voit le corps livide étendu sur le lit et manque s'évanouir. Madame de Montpensier et Catherine Forzoni essaient de la ramener à sa chaise longue mais elle est trop lourde et elles ne peuvent que la traîner. La femme de chambre appelle à l'aide. Bellegarde et le duc de Guise se précipitent mais Epernon les a précédés... pour se contenter de s'agenouiller... en disant que le Roi n'est peut-être pas mort !

Les trois autres se récrient en s'agenouillant à leur tour pour baiser la main de celle qui est maintenant la Régente.

1. Il a été tué !

Aussitôt, elle explose en sanglots désespérés, se livrant à des manifestations de douleur excessive et versant des larmes abondantes qui s'apaisent immédiatement quand arrivent le chancelier Bruslart de Sillery, le duc de Villeroy et le président Jeannin qui viennent régler avec elle les mesures à prendre, les ordres à donner, les lettres à dicter.

— Le Roi est mort ! Le Roi est mort ! se met-elle à clamer.

— Non, Madame, rétorque le chancelier. En France, le Roi ne meurt jamais et nous sommes là pour servir Louis, treizième du nom, désormais roi de France et de Navarre !

Tandis que, les larmes enfin taries — elles ne reviendront plus guère ! —, on entamait les discussions, le duc d'Epernon, lui, ne perdait pas son temps et distribuait des ordres destinés à lui assurer le pouvoir... Colonel général de l'infanterie, il mit le Louvre en défense pour que le bruit du décès ne filtre pas, envoya ses consignes au Pont-Neuf, à la rue Dauphine et aux Grands-Augustins où siégeait exceptionnellement le Parlement[1]. En son nom, Bassompierre patrouilla dans les rues à la tête des chevau-légers sans se soucier de leur colonel et envoya le duc de Guise — son ennemi ! — veiller à l'ordre. Après quoi et avec une forte escorte, Epernon se rendit à

1. On l'avait déménagé provisoirement du palais de la Cité à cause de la « joyeuse entrée ».

l'Hôtel de Ville pour ordonner au Prévôt des Marchands, Jacques Sanguin, de fermer les portes de Paris et de réunir en armes la milice bourgeoise. Ensuite, satisfait de s'être ainsi assuré la puissance militaire, il se rendit au Parlement auquel il intima, sous peine de mettre la ville à feu et à sang, de remettre sur l'heure la régence à la Reine avec les pleins pouvoirs... ce qui annihilait les mesures prises par le Roi défunt afin de limiter le plus possible les décisions de son épouse.

Quant à Sully, il avait reçu un billet lui conseillant de rester chez lui « s'il ne voulait pas qu'il lui arrive malheur ! » Par trois fois, il tenta de passer outre... et se fit refouler : M. d'Epernon ne voulait pas de lui. Fou de colère et de chagrin, il alla alors s'enfermer à la Bastille qu'il fit mettre en défense afin de protéger le trésor qu'il avait accumulé pour son Roi !

Ainsi, à l'heure même où le Dauphin Louis apprenait la mort d'un père bien-aimé, l'ancien mignon avait réuni entre ses mains tous les pouvoirs du royaume... Du moins le pensait-il !

Cependant, au Louvre refermé comme une forteresse autour du corps sans vie d'un homme qui en débordait encore le matin même, Marie de Médicis, dont le chagrin diminuait à vue d'œil, donnait l'ordre que l'on dresse dans sa chambre le lit de son fils Louis. Non pour apaiser sa douleur et sa révolte — « Ah, si j'eusse été là avec mon épée, je l'eusse tué ! » avait-il crié entre deux sanglots —, elle ne l'aimait pas assez pour cela, mais parce qu'il était désormais le Roi... Un roi de neuf ans que l'on couronnerait bientôt mais qui n'aurait pas plus de poids qu'une image jusqu'à ce qu'il eût atteint sa majorité. Et encore ! De toute façon, cela représentait cinq belles années qu'elle allait employer à sa guise en menant la vie qui lui convenait et en s'entourant de ceux qui lui plaisaient. Ce qui ne faisait pas beaucoup...

Après que l'on eut ramené la dépouille du Roi, Lorenza n'avait pu supporter longtemps la douleur spectaculaire de la Reine. S'excusant auprès de Mme de Guercheville sous le prétexte d'un soudain malaise — ce dont la dame d'honneur, qui s'efforçait de cacher ses larmes, n'avait pas été dupe mais qu'elle avait fort bien compris —, elle s'était enfuie. La vue des amis du Roi venus baiser la main de cette dondon à demi répandue sur sa chaise longue lui donnait envie de vomir.

En traversant l'antichambre, elle avait failli heurter le Dauphin qu'escortait son gouverneur, M. de Souvré. Confuse, elle se laissa tomber à genoux devant ce petit garçon sans trouver autre chose à dire que :

— Sire !... Oh, Sire !

Elle lui avait donné d'instinct le titre qui convenait. Louis posa alors sa main sur sa tête courbée.

— Vous avez beaucoup de chagrin, Madame de Courcy ?

La gorge trop serrée pour répondre, elle se contenta de hocher la tête.

— Moi aussi ! murmura-t-il. Je ne sais pas si nous serons nombreux...

Et se penchant, il posa un baiser sur le front de la jeune femme et passa son chemin...

Elle ne sut jamais comment elle avait réussi à rentrer rue Pavée après avoir fendu une foule quasi immobile, qui semblait frappée par la foudre mais d'où fusait une question, toujours la même :

— On dit qu'il vit encore ? Le savez-vous ?

Une main pressant un mouchoir sur son visage, elle ne pouvait que secouer la tête négativement, ce que l'on pouvait interpréter de deux façons : Henri était mort ou alors elle n'en savait rien... Mais, parce qu'elle était belle et appartenait visiblement à la Cour, on lui livrait passage.

Enfin elle parvint à destination. La duchesse Diane et tante Clarisse se tenaient dans le cabinet d'écriture de la première et se levèrent d'un seul mouvement en la voyant surgir, et dans quel état !

— Enfin, vous voilà ! s'exclama Mme de Royancourt qui la prit dans ses bras pour l'aider à s'asseoir. Nous étions dans la dernière inquiétude ! Mme d'Angoulême a dépêché plusieurs valets aux nouvelles mais personne n'est revenu ! Nous avons entendu cependant que le Louvre est fermé et étroitement gardé ! Qu'en est-il au juste ?

— Laissez-la souffler, conseilla la duchesse qui était allée verser de l'eau-de-vie dans un verre à liqueur. Buvez, mon petit ! Cela vous remontera mais attention ! C'est un tord-boyaux !

Lorenza trempa ses lèvres, toussota puis l'avala d'un trait, eut un long frisson et finalement se moucha.

— Ah, ça va mieux ! Merci infiniment !

— Laissez donc et dites-nous ce qu'il en est ! Il vit, oui ou non ?... Ah ! Ne recommencez pas à pleurer !

— Non. Il est mort ! Il l'était déjà quand on l'a amené ! J'ai vu ceux qui l'accompagnaient s'agenouiller devant la Reine pour lui rendre hommage !

Pendant un instant, un silence absolu régna dans la pièce élégante et intime, fleurie de lilas, puis Clarisse murmura avec une profonde tristesse qui se changea soudain en colère :

— Mort ! Notre si bon Roi !... Et au lendemain même du couronnement de cette grosse... vache !

— Inutile de demander d'où vient le coup ! reprit la duchesse. La voilà heureuse ! Elle a obtenu ce qu'elle voulait !

— Et je suppose qu'elle étale un chagrin spectaculaire ?

— C'est peu de le dire ! soupira Lorenza. Un chagrin à l'italienne ! Chez nous, on paie des femmes pour gémir, s'arracher les cheveux et répandre des torrents de larmes. Ce sont les pleureuses. A l'exception de ses cheveux que la Reine ne martyrise pas, c'est tout à fait cela ! Savez-vous où est père ?

— On ne l'a pas vu depuis ce matin, répondit Clarisse. Et encore : il est passé en coup de vent ! Il semblait fort pressé et nous avons pensé qu'il rejoignait peut-être le Roi.

— S'il avait été au Louvre, je l'aurais vu !

— Alors Dieu sait où il est allé ! Il avait sa tête des mauvais jours et j'ai appris à redouter ce qu'il concocte dans ces moments-là.

— Il finira bien par rentrer, fit la duchesse Diane, indulgente. Un jour comme celui-ci, l'étonnant serait qu'il soit resté assis dans un fauteuil toute la journée.

Mais le baron Hubert ne rentra pas ce soir-là...

Le lendemain matin, le petit Roi et sa mère — celle-ci sous les voiles noirs du deuil... qu'égayaient tout de même quelques perles ! — étaient conduits au Parlement à travers une foule silencieuse et quasiment prostrée. Le peuple de Paris savait à présent qu'il ne reverrait plus « Nouste Henri » et en était encore au stade de l'accablement.

Raidi par une volonté rare à cet âge, l'enfant prononça, sans écorcher un mot, un bref discours aux termes duquel il chargeait sa mère de poursuivre son éducation et de pourvoir au gouvernement du royaume.

Cela fait, les choses traînèrent un peu en longueur. Après les multiples formalités d'usage, la harangue du président Servin n'en finissait plus. Alors, une voix impérieuse clama :

— Cela suffit ! Il est temps de faire descendre la Reine !

C'était Concino Concini qui, debout et une moue arrogante aux lèvres, se permettait d'interrompre le parlementaire. Presque aussitôt le Premier président de Harlay riposta :

— Il ne vous appartient pas de parler en ce lieu, Monsieur ! Sortez !

Avec un haussement d'épaules et un sourire moqueur, l'autre s'exécuta mais le duc d'Epernon, lui, pâlit. Il venait de surprendre le demi-sourire et le regard un peu trop tendre de la Régente et il avait compris : tout le mal qu'il s'était donné, croyant œuvrer pour lui-même, ne lui rapporterait rien. Sans le savoir, c'est pour ce bellâtre qu'il avait travaillé.

Deux jours plus tard, Sully en fera l'amère expérience. Venu enfin se mettre à la disposition de la Régente, que le couple Concini entourait, il alla jusqu'à parler à ces gens d'alliance et même d'amitié... Alors, la Galigaï lui lança :

— Nous n'avons besoin de l'aide ni de la faveur de personne pour obtenir des biens et des honneurs car Sa Majesté nous affectionne pour l'avoir bien servie. Si Monsieur de Sully désire quelque chose, il aura plus besoin de nous que nous de lui. Ceux de qui nous dépendions dépendrons désormais de nous !

On ne pouvait être plus claire !

La France, comme l'avait prédit le grand maître, tombait dans d'étranges mains...

Deuxième partie

LE TEMPS DES VAUTOURS

5

Les lendemains d'un crime...

— Si on voulait chercher la petite bête, grogna le baron Hubert, on pourrait considérer comme nulle la nomination de la Régente parce qu'elle ne dépend pas, normalement, du Parlement.

— De qui alors ? demanda Lorenza.

— Des princes du sang, ma chère. Or, ils ne se sont pas manifestés...

— Ils auraient eu du mal, fit Clarisse. Vous avez raison de mentionner « en cherchant la petite bête » ! Condé est toujours en fuite, le comte de Soissons[1] s'est retiré sur ses terres pour une stupide question de préséance. Quant au troisième, le prince de Conti, il est sourd, bègue et à moitié idiot ! Jolie famille en vérité ! De toute

1. Cousin germain de Condé, il lui reprochait de s'être attribué le droit de « présenter la serviette au Roi », qui lui appartenait.

façon, ils auraient dit amen sans la moindre difficulté !

— Possible... du moins dans l'immédiat. Mais les deux premiers reviendront sans doute et suivant comment tourneront les choses, ils pourraient se manifester...

— Vous, toujours si logique, voilà que vous vous mettez à rêver ? Bien sûr qu'ils se manifesteront... mais pour se faire acheter ! Dites-nous plutôt ce qu'il est advenu de l'assassin ! Depuis deux jours que vous avez disparu, vous devez certainement le savoir. On l'a conduit à la Conciergerie ?

— Non. On a paré au plus pressé et on l'a mis à l'hôtel de Retz qui est proche de la rue de la Ferronnerie. N'oubliez pas qu'Epernon voulait faire croire que le Roi était seulement blessé !

— Au secret alors ?

— Du tout ! On peut parfaitement aller le contempler et je ne m'en suis pas privé ! Jamais, je crois, je n'ai vu homme plus content de lui-même ! Il ne cesse de clamer qu'il a bien rempli la mission que Dieu lui a confiée et il rit en montrant d'affreuses dents noires !

— Et le peuple ne l'écharpe pas ?

— A la vérité, il n'y tient guère. En revanche, plusieurs Jésuites se sont présentés dont un qui lui a conseillé de ne pas accuser les gens respectables ! Puis plusieurs magistrats, Jeannin, Bullion et Loménie, lui ont fait subir des interrogatoires pour connaître les noms de ses complices.

Mais il s'est obstiné à affirmer qu'il n'avait fait qu'obéir à Dieu... même quand on lui a écrasé les pouces dans des chiens de fusil...

— Comment avez-vous pu être au courant de ces réjouissances ? demanda la comtesse. Vous avez campé sur place ?

— J'avoue y être resté assez longtemps... mais surtout je me suis acquis un observateur dans les lieux. Avec de l'or, vous savez...

— Mais enfin, on ne va pas le laisser là *ad vitam aeternam ?* Paris tout entier sait à présent qu'il a tué le Roi !

— Très juste ! Aujourd'hui, on l'a transporté à l'hôtel d'Epernon !

— Pour y faire quoi ? s'exclamèrent d'une même voix les trois femmes médusées.

— Ce vieux forban l'a peut-être invité à souper ? ricana le baron. Et je donnerais cher pour apprendre ce qui s'y est dit mais, rassurez-vous, il ne fait que passer : cette nuit il devrait coucher à la Conciergerie où on lui prépare un logis.

En effet, dans la nuit du 15 mai, l'assassin, toujours aussi fier de son exploit mais peut-être un peu moins exalté, fut conduit dans une voiture fermée de l'hôtel d'Epernon à la Conciergerie où, dans l'une des tours, on lui avait aménagé une prison particulière. On l'assit sur une chaise, les pieds entravés et les mains liées derrière le dos...

Cependant — et quelque répugnance qu'elle

en eût —, Lorenza avait repris le chemin du Louvre pour y assumer ses « fonctions » purement décoratives d'ailleurs mais auxquelles elle semblait tenir. Au matin de son retour, vêtue de noir comme il convenait, elle avait reçu de plein fouet l'algarade de la Reine qui l'avait rappelée vertement à ses devoirs, lesquels consistaient à se tenir jour et nuit à sa disposition pour le cas fort improbable où l'on aurait besoin d'elle !

— Puisque je ne sais quelle tradition t'impose à moi, lui envoya-t-elle, reprenant pour mieux se faire comprendre le tutoiement florentin, j'entends que tu assumes tes devoirs ! Et ne crois surtout pas que cela m'est agréable ! Je me passerais volontiers d'avoir en permanence sous les yeux ta longue figure morne !

La jeune femme ne put retenir une riposte.

— Triste serait plus juste, Madame ! C'est, il me semble, l'expression qui convient après une perte aussi cruelle ! Il est vrai que...

Mme de Guercheville, feignant de se tordre la cheville et se raccrochant à son bras, coupa court à la phrase insolente qu'elle sentait venir. Elle poussa même un léger cri de douleur qui fit réagir Lorenza :

— Mon Dieu ! Vous êtes blessée, Madame ? dit-elle en la soutenant.

— Blessée, non, fit la dame d'honneur un peu haletante, mais ça me porte au cœur. Si la Reine voulait permettre que vous me conduisiez au cabinet des bains pour me soulager en versant de l'eau fraîche sur...

— Mais faites, ma bonne ! Allez, allez ! répondit-on avec un geste désinvolte de la main.

Là, Mme de Guercheville laissa Lorenza lui appliquer un linge imbibé d'eau froide sur une cheville qui n'en avait pas le moindre besoin et entreprit de la chapitrer :

— Pour l'amour de Dieu, retenez votre langue, baronne ! Vous devez comprendre que la douleur n'est pas à l'ordre du jour ! En quarante-huit heures, tout a changé ici. En dépit de ses déchirantes lamentations, elle a du mal à cacher une intime satisfaction parce qu'elle va pouvoir mener la vie qu'elle aime sans plus se soucier d'en être empêchée.

— Mais enfin, elle est non seulement veuve mais régente pour son fils. Il me semble que cela oblige !

— Pas elle ! Le bien public, la vie du royaume l'indiffèrent au plus haut point. D'ailleurs, elle n'a jamais aimé les Français et le Roi moins encore que quiconque. Moult choses vont vous surprendre à présent mais surtout ne vous en mêlez pas ! Il y va peut-être de votre vie ! Et maintenant, ramenez-moi !

— Merci, Madame ! Merci de tout mon cœur !

Leur retour passa inaperçu. La Reine, dont les multiples cassettes à bijoux avaient été ressorties, était fort occupée à évaluer la quantité de perles qu'elle pourrait ajouter à ses robes funèbres sans abîmer son image d'épouse affligée... Evidemment, la « joyeuse entrée » dont elle se promettait tant de plaisir se trouvait annulée, mais il fallait songer aux funérailles puis au sacre du petit Roi, sans compter les nombreuses occasions où elle allait devoir paraître en majesté ! Enfin, elle pourrait reprendre ce qui était sa grande affaire : renouer les liens avec l'Espagne en vue de ces deux mariages dont Henri IV ne voulait à aucun prix !

Soudain, se produisit ce que Lorenza n'aurait jamais cru possible : le chapeau à la main, la moustache conquérante, l'œil émerillonné, le jarret tendu et le sourire aux lèvres, le signor Concini pénétrait chez la Reine sans se faire annoncer. Après qu'il eut vaguement salué en balayant le sol de ses plumes, quatre pas de danseur l'amenèrent face à la Reine devant laquelle il parut tomber en extase.

— *Bellissima ! Bellissima !* s'écria-t-il. Y ai toujours dit qu'oune blonde aussi loumineuse ne devrait porter que dou noir ! Dou noir avec beaucoup de joyaux bien sour !

— Flatteur ! roucoula l'intéressée en lui offrant une petite main dodue, d'une extrême blancheur et chargée de bagues, sur laquelle il posa des lèvres dévotieuses...

C'était presque comique et Lorenza ne put s'empêcher de noter que Mme de Guercheville levait en direction du plafond un regard accablé. Cependant le dialogue s'acheva vite. Reprenant la langue de son pays, Concini, après quelques compliments fleuris, rappela d'un ton plus ferme que c'était jour de Conseil et qu'il convenait que la Reine allât y faire entendre sa voix. Elle admit alors qu'elle avait oublié et voulut s'y rendre aussitôt avec lui mais il refusa : il n'avait rien à y faire et, comme elle insistait, il lui répondit qu'il était trop tôt, que, pour l'instant, il ne fallait rien brusquer et ne rien changer, au moins jusqu'à ce que le Roi eût été porté en terre. Après, on verrait qui il convenait de garder ou de renvoyer.

— Même ce vieux grognon de Sully ?

— Lui en priorité ! N'oubliez pas qu'il a les clefs du trésor. Quand il n'aura plus rien à garder, il finira bien par partir tout seul !

Ainsi endoctrinée, Marie se dirigea vers la salle du Conseil où l'attendaient déjà Villeroy, Jeannin, Bruslart de Sillery, Epernon et ledit Sully, ceux que l'on n'allait pas tarder à appeler les « Barbons » et que l'on éliminerait peu à peu. Seuls Mme de Guercheville et M. de Châteauvieux, son chevalier d'honneur que l'on récupéra dans l'antichambre, l'escortèrent. Concini, lui, resta...

Après avoir marivaudé quelques instants avec le bataillon des filles d'honneur, amorphes jusque-là et que sa présence parut réveiller, il s'approcha de Lorenza assise près de la vieille comtesse du Sault qui était à moitié sourde. Se méfiant sans doute du reste de l'assistance, il continua d'employer leur langue natale :

— C'est en vérité un grand plaisir de vous rencontrer enfin, Madame la baronne de Courcy ! Il y a longtemps déjà que je souhaitais cet instant.

— Vraiment ? Je n'en vois pas la raison !

— C'est parce que vous ne me connaissez guère... ou plutôt pas du tout ! Sinon vous sauriez que vous avez en moi, outre un compatriote, un admirateur fervent de votre beauté et un ami.

— Un ami ?

— Mais oui ! Souvenez-vous de notre première rencontre dans la galerie des appartements ! Je ne me faisais guère d'illusions, alors, sur les sentiments de notre chère souveraine à votre égard, et c'est avec une énorme tristesse que j'ai dû assister au calvaire que l'on vous faisait subir, d'autant plus navré que j'étais impuissant à vous secourir !

— Pourquoi l'auriez-vous fait ? riposta Lorenza toujours aussi raide parce que l'homme lui déplaisait de plus en plus, peut-être à cause de ce parfum lourd dont il usait et qui lui donnait mal au cœur.

— Je vous l'ai dit : non seulement nous avons tous deux vu le jour à Florence, la reine des villes, mais aussi parce que, en tant qu'esthète trop respectueux des chefs-d'œuvre, je ressens une vive douleur quand on leur porte atteinte !

— N'avez-vous pas l'oreille de la Reine ? Que ne l'avez-vous incitée à signer ma grâce lorsque j'ai été conduite à l'échafaud ?

Il prit un air douloureux qu'elle jugea du plus haut comique tandis qu'il soupirait :

— J'ai fait de mon mieux mais c'est une erreur de croire que j'avais à cette époque la moindre influence sur la Reine. C'est Leonora, mon épouse, qui possède ce pouvoir et, malheureusement, elle est fort jalouse... Tirez-en vous-même la conclusion ! Il n'en va plus ainsi aujourd'hui.

— Elle n'est plus jalouse ?

— Si, hélas ! Mais à force de soins, je suis si bien entré dans les bonnes grâces de Sa Majesté que je pense avoir désormais plus d'influence sur elle...

— Je vous en félicite !

Il se fit alors si triste que la jeune femme se demanda s'il n'allait pas se mettre à pleurer.

— Je vois bien que vous refusez de m'entendre !

— Encore faudrait-il que je sache ce que, justement, je dois entendre.

— Que je suis en passe de devenir... tout-puissant, et que je ne désire rien d'autre que mettre cette puissance à votre service et conquérir au moins votre amitié !

L'apparition inopinée d'une femme voilée de noir qui ne pouvait être que la signora Concini dispensa Lorenza de répondre. En effet, sans dire un mot, elle fondit sur eux, salua la jeune femme d'un signe de tête et prenant son époux par la manche, lui déclara qu'elle avait à lui parler de choses sérieuses avant de repartir d'où elle était venue en l'entraînant derrière elle...

Il y eut un moment de silence puis un éclat de rire fusa.

A sa grande surprise, Lorenza vit la princesse de Conti qui, jusqu'à présent, ne lui avait jamais accordé plus d'attention que si elle appartenait au mobilier de la Reine et non au cercle de ses dames... Elle était avec sa mère, la duchesse de Guise, et Mme de Montpensier, l'une des trois amies de Marie de Médicis. Aussi intelligente que belle et aussi maligne qu'intelligente, elle avait eu jadis l'idée géniale de faire le voyage de Marseille pour aller accueillir la nouvelle Reine sur la fastueuse galère qui l'avait amenée en France, ce dont Marie lui était d'autant plus reconnaissante que son esprit, pas toujours bienveillant, en faisait une compagne amusante. Mariée depuis cinq ans au prince de Conti qui était sourd et tellement bègue qu'il en était à peine compréhensible, mais qui lui apportait le titre d'Altesse royale — elle était ainsi la cousine du Roi —, elle ne s'était occupée de lui que le temps de lui faire une fille qui n'avait pas vécu et, depuis, s'offrait de multiples coups de cœur. Bassompierre qui devait demeurer l'amour de toute sa vie était l'un d'eux. Ce sentiment profond, caché même, était payé de retour : il accumulait les maîtresses, comme elle les amants, mais le lien demeurait solide. Leur goût commun pour les arts, les lettres et la culture — Bassompierre parlait cinq langues dont le latin et le grec et Louise-Marguerite protégeait les poètes — faisait qu'après l'amour, ils abordassent d'autres sujets que la pluie et le beau temps. Enfin Henri IV avait eu un faible pour elle au point de songer au mariage mais on avait assez vite abandonné la question : l'union de la fille d'Henri de Guise — le Balafré, chef de la Ligue ! — avec le successeur d'Henri III, qui l'avait fait occire à Blois mais s'était fait ensuite assassiner par un de ses séides, risquait de n'être pas appréciée du petit peuple !

Telle était celle qui venait de rire. Lorenza, qui n'ignorait pas son esprit mordant, crut qu'elle se moquait d'elle et se raidit.

— Puis-je savoir ce qui vous amuse tellement, Madame la princesse de Conti ? demanda-t-elle sur la défensive.

— Pas vous, n'ayez crainte ! J'aurais plutôt tendance à admirer votre courage. En revanche, j'ai apprécié les préliminaires de la scène de ménage dont la Galigaï va gratifier son sémillant époux. Heureusement que les murs de ce palais ne manquent pas d'épaisseur !

— Une scène pour m'avoir adressé quelques paroles... que je n'ai nullement appréciées ? Le fait que nous soyons nés, lui et moi, à Florence ne l'autorise pas à cette espèce de... familiarité plutôt déplaisante !

— Le contraire m'aurait étonnée. Vous êtes de trop bonne race ! Mais...

Redevenue sérieuse, elle se rapprocha.

— Croyez-moi et évitez-le le plus possible ! La mort de notre bon Roi va lui permettre de laisser libre cours à toutes ses ambitions et il a les dents d'autant plus longues que la Reine le voit... avec plaisir, si ce n'est davantage !

— J'ai l'impression pourtant que sa femme le tient en lisière !

— Elle en est folle, donc jalouse en proportion. La seule chose qu'elle accepterait... peut-être, c'est une aventure avec la Reine dont je ne crains pas d'avancer qu'elle est son âme damnée, la conseillère indispensable et redoutable parce qu'elle agit dans l'ombre. En fait, c'est elle la plus dangereuse. Si ce cuistre s'avisait de vous faire la cour, il faudrait vous garder de tous les côtés.

— Soyez sans crainte, j'aurai vite fait de le décourager !

— N'en soyez pas si sûre ! repartit la princesse soudain grave. Tant que le Roi vivait c'était tâche facile mais, à présent, la sottise de la Reine et l'habileté de sa femme vont le rendre omnipotent ! Alors, prenez garde ! Il est de ceux dont on peut craindre le pire !

— Merci, Madame la princesse, murmura Lorenza, touchée. Merci de tout mon cœur mais... pourquoi cette sollicitude ?

— Parce que j'aime le courage. Jusqu'à nouvel ordre, nous ne changerons rien à nos relations mais, si vous aviez besoin d'aide, sachez que j'habite, près de Saint-Germain-des-Prés, une partie de l'ancien palais parce que mon époux perçoit les revenus de l'abbaye. Ce qui nous vaut une certaine autonomie. Au cas où vous vous trouveriez dans une situation inquiétante, vous y seriez accueillie. Et dites mon amitié à Mme de Royancourt ! Il se trouve que je l'aime beaucoup.

Sans attendre d'autres remerciements, Louise de Conti adressa un sourire d'encouragement à la jeune femme et quitta l'appartement royal. Lorenza en eût volontiers fait autant mais la Reine, que les affaires de l'Etat n'intéressaient guère, y revint peu après, ramenant dans son sillage le duc d'Epernon avec qui elle discutait de la peine qu'il convenait d'appliquer au régicide.

— La loi veut qu'il soit écartelé, Madame ! Ce n'est déjà pas si mal !

— Ce n'est pas suffisant ! Songez que sa mort brise mon cœur, ce qui aggrave sa faute ! Je voudrais qu'il souffre mille morts. Par exemple, on pourrait l'écorcher vif ? proposa-t-elle du ton avec lequel elle eût offert un verre de vin. Cela plairait à mon peuple, je crois ! Et je verrais cela avec plaisir !

Lorenza, qui avait noté le possessif au passage, eut une grimace de dégoût. Elle savait cette femme méchante mais ne lui connaissait pas cette cruauté. Epernon pas davantage, peut-être, car il se hâta de formuler une réserve, à savoir que le supplice lui semblait déjà « satisfaisant » compte tenu du fait qu'il serait précédé de la « question préalable » — sans doute les brodequins qui brisaient les jambes ! — destinée à obtenir les noms des éventuels complices.

— Dois-je comprendre qu'il ne sera pas torturé pendant le procès ?

— Non. Ce que l'on appelle la « question préparatoire » est inutile dans ce cas puisque l'assassin a été pris en flagrant délit !

— Oh ! Que c'est dommage !

Incapable d'en entendre plus, Lorenza sortit discrètement de l'appartement et descendit respirer un peu l'air au jardin. Elle étouffait !

Elle y resta un moment, après quoi, contrainte et forcée, elle se dirigeait vers le Grand Degré quand elle vit Sully en train de discuter avec le colonel de Sainte-Foy commandant les chevau-légers et visiblement très mécontent !

— Mettez-vous à ma place, Monsieur le grand maître ! On m'emprunte mes meilleurs officiers pour les joindre à M. de Praslin envoyé à Bruxelles en « mission spéciale » et je ne les vois pas revenir ! Le jour du sacre, celui-ci m'a répondu qu'ils devaient attendre l'arrivée du Roi mais le Roi est mort et personne ne semble savoir ce que sont devenus MM. de Courcy et de Bois-Tracy ! C'est insupportable !

— Savez-vous quelque chose de cette mission ?

— En gros, ils devaient préparer la fuite de Madame la princesse de Condé quand le Roi approcherait afin de la mettre aussitôt sous sa protection ! Je suppose que l'on sait là-bas que le Roi ne viendra jamais ?...

— Oh oui ! Les échos que j'en ai parlent d'enthousiasme général, de fêtes et de remerciements adressés au Ciel pour avoir abattu l'Antéchrist ! On ne se gêne pas pour célébrer l'événement et la bière coule à flots ! fit le ministre avec amertume. Savez-vous que la Reine veut faire entrer au Conseil le nonce du pape et l'ambassadeur d'Espagne ?

— Elle est devenue folle ?

— Oh non ! Pas vraiment ! Ce qu'elle souhaite obtenir au plus vite c'est le mariage de notre petit Roi Louis avec l'infante et celui de sa fille Elisabeth avec le prince des Asturies ! Elle clame qu'il faut réconcilier tout le monde pour la plus grande gloire de Dieu sans imaginer un seul instant que l'Espagne va régner sur l'Europe et que toute l'œuvre de notre regretté Roi s'en va à vau-l'eau !

— Alors qu'il n'a pas encore été porté à Saint-Denis ? Quelle honte !

— Dites-vous bien qu'au Conseil, c'est elle qui parle mais c'est la voix des Concini que l'on entend !

— Je ne vais tout de même pas aller demander des nouvelles de mes deux gentilshommes à ce... ce...

— Vous ne trouverez jamais le terme convenable ! le consola Sully avec un triste sourire. En attendant, vous avez eu raison de me parler ! Je vais m'enquérir de ces messieurs auprès de Villeroy... C'est sa partie et il est toujours en faveur.

Ce qui n'est pas mon cas ! Seulement ne manquez pas de me tenir au courant si vous apprenez quelque chose de votre côté ! conclut-il avec amertume.

Voyant s'éloigner l'officier supérieur qu'elle ne connaissait pas, Lorenza, qui n'avait pas osé s'approcher pour entendre ce que les deux hommes se disaient, se hâta de rejoindre le ministre tandis que, le pas alourdi par la douleur autant que par la colère, il s'approchait de sa voiture. Au contraire de ce que sa mine laissait craindre, il eut pour elle un sourire.

— Gageons, dit-il après l'avoir saluée, que vous allez me poser la même question que M. de Sainte-Foy il y a un instant : où sont passés votre époux et M. de Bois-Tracy ?

— C'est cela même... ce dont je demande excuses à un moment où les plus fidèles amis de notre Roi sont dans l'affliction !

— Vous aussi ?... En dehors du fait que vous craignez pour votre Thomas ?

— Oui ! Quand Sa Majesté est sortie de la chambre de la Reine pour rejoindre le carrosse fatal, je l'ai suppliée, implorée de ne pas quitter le Louvre... Mais il n'a rien voulu entendre. Je savais pourtant que l'homme en vert n'était pas un mythe et qu'il existait réellement !

— Vous le connaissiez ?

— Non, mais je l'avais vu près du château de Verneuil en conversation avec l'une des femmes de la marquise et, pendant des jours, le baron de

Courcy, mon beau-père, l'a traqué à travers les auberges de Paris...

— Pour l'amour de Dieu, taisez-vous !... Ou plutôt non : ma voiture est là ! Montez, je vous ramène chez vous !

— Mais... la Reine ?

— Vous aurez droit à une algarade de plus ? Cela vous fait tellement peur ?

— Oh ! Pas vraiment, le rassura-t-elle avec un sourire. C'est une question d'habitude, je crois.

— Je savais que vous étiez courageuse, fit-il en l'aidant à prendre place dans le carrosse dont un laquais tenait la portière ouverte. Touche à l'hôtel d'Angoulême ! ajouta-t-il à l'intention du cocher. Et maintenant, racontez-moi tout !

Elle refit donc, pour lui, le récit de cet épisode de son séjour chez Mme de Verneuil dans lequel elle mentionna les recherches de son beau-père pour terminer par sa brève rencontre avec Mme d'Escoman, l'arrestation de celle-ci et la récupération du petit Nicolas. Sully l'avait écoutée sans l'interrompre mais, quand elle eut achevé, il ne put retenir un soupir accablé.

— Que n'ai-je su tout cela plus tôt ! A présent, il faut agir de telle sorte que votre rôle — bien léger pourtant ! — dans cette affaire ne soit pas ramené au jour !

— Que dois-je faire ?

— Vous arranger, immédiatement, pour que l'enfant recueilli soit conduit à Courcy... ensuite vous taire !

— Comment l'entendez-vous ? se cabra Lorenza, vexée. Je n'ai pas coutume de clabauder à tous vents !

— Ne vous fâchez pas, je le sais, mais j'espère que, dans la maison de la duchesse Diane, le personnel ignore d'où vient le petit garçon. De mon côté, je vais me renseigner pour apprendre si sa mère est toujours à la Conciergerie afin qu'elle n'ait aucun contact avec ce Ravaillac. Quand le procès sera clos, nous verrons ce que l'on peut faire pour elle.

— Savez-vous si l'homme a nommé des complices ?... Mais peut-être ne vous informe-t-on plus ?

Il fit une affreuse grimace et bougonna :

— N'exagérons rien ! Même si je sens que cela pourrait venir, on ne m'a pas encore relevé de mes fonctions et je conserve de nombreux fidèles. Etre au courant de ce qui se passe dans les prisons n'est pas un problème. Je conserve des amis au Parlement qui va juger l'assassin. Pour en revenir à cet illuminé, il s'en tient à ses premières déclarations et ne cesse de clamer qu'il a agi seul, spécifiant qu'un envoyé de Dieu n'a besoin de personne pour accomplir sa volonté. En dépit de ses conditions d'incarcération, il est heureux... même à la pensée des supplices qui l'attendent ! Il est persuadé qu'une force surnaturelle lui sera accordée. Il est vrai que, tant qu'il a été enfermé à l'hôtel de Retz, il a reçu la visite des Jésuites... et je donnerais ma barbe pour connaître la raison de cet arrêt d'une journée chez Epernon! Rien que cela... et le fait qu'il soit venu d'Angoulême signent le crime!

— Vous pensez que le duc...

— ... trempe dans cette boue jusqu'au cou? Mais c'est l'évidence, voyons! De là à le démontrer... C'est un homme habile, vous savez!

— Vous l'êtes au moins autant!

— Mais je ne possède pas sa ruse. En outre, il haïssait le Roi parce qu'il avait succédé sur le trône à son cher Henri III. Enfin, il vient de subir une cruelle déception : après s'être démené comme un diable pour s'assurer du pouvoir, il voit grandir chaque jour celui de Concini! C'est encore plus dur pour son orgueil que pour son ambition!... Mais vous voilà rendue! Hâtez-vous de suivre mon conseil! Je vais essayer de savoir où sont votre époux et Bois-Tracy!

Le soir même, le baron Hubert regagnait son château, emmenant avec lui Bibiena — pas trop contente de se séparer de Lorenza! — et le petit Nicolas. On dut promettre à la nourrice qu'il s'agissait d'une solution provisoire et que l'on verrait à chercher un couple de braves gens sans enfants qui l'accueilleraient avec d'autant plus d'empressement qu'on les rétribuerait en attendant d'en faire un jardinier! Le baron tenait à son idée, et le petit était d'ailleurs attachant!

Le 16 mai, jour où la « joyeuse entrée » aurait dû dérouler ses fastes, s'ouvrit le procès de

Ravaillac, mené par le président de Harlay. Trois autres jours d'interrogatoires suivirent sans qu'il soit possible d'obtenir l'aveu d'une complicité quelconque, même quand on menaça de faire venir d'Angoulême son père et sa mère pour les mettre à mort. Toujours aussi fier de lui, l'accusé ne cessa de proclamer qu'il avait frappé pour obéir à la volonté de Dieu et pour le bien du peuple dont il était persuadé qu'il lui en était certainement très reconnaissant.

Aussi fut-il décontenancé quand, le 27 mai, on le conduisit à la mort en place de Grève au milieu d'une foule hurlante que les cordons de soldats avaient bien du mal à contenir et qui se calma un peu au spectacle de l'effroyable supplice qui l'attendait.

Le nonce Ubaldini le relata brièvement à l'intention du pape Paul V : « On a fait justice du malheureux qui a assassiné le Roi. On lui brûla la main qui commit le parricide, on lui coula de la poix et du plomb sur ses plaies[1] et enfin il fut écartelé en quatre morceaux par quatre chevaux. Il a été constant à assurer n'avoir été poussé par autre cause que par le zèle de la religion ; de quoi enfin il s'est repenti et a reconnu son erreur et sa faute et il est mort “saintement” et avec constance... »

Après de pieuses louanges à Dieu, Ubaldini ajoutait curieusement :

1. On l'avait tenaillé au ventre et aux mamelles.

« Chose étrange, des lettres particulières écrites le *13 mai* ont été portées à la Reine venant de Flandre : elles indiquaient que le roi de France avait été assassiné... »

Quelques jours avant de recevoir l'épître du nonce, Paul V, donnant audience à l'ambassadeur de France, lui disait avec tristesse :

— Vous avez perdu votre bon maître et moi mon bon fils aîné.

Aucune hypocrisie là-dedans ! Le pape, s'il craignait que la religion réformée ne prît trop de place en France, redoutait encore plus l'hégémonie des Habsbourg, qu'ils soient d'Espagne ou de l'Empire, et il s'était attaché à maintenir l'équilibre entre Paris et Madrid. Le meurtre l'avait épouvanté d'autant plus qu'il avait été commis plus ou moins au nom de l'Eglise. Apprenant que le prince de Condé était à Milan où il couvait une ambition démesurée, il lui envoya l'abbé d'Aumale pour l'empêcher d'émettre ses prétentions au trône et le persuader d'adresser à Louis XIII une protestation de loyauté... Ce à quoi d'ailleurs Condé obéit sans trop rechigner.

En France, cependant, les bruits gênants continuaient à courir. Le prévôt de Pithiviers avait été découvert pendu avec les cordons de ses caleçons dans la cellule de la Conciergerie où il avait été jeté après avoir annoncé, en jouant aux boules, et le jour même de la mort du Roi, que celui-ci devait être assassiné à ce moment-là. Ce qui n'empêcha pas les gens de Pithiviers et aussi des environs de conclure avec un ensemble parfait « que la mort de cet homme venait bien à point pour Monsieur d'Entragues, sa fille la marquise de Verneuil et toute sa maison ».

Restait Jacqueline d'Escoman mais, avant d'y transférer Ravaillac, on l'avait extirpée de la Conciergerie pour l'enfermer jusqu'à nouvel ordre dans un couvent sévère. Tout était donc pour le mieux et l'on allait pouvoir conduire le défunt à Saint-Denis, premier roi Bourbon à y reposer.

Le 29 juin, le cercueil quitta le Louvre pour se rendre à Notre-Dame... où le clergé dut en découdre avec ces Messieurs du Parlement qui le revendiquaient. Sous l'œil impassible du petit Louis XIII, on échangea quelques horions et les chanoines de la cathédrale firent même parler la poudre en braquant quelques arquebuses. Chez les parlementaires d'ailleurs, on n'était pas d'accord entre membres de la Cour des aides et ceux de la Chambre des comptes. Finalement, à 9 heures du soir, le corps reposait dans le chœur où il fut veillé par les chanoines vainqueurs, les bourgeois et de pauvres gens.

Le lendemain, un imposant cortège se forma où étaient tous les hommes qui comptaient à la Cour comme à la Ville, y compris les princes, les hauts dignitaires de l'Eglise et les ambassadeurs étrangers parmi lesquels personne ne songea plus à attaquer son voisin. Par la rue Saint-Denis dont toutes les maisons étaient tendues de noir — une torche était allumée devant chaque porte et les armes de France alternaient avec celles de Paris —, on prit le chemin de la basilique. La foule qui se pressait était si dense qu'on s'y entretuait. Enfin, à la porte Saint-Denis, la dépouille fut remise aux moines de l'abbaye royale. L'inhumation étant pour le lendemain, une partie du cortège s'en alla coucher sur place, quand l'autre regagnait l'intérieur de Paris.

Le matin suivant, 1er juillet, eut lieu le rituel final. Après la messe chantée, le corps fut déposé dans la fosse ouverte au milieu du chœur où descendit un héraut d'armes. Des profondeurs, il appela l'un après l'autre tous les insignes royaux et ceux qui les portaient vinrent les jeter sur le lourd cercueil. Lorsque ce rituel fut terminé, le héraut, toujours du fond du caveau, cria par trois fois :

— Le Roi est mort ! Le Roi est mort ! Priez Dieu pour son âme ! (Puis, sans bouger d'où il était, il clama joyeusement :) Vive le roi Louis XIII, par la grâce de Dieu roi de France et de Navarre !

Du fond de l'église, une voix lui répondit, soutenue par les trompettes et les tambours, cependant qu'éclatait un tonnerre d'acclamations que l'enfant Roi accueillit d'un visage impassible... mais sur lequel coulaient des larmes.

A son rang, Hubert de Courcy avait accompagné jusqu'au bout le souverain qu'il aimait. Lui aussi avait pleuré et pleurait encore en regardant ce petit garçon de neuf ans, si royal dans son attitude, si touchant dans le chagrin qu'il ne pouvait cacher.

En retrouvant, le soir venu, ses « femmes » à l'hôtel d'Angoulême, il n'essaya même pas de cacher les craintes qui l'assaillaient.

— Lui permettra-t-on seulement de régner quand il en aura l'âge ?

— Que veux-tu dire ? fit sa sœur, alarmée. Tu n'imagines tout de même pas qu'on pourrait...

— L'abattre ouvertement ? Non. S'il lui arrivait malheur, le peuple qui l'aime prendrait le Louvre d'assaut pour en arracher ses meurtriers. Non, je ne crains pas qu'on le tue mais qu'on l'isole sans le laisser approcher par ceux qui pourraient assumer son éducation, qu'on l'étouffe de solitude et d'abandon. Ce pouvoir qu'elle vient d'acquérir, la grosse Médicis ne se le laissera jamais arracher... Un pouvoir qui d'ailleurs ne sera pas le sien mais bien celui de ses chers amis les Concini ! Nous allons les voir grandir, ceux-là, je peux vous le prédire ! La mère du petit — qui n'aime pas son fils ! — va, une fois le deuil achevé, mener la vie égoïstement délicieuse qu'elle aime en laissant sa camarilla — puisque l'Espagne va devenir à la mode ! — s'occuper des affaires de l'Etat !

— Père, intervint Lorenza avec douceur, ne vous laissez-vous pas emporter par votre douleur d'avoir perdu le Roi ?

— C'est possible car elle m'étouffe ! On l'a froidement, méticuleusement assassiné sous nos yeux et nous n'avons pas réagi...

— Vous êtes injuste envers vous-même ! Durant des jours, vous avez traqué l'assassin. Cette pauvre d'Escoman a tenté elle aussi, avec ses maigres moyens et au risque de sa vie, de prévenir, de détourner le coup qu'elle sentait venir...

— Et les autres ? Tous les autres ? On se repaissait des prédictions mauvaises, on les colportait à l'envi ! Et moi... moi qui n'ai pas fait assez, qui aurais dû être à ses côtés pour lui offrir un rempart de ma carcasse ! Mais il était coincé entre cet imbécile de Montbazon et ce démon d'Epernon ! Et maintenant, le voilà au tombeau ! Le peuple ne s'y trompe pas qui ne cesse de hurler sa douleur !

— D'autant plus fort qu'un remords s'y mêle pour l'avoir critiqué, pour avoir trop écouté les méchants bruits ! murmura la duchesse Diane. Mon pauvre ami, vous n'y pouvez plus rien !

— Et c'est ce dont j'enrage ! C'est le jeune Louis qu'à présent je voudrais protéger...

— Dans l'immédiat, il ne craint rien, dit Clarisse. Il faut qu'il soit sacré afin d'accroître la puissance de la grosse. Ensuite, nous verrons ce que nous pourrons faire avec l'aide de Dieu !

— Elle a raison, reprit la duchesse. Vous et Lorenza avez toujours vos entrées à la Cour, ce que je n'ai plus maintenant que ma nièce a cessé d'être un danger pour celle qu'on est bien obligés d'appeler la Régente !... Et surtout, gardons confiance en Dieu !

Hubert de Courcy renifla trois ou quatre fois.

— Sans doute, sans doute ! Mais le Seigneur me donnerait plutôt l'impression de nous préférer les Habsbourg, qu'ils soient de Madrid ou de Prague[1]. Fort heureusement, l'Empereur collectionne les alchimistes, les objets rares et les idées fumeuses. Quant à Philippe III, il n'a pas hérité de l'intelligence implacable de Philippe II ni de ses vues politiques. Après tout, probablement avez-vous raison. Le regard de Dieu ne s'est peut-être détourné de nous que momentanément...

Lorsque Lorenza se rendit au Louvre le lendemain matin afin d'y prendre son « service », elle put constater, sans trop d'étonnement, que le drame qui venait de se jouer n'était plus à l'ordre du jour. Certes, le vieux palais était toujours drapé des funèbres tentures de la mort mais on y respirait un air nettement plus allègre. De même que si la Reine ne quittait pas sa noire vêture de veuve — qui selon Concini seyait à sa blondeur ! —, elle résistait de moins en moins à l'attrait des innombrables bijoux que recelaient ses cassettes, se bornant seulement à éliminer les

1. L'empereur Rodolphe II en avait fait sa résidence préférée et sa capitale.

couleurs. Autrement dit, perles et diamants prenaient de plus en plus de place !

Peu de temps sans doute s'écoulerait avant que ne se fassent entendre les violons de ses chers ballets ! Tant que le corps du Roi occupait le palais, le poids de sa présence se faisait sentir mais le bouillant Béarnais avait rejoint ceux qui, avant lui, avaient porté la couronne aux fleurs de lys et emporté avec lui sa puissante vitalité ainsi que ses rêves, ses projets, son génie qui tenaient à distance l'Espagnol et les archiducs aux dents longues et avaient rendu la paix et la prospérité à un pays déchiré par les guerres de Religion. Enfin, son rire tellement communicatif s'était éteint ! Personne ne savait rire comme lui !

A sa grande surprise, en arrivant chez Sa Majesté, Lorenza apprit d'une des femmes de chambre que Madame la Régente donnait audience dans le cabinet du Roi et que ses dames se groupaient dans l'antichambre.

— Le cabinet du Roi ? s'étonna-t-elle. Est-ce l'usage ?

— Que ce le soit ou non est de peu d'importance puisqu'elle en a décidé ainsi, rétorqua l'autre non sans insolence.

— N'avons-nous pas un roi pour lequel le garder ?

— Ce gamin ? Il n'est pas près de s'y installer. Si même il y parvient un jour ! Il n'aime que jouer avec ses petits soldats et faire des gâteaux ! Il est idiot !

— Faire des gâteaux ?

— Eh oui ! ricana la femme. Cela fera au moins un bon pâtissier à défaut du souverain qu'il ne sera jamais capable d'être !

Le dédain au bord des lèvres, Mme de Courcy la toisa.

— J'aimerais savoir d'où vous tirez cette belle assurance ? La régente de France aurait-elle l'intention de recruter ses conseillers dans la valetaille ?

Et, avec un haussement d'épaules, elle passa son chemin pour rejoindre les autres dames. L'impression pénible ressentie dès son entrée au Louvre se confirmait. Ce que venait de lui dire cette servante renvoyait un écho sinistre aux prophéties pessimistes du baron Hubert. Ayant beaucoup lu dans la bibliothèque de Courcy, elle savait qu'il avait existé jadis en France ces rois fainéants rendus à moitié abrutis par l'inaction, les conseils pernicieux et un entourage pervers. Le pouvoir était exercé par un maire du Palais préoccupé le plus souvent de sa propre fortune plutôt que de celle du royaume. C'était cet avenir, apparemment, que l'on réservait au fils de l'homme exceptionnel — jusque dans ses passions charnelles — qu'avait été le Béarnais !

En arrivant dans l'antichambre où se trouvaient ses « consœurs », mêlées cette fois à plusieurs gentilshommes, pour le plus grand plaisir des filles d'honneur, son regard croisa celui, amusé, de la princesse de Conti qui se rapprocha d'elle.

— Eh bien ? Dites-moi ? Voilà du nouveau, il me semble ? Et de l'inattendu ! Qu'en pensez-vous ? ajouta-t-elle en faisant glisser la fin de son sourire à Bassompierre assailli par une demi-douzaine de filles d'honneur.

— Je n'ai pas encore eu le temps d'en penser quoi que ce soit, répondit Lorenza. Où est la Reine ?

— Là-dedans ! répondit la princesse d'un mouvement du menton en désignant la double porte gardée par les Suisses. Mais c'est Madame la Régente qu'il faut dire, ma chère ! Elle vient de recevoir l'ambassadeur d'Espagne et maintenant c'est celui des Pays-Bas qui s'entretient avec elle !

— Mon Dieu !

— Oui, n'est-ce pas ?

A ce moment, la double porte s'ouvrit devant Marie de Médicis suivie du diplomate en question... Plus imposante que jamais, aussi raide que si elle portait la couronne royale et non un léger diadème sur son voile, elle s'avança seulement de deux pas tandis que son regard survolait l'assemblée pliée dans ses révérences avant de s'arrêter sur Lorenza qu'elle interpella.

— Madame de Courcy ! Venez ici !

Le ton n'avait rien d'aimable. Cependant la jeune femme sortit des rangs, déjà sur ses gardes.

— Que désire Votre Majesté ? fit-elle en se courbant de nouveau.

— Vous mettre au fait de ce que nous vient

d'apprendre l'envoyé de l'archiduc Albert que voici. Vous seriez en peine de votre époux ?

— En effet, Madame. Détaché des chevau-légers ainsi que M. de Bois-Tracy pour accompagner M. de Praslin à Bruxelles sur l'ordre du défunt roi Henri, il n'est pas encore revenu !

La petite bouche de Marie s'arqua en un méchant sourire.

— Eh bien, ces messieurs ne sont pas près de revenir !...

Avant de poursuivre, elle prit un temps que la jeune femme ne supporta pas.

— Je demande pardon à Votre Majesté ?...

— Disons qu'ils reçoivent le juste châtiment de qui se met dans une mauvaise affaire !

— Une mauvaise affaire ? Une mission confiée par le Roi ? riposta-t-elle, le cœur serré.

— Disons une mauvaise mission, si vous préférez ! Comment appeler autrement une tentative d'enlèvement de la princesse de Condé dans le palais même des Archiducs ?

— Le baron de Courcy comme le vicomte de Bois-Tracy n'ont jamais agi que sur ordre d'un chef ! Ils devaient accompagner M. de Praslin qui les commandait...

— ... mais qui a eu le bon esprit de revenir pour notre couronnement, en homme avisé qu'il est...

L'indignation poussa Lorenza à la faute.

— Il est revenu afin d'occuper à Saint-Denis le rang qui était le sien auprès du Roi. Ses deux compagnons sont restés... sur ordre ! Ils ignoraient que le Roi mourrait le lendemain...

— C'est toujours aisé à dire ! Ils ont saisi l'occasion d'agir de leur propre initiative afin de se mettre en avant... Malheureusement, ils ont été pris la main dans le sac... et les voilà en prison, les pauvres ! Sans grand espoir d'en ressortir, ajouta-t-elle avec satisfaction.

— Ils sont français, Madame !

— Sans doute. Et alors ?

— Leur sort devrait intéresser la Régente de France ! Ils sont ses soldats, il me semble ?

— Non. Ce sont des hommes de peu qui se sont chargés d'une affaire louche d'espionnage et d'enlèvement ! Nous n'allons certes pas réclamer... ça !

Le mot souffleta la jeune femme qui se serait peut-être précipitée sur cette matrone obtuse si son ange gardien ne lui avait envoyé un allié de poids : Bassompierre qui amenait avec lui le colonel de Sainte-Foy, visiblement outré de ce qu'il venait d'entendre.

— Madame, commença-t-il, voici le comte de Sainte-Foy, colonel des chevau-légers de Sa Majesté, qui aimerait beaucoup qu'on lui restitue des officiers dont il apprécie particulièrement les services !

— Hé, que ne les a-t-il gardés par-devers lui au lieu de les envoyer courir des aventures où ils n'avaient que faire ?

— J'en demeure d'accord, Votre Majesté,

concéda froidement l'officier, et je m'étais permis quelques considérations mais ils sont comme moi-même de fidèles serviteurs du Roi... et quand le Roi commande, nous obéissons sans discuter. Quel que soit l'ordre !

— Vraiment ? Et s'il vous avait commandé d'aller assassiner quelqu'un, vous l'auriez fait ?

— Non... parce que le roi Henri jamais n'aurait ordonné telle infamie ! Mais donner notre sang jusqu'à la dernière goutte, oui, cent fois oui ! Je ne cesse d'ailleurs de regretter qu'il ait refusé l'escorte à cheval, ce funeste jour : jamais ce monstre ne l'aurait atteint !

— Les voies de Dieu sont impénétrables ! soupira la Régente en approchant un mouchoir de fine batiste de ses yeux secs. (Puis, considérant la haute silhouette rigide du colonel, elle afficha sur ses traits un sourire :) Nous allons faire droit à votre demande, Monsieur, et nous allons réclamer... M. de Bois-Tracy !

— Seulement ? lâcha Sainte-Foy qui n'avait jamais su pratiquer l'escrime de cour. Pourquoi pas Courcy ?

— Parce que son cas est assez différent de celui de son compagnon. En d'autres circonstances, le baron de Courcy s'est mis à la traverse d'un jugement de cour ainsi que d'ordres donnés par nous ! Un peu de prison ne pourra que lui faire le plus grand bien car nous n'avons pas confiance en lui !

— C'est l'homme le plus vaillant et le plus

loyal qui soit ! protestèrent en chœur Bassompierre et le colonel.

— Allons, tant mieux si vous le voyez de la sorte ! Quant à nous, notre siège est fait : ce sera M. de Bois-Tracy ou personne ! Voulez-vous prendre acte, Monsieur l'ambassadeur ?... Madame de Courcy, nous n'avons plus rien à vous dire !

Elle tourna alors les talons et réintégra le cabinet du Roi avec son visiteur. Les doubles portes se refermèrent sur eux... Lorenza rejoignit alors les deux hommes qui avaient plaidé pour Thomas et les remercia en s'efforçant de retenir les larmes qu'elle sentait monter à ses yeux.

— Nous n'avons dit que ce que nous pensions, assura le Lorrain, tandis qu'après un salut, le colonel s'éloignait. Voulez-vous que je vous accompagne à votre voiture ? Je devine à votre air, Madame, que vous n'avez guère envie de rester ici.

— Vous devinez juste, Monsieur. Je ne veux pas demeurer plus longtemps en ce lieu où l'on ne cesse de m'abreuver d'injures ou de sous-entendus cruels. En outre, il faut que j'aille prévenir mon beau-père !

Elle accepta la main qu'il lui offrait pour gagner le Grand Degré mais, avant qu'ils ne fussent sortis des appartements, ils furent rejoints par la princesse de Conti.

— Un instant, cousin ! Juste un mot à la

baronne ! Inutile de vous écarter, il ne s'agit pas d'un secret. Pensez-vous revenir ? demanda-t-elle à Lorenza.

— A moins que l'on ne me rappelle, sûrement pas ! Le nom que je porte ne mérite pas de servir aux amusements de ces gens-là !

— Je ne peux que vous donner raison mais assurez le baron qu'il peut compter sur le soutien de tous les membres de notre maison.

— Je crois qu'il en sera heureux mais n'êtes-vous plus l'une des amies de la... Régente ?

— Ma mère, la duchesse de Guise, l'est plus que moi... du moins en apparence. Voyez-vous, ma chère, son principal défaut est la curiosité et l'entourage immédiat de Sa Majesté est un lieu rêvé pour être au courant de tout ! Quant à moi, je regarde et j'écoute. C'est toujours instructif et nous nous reverrons !

Lorenza remercia d'un sourire. Cette amitié qui se confirmait la réchauffait et, en regagnant sa voiture avec Bassompierre dont elle savait qu'il avait été le favori d'Henri IV — en tout bien tout honneur ! —, elle percevait que l'appui de la maison de Guise, assez élevée pour pouvoir prétendre à la couronne, n'était rien moins que négligeable !

Ce fut aussi l'avis du baron Hubert quand Bassompierre — qui avait finalement tenu à lui ramener sa belle-fille — lui fit le récit de ce qui venait de se passer. Il l'en remercia avec cette dignité derrière laquelle il s'abritait quand il était touché, en se gardant cependant d'aucun commentaire sur l'attitude de la Régente tant que le jeune homme fut à l'hôtel d'Angoulême. Mais à peine était-il sorti qu'il donna libre cours à sa colère — qui pouvait être violente — tout en conservant suffisamment de lucidité pour éviter de casser les meubles et objets d'une demeure qui n'était pas la sienne. Inquiètes malgré tout, Clarisse et Lorenza le regardaient aller et venir en mâchonnant dans sa barbe des paroles incompréhensibles. Finalement, Lorenza se risqua à murmurer :

— Même si la distinction que l'on fait entre eux est profondément injuste et dure pour nous, ce sera peut-être une bonne chose de voir revenir M. de Bois-Tracy. D'abord, c'est un ami et ensuite il aura probablement à cœur de nous apprendre où mon cher époux est retenu prisonnier et...

Courcy arrêta net ses déambulations.

— Vous pensez à quoi ?

— A favoriser son évasion, évidemment ! Père, vous possédez d'immenses domaines sur lesquels se trouvent une multitude d'hommes. Ne serait-ce qu'à Courcy où vous disposez de soldats expérimentés. Il ne devrait pas être insurmontable pour vous d'organiser une expédition pour tirer Thomas de sa prison lorsque nous saurons où il est retenu ! Et j'irai avec vous !

— C'est la révolte ouverte que vous prêchez là, Lorie ? s'inquiéta sa tante.

— J'en ai conscience, soyez-en certaine ! Mais

je connais aussi trop la malveillance de la veuve du Roi. Elle n'a pas dû pardonner à Thomas de m'avoir arrachée au bourreau et fait de moi sa femme. Elle ne me supporte dans son entourage que pour le plaisir de m'humilier et de me faire souffrir. Et je n'ai à attendre d'elle ni secours ni la moindre empathie. Dieu sait ce qu'il peut advenir à Thomas quand son ami ne sera plus avec lui pour en témoigner ! Et moi, je veux retrouver celui que j'aime ! Sinon ma vie n'a plus de sens ! Vous comprenez ?

— Ô combien ! soupira Clarisse. Et vous avez l'intention de retourner au Louvre ?

— Ce n'est pas à elle que cela incombe, coupa son frère. C'est à moi ! N'ayez crainte ! se hâta-t-il d'ajouter. Quelque envie que j'en aie, je n'assènerai pas à cette femme ses quatre vérités mais je veux lui faire entendre la voix de la plus ancienne noblesse d'un pays sur lequel elle prétend régner !

— Elle vous fera embastiller ! fit Lorenza amèrement.

— Je ne crois pas !

En effet, les craintes de la jeune femme ne se vérifièrent pas. La Régente, qui reçut Hubert à la sortie du Conseil entre Villeroy et Sully, l'écouta même presque aimablement. Il ne devait pas prendre au sérieux ce qu'elle avait dit à sa jeune cousine qui méritait une leçon pour sa tendance à dépasser trop souvent les bornes de l'insolence.

Bien entendu, on allait demander le retour des deux prisonniers ! Cela ne devait guère poser de problème, les relations avec les Pays-Bas ayant pris une tournure toute nouvelle pour le bien commun à deux peuples...

Mais, en dépit de ses sourires, elle ne réussit pas à convaincre son visiteur.

— Je demeure persuadé qu'elle n'a réclamé que Bois-Tracy ! fulmina-t-il sans ajouter qu'il espérait de tout son cœur que l'on ne ferait pas disparaître discrètement son fils. Mais Clarisse l'avait deviné.

— Alors nous reviendrons à notre projet primitif dès qu'Henri sera de retour.

Mais Bois-Tracy ne réapparut pas.

6

L'accusatrice

— Voilà où nous en sommes! s'exclama Lorenza. Je ne voudrais certes pas vous mettre dans une mauvaise passe mais je ne vois personne à qui confier mon angoisse. Parmi ceux qui pourraient être qualifiés tout au moins...

Filippo Giovanetti sourit en s'inclinant légèrement.

— Vous me faites beaucoup d'honneur, donna Lorenza! Je ne suis pas sûr d'en être digne.

— Oh, de grâce, ne jouez pas à ce jeu-là avec moi! s'écria-t-elle. Vous n'êtes plus ambassadeur mais vous êtes toujours diplomate. Ce n'est pas un titre, c'est une aptitude... ou un talent, comme vous voudrez! Et cela ne s'oublie pas. Si quelqu'un peut comprendre quelque chose à l'imbroglio politique actuel, c'est bien vous!

— Où voyez-vous un imbroglio? Les choses, au contraire, sont fort claires : nous assistons à un retournement d'alliances et à un allègre balayage des plans conçus par le roi Henri. Plus de guerre de Troie pour récupérer une belle princesse et s'emparer de Juliers !... A moins que le maréchal de Lesdiguières qui n'en est pas loin ne prenne sous son bonnet de s'en emparer en faisant la sourde oreille aux échos parisiens[1]. Le petit Roi devait épouser une Savoyarde, il épousera une infante, que cela lui plaise ou non, et l'archiduc Albert — que je soupçonne de n'être pas totalement étranger à un assassinat qui fait si opportunément son affaire — doit dormir tranquille. Vous voyez, c'est clair !

— Et où se situe Florence dans tout cela ?

— Mais... du côté des gagnants ! Le nouveau grand-duc, marié à une Habsbourg, comme vous le savez, n'avait aucune sympathie pour Henri IV dont il n'a jamais cru la conversion sincère et il se veut catholique jusqu'au bout des ongles.

— Autrement dit, ses sujets peuvent être assurés d'un accueil amical aux Pays-Bas ?

— Je le pense !

— Alors... si vous en faisiez l'expérience ? Vous m'avez encore dit récemment que vous désiriez m'aider !

L'ancien ambassadeur s'accorda le plaisir de contempler sa visiteuse plus ravissante que jamais dans ses atours légers de faille azurée et de dentelle blanche, une amusante toque assortie mais ponctuée d'une plume d'autruche neigeuse,

1. Ce qui arriva.

en parfait accord avec les jours chauds de ce début d'été mais pas tout à fait avec l'anxiété qu'elle avait avouée ! Jamais il ne l'avait autant aimée qu'à cet instant où elle venait lui demander de se dévouer en faveur de celui à qui elle s'était donnée... Finalement, il se mit à rire.

— Je ne me dédis pas. Je vais me rendre à Bruxelles où j'ai quelques relations et j'essaierai de savoir ce qu'on a fait de votre époux...

— Et de M. de Bois-Tracy ?...

— Pourquoi ? Vous l'aimez lui aussi ?

— Non, voyons ! s'exclama-t-elle, sensible à une soudaine dureté du ton de Giovanetti. Mais ils ont été embarqués ensemble dans cette galère et, de surcroît, ils sont liés par une solide amitié !

Il faillit lui demander si cette amitié ressemblait à celle qui unissait jadis Thomas de Courcy à Antoine de Sarrance, mais elle l'aurait peut-être regardé de façon moins amène s'il lui avait rappelé ces mauvais jours.

— Où en êtes-vous de vos relations avec la Reine ?

— Oh ! Rien de changé. Elle exige toujours ma présence parmi ses dames pour le seul plaisir de me dire des choses désagréables. J'ai beau essayer de lui donner le change, elle sait que je me tourmente pour mon époux et elle s'en pourlèche ! Je crois que je la hais !

— Vous n'en êtes pas sûre ? Elle fait pourtant le nécessaire pour cela. Et... personne parmi tous ces gens qui vous entourent ne se porte à votre secours ?

— Si ! Mais cela ne me cause aucun plaisir, au contraire !

— Qui ?

— Le signor Concini ! Les plaidoiries qu'il semble tenir à prononcer pour moi m'exaspèrent d'autant plus que la Galigaï ne les apprécie pas davantage que moi !

— Cela peut se comprendre. Mais ne vous êtes-vous pas fait des amis ?

— Trois, je crois. La princesse de Conti, son frère, le prince de Joinville, et Mme de Montalivet. Sans compter Mme de Guercheville qui ne dit rien mais dont les sourires encourageants me sont précieux !

— Voilà qui est bien. Nulle à la Cour n'a plus d'expérience qu'elle des Médicis puisque, dans sa jeunesse, elle a servi la reine Catherine !

— Il lui arrive — rarement ! — d'en parler mais toujours avec des nuances de regret.

— Vous ne m'étonnez pas ! Celle-là était remarquablement intelligente ! Une véritable tête politique. Impitoyable aussi. Pourtant... j'ai entendu, une fois, le Roi l'évoquer non sans une certaine admiration ! Etrange, non ? Dieu sait pourtant qu'elle lui en a fait voir !

Le 16 juillet, le prince de Condé faisait sans gloire son entrée dans Paris au milieu d'un peuple rechigné auquel il n'inspirait visiblement aucune sympathie. Il faut dire qu'il n'avait rien pour l'attirer : tout vêtu de noir, maussade, mâchonnant sa lèvre inférieure et sa barbe, il allait son chemin le dos voûté comme s'il s'attendait à recevoir des coups. La Régente lui avait cependant envoyé une belle escorte : les ducs d'Epernon, de Montbazon, de Bouillon et de Bellegarde à la tête de deux cents cavaliers. Mais de la foule fusèrent quelques quolibets visant les cornes qui se dissimulaient sous son chapeau et beaucoup faisaient des signes de croix, les astrologues ayant prédit qu'au jour de son arrivée le sang coulerait.

Néanmoins, il atteignit le Louvre sans encombre et fut conduit dans la chambre de la Régente afin de souligner le côté familial de l'affaire. Le Roi l'y attendait auprès de sa mère. Il y avait là aussi l'autre prince du sang, le comte de Soissons, qui s'ennuyait à l'évidence prodigieusement, les cardinaux présents à Paris, Sully et une poignée de gentilshommes dont aucun n'était là pour s'amuser.

Si grand que fût le déplaisir qu'il en éprouvait, le revenant dut s'agenouiller devant Louis XIII. En dépit de son âge, sa jeune Majesté avait fort grand air. Sans sourire, il releva Condé de sa génuflexion, le prit un instant dans ses bras avec quelques mots de bienvenue, après quoi le prince remit genou à terre devant la Régente qui, elle, l'accueillit avec un élan qui ressemblait à de l'affection. N'était-il pas l'homme courageux qui avait osé s'opposer ouvertement aux projets libidineux du feu Roi sur sa femme ?

Elle l'aime tellement qu'elle va le loger à l'ancien hôtel de Gondi dont elle lui fera cadeau plus tard en y ajoutant un modeste appoint de 300 000 livres ! Générosité qui donne tout de suite à penser au comte de Soissons et à certains autres princes méditant des rébellions plus ou moins ouvertes. Pour avoir la paix, Marie de Médicis va les arroser d'or. Quelqu'un a compris ce qui va se passer : Sully, impuissant et navré, sait où iront s'engloutir les beaux millions en or amassés par lui dans la tour du Trésor à la Bastille.

Pour sa part, Concini va se faire attribuer une grosse somme pour acheter le marquisat d'Ancre et les places fortes de Péronne, Roye et Montdidier. La Galigaï devient donc marquise ! Mais on ne s'arrêtera pas là ! Dans l'immédiat, cependant, la grande affaire c'est le sacre du jeune Roi. Il devait, cette fois, avoir lieu à Reims le 17 octobre avec tout le faste qui convient... mais il ne sera jamais aussi beau que celui de sa mère qui, durant les préparatifs, ne cesse de rappeler au premier venu les splendeurs du sien, tellement merveilleux que le paradis ne pouvait être plus beau... C'est du moins elle qui le dit !

En fait, ce sera tout autre chose et pas seulement une grand-messe suivie d'un couronnement mais « l'accomplissement d'un rite venu du fond des âges où le profane et le divin s'imbriquaient étroitement... Ointe et sacrée la personne du monarque était censée renaître à une nouvelle vie ; elle procédait de la majesté divine... car le roi de France n'était point un souverain ordinaire mais le lieutenant de Dieu et son épée. C'était cela la signification du sacre[1] ».

Longue, somptueuse, imposante et très émouvante, la cérémonie était éprouvante même pour un adulte en raison du poids des ornements sacrés et de la longueur du rituel. Pourtant, cet enfant d'à peine dix ans la supporta sans faiblir, sans donner la moindre impression de fatigue. Heroard, son médecin qui ne le quittait jamais, se tourmenta en vain. Louis était bien le digne fils de son père. Et quand, ayant reçu des mains du cardinal de Joyeuse les sept onctions, l'anneau de son mariage avec la France et revêtu le lourd manteau aux lys d'or, il se tourna vers la foule, la couronne sur la tête et, en main, le sceptre et la main de Justice, une vibrante acclamation monta vers lui.

— Messieurs ! commenta gravement le baron de Courcy, nous avons là un roi qui sera grand... à condition qu'on le lui permette !

— Que voulez-vous dire ? murmura d'Epernon.

— Rien d'autre que ce que j'ai dit ! La clique étrangère qui l'entoure, à commencer par sa mère, va confisquer le pouvoir jusqu'à sa majo-

1. Georges Bordonove, « Louis XIII » dans *Les rois qui ont fait la France.*

rité... peut-être même au-delà ! C'est à nous, gentilshommes français, de veiller !

— On y veillera ! fit joyeusement Bassompierre. Il me plaît, à moi !

Mais ce n'était pas assez. Louis allait forcer l'admiration des plus indifférents lorsque, quatre jours plus tard, il aborda le plus difficile : le pèlerinage aux environs de Laon, à Corbeny, afin d'y prier saint Maclou et d'y toucher les écrouelles. Avec le sacre, les rois de France recevaient le don de guérir les plaies purulentes des scrofuleux, un mal fréquent à l'époque. Aussi, le lendemain du sacre, de longues files de malades se dirigeaient-elles vers le sanctuaire de leur saint patron... Or, il ne s'agissait pas, pour le Roi, d'effleurer une partie saine de la peau mais bien de poser ses mains sur les plaies en disant : « Le Roi te touche, Dieu te guérit ! »

D'ordinaire, quelques dizaines de malades se présentaient mais, cette fois, il s'agissait d'un enfant, pur de toute souillure et oint par le Seigneur. Il en vint près de neuf cents !

— C'est impossible ! s'exclama Heroard terrifié face à cette multitude le plus souvent loqueteuse et nauséabonde. Il n'y arrivera jamais ! Il est trop jeune pour pareille épreuve !

Et pourtant !

Vitry, le capitaine des gardes, faisait agenouiller les malades les mains jointes à son approche et veillait de près, redoutant on ne sait quel mauvais coup. Mais tout se passa au mieux.

Blême, la sueur au front mais tendu par une volonté bien au-dessus de son âge, le petit Roi s'approcha, toucha ces gens qui levaient vers lui des yeux pleins d'espoir, au front, au menton et aux joues. Quatre fois, Heroard le fit asseoir pour qu'il reprenne des forces et, quatre fois, il revint jusqu'à ce qu'enfin il n'y eût plus personne devant lui.

Sa mère, qui n'avait rien compris et continuait à jacasser sur les beautés de son propre couronnement, oubliant les incidents grotesques qu'il avait suscités, lui demanda peu après :

— Eh bien, mon fils, seriez-vous prêt à recommencer ?

— Oui, Madame... Pour un autre royaume !

Elle rit, sottement, mais Concini, lui, n'avait pas ri. Il n'avait pas aimé non plus l'enthousiasme populaire qui avait porté Louis tout au long de ces journées. Pour la réalisation de ses desseins — son ascension vers le pouvoir ! —, il convenait que Louis ne quittât pas une ombre dont on le sortirait le moins possible. On allait le rendre à ses jeux, à ses soldats et canons miniatures, à ses animaux, ses oiseaux de chasse... et à la confection de pâtisseries pour laquelle il montrait un réel talent. Rien d'autre ! L'arriviste l'avait déclaré « enfant enfantissime » ! Il fallait qu'il le reste. Sa mère — nul plus que lui ne le savait ! — ne s'y opposerait pas, bien au contraire ! C'était tellement amusant, le règne sans partage !

Cependant, quelqu'un avait assisté à ce sacre ainsi qu'au calvaire de Corbeny. C'était un jeune ecclésiastique de vingt-cinq ans appartenant par naissance à la haute noblesse poitevine (son père, mort trop jeune, avait été Grand Prévôt de France sous Henri III) et à la bourgeoisie parlementaire. Par héritage, il avait reçu l'évêché de Luçon dont on disait qu'il était « le plus crotté » de France. Beau et élégant, il possédait une intelligence aiguë, une sorte de génie même, et était habité par une vision et une ambition politiques exceptionnelles. Pendant des heures, il avait observé l'incroyable courage de cet enfant de dix ans sur lequel on faisait courir déjà d'étranges bruits. On le disait mou et à la limite de l'imbécillité ! Allons donc ! Et le jeune évêque s'était dit que pour réaliser ses grands desseins à lui dont l'ampleur, parfois, lui faisait peur, il serait bon d'être son mentor tout en servant le royaume. Timide sans aucun doute et encore sous le choc de la mort brutale d'un père qu'il adorait, sans trouver chez sa mère indifférente dont la bêtise et la vanité n'étaient plus à démontrer, inféodée en outre à sa clique florentine, le moindre réconfort, l'enfant Roi abordait l'adolescence sans armes pour se défendre... Quel que soit le résultat, demeurerait la vaillance et il devrait mériter d'être servi. Mais, pour l'approcher, le chemin, même s'il déplaisait à son orgueil, passait par la Médicis et ceux qui la tenaient sous leur coupe. Ce jeune évêque s'appelait Armand-Jean du Plessis de Richelieu...

Ce soir, il y avait concert chez la Reine. Bien que les fastes du couronnement eussent mis fin au deuil, elle n'avait pas encore donné libre cours à sa passion pour les ballets et la danse, suivant en cela le conseil de la Galigaï. Il était plus sage, pour un moment encore, qu'on la crût trop absorbée par les soucis du gouvernement pour ordonner des distractions aussi frivoles. Alignée sagement dans la Grande Galerie par ordre de préséance, la Cour écoutait donc gravement un groupe de musiciens et de chanteurs italiens venus de Bergame doués de voix superbes — il y avait même une haute-contre particulièrement angélique —, mais leur programme, sublime d'ailleurs, et plus religieux que profane, distillait une sorte de torpeur insidieuse surtout chez ceux qui étaient assis. Marie de Médicis, elle, semblait en extase et ses proches s'efforçaient de copier son expression au cas où son regard tomberait sur eux. Seuls quelques-uns — comme Mme de Guercheville qui bâillait derrière son éventail — avaient le courage de leurs opinions. Les plus jeunes gentilshommes et les filles d'honneur, eux, échangeaient coups d'œil et demi-sourires.

Assise auprès de la maréchale de La Châtre qui, vaincue par l'âge, ronflait en mineur le nez dans son giron, Lorenza, bien que fervente de musique, n'écoutait pas. Elle ne pouvait détacher son esprit de l'époux dont elle n'avait toujours pas de nouvelles. Filippo Giovanetti, parti depuis trois longues semaines, tardait à rentrer et à mesure que le temps passait, elle s'en inquiétait davantage. Où, dans quelle geôle du fin fond des Pays-Bas était-il retenu prisonnier ?

Le motet s'achevait, déchaînant des applaudissements aussi nourris que peu sincères mais imitant ceux, enthousiastes, de la Reine...

— En avons-nous fini ? demanda Mme de La Châtre réveillée en sursaut par le bruit.

— Non, Madame. Il y a encore trois morceaux...

— Mon Dieu !

Elle s'apprêtait à reprendre son somme quand il se produisit un événement. Concini, qui se tenait debout, bras croisés, non loin du fauteuil de la Reine, s'en approcha.

— Madame, fit-il dans leur langue maternelle, ne pourrait-on remettre à demain... ou à plus tard, la fin du concert ?

— Pourquoi ? N'est-ce pas divin ?

— Sans doute, sans doute... mais tellement triste ! On se croirait à des funérailles et Votre Majesté est trop jeune... trop belle aussi, pour se confiner dans une tristesse qui ne peut que lui être malsaine ! Il est temps... grand temps même, qu'elle fasse trêve à une douleur qui est sans conteste un exemple pour l'Europe entière mais qui finira par nuire à sa santé ! La vie doit reprendre ses droits, Madame !

— Vous croyez ?

— J'en suis sûr ! Remerciez les artistes, dites-leur d'aller se reposer et allons faire *media noche* ! Il y a Conseil demain matin. Quelques pâtisseries et un verre de bon vin vous feront du bien, Madame... Vous êtes un peu pâle !

— C'est vrai que je me sens lasse ! Faites le nécessaire !

On leva donc le camp à la satisfaction générale et l'on se dirigea vers la salle où le couvert était dressé. Lorenza qui n'avait aucune envie de participer aux agapes allait déjà vers Mme de Guercheville pour s'excuser, quand elle vit soudain Concini se matérialiser auprès d'elle, tout sourires.

— Madame la baronne ! Vous ne vous apprêtez pas à nous quitter, j'espère ?

— Oh si ! Je suis épuisée... marquis ! fit-elle en se souvenant à temps de ce titre flambant neuf qu'elle-même jugeait scandaleux. Et je souhaite rentrer chez moi !

— Vous m'en voyez navré ! Alors, au moins, ne rentrez pas seule !

— Mais je ne suis pas seule. Il y a suffisamment de valets autour de mon carrosse pour que je n'aie rien à redouter des mauvaises rencontres !

— Sans doute, sans doute ! Pourtant... il y a là quelqu'un qui désire instamment vous raccompagner !

S'effaçant habilement, il céda la place à Antoine de Sarrance qui s'inclinait devant elle.

— Rien n'est plus vrai, Madame la baronne. Nous avons, je crois, bien des choses à nous dire !

Suffoquée d'abord et n'en croyant pas ses yeux, elle le regarda comme s'il venait d'un autre monde mais se reprit vite.

— Vous ici, Monsieur ? C'est pour le moins inattendu !

— Pourquoi donc ? C'est le Roi qui m'avait chassé. Or, le Roi n'est plus... et Sa Majesté la Reine Régente n'a aucune raison de faire siennes les anciennes querelles de son époux !

— Querelles ? Quand vous aviez insulté votre Roi !

— A tout péché miséricorde ! répliqua-t-il avec un sourire moqueur qui choqua la jeune femme.

— Cela la regarde ! dit-elle froidement. En ce qui me concerne, je ne me sens pas la moindre envie d'oublier qu'il n'y a pas si longtemps vous réclamiez ma tête avec insistance et me teniez pour criminelle en dépit de toutes les preuves que l'on avançait !

— J'étais aveuglé par la colère, la douleur aussi ! Comprenez qu'il s'agissait de mon père !

— Et maintenant ?

— Maintenant ?...

Il la regardait sans paraître comprendre sa question et une brusque envie de rire la saisit. Ces points d'interrogation que contenait ce regard, cet air d'innocence qu'il affichait lui parurent du plus haut comique. Elle eut soudain l'impression d'avoir en face d'elle un comédien jouant un rôle qu'il n'avait pas très bien appris.

— J'entends par là : que voulez-vous ? demanda-t-elle, d'un ton sec et impatient.

— Mon ami Concino vient de vous le dire : avoir l'honneur de vous raccompagner chez vous...

— Et pourquoi, je vous prie ?

Il aspira à pleins poumons comme s'il allait se jeter à l'eau.

— Vous me forcez dans mes retranchements, Madame. Ce n'est pas séant... Comprenez-moi ! Voilà des jours que je souhaite avec vous un entretien privé, ce qui est quasiment impossible dans ce palais. Quant à me présenter à l'hôtel d'Angoulême...

— Je ne vous le conseille pas. Il m'étonnerait fort que vous y soyez reçu ! La duchesse Diane, en effet...

— Pour quelle raison me refuserait-elle l'entrée de sa maison ? Elle ne me connaît même pas !

— C'est possible. En revanche, elle aime beaucoup le baron Hubert de Courcy, mon beau-père, et n'a pas apprécié, mais pas apprécié du tout, que vous ayez eu l'impudence inqualifiable de vous en moquer en prenant soin de vous assurer qu'il était seul et vous, solidement appuyé par Monsieur, dit-elle en désignant Concini tout proche d'un mouvement de tête, sans compter une valetaille à laquelle vous avez permis de rire d'un gentilhomme dont vous savez parfaitement qu'il est non seulement plus âgé mais plus noble que vous ! Il est vrai que vous avez fui quand il a dégainé !

— Oh ! coupa Concini qui donnait tous les signes de la désolation, nous ne savions pas ce que nous faisions... nous étions un peu éméchés, voyez-vous !

— Vraiment ? En ce cas, les convenances eussent voulu que vous présentiez des excuses ! Ceci ajouté à cela, vous devez comprendre, Monsieur de Sarrance, que je ne souhaite aucunement votre présence. Ni maintenant ni plus tard !

Antoine blêmit, ses narines se pincèrent et une lueur mauvaise traversa son regard.

— Ce nom de Sarrance que vous semblez dédaigner, vous oubliez que vous l'avez porté ?

— Pas pour mon salut et fort peu de temps au surplus car j'ai toujours refusé d'en user. Que voulez-vous, il me faisait horreur. A présent, Messieurs, je vous serais reconnaissante de me livrer passage ! Le souper d'ailleurs vous attend !

Mais ils ne s'écartèrent pas.

— Et si moi, s'entêta Antoine, j'avais décidé de vous raccompagner, que cela vous plaise ou non ?

Il tendit une main pour saisir le poignet de Lorenza mais un couple venait d'apparaître.

— Tenterait-on de vous faire violence, ma chère ? intervint la voix hautaine de la princesse de Conti.

— Auquel cas c'est à moi qu'il appartiendrait de vous en demander raison fit, en écho, celle, tranquille, de Bassompierre. Nous sommes tous deux des amis de Mme de Courcy, ajouta-t-il en caressant sa moustache blonde avec un sourire féroce.

— Inutile d'aller jusque-là ! fit suavement la princesse en passant son bras sous celui de Lorenza tandis que Concini s'éclipsait comme par enchantement. Laissons Monsieur de Sarrance aller collationner ! En ce qui me concerne, je n'en ai nulle envie ! Cette musique m'a endormie et je rentre chez moi après avoir ramené Mme de Courcy chez elle... Messieurs !

Il n'y avait rien à ajouter à cela et Sarrance ne se sentait pas de taille à rompre les lances avec la fille du défunt duc de Guise qui était, en outre, une amie de la Reine. Tandis que les deux femmes se dirigeaient vers l'escalier, il ébaucha un salut en les suivant des yeux puis, quand elles eurent disparu, s'en alla prendre sa part du souper.

Cependant Lorenza remerciait Louise.

— Je crois que vous m'avez tirée d'un mauvais pas, Madame la princesse, dit-elle avec un soupir de soulagement.

— Que voulait-il au juste ? Son visage n'avait rien d'aimable et je l'ai vu se disposer à saisir votre bras...

— Un entretien en tête à tête. C'est pourquoi il voulait m'accompagner. J'ai cru comprendre qu'il tenait plus ou moins à s'excuser.

— La méthode choisie me paraît contestable. Je ne vois pas ce qu'il pourrait avoir à vous dire alors que votre époux est prisonnier, le moment est mal choisi. Ou trop bien ! Prenez garde, Lorenza ! Jusqu'à ce que vous arriviez en France, je l'ai toujours considéré comme un charmant garçon mais depuis ce drame qui a failli vous anéantir je ne sais plus que penser... sinon qu'il ressemble de plus en plus à son père ! Ce qui, de ma part, n'est pas un compliment !

— Réussirait-il à décevoir la difficile princesse de Conti ? plaisanta Lorenza.

— C'est un peu cela ! Il est beau, séduisant et ne rencontre guère de cruelles. Moi-même, j'ai un instant songé à lui mais cela n'a pas duré. Il connaît trop son pouvoir sur les femmes et je déteste que l'on veuille me dominer. Quant à lui, il devrait se méfier du temps qui passe... et des ravages que peut causer une vie de débauche. La fréquentation de Concini ne lui vaut rien et certains stigmates apparaissent déjà !

— Mais ne devait-il pas se marier ? Je n'ai plus revu sa fiancée parmi les filles d'honneur !

— Pour la bonne raison qu'elle n'y est plus ! Je ne l'aimais pas beaucoup mais j'avoue en être venue à la plaindre. Pauvre La Motte-Feuilly en vérité !

— Que lui est-il arrivé ? Il l'a épousée peut-être et...

Devant la mine inquiète de la jeune femme, Louise de Conti se mit à rire.

— Et vous pensez qu'elle a eu droit au même traitement que vous avec son père ? Non... mais je crois qu'il a fait pire : il l'a engrossée et ensuite il a refusé d'en faire sa femme. Catégoriquement !

— Et il ne s'est pas retrouvé l'épée à la main en face d'un membre de sa famille ?

— Il n'y en a pas. Le seul qui reste est un oncle valétudinaire et à moitié gâteux. En fait, toute l'énergie de la tribu est concentrée dans la vicomtesse, sa mère. Une forte femme, croyez-moi ! Et devant laquelle notre séducteur a passé, m'a-t-on dit, un assez mauvais quart d'heure... mais le Roi venait de mourir. Elle n'a trouvé personne pour l'écouter.

— Mais... la Reine ? Cette fille lui appartenait ?

Louise considéra Lorenza avec une certaine stupeur.

— Vous êtes, vous, sa filleule, sa cousine, elle vous en a fait voir de toutes les couleurs et vous n'avez pas encore compris qu'elle est totalement hermétique à la plus élémentaire pitié ? Non, elle n'a rien fait sinon recevoir Sarrance à bras ouverts quand Concini le lui a ramené.

— Mais alors qu'est devenue Mlle de La Motte-Feuilly ?

— La future mère ? On s'est hâté de lui trouver un époux. Pas très jeune, pas très frais mais très riche et appartenant à la magistrature. Elle est maintenant Mme la Présidente d'Epalainge et ne devrait plus être bien loin d'accoucher. J'avoue que j'aimerais savoir à qui va ressembler le produit ainsi obtenu car, évidemment, on ne la voit plus. De toute façon, seule la mère garde le droit d'appartenir à la Cour !

— Pauvre fille ! On ne peut que la plaindre...

— Comme vous dites ! Mais si je vous ai raconté tout cela c'est afin de vous prévenir contre les entreprises de séduction du cher Antoine !

— Merci ! Je crois être désormais à l'abri des tentations. Le Ciel m'a donné un merveilleux mari que j'aime trop pour ne pas m'inquiéter de son sort. Et l'attitude de la Reine n'est pas faite pour me rassurer...

— Là, malheureusement, je ne suis guère en mesure de vous aider. Ma mère non plus d'ailleurs, bien qu'avec Mme de Montpensier elle soit sa meilleure amie... française tout au moins car personne, jamais, ne réussira à supplanter la Galigaï... et je vous vois mal aller lui faire des courbettes.

— En admettant que j'en aie envie, je ne m'y risquerais pas. Elle veille sur son conjoint comme un chien sur son troupeau et ne peut supporter qu'il m'adresse la parole ! Ce dont je préférerais qu'il s'abstienne !

— Que cela ne vous empêche tout de même pas de dormir ! Vous voici à destination ! Mes amitiés à votre tante !

Mais il était écrit qu'un sommeil paisible ne serait pas encore accordé à Lorenza et à sa famille. En rentrant à l'hôtel d'Angoulême, Sauvegrain, le majordome, lui apprit que la duchesse désirait la voir dès son retour.

— A cette heure-ci ? Il est déjà tard...

— Sans doute. J'ajoute cependant que Mme la duchesse n'est pas seule. M. le baron et Mme la comtesse sont avec elle ainsi que M. l'ambassadeur Giovanetti !

La jeune femme tressaillit.

— Il est là ? Je n'ai pourtant vu aucun carrosse dans la cour.

— Il a fait le trajet à cheval, Madame la baronne, et il me semble avoir parcouru une longue route ! Je dirais même...

Mais Lorenza ne l'écoutait plus. Saisie d'une soudaine angoisse, elle ramassa ses jupes et s'élança dans l'escalier menant aux appartements d'honneur.

Giovanetti était là, en effet. Assis dans un fauteuil au coin de la cheminée face à celui de la duchesse Diane, il paraissait transi, ce qui n'avait rien d'étonnant compte tenu du temps, froid et humide, qui s'était abattu sur la France. Quand Lorenza entra, il tentait de retrouver une couleur normale à l'aide d'une copieuse bolée de vin chaud aux épices qui fumait encore et dont les effluves emplissaient la pièce où régnait le silence. Les trois autres se contentaient de le regarder d'un air accablé auquel, tout de suite, la jeune femme fut sensible. Au joyeux « Ser Filippo ! Enfin vous voilà ?... » succéda :

— Mais quelles nouvelles rapportez-vous donc ? Thomas n'est pas...

— Non ! s'écria Courcy en quittant vivement son siège pour lui laisser sa place. Il ne faut pas penser à cela ! Le cher garçon est en bonne santé !... Du moins, nous l'espérons !

— Vous... l'espérez ? Et vous estimez que cela va me rassurer ? Ser Filippo ! Que leur avez-vous dit ? Et d'abord pourquoi ne pas m'avoir parlé en premier puisque c'est moi qui vous ai demandé d'aller à Bruxelles ?

Il reposa le récipient, s'essuya la bouche et réussit à esquisser un demi-sourire.

— Mais c'est vous que je venais voir, donna Lorenza ! Seulement, vous n'y étiez pas...

— C'est juste ! Pardonnez-moi !... Alors qu'avez-vous appris là-bas ? Et pour commencer, qui avez-vous vu ?

— L'infante Isabelle-Claire-Eugénie et aussi l'archiduc Albert ! Avant d'être ambassadeur en France, j'ai accompli auprès d'eux une mission dont m'avait chargé le grand-duc Ferdinand. Ils ont bien voulu s'en souvenir. Cette entrevue n'entrait pas dans mes plans au départ car je voulais seulement apprendre où étaient détenus MM. de Courcy et de Bois-Tracy. Dans ce but, je me suis adressé à un mien ami, le banquier Crivelli, très introduit auprès de Leurs Altesses et de leur entourage pour obtenir les renseignements dont il a besoin. C'est lui qui m'a emmené tout droit au palais de Coudenberg où j'ai donc été reçu avec une certaine grâce...

— Laissez la grâce ! Au fait, Monsieur l'ambassadeur ! grogna le baron Hubert.

— Oh, c'est très simple ! Les deux hommes ont effectivement été dénoncés pour tentative d'enlèvement de la princesse de Condé et emprisonnés illico. On n'en a pas tout de suite averti Paris car la mort du Roi avait tout bouleversé là-bas... Je m'explique, même si c'est difficile à avaler : elle a déclenché aux Pays-Bas et singulièrement à Bruxelles une formidable explosion de joie. On a fêté l'événement pendant des jours.

— Cela nous le savions, coupa la comtesse Clarisse. Après ?

— On a donc averti la Régente... Elle s'est déclarée très satisfaite par retour du courrier ou peu s'en faut. D'où la surprise de Leurs Altesses quand un émissaire de Marie de Médicis est venu deux jours plus tard, nanti d'une petite troupe armée, demandant que l'on veuille bien lui remettre les deux prisonniers. Ses raisons étaient les meilleures puisque c'était elle qu'offensait le plus l'indécente passion de son époux pour la jeune Charlotte. C'était donc à elle qu'il appartenait de châtier ceux qui s'étaient rendus les complices de cette aventure sordide. Son messager était porteur d'une lettre écrite de sa main royale et les archiducs — plutôt soulagés d'ailleurs ! — n'ont vu aucun inconvénient à lui faire ce plaisir. On a donc extrait les deux hommes de leur prison et on les a remis à ceux qui venaient les chercher...

— Et qui étaient ? demanda Lorenza.

— C'est là que cela devient intéressant, grinça le baron.

— Monsieur de Vitry, capitaine de la deuxième compagnie des gardes, accompagné d'une douzaine d'hommes !

La jeune femme considéra un instant avec étonnement le visage convulsé de fureur de son beau-père.

— Je ne vois pas ce qu'il y a là d'extraordinaire ! Monsieur de Vitry, que je n'ai pas l'honneur de connaître...

— ... n'a pas quitté le Roi, qu'il surveille comme la mère poule son poussin parce qu'il lui est tout dévoué et cela depuis le couronnement ! Voulez-vous me dire alors comment il a pu filer à Bruxelles s'emparer de mon fils et de son compagnon et cela au nom d'une Régente qu'il n'aime pas ?...

— ... mais à laquelle il ne peut refuser d'obéir, fit remarquer Clarisse. Est-ce que le plus simple ne serait pas de le lui demander ? Je sais bien que vous n'êtes pas de la même génération et que, peut-être, il ne connaît pas Thomas...

— Dans l'entourage des rois on connaît toujours un Courcy ! s'emporta le baron. Je le verrai demain et s'il ne veut — ou ne peut — parler, je verrai la Régente !

— Si elle vous a joué un mauvais tour, elle ne

vous recevra même pas ! émit Mme d'Angoulême.

— Il le faudra bien ! Je resterai...

— Je ne vous le conseille pas, baron ! Si elle a effectivement envoyé M. de Vitry plus ou moins secrètement, vous ne ferez que déchaîner la foudre et ce ne sera pas bon pour les deux garçons... Vous risquez seulement d'aggraver leur sort. Voyez d'abord M. de Vitry et selon ce qu'il vous dira nous essaierons d'établir un plan ! Mais, avant tout, il faudrait essayer de savoir si la lettre à l'archiduc était authentique !

— Cela je peux l'attester, dit Giovanetti. Le prince me l'a montrée. Et maintenant, si vous me le permettez, je vais me retirer...

— Il est tard, il fait froid et vous n'êtes pas encore réchauffé ! fit la duchesse en souriant. Acceptez mon hospitalité pour cette nuit ! J'ai déjà donné des ordres et l'on va vous conduire à votre appartement.

Visiblement à bout de forces, l'ancien ambassadeur ne se fit pas prier et suivit le valet que l'on venait d'appeler. Lorenza en fut satisfaite. Elle souhaitait vivement s'entretenir avec lui et ce serait peut-être possible au matin, avant qu'il ne rejoigne la rue Mauconseil. Elle-même se levait pour se retirer quand Clarisse lui demanda :

— Alors, ce concert ?

— Des voix superbes mais ennuyeux à mourir !

— Au point de vous mettre la figure à l'envers ? Quand vous êtes rentrée tout à l'heure, vous aviez l'air d'avoir subi un choc !

— Je n'ai aucune raison de vous mentir. Quelqu'un assistait à cette maudite soirée...

— Qui donc ?

— Le marquis de Sarrance dont on dirait bien que Concini l'a ramené à la Cour avec la pleine approbation de la Reine !

— On peut vraiment s'attendre à tout avec elle ! maugréa le baron. Je pense que l'on va voir revenir tous ceux que notre bon Roi avait exclus. Lui avez-vous parlé ?

— C'est lui qui m'a parlé... et sur un ton que je n'ai pas apprécié. Il voulait me raccompagner ici et, pendant un moment, j'ai compris qu'il me l'imposerait au besoin... Soutenu par Concini avec qui il semble au mieux ! Sans l'intervention de Mme de Conti et de M. de Bassompierre, j'aurais dû souscrire à ses volontés... ou alors crier au secours !

— Il ne fallait surtout pas hésiter ! Avec ce genre de... rustre — car je ne vois guère d'autre épithète à lui appliquer, ce que je n'aurais jamais cru ! —, il n'y a pas d'autre solution. Demain, je vous accompagnerai au Louvre et j'irai voir M. de Vitry !

Ayant dit, il salua les dames et monta se coucher. Lorenza le suivit. Pas pour dormir, ses nerfs secoués une fois de plus ne lui laissant guère espérer un sommeil rapide et réconfortant, mais uniquement pour être seule avec cette nouvelle angoisse qui l'assaillait : Thomas !

Où était Thomas à cette heure ? Au fond de quelle prison ? On ne l'avait certainement pas sorti de Bruxelles pour lui rendre la liberté ? Qu'il fût toujours avec Bois-Tracy était plutôt rassurant car celui-ci n'avait jamais trempé de près ou de loin dans la lamentable histoire qu'avait été son mariage avec le vieux Sarrance. A moins qu'on ne les ait séparés, auquel cas le pire serait à redouter !

Réfugiée au fond de son lit, les yeux grands ouverts sur l'obscurité qu'atténuait à peine le feu en train d'expirer, elle retrouvait intacte la terreur qui s'était emparée d'elle quand, à la veille de ses noces, elle avait reçu le billet menaçant la vie de Thomas. Elle l'aimait tant, à présent, ce grand garçon joyeux et tendre qui avait su éveiller en elle une sensualité qu'elle ne soupçonnait pas et lui avait rendu le goût de l'existence dans ce qu'elle avait de plus délicieux : le bonheur d'aimer et d'être aimée, de prendre et d'être prise, les caresses et les rires partagés et, aussi, la merveilleuse impression ressentie entre ses bras que rien ni personne ne pourrait l'atteindre dans un tel refuge ! Elle aimait son époux de tout son cœur, de toute sa chair et de tout son esprit au point de ne plus pouvoir imaginer vivre sans lui ! S'il devait périr, elle le rejoindrait dans la mort et tout serait dit...

En se retrouvant, ce soir, en face d'Antoine de

Sarrance, la surprise avait été double : d'abord de le voir parader à la Cour d'où l'avait chassé le Roi ; ensuite de constater qu'il ne restait rien de l'élan qui l'avait poussée vers lui le jour de leur première rencontre. A l'ardeur de son regard elle avait répondu par une ardeur égale et cru longtemps qu'elle l'aimait. Jusqu'à se demander, alors même qu'elle appartenait à Thomas, quel effet pourrait avoir une rencontre avec lui. Elle le savait à présent : aucune émotion autre que la répulsion. Il s'était trop acharné contre elle pour que s'efface un jour le masque de haine qu'elle lui avait vu. Certes, il était toujours beau mais les flétrissures — légères quoique réelles — dont la débauche marquait son visage le rapprochaient de celui de son géniteur au cours de cette horrible nuit... Ces hommes appartenaient aux ténèbres alors que Thomas irradiait la lumière d'un amour total.

Quand le jour revint, ramenant Guillemette qui lui apportait une tasse de lait chaud et venait ranimer le feu, elle n'avait pas fermé les yeux même une seconde et cela devait se voir car la petite camériste s'exclama :

— Mon Dieu ! Madame la baronne a mauvaise mine !

— Cela ne m'étonne pas : je me sens très lasse. Voudrais-tu aller demander à Mme de Royancourt d'envoyer quelqu'un chez Sa Majesté la Reine pour lui offrir mes excuses ?

— Bien sûr ! Nous allons aussi demander un médecin !

— Inutile d'aller jusque-là. Il me faut seulement rester tranquillement ici !

— Madame la baronne a tout à fait raison ! D'autant qu'il fait un temps affreux dehors !

Point n'était besoin d'ouvrir les rideaux pour s'en convaincre : de fortes rafales de pluie mêlée de grêle s'abattaient sur les vitres des fenêtres en crépitant violemment. Rien en vérité qui donne envie de bouger. Pas même pour entendre la messe que le chapelain de la duchesse Diane disait tous les matins dans l'oratoire de l'hôtel. Il fallait donner quelque apparence de vérité à son malaise ! Cependant, elle demanda encore si Filippo Giovanetti était déjà levé. Guillemette lui répondit qu'il était même parti, presque aux aurores, ne laissant qu'un billet pour la duchesse. Lorenza en fut contrariée : elle aurait aimé lui parler en tête à tête mais la rue Mauconseil n'était pas si loin et elle pourrait y faire un tour dans l'après-midi...

— Vous devriez essayer de dormir un peu, conseilla la jeune femme de chambre. Le lait chaud, ça aide !

Lorenza en effet bâillait à se décrocher les mâchoires, résultat de sa nuit sans sommeil. Elle se réinstalla dans ses oreillers après les avoir bourrés de coups de poing et s'endormit aussitôt.

On était le samedi 15 janvier 1611 et, au

moment même où Lorenza repartait vers l'antre de Morphée, Jacqueline d'Escoman — que l'on n'avait pas jugé utile de garder plus longtemps en prison — se présentait chez la reine Margot, tout juste rentrée de son château d'Ivry où elle avait passé les fêtes de cette fin d'année et le début de la nouvelle. L'ancienne épouse d'Henri IV, n'ayant rien à faire parce qu'elle venait de mettre à la porte le jeune amant qui l'avait occupée ces derniers jours, accepta de la recevoir dans son privé. Elle se tenait dans sa chambre, en train d'essayer une nouvelle perruque et un onguent miraculeux pour les rides que venait de lui envoyer son apothicaire préféré, assistée de Gilonne, sa caméristе, qui était auprès d'elle avant même son mariage avec le Béarnais près de quarante ans auparavant !

En fait, l'ancienne reine de Navarre s'ennuyait comme un rat mort et l'apparition de cette petite bossue, mal vêtue mais se disant porteuse de grands secrets, lui paraissait distrayante. D'autant plus qu'après avoir elle-même refusé de la prendre à son service, elle savait que cette fille avait été placée chez la marquise de Verneuil envers qui Margot ne débordait pas de sympathie.

— Vous voilà donc ? D'où sortez-vous pour être aussi mal accommodée ?

— De prison, Madame, où l'on m'a jetée pour me faire taire... Il m'avait été donné, en effet, de découvrir l'affreux complot tissé contre la vie de notre bon Roi et j'ai fait tous mes efforts pour qu'il en soit averti et se garde en conséquence... mais personne n'a voulu m'écouter. Et j'ai été conduite à la Conciergerie où l'on a amené, son coup fait, l'abominable assassin.

— Il m'est revenu quelque chose comme cela mais, à présent, le Roi n'est plus et je ne vois pas trop à quoi rime votre démarche.

— A le venger, Votre Majesté ! Voir se pavaner au palais et dans la ville ceux qui l'ont envoyé au tombeau est plus que je n'en puis supporter ! Il faut qu'ils payent leur forfait, dussé-je y laisser ma propre vie !

— Et qui sont-ils ?

— Je ne les connais pas tous car ils doivent être plus nombreux que je ne l'imagine mais il y en a trois dont je suis sûre !

— Et ce sont ?

— Monsieur le duc d'Epernon, sa maîtresse Mlle du Tillet et la marquise de Verneuil. Peut-être aussi la Reine...

— La Reine ? Vous allez un peu loin.

— Je ne crois pas. N'est-ce pas au lendemain même de son couronnement — ce couronnement qu'elle ne cessait de réclamer ! — que Ravaillac a frappé ? J'ai tenté maintes et maintes fois de la voir mais jamais je n'ai pu l'approcher. Elle a toujours refusé de recevoir la pauvre femme que je suis mais je pense qu'elle avait surtout peur d'une vérité qui aurait pu s'opposer à ce qu'elle soit sacrée.

— A qui avez-vous demandé de vous ménager une entrevue ? A Mme de Verneuil dont j'ai ouï dire que vous aviez été la dariolette ?

— Certainement pas ! On m'aurait supprimée discrètement. Je me suis adressée à Mlle du Tillet que je voyais souvent, car je lui portais régulièrement des lettres. J'avais habité un temps chez elle ! Je l'ai demandé aussi à Mme de Courcy que j'avais attendue à l'entrée du Louvre. C'est pendant que je lui parlais que j'ai été arrêtée...

— Elle vous a dénoncée ?

— Non pas du tout. Elle a même été surprise de l'arrivée du guet et elle s'est montrée bonne pour moi en donnant un peu d'argent pour que l'on ne me traite pas trop mal !

— Mais pourquoi Mme de Courcy ?

— Je l'avais vue à plusieurs reprises chez Mme de Verneuil quand on l'accusait d'avoir tué son vieux mari. La pauvre, elle était loin d'être heureuse !...

— Et M. d'Epernon ? L'avez-vous vu venir chez Mme de Verneuil ?

— Non, mais j'ai assisté à une entrevue dans l'église Saint-Paul-Saint-Louis, il y a environ trois ans. J'étais chargée de faire le vide autour d'eux et de veiller à ce qu'ils ne soient pas dérangés. Bien sûr, Mme de Verneuil portait un masque mais comme je l'avais accompagnée je n'avais aucun doute sur son identité !

Il y eut un silence puis Margot enchaîna :

— Seriez-vous prête à répéter ces révélations devant des tiers... et même devant des juges ?

— Sans hésiter !

— Bien ! Revenez après-demain.

Si, ce soir-là, Jacqueline d'Escoman rentra, un peu soulagée et pleine d'espoir, dans le misérable logis qu'elle occupait près du pont au Change, ce ne fut pas le cas du baron Hubert quand il regagna l'hôtel d'Angoulême, assez tard pour que l'on eût soupé sans l'attendre. Sans appétit d'ailleurs et seulement par égard pour le personnel de cuisine dont la duchesse était fière et dont elle prenait le plus grand soin. On en était à grignoter distraitement quelques sucreries quand Hubert rejoignit les dames en ne réclamant rien d'autre que du vin de Sancerre et une tranche de pâté. Sa mine était si sombre qu'aucune des trois femmes n'osait l'interroger. Finalement, ce fut Lorenza qui se dévoua, l'angoisse qui lui venait étant sur le point de l'étouffer :

— Enfin, père ! s'écria-t-elle. Dites-nous quelque chose !... Même si vous devez nous apprendre le pire ! Thomas est...

Le mot ne passa pas mais elle avait presque hurlé et le vieux seigneur tressaillit, tournant vers elle un regard qui ne semblait pas voir. Puis il avala un plein verre de vin, ébaucha un pauvre sourire...

— Non, fit-il. Non, je ne le pense pas !

Les voix des trois femmes furent unanimes :

— Alors ?

— Alors, reprit-il, je viens de voir, à Saint-Germain, M. de Vitry dont la compagnie était de garde... et qui ne s'est jamais rendu à Bruxelles porter une lettre de la Reine ! Il n'arrivait pas à croire que l'on eût osé se servir de son nom et en a même appelé à M. de Souvré, le gouverneur de notre jeune Majesté, pour confirmer ce que je savais déjà, que, de quinze jours, il ne s'était pas éloigné de la personne du Roi. Je n'avais d'ailleurs pas besoin d'un quelconque témoignage, sa colère étant bien suffisamment convaincante.

— Mais, en ce cas, qui a emprunté son nom, muni d'un courrier de la Régente et d'une escorte armée ? s'inquiéta la duchesse.

— C'est ce qu'il faudrait essayer de savoir. En rentrant, je suis allé à l'Arsenal voir Sully... que j'ai trouvé fort abattu. Il va présenter sa démission un jour prochain parce que ses pouvoirs s'amenuisent de jour en jour. Certes, la Régente a conservé jusqu'ici les conseillers du feu Roi, mais leur présence est purement décorative et l'on en vient à s'interroger : si on leur demande leur avis sur les affaires du royaume, ne serait-ce pas pour faire exactement le contraire ? Quant au trésor de la Bastille, il fond à vue d'œil. On rétribue Condé pour qu'il se tienne tranquille, on va payer Soissons qui commence à lever l'étendard de la révolte et, surtout, on fait largesse à la Galigaï et à son Concini de mari. Et Sully ne veut pas cautionner ces tripatouillages !

— On peut le comprendre, approuva Lorenza. Mais quel conseil vous a-t-il donné ?

— D'aller m'expliquer avec la Médicis... si toutefois je suis assez las de la vie pour aspirer à un tête-à-tête avec le bourreau !

Un triple cri d'horreur salua cette déclaration, fort sereine d'ailleurs, puis Clarisse demanda :

— Qu'avez-vous l'intention de faire ?

Hubert de Courcy offrit à sa sœur un sourire narquois.

— Ne parlez pas comme si vous ne me connaissiez pas ! Affronter l'obstacle bien sûr !

7

Un étrange procès !

Mais il était écrit qu'Hubert de Courcy ne verrait pas la Reine. Quand il arriva au Louvre, retentissaient jusque dans les escaliers les échos d'une colère royale comme on n'en avait pas entendu depuis qu'Henri IV avait rejoint ses prédécesseurs à Saint-Denis. Les vitres des fenêtres en tremblaient et, dans la grande cour, soldats et visiteurs, immobiles et le nez levé vers les balcons, semblaient frappés par un sortilège. Certains arboraient même un sourire épanoui : on se retrouvait comme au bon vieux temps du Béarnais !

Après avoir escaladé le Petit Degré menant chez la Reine avec une vivacité de jeune homme, le baron atteignit l'antichambre où, à l'exception des Suisses de garde, il n'y avait que M. de Châteauvieux, le chevalier d'honneur de Sa Majesté, lequel tendait l'oreille comme les autres, sourcils froncés et essayant de comprendre l'espèce de sabir en deux langues dont Marie usait toujours quand elle atteignait une certaine dose de fureur.

Néanmoins, il eut un large sourire pour le nouveau venu qu'il connaissait de longue date.

— Tiens, Courcy ! Qu'est-ce que tu viens faire ? Tu n'aurais pas dans l'idée de demander audience ?

— C'est ça tout juste, mon cher, mais j'ai la vague impression de tomber mal !

— C'est le moins qu'on puisse dire ! Ecoute plutôt !

— Ecouter ? Difficile de ne pas entendre. Et qu'est-ce qui a déclenché cette fureur ?

— Epernon ! Ils sont ensemble depuis un quart d'heure mais il y a dix bonnes minutes qu'elle donne de la voix !

— Et à quel propos ?

— Va savoir ! Ecoute encore ! Tu devrais comprendre, toi, puisque ta belle-fille vient aussi de Florence ?

— Avec nous, elle ne parle que le français... et je n'ai jamais eu le don des langues...

La porte s'ouvrit à cet instant pour livrer passage à Mme de Guercheville qui se hâta de la refermer avant d'aviser un tabouret où elle se laissa tomber en s'éventant avec son mouchoir. Châteauvieux s'empressa.

— Qu'a donc commis M. d'Epernon pour déchaîner pareille tempête ?

— Ce n'est pas à lui qu'elle en a mais aux nouvelles qu'il vient de lui apporter ! La reine Marguerite l'a prié de venir hier avec Mlle du Tillet et Mme de Verneuil pour leur faire entendre, cachés derrière une tenture, les propos d'une certaine d'Escoman que l'on gardait sous clef jusqu'à présent. Cette femme les accuse tous les trois d'avoir conspiré avec les Espagnols, comploté la mort du Roi et guidé la main criminelle de l'assassin.

— Mon Dieu ! fit Châteauvieux, mais c'est affreux ! Et alors ?

— La femme a été arrêtée et reconduite à la Conciergerie. C'est le président Jeannin — présent lui aussi mais sous une autre tenture ! — qui a mis la main sur elle, la sauvant ainsi des griffes du duc qui voulait l'étrangler. Il a demandé à la femme si elle avait des preuves. Elle a répondu que oui et, quand, enfin, il a voulu connaître la raison qui la poussait à ces dénonciations dont elle ne pouvait avoir qu'à souffrir, elle a répondu que c'était afin de soulager sa conscience !

— Cela explique la colère de Sa Majesté ! Epernon va sans doute coucher ce soir à la Bastille ? fit le vieux gentilhomme, avec, dans la voix, une note d'espérance.

— Que nenni ! C'est contre la dénonciatrice qu'elle en a : le duc lui a laissé entendre qu'elle-même ne serait pas à l'abri des divagations de cette femme !

— On comprend mieux son irritation, intervint le baron Hubert. Dans le peuple on murmure déjà que le crime a suivi de trop près le couronnement pour qu'il n'y ait pas un lien !

La dame d'honneur, qui ne s'était pas avisée de sa présence, se retourna.

— Oh, vous êtes là, baron ? Avez-vous accompagné la jeune Lorenza ?

— Non. Elle est toujours souffrante et je lui ai conseillé...

— ... de rester où elle est ? Vous m'en voyez ravie ! Et surtout faites en sorte qu'elle ne guérisse pas de sitôt ! La femme l'a connue lorsqu'elles vivaient toutes deux chez Mme de Verneuil et elle pourrait être appelée à témoigner. Car, forcément, il va y avoir un procès ! Et vous imaginez l'effet sur le peuple !

— Aussi ce procès me surprend-il. Ce serait tellement plus judicieux de faire taire cette femme au fond de sa prison ! Ce ne sont pas les moyens qui manquent !

— C'est impossible dès l'instant où un haut magistrat a été témoin des accusations !

— Une présence assez étrange, non ? fit valoir Courcy. La reine Margot n'aurait-elle pu se contenter de convoquer les trois autres ? Qu'elle n'ait pas hésité à inviter Jeannin pourrait signifier qu'elle accorde quelque créance aux dires de cette femme... dont il faut admettre, tout de même, qu'elle ne manque pas de courage !

— Sans aucun doute ! Mais hâtez-vous de rentrer, baron ! On dirait que l'orage se calme et je suppose que la Galigaï vient d'y mettre son grain de sel...

En effet, les vociférations baissaient graduellement. Mme de Guercheville se leva pour regagner le cabinet de la Reine mais le baron la retint.

— Une minute encore, s'il vous plaît ! Je voudrais faire entendre une plainte, moi !

— Laquelle ?

— J'aimerais savoir ce que l'on a fait de mon fils et...

— On vous l'a dit : il est retenu en prison à Bruxelles.

— Justement ! Il ne s'y trouve plus ! Un détachement français est venu, avec une lettre manuscrite de la Régente, réclamer les prisonniers au nom de Sa Majesté afin qu'elle se charge personnellement de leur punition !

— Punition ? Qu'ont-ils fait d'autre qu'obéir aux ordres donnés ?

— Par le défunt Roi ! Mais ce n'est pas tout : l'expédition était commandée par M. de Vitry !

— Vitry ? Mais il n'a pas bougé d'ici !

— Je sais. Il me l'a dit. A présent, marquise, tirez les conclusions que vous voudrez !

Sidérée, Mme de Guercheville resta silencieuse un instant puis murmura :

— Si vous voulez un bon conseil, tenez Lorenza à l'écart de cette affaire qui commence à sentir très mauvais ! Vous devriez la ramener à Courcy avec prière de ne pas s'en éloigner !

— Je ne souhaite que cela... mais je veux aussi retrouver mon fils ! Et vous me connaissez suffisamment pour savoir que rien ne m'arrêtera ! Je... je n'ai que lui !

Sa voix chevrota sur ces derniers mots. S'en rendant compte, il toussa furieusement à plusieurs reprises comme s'il avait un chat dans la gorge. Châteauvieux, alors, murmura :

— Dans l'immédiat, fais ce que te conseille notre amie. Abrite les tiens dans votre beau Courcy ! Je vais essayer de vous aider... (Puis, comme les deux autres le regardaient sans cacher leur étonnement, il sourit finement :) Ce n'est pas parce que, ombre de la Reine, je ne fais jamais de bruit qu'il faut me croire idiot comme plus d'un le pense ! Du coup on ne se méfie pas de moi ! Je possède aussi l'art consommé d'écouter aux portes ! chuchota-t-il en conclusion.

Mme de Guercheville ne put s'empêcher de rire.

— Décidément, il faut toujours se méfier de l'eau qui dort !

Le soir même, l'hôtel d'Angoulême se vidait de ses occupants. La duchesse regagnait Chantilly où l'appelait l'état de santé de son beau-frère. Le vieux Connétable de Montmorency était malade et, se croyant à l'article de la mort, voulait tout son monde autour de lui. De leur côté, les Courcy se refusaient à occuper son hôtel en son absence, ce qui la priverait ainsi de ses serviteurs les plus proches. L'inquiétude de Lorenza s'apaisa en recevant l'autorisation de « s'éloigner pour un temps de la Cour afin de se soigner » que lui fit porter Mme de Guercheville...

— Vous voilà libre pour un moment, souligna Hubert avec satisfaction.

— Comment l'entendez-vous ?

— Comme il faut l'entendre : il est beaucoup plus ardu de nous surveiller au milieu de notre étang au cas où il nous prendrait la fantaisie de revenir à Paris sous un déguisement discret. Et au moins nous serons chez nous !

Chez nous ? Cela disait tout et la jeune femme admit qu'elle était heureuse de retrouver le château qu'elle aimait et où son bonheur était né. Que l'on fût en hiver n'y changeait rien, bien au contraire : gardé par les bois et les eaux, Courcy trouvait moyen d'être plus confortable et plus chaleureux surtout que n'importe quelle autre résidence parisienne. En outre, à Courcy, tout lui parlait de Thomas, et même si l'interminable absence lui rendait sa pensée douloureuse, s'y mêlait une espérance que l'environnement familier faisait plus vivace. Enfin, échapper à l'atmosphère, pesante quand elle n'était pas empoisonnée, du Louvre était un réel soulagement ! Ne plus entendre la voix criarde de la Médicis la traitant en simple domestique, sans compter les « attentions » trop aimables du sieur Concini, voire les rencontres avec Sarrance, tout cela lui donnait un délicieux sentiment de délivrance.

Avant de quitter la rue Pavée, d'ailleurs, elle reçut un billet de Louise de Conti : le colonel de Sainte-Foy, bravant une tempête qui ne l'impressionnait pas, avait protesté hautement, devant la Régente, de l'usage que l'on avait fait de ses meilleurs officiers et réclamé leur retour quelle que soit l'étrangeté de la mission dont on les avait chargés, puisqu'ils n'avaient pas eu la possibilité de l'accomplir. Ce qui ôtait aux archiducs tout droit de les traiter en prisonniers de guerre ! On ignorait encore la réponse !

Les Courcy étaient à peine rentrés chez eux qu'un vent de frayeur s'abattit sur la Cour et souleva dans le peuple une vague de curiosité passionnée et d'indignation... De la Conciergerie où elle était enfermée, Jacqueline d'Escoman attaquait maintenant sans plus ménager personne, accusant ouvertement Mme de Verneuil et le duc d'Epernon d'avoir conspiré avec l'Espagne qui était, par eux, renseignée sur tout ce qui se disait au Conseil, et ainsi d'avoir, avec son aide, concocté la mort du Roi. Par la même occasion, l'ancienne dariolette accusait la marquise d'avoir fait assassiner le prévôt de Pithiviers qui avait trop parlé... Elle disait aussi avoir rencontré Ravaillac chez Mme de Verneuil — où on lui avait fait l'aumône — et chez Mlle du Tillet à plusieurs reprises. Lors d'une confrontation, cela donna lieu à une violente querelle entre les deux femmes que l'on eut toutes les peines du monde à empêcher de se crêper le chignon... Tant et si bien que le Parlement que présidait Achille de Harlay décida le procès public. Il ne pouvait agir autrement bien qu'il se souciât de préserver à la fois l'autorité de la Justice et celle de la Régente dont le nom était apparu plusieurs fois. En outre, le peuple menaçait sans cesse d'entrer en ébullition, aussi décida-t-il prudemment d'ajourner les débats vu la qualité des accusés. Bien entendu, Jacqueline d'Escoman resterait incarcérée jusqu'à l'ouverture du procès. Cependant, elle n'était pas au secret et il était possible de la visiter, de façon discrète toutefois et en graissant plus ou moins la patte des geôliers.

C'est ainsi qu'elle reçut, un soir, la visite d'un prêtre qu'elle jugea de haut rang puisque, sous la longue cape noire qui l'enveloppait, elle avait pu apercevoir une soutane violette. Il ne cacha d'ailleurs pas sa qualité.

— Je suis l'évêque de Luçon, dit-il en offrant aux lèvres de la prisonnière une main où brillait une améthyste. Et je suis venu vous aider dans la mesure de mes moyens.

— Vous voulez m'entendre en confession, Monseigneur ?

— Sans doute... mais plus tard. Pour l'heure, je souhaiterais que vous me racontiez votre histoire aussi précisément que possible. J'entends par là : ne mentez pas !

— Je n'ai jamais menti ! Pourquoi l'aurais-je fait puisque je sais qu'on me mènera au gibet ?

— Par esprit de vengeance peut-être envers

ceux qui vous ont rejetée après vous avoir employée ?

— Non. Je n'ai agi que pour sauver le Roi que je savais en grave danger...

— Il est mort à présent. Alors pourquoi, à peine sortie de prison, vous êtes-vous mise à accuser tout le monde ?

— Pas tout le monde, Monseigneur. Les coupables uniquement parce qu'il est injuste qu'ils puissent jouir impunément de leur forfait et des bénéfices qu'il leur apporte. L'homme d'Angoulême qui a été exécuté en place de Grève n'était qu'un instrument entre des mains trop habiles pour lui.

— Pourtant il est mort — et de quelle mort ! — sans livrer un seul nom !

— Parce qu'il se croyait l'instrument du Seigneur. On l'avait persuadé sans relâche qu'il était son envoyé ! On ne dénonce pas le Tout-Puissant ! Il faut dire aussi qu'il n'avait pas l'esprit bien solide, que c'était un exalté persuadé d'agir pour libérer les peuples du règne d'un faux catholique, lubrique et adonné autant aux femmes qu'à Satan !...

— Il paraît qu'en marchant au supplice, il était persuadé d'aller à son triomphe, que le peuple l'acclamerait. Alors pourquoi s'être tu jusqu'au bout ?

— Parce qu'on avait inlassablement enfoncé dans sa pauvre cervelle qu'il ne devait prononcer aucun nom sinon la récompense que lui réservait le Seigneur Dieu en serait considérablement amoindrie ! Qu'étaient quelques heures de souffrance en regard de l'auréole des élus et d'un siège à la droite de Dieu ?

— Je vois ! Racontez-moi votre histoire maintenant.

Sauf pour préciser un détail ici ou là, il l'écouta avec une profonde attention et sans l'interrompre. Elle révéla alors ce qu'elle avait découvert : les courriers vers l'Espagne ou les Pays-Bas partant du château de Verneuil, les relations entre la marquise et le duc d'Epernon, les liens avec Mlle du Tillet, les « voix » que Ravaillac disait entendre et le travail de sape des « bons pères ».

— Et la Reine ? demanda enfin l'évêque. Pensez-vous qu'elle était au courant de ces menées ?

— Je n'en ai pas la preuve... mais j'en suis persuadée. Je sais qu'il existe des lettres envoyées non à elle mais à sa favorite, la noiraude qui guide toutes ses actions. Le Roi ne devait surtout pas mourir avant le couronnement !

— Ce qui signifie que la Galigaï trempait dans la conspiration ?

— Pas elle seulement ! Son mari aussi ! Il entretient depuis longtemps des relations avec l'Espagne dont il perçoit de l'argent...

Rien d'étonnant à cela ! Monseigneur de Luçon eut un mince sourire mais garda sa réflexion pour lui et reprit :

— Vous avez mentionné, tout à l'heure, la baronne de Courcy ?

— En effet ! Elle n'a pas voulu me conduire à la Reine mais elle a été si bonne pour moi quand elle a vu que le guet m'emmenait !

— Vous l'aviez connue chez Mme de Verneuil ?

— C'est juste, mais j'ignore si elle sait quelque chose de la conspiration. Peut-être ! Elle est intelligente et les courriers devenaient de plus en plus fréquents. On s'est d'ailleurs débarrassé d'elle assez rapidement, ce dont je ne crois pas qu'elle ait été fâchée. Il était évident qu'elle gênait !

— Bien ! Je vais vous entendre en confession maintenant !

— Je ne vois rien d'autre à dire que ce que vous venez d'entendre, Monseigneur. Sauf bien sûr l'abandon de mon petit Nicolas ! ajouta-t-elle des larmes dans la voix, mais je vous supplie de comprendre que dans la misère où je me trouvais réduite... Je voudrais tant savoir ce qu'il est advenu de lui...

Elle s'était laissée tomber à genoux et, désespérée, sanglotait. Monseigneur de Luçon posa alors sa main sur la tête inclinée.

— J'essaierai de me renseigner, murmura-t-il. Soyez en paix : je vous donne l'absolution !

— Même si je refuse d'abandonner mon combat ?

— Nul ne peut vous y forcer. C'est une affaire entre Dieu et vous !

Traçant sur elle une dernière bénédiction, le

jeune évêque appela le geôlier pour quitter la prison[1]...

L'ordre de comparution fut porté à Lorenza quelques jours plus tard. Elle en fut contrariée : depuis son arrivée en France, elle n'avait approché la Justice que de trop près ! Et même si elle n'était pas accusée, la perspective de se trouver en face de robes rouges ou noires qui l'assailleraient de questions plus ou moins venimeuses lui déplaisait profondément. Elle s'en ouvrit à son beau-père : existait-il un moyen de se dérober ?...

— Je ne le pense pas. Si vous vous déclarez encore malade, d'abord on ne vous croira pas, ensuite on déléguera ici les principaux de ces messieurs avec une escorte armée et tout le diable et son train. Cela les mettra de mauvaise humeur...

— Pas sûr ! coupa Mme de Royancourt. Je crois au contraire que leur humeur deviendrait toute bénigne après un premier repas arrosé de quelques-unes de vos chères bouteilles...

— Vous n'êtes pas un peu folle ? Après ça, ils s'installeront et nous aurons toutes les peines du monde à nous en débarrasser ! J'accompagnerai Lorie, soyez tranquille !

1. Mentionnée par Philippe Erlanger dans *L'Etrange Mort d'Henri IV,* cette entrevue aurait fourni à Richelieu la matière de sa défense contre Marie de Médicis lors de la journée des Dupes.

— Moi aussi, évidemment, mais où allons-nous loger ? Votre fichu hôtel est sous les échafaudages et quant à faire rouvrir pour nous la maison de la duchesse Diane...

— Oh, elle n'y verrait aucun inconvénient mais comme nous ne ferons que passer, une honnête auberge fera aussi bien l'affaire ! Celle du Grand-Saint-Michel est proche du couvent des Grands-Augustins où le Parlement est toujours réfugié pendant les travaux du palais de la Cité. On ne va pas y rester cent ans d'ailleurs...

En pénétrant, au jour et à l'heure, dans l'immense salle ogivale où se déroulait le procès, Lorenza respira un peu mieux : la majesté et aussi la beauté de cet endroit n'offraient guère de ressemblance avec le tribunal du Châtelet qu'elle avait précédemment affronté[1]. Les juges, sous la houlette du Premier président de Harlay, occupaient, au fond de la salle, des sièges surélevés mais moins que le trône royal, alors vide à l'exception d'une couronne et d'une main de Justice posées dessus. Deux hallebardiers en défendaient l'accès mais il convenait de le saluer avant de répondre aux questions.

Toute cette grandeur rendait plus pathétique encore l'accusée qui se tenait assise sur la sellette dont Lorenza gardait un si mauvais souvenir. Mais Jacqueline d'Escoman s'efforçait

1. Voir tome I, *La Dague au lys rouge*.

autant que le lui permettait la légère gibbosité de son dos de faire bonne figure, placée qu'elle était à ce moment sur le côté qui faisait face au siège du Procureur, afin de réserver le centre du prétoire à ceux des témoins, fauteuil ou tabouret selon la qualité. Quant au public rangé au fond de la salle, il était de toute évidence trié sur le volet et les gens de la rue n'en faisaient pas partie.

Quand, à l'appel de son nom, Lorenza s'avança vers les juges, lente et gracieuse dans ses atours de velours gris clair, une toque assortie ornée d'une plume mousseuse en équilibre sur son opulente chevelure, elle souleva un murmure admiratif dont elle ne se soucia pas.

Elle salua le trône puis les magistrats, et vint s'asseoir sur la chaise à haut dossier que l'on venait d'apporter. Alors seulement, elle tourna les yeux vers la prisonnière qui la regardait venir avec une sorte de crainte mais aussi l'esquisse d'un sourire... qu'elle lui rendit d'ailleurs, décidée à faire de son mieux pour l'aider en dépit du billet qu'une main anonyme, profitant d'une bousculade à l'entrée du Parlement provisoire, avait glissé dans le crispin d'un de ses gants. En se retournant, elle n'avait vu que son beau-père au coude à coude avec deux inconnus et qui, lui, ne s'était aperçu de rien. Le billet n'avait pourtant rien de rassurant :

« Prenez garde à n'accuser personne ! Songez à votre époux ! »

Son cœur s'était serré et elle avait dû prendre deux ou trois respirations profondes pour juguler le malaise et ne plus penser qu'à la malheureuse qui risquait courageusement sa vie afin d'obtenir que soit vengé un roi dont elle n'était pourtant que la plus humble des sujettes.

Après que le président de Harlay eut remercié la jeune femme de sa présence, le Procureur La Guesde prit la parole :

— Madame la baronne de Courcy, voulez-vous nous dire si vous connaissez la femme d'Escoman ici présente ?

— Connaître est un bien grand mot. Je l'ai rencontrée à plusieurs reprises chez la marquise de Verneuil dont elle était la dariolette...

— Et vous-même ? Que faisiez-vous chez cette dame ?

Le ton était sec avec un léger relent de mépris qui mit Lorenza sur ses gardes. Elle avait là un ennemi mais le combat ne lui faisait pas peur.

— J'étais son invitée, répondit-elle paisiblement.

— Veuillez me pardonner si je vous imite mais invitée n'est-il pas aussi un bien grand mot ? Il me semble que réfugiée ou...

La voix froide du Président trancha :

— Il suffit, Monsieur le Procureur ! Veuillez nous épargner des digressions hors de propos ! Nous sommes ici pour entendre Mme de Courcy au sujet de la femme d'Escoman, non ?

— Comme il vous plaira, Monsieur le Président ! (Il revint alors à Lorenza :) Quelles relations entreteniez-vous avec la D'Escoman ?

— Aucune sinon des saluts échangés, quelques mots sur le temps ou les fleurs du jardin... Le courant quand on se trouve sous le même toit !

— Rien qui touchât les activités de la maison, ou encore Mme de Verneuil elle-même ?

Elle eut pour lui un regard empreint d'une surprise incrédule.

— Je ne vois pas pourquoi. Ce n'est pas la coutume quand on est l'hôte de quelqu'un d'en discuter avec ses serviteurs. Mlle d'Escoman était toujours aimable, toujours souriante, toujours prête à rendre service. J'avoue que je la plaignais... et que je la plains encore !

— Pour quelle raison ?

— Regardez-la, Monsieur le Procureur ! Elle est petite, fragile et la vie ne l'a pas ménagée. Elle continue à ne pas la ménager d'ailleurs !

— A qui la faute ? Personne ne l'a obligée à se répandre en accusations insensées contre celle qui lui donnait de quoi vivre.

— Sinon peut-être sa conscience ?

Le mot avait échappé à Lorenza. Le soudain silence qui le souligna lui fit comprendre qu'elle s'aventurait sur un terrain glissant mais il n'y avait pas à y revenir. La Guesde s'en emparait déjà avec gourmandise.

— Sa conscience ? Est-ce à dire que vous lui donnez raison ?

— Je ne lui donne ni raison ni tort. Chacun

est maître de ses convictions. Qu'elles soient justes ou erronées, c'est son affaire. Au reste, à Verneuil, je me tenais le plus souvent auprès de Mme d'Entragues, peu intéressée par les fluctuations de la politique, et qui s'occupe plutôt des bienfaits que l'on peut obtenir des plantes.

Il y eut un court silence. Le Procureur cherchait un autre point d'attaque et il le trouva.

— Vous est-il arrivé de voir Ravaillac chez Mme de Verneuil ? Vous savez qui il est, je pense ?

— L'assassin de notre bon Roi ! Je n'en sais rien du tout !

— Comment, vous n'en savez rien ? s'emporta La Guesde. Je crains que vous ne soyez en train de vous moquer du tribunal !

— En aucune façon, mais pour savoir si je l'ai réellement vu il faudrait que je sache à quoi il ressemblait.

— Mais tout le monde l'a vu ! Ne me dites pas que vous n'avez assisté ni au procès ni à l'exécution !

— Non, répondit-elle, glaciale, en le regardant droit dans les yeux. Je n'ai pas de ces curiosités malsaines ! Il me suffit de savoir qu'il a tué notre Roi... le voir découper en morceaux n'aurait en rien apaisé ma peine.

— Vous n'êtes pas née française pourtant ! Cette grande peine de la part d'une Florentine, n'est-ce pas excessif ?

Agacée, elle s'offrit le luxe de le railler.

— Que n'allez-vous en dire autant à Sa Majesté

la Reine dont j'ai été la filleule ! Je me demande ce qu'elle vous répondrait ! Quant au Roi Henri, je l'aimais bien, parce qu'il a été bon pour moi ! En outre, Monsieur le Procureur, le mariage a fait de moi non seulement une Française mais aussi, mais surtout, une Courcy ! Chez *nous*, poursuivit-elle en appuyant sur le mot, la fidélité au Roi ne s'est jamais démentie et ne se démentira jamais ! Aussi, désormais, sommes-nous prêts à servir Louis XIII, notre jeune souverain.

— Bien parlé ! lança dans l'assistance la voix du baron Hubert.

— Soit ! Admettons ! Mais nous nous éloignons de notre sujet. Si vous aviez si peu de relations avec la D'Escoman, comment se fait-il qu'à peine sortie de prison, avant la mort du Roi, elle vous ait rejointe sur le pont du Louvre pour faire appel à vous ? Que voulait-elle ?

— Que je l'introduise auprès de la Reine afin de la mettre au courant d'un complot contre la vie de son époux.

— Et que lui avez-vous répondu ?

— Que c'était impossible. Elle pensait qu'appartenant au cercle des dames de la Reine, je pouvais y amener...

— ... n'importe qui ?

— Quiconque m'en faisait demande, corrigea la jeune femme. D'ailleurs, nous n'avons pas eu le temps de converser davantage : le guet la poursuivait et l'a rejointe.

— Vous en savez la raison, j'imagine ?

— Hélas oui ! N'ayant plus les moyens de nourrir son enfant que la nourrice lui avait rendu, elle l'avait exposé sur le Pont-Neuf...

— ... au risque d'être enlevé par les truands des cours des miracles pour y ajouter un sacripant de plus !

Toujours ce ton sarcastique ! N'y avait-il chez cet homme ni cœur ni entrailles ? Elle répondit par une autre question.

— Avez-vous des enfants, Monsieur le Procureur ?

Il eut une moue de dédain.

— Certes ! Mais je ne vois pas en quoi...

— Et savez-vous ce que c'est que la vraie misère, quand on n'a même plus un liard pour apaiser la faim d'un enfant qui pleure et qui pleurera jusqu'au bout de ses faibles forces ?

— Elle n'avait qu'à se faire mendiante ! Aux portes des églises, elle aurait reçu de l'aide ! Elle a préféré cette solution infâme que la loi punit de mort !

— N'est pas mendiant qui veut, Monsieur le Procureur. Aux portes des églises, tout au moins. Elles sont régies par une confrérie qu'une pauvre fille ne peut braver impunément ! Un enfant seul inspire toujours de la pitié !

— Comment le savez-vous ?

— Monsieur le Procureur, intervint le président de Harlay. N'ergotons pas indéfiniment ! Nous savons tous ce qu'il en est des mendiants ! Poursuivez !

Fort peu respectueusement, La Guesde haussa les épaules et revint à la jeune femme.

— De toute façon, vous soutenez cette femme ! Vous lui avez octroyé une généreuse aumône, m'a-t-on rapporté ?

— On vous a menti. Je ne lui ai rien octroyé. En revanche, j'ai remis quelque argent à l'officier du guet pour qu'en prison elle soit traitée convenablement...

— C'est possible mais vous n'avez pas répondu à ma première question. Vous la soutenez ?

— J'admire son courage et je la plains de tout mon cœur !

— Ce n'est pas ce que je vous demande...

Le Président prit le maillet en bois posé devant lui et en frappa quelques coups vigoureux.

— Nous nous en suffirons cependant ! Madame de Courcy, la cour vous remercie et vous salue !

Il inclina le buste, elle plia légèrement le genou mais, avant de se retirer, demanda :

— Pardonnez-moi, Monsieur le Président, mais puis-je rentrer à Courcy ou pensez-vous avoir encore besoin de moi ?

— Non, ce ne sera pas nécessaire ! fit-il avec un sourire. Encore merci !

Elle rejoignit alors les siens qui se tenaient au fond de la salle. Hubert prit son bras pour le glisser sous le sien et lui tapota la main.

— Bravo ! murmura-t-il. C'était très bien... mais vous avez eu de la chance que Harlay soit chargé du procès !

— Il est le Premier président, cela me paraît normal, commenta Clarisse.

— Rien n'est normal en ce moment ! Ainsi La Guesde n'est pas Procureur général... seulement c'est une créature de la Cour et je ne serais pas étonné qu'il réussisse à se débarrasser de Harlay !...

— Il n'en prend pas le chemin... Ecoutez plutôt !

En effet, mécontent sans doute de voir Lorenza échapper à ses griffes, le Procureur entreprenait de protester contre l'aménité dont on avait fait preuve envers elle et, sans transition, se livrait à une sorte de philippique contre l'accusée, adjurant le tribunal non seulement de la confier aux bourreaux pour la faire « bien travailler » afin de lui arracher la vérité, mais encore de la condamner à mort aussitôt.

— Et sous quel chef d'accusation ? s'enquit Harlay.

— Ils ne manquent pas ! Ne voyez-vous donc pas que c'est une sorcière capable de tromper n'importe qui comme elle a trompé Mme de Courcy qui ne cache pas la commisération qu'elle lui inspire ? Ces femmes-là sont capables de tout : envoûtements, commerce avec le diable, conjuration, confection de philtres, de poisons, de fausse monnaie...

— Fausse monnaie ? Et quoi encore ? Vous perdez l'esprit, Monsieur le Procureur, et ce genre d'élucubration n'est pas de mise devant une cour souveraine ! Surtout traitant d'un sujet aussi grave et douloureux que la mort d'un roi envers lequel vous faites preuve de la plus noire ingratitude ! Sortez ! Rentrez chez vous et tâchez de vous remettre les idées en place !

Le duc d'Epernon ayant jugé bon, à cet instant, de reprocher au Président un laxisme intolérable envers une criminelle, ce fut l'avocat Servin qui se chargea de lui en réclamant son arrestation. A quoi l'autre répondit en l'insultant et en menaçant de l'étriper ! D'où le tumulte !

La bagarre menaçait de devenir générale, quand le président de Harlay leva la séance en déclarant qu'il entendrait, dans son particulier, et en apparat réduit, les personnes d'importance. Cela suscita bien quelques murmures mais les hallebardiers entrèrent en action avec le manche de leurs armes, et la salle se vida sans trop de difficultés.

Le soir même, Harlay convoquait à son hôtel Mme de Verneuil et l'interrogeait pendant cinq heures avec une sévérité qui affola l'ancienne favorite. Elle partit sur-le-champ se plaindre à Epernon. Déjà fort inquiet, celui-ci l'écouta en s'efforçant de masquer l'angoisse qui lui venait et même la rassura.

— Ces robins se croient tout permis pour peu qu'on leur laisse quelque pouvoir ! Ce vieux bonhomme veut se donner de l'importance... mais je vais lui rabattre son caquet... et de belle façon !

Quand sa visiteuse fut repartie, il s'équipa

comme au soir de la mort du Roi. Et c'est botté, éperonné, l'épée au côté et à cheval, escorté de quatre laquais, qu'il s'en alla à l'hôtel de Harlay.

Le Président, qui l'avait vu arriver et que cet appareil guerrier scandalisa (il n'y manquait que la cuirasse), ne le laissa pas entrer plus avant que le vestibule.

— Que me vaut votre visite ?

— Il me semble que nous avons à parler, vous et moi, et même qu'il en est grand temps !

— Je n'ai rien à vous dire. Je suis votre juge !

Désarçonné par la rudesse de l'accueil, le duc baissa le ton.

— Mais... c'est en ami que j'ai pris la hardiesse de venir.

— Je n'ai pas d'amis. Je vous ferai justice. Contentez-vous de cela !

Et le haut magistrat tourna les talons pour regagner son cabinet.

D'autant plus furieux qu'il lui fallait bien ravaler sa colère, l'ancien mignon, sans même passer chez lui revêtir une tenue plus conforme, fila au Louvre où, comme presque chaque soir, il y avait concert, et demanda à parler à la Reine seul à seule... Dérangée, cette dernière lui envoya Concini lequel ouvrit des yeux étonnés devant un équipage aussi martial.

— Vous partez en guerre, Monsou le douc ?

— Toujours quand il s'agit du service de Sa Majesté ! Il faut que je la voie !

— Dites à me ! Ye transmettrai !

— C'est impossible !... Après tout j'y vais !

Ecartant l'Italien, il voulut passer outre mais, à cet instant, Marie de Médicis parut.

— Que de bruit ! On ne s'entend plus ! Que voulez-vous, duc ?

Le courtisan se plia en deux.

— Quelques mots, Madame ! Juste quelques mots ! Mais d'une telle importance !

— Alors dépêchez-vous ! fit-elle avec un signe à Concini pour qu'il s'éloigne...

Le lendemain, elle envoyait M. de Châteauvieux chez Harlay pour lui demander ce qu'il pensait de ce procès.

— Vous direz à la Reine que Dieu m'a réservé de vivre en ce siècle pour voir et entendre des choses que je n'eusse jamais cru pouvoir voir, ni ouïr de mon vivant !

— Mais enfin, Monsieur le Président, cette femme, la D'Escoman, parle sans preuves !

— Des preuves ? s'exclama-t-il en levant les bras au ciel. Il n'y en a que trop !... Beaucoup trop !

Il y eut un silence auquel le chevalier d'honneur de la Reine mit un terme en murmurant, visiblement gêné :

— Cependant, Monsieur le Président, Sa Majesté apprécierait qu'eu égard aux services qu'il a rendus à la Couronne, vous vouliez bien traiter Monsieur le duc d'Epernon avec moins de rudesse !

— Dites à Sa Majesté que je ferai de mon mieux ! Si elle le souhaite, les interrogatoires seront tenus secrets désormais[1]...

En sortant de la salle d'audience, Lorenza se sentait le cœur lourd. En dépit du billet qui gisait maintenant au fond de sa poche, elle s'en voulait de ne pas avoir mentionné l'entrevue de Ravaillac avec Jacqueline dans le bois de Verneuil. Se tournant vers sa tante, elle demanda :

— Je suppose qu'il y a une chapelle ici ? Je voudrais aller prier !

Ce fut le baron Hubert qui lui répondit.

— Si vous vous reprochez de ne pas avoir parlé de l'entrevue du petit bois, vous avez tort !

— On a toujours tort de mentir ! Mais on m'a fait parvenir cela, dit-elle en sortant le morceau de papier que le vieux gentilhomme lut en fronçant le sourcil avant de l'enfouir dans sa propre poche.

— Même sans ça, il fallait se taire. Vous n'auriez aidé en rien cette pauvre femme et auriez attiré la suspicion sur vous. La Médicis aurait été trop contente de pouvoir vous impliquer dans ce bourbier... Le Roi est mort et nul ne doit savoir...

— Monsieur de Sully le sait ! Je lui avais tout

1. L'argent pouvant tout obtenir, il y eut pourtant des fuites dont profitèrent certains ambassadeurs comme celui de Venise, Foscari.

confié ainsi d'ailleurs que vos investigations, père !

— Outre qu'on lui a retiré toutes ses charges, Sully est un tombeau. Que vous a-t-il répondu ?

— Il m'a conseillé — pour ne pas dire ordonné — de garder le silence. Le mal évidemment était fait !

— Vous voyez bien. Mettez votre âme en paix, Lorie ! Vous avez montré beaucoup de présence d'esprit... Vous voulez toujours aller à la chapelle ?

— Oui, car j'ai un autre souci. Tout à l'heure, quand on a évoqué l'enfant abandonné, j'ai vu que la pauvre Jacqueline en souffre cruellement. J'aurais pu d'un mot adoucir sa peine et lui rendre courage. Il faut vraiment que j'aille prier !

Elle avait peut-être parlé trop fort. Toujours est-il qu'une belle voix grave, mais assourdie, se fit entendre.

— Voulez-vous me permettre de vous assister ? Je pourrais, je crois, vous être utile. Je suis l'évêque de Luçon !

Tous trois le regardèrent sans cacher leur surprise. Grand et mince à la limite de la maigreur dans sa soutane violette, ce jeune homme en imposait. Il était beau aussi avec un visage fin qu'allongeait encore la « royale » et des yeux magnifiques. Son sourire était charmant.

— Nous ferez-vous la grâce de nous dire qui vous êtes... Monseigneur ? s'enquit le baron.

— C'est trop naturel. J'ai nom Armand-Jean du Plessis de Richelieu...

Le visage de Courcy s'illumina.

— Oh, vous êtes l'un des fils de l'ancien Grand Prévôt de France et votre aïeule était une Rochechouart ? J'ai connu votre père... mort dans la fleur de l'âge malheureusement ! Ma fille, ajouta-t-il en se tournant vers Lorenza, nous pouvons vous confier à Monseigneur de Luçon. Nous vous attendrons ici !

— On pourrait s'étonner. Venez plutôt avec nous. La chapelle est assez vaste pour que l'on puisse s'y confesser sans être entendu... et prier n'a jamais nui à personne ! conclut Richelieu en souriant imperceptiblement.

Tandis que le frère et la sœur s'installaient dans la nef, face au maître-autel, l'évêque entraîna Lorenza à l'écart.

— Racontez-moi ce qui vous tourmente, Madame. Mais, d'abord, souhaitez-vous être entendue sous le secret de la confession ? Après tout, vous ne me connaissez pas ! Et si cela peut vous rassurer !

— Vous êtes d'Eglise ! Cela me suffit !

— De nos jours, ce n'est pas forcément une recommandation...

— Alors, j'accepte la confession.

Elle s'agenouilla devant lui, fit le signe de croix et commença.

— Bénissez-moi, mon père, parce que j'ai péché...

Et non seulement elle vida son cœur mais confia à ce prêtre attentif tout ce qu'avait été sa vie jusqu'à ce moment... Sans oublier ce qu'elle avait vu à Verneuil, le sauvetage du petit Nicolas et ses angoisses incessantes pour Thomas. C'était incroyablement facile et elle éprouva une étonnante sensation de délivrance. Quand ce fut fini, elle récita un acte de contrition et attendit l'absolution. Elle ne vint pas tout de suite. Visiblement le jeune prélat réfléchissait. Enfin, il dit :

— Il est incontestable que vous deviez garder le silence sur ces révélations que vous venez de confier à Dieu à travers moi. Cependant, je vous demanderai la permission de lever le secret concernant l'enfant que vous avez récupéré.

— Pourquoi ? fit-elle, déjà inquiète.

— Pour la seule Mlle d'Escoman. Je l'ai visitée dans sa prison et je sais qu'effectivement, cette mauvaise action que la misère lui a suggérée la tourmente. Vous aussi d'ailleurs ! Permettez-moi de la rassurer. Je vais retourner la voir et je lui recommanderai de garder cela pour elle. Vous êtes d'accord ?

— Oh, bien sûr ! s'exclama-t-elle soulagée.

— En ce cas, allez en paix ! Je vais vous absoudre !

En sortant de la chapelle, Lorenza se sentait transformée, allégée du poids qui l'oppressait. Elle avait tellement envie d'aider la pauvre d'Escoman qu'il lui avait été insupportable de ne pas rapporter devant les juges ce qu'elle avait entendu dans le bois de Verneuil. Elle s'en était tirée avec une pirouette. Plus pénible encore de ne pas la rassurer sur le sort de son enfant... A présent, elle avait déposé son fardeau entre des mains qui, pour lui être inconnues, ne lui inspiraient pas moins une totale confiance. Il y avait, chez ce jeune prélat, outre une incontestable autorité, quelque chose qu'elle ne pouvait pas définir mais qui attirait sous des dehors froids. Sa voix d'abord, modulée et persuasive, mais qui pouvait être cassante et autoritaire. Ses yeux ensuite, profonds, brillant d'intelligence que le charme d'un sourire — bref et rare — faisait étinceler.

— On dirait que cela va mieux, remarqua Clarisse quand elle les rejoignit.

— Beaucoup mieux ! Ce Monseigneur du Plessis de Richelieu est quelqu'un d'étonnant. J'aimerais que nous soyons amis !

— Pourquoi pas ? opina le baron. On m'a parlé de lui comme d'un esprit fin et cultivé habité même par une sorte de génie mais ces qualités seraient au service d'une ambition extrême !

— Ce n'est pas incompatible ! soupira sa sœur. Il porte un beau nom et je le verrais sans déplaisir... cardinal ! La simarre pourpre lui irait à merveille. Que faisons-nous à présent ?

— Si vous en êtes d'accord, je serais heureuse de rentrer à la maison ! dit Lorenza en les prenant chacun par un bras. Je ne respire bien qu'au bord de notre étang ! J'ai conscience que ce n'est pas raisonnable et que nous n'avons guère de chances d'avoir des nouvelles de Thomas ! Et Dieu sait que je me tourmente pour lui mais...

D'un geste qui lui était devenu naturel, le baron recouvrit de sa main celle de la jeune femme posée sur sa manche.

— C'est moi que cela regarde et même si je n'en parle pas, soyez certaine que je ne reste pas inactif ! En attendant, vous avez raison de vouloir passer un moment à Courcy. Vous en profiterez pour aller admirer ce que donnent nos semis...

Elle fut si surprise qu'elle s'écarta de lui pour le regarder.

— Vous ne venez pas avec nous ?

— Ma foi, non... mais je vous rejoindrai sous peu !

— En ce cas, nous pouvons peut-être vous attendre ? proposa sa sœur.

— Dans une auberge ? Vous plaisantez ! Partez tranquilles : une bête affaire à régler mais pour laquelle je préfère vous savoir à Courcy...

— Vous allez vous battre ? C'est cela ?

— Mais non ! Sacrebleu, Clarisse ! Cessez de vous mettre la tête à l'envers dès que je m'éloigne de quelques pas ! Pour vous rassurer, je dirai... une simple réunion avec des amis, un colloque si vous préférez...

— Un quoi ?

— Colloque ! Une discussion, un débat... Mon Dieu ! Quand donc nos beaux esprits se décideront-ils à réunir tous les mots de la langue française dans un ouvrage avec leur signification !

— Et qui participera à ce... débat ?

— Ne m'obligez pas à vous dire que ce ne sont pas vos oignons ! Lorie, emmenez votre tante et veillez à ce qu'elle se tienne coite !

— Je pourrais partager son avis, fit la jeune femme, amusée.

— Eh bien, faites comme si vous ne le partagiez pas ! Et promettez-le-moi sinon je vous ramène chez nous et je reviens illico ! Après avoir ordonné que l'on verrouille les portes à double tour derrière moi !

Il était devenu rouge vif. Comprenant qu'elle et Clarisse le gênaient, elle posa un baiser léger sur sa joue.

— Ne vous tourmentez pas ! Nous serons sages comme des images !

Une heure plus tard, elles quittaient la capitale.

Pour rien au monde il ne leur aurait dévoilé ses intentions. Le lendemain matin, élégantissime en velours noir assorti à la plume d'autruche moussant à son chapeau et retenue par une agrafe en diamants, une fraise neigeuse au cou et le ruban bleu du Saint-Esprit sur la poitrine, il rejoignait dans la cour du Louvre le colonel de Sainte-Foy et le capitaine de Vitry. Après s'être salués, tous trois gravirent le Grand Degré d'un pas accordé et se présentèrent aux huissiers de la Porte en déclarant que la Régente les attendait à 11 heures... Et l'heure sonnait tout juste à Saint-Germain-l'Auxerrois.

Les portes du cabinet royal s'ouvrirent. La grande pièce était déserte à l'exception d'un secrétaire qui s'éclipsa en marmottant des paroles indistinctes et, l'instant suivant, Sa Majesté, vêtue de brocarts violets sous un déluge de perles et d'améthystes, fit son apparition. Comme dans un ballet savamment réglé, les plumes des trois chapeaux balayèrent le tapis.

— Vous avez demandé à m'entretenir, Messieurs ? glapit-elle en fronçant les sourcils. Il faut que ce soit important pour que vous m'ayez priée de vous recevoir tous ensemble !

Au même moment, Concini surgit derrière Marie dont il écarta le fauteuil pour lui permettre de s'asseoir, et trois regards réprobateurs à l'unisson le fixèrent... Courcy n'hésita pas à traduire.

— Nous avons en effet prié Madame la Régente de nous entendre en même temps puisqu'il s'agit de la même affaire mais nous souhaitons la voir... seule ! fit-il après avoir détaché le dernier mot prononcé fermement.

— Pourquoi ? Le marquis d'Ancre est l'un de mes conseillers les plus écoutés !

— Mais Votre Majesté n'a pas besoin de conseils pour connaître un délit où son honneur est en jeu !

— Mon honneur ? Quoi, mon honneur ?

— Quel autre mot employer quand, agissant

en son nom mais sous une fausse identité, on se permet d'aller enlever des sujets français dans une cour étrangère. Cela ne regarde que la Reine... et elle seule !

Renfrognée tout à coup, elle regarda successivement ces trois hommes alignés en face d'elle, droits comme des I, avec, sur leur visage, la même détermination. Alors, d'un geste, elle renvoya son favori, attendant qu'il soit sorti pour grogner :

— Une fausse identité ? Laquelle ?

— La mienne, Votre Majesté ! répondit Vitry en s'inclinant.

— Et de quelle cour étrangère est-il question ?

— Celle des Pays-Bas, reprit Courcy. Un homme se faisant passer pour M. de Vitry s'est présenté aux archiducs Albert et Isabelle-Claire-Eugénie pour leur réclamer deux prisonniers français. Il était muni, pour l'occasion, d'une lettre écrite et signée de la main même de Votre Majesté !

— Une lettre ?... Et de ma main ? Vous seriez fort embarrassés de me la montrer !

— La voici, Madame ! fit le baron en tendant le corps du délit avec un nouveau salut. C'est pourquoi j'ai parlé, il y a un instant, de l'honneur même de Madame la Régente puisque l'on s'est permis d'imiter non seulement son écriture mais aussi sa signature...

Devenue soudain écarlate, Marie balaya le message du revers de la main.

— Sottise ! Je n'ai pas écrit cela !

— Nous n'en avons jamais douté, Madame, affirma Vitry, imperturbable.

— C'est encore heureux ! Et quelle en est la teneur ?

L'un d'eux aurait pu riposter qu'elle n'avait qu'à lire, mais comme elle n'en faisait rien, Sainte-Foy prit la parole :

— Il s'agissait de remettre au faux capitaine de Vitry deux de mes meilleurs officiers, le baron de Courcy et le chevalier de Bois-Tracy !

— Encore ces deux-là ?

— Oui, Madame, encore ! Ils appartiennent à mon régiment et comme tels je suis comptable au Roi de leur existence et...

— Ils n'avaient qu'à pas s'aventurer dans une mauvaise cause !

— Que la cause soit juste ou non, ce n'est pas leur affaire ! Ils exécutent des ordres, un point c'est tout !...

— Quand un de vos hommes se fait tuer à la guerre, vous venez réclamer sa vie au Roi, colonel ?

— Certainement pas ! Et je n'ai pas protesté quand ils se sont trouvés prisonniers des archiducs, mais cet enlèvement par on ne sait quelle bande de truands dont le chef ose usurper la personnalité d'un capitaine des gardes est non seulement une offense au Roi mais aussi à Dieu envers lequel je suis également comptable !

— Que réclamez-vous à la fin ?

— Que cette vilaine affaire soit remise entre les mains de M. le Grand Prévôt de France afin qu'il fasse toute la lumière et, surtout, que l'on retrouve MM. de Courcy et de Bois-Tracy auxquels, en qualité de colonel des chevau-légers de Sa Majesté, j'ai la faiblesse de tenir comme je tiens, d'ailleurs, à tous mes hommes !

— C'est bon, c'est bon ! Nous verrons ce que nous pouvons...

A ce moment, un bruit de dispute éclata à la porte. On entendit Concini brailler :

— Allez-vous-en ! Un gamin n'a que faire ici...

Le vantail cependant s'ouvrit, permettant d'apercevoir Louis XIII que le matamore avait empoigné à l'indignation des trois hommes qui, d'un même mouvement, avaient mis un genou au sol.

— Messieurs, le Roi ! clama le colonel comme s'il était à la tête de son régiment.

Vite relevé, il bondit sur le favori qu'il repoussa d'une bourrade hors du cabinet royal.

— Si vous osez encore porter la main sur Sa Majesté, c'est à moi que vous en rendrez raison !

Après quoi, il referma violemment l'huis derrière lui. La mère s'était levée, visiblement furieuse, et se contenant à grand-peine :

— Que voulez-vous... mon fils ?

— Vous saluer, Madame ma mère, et prendre des nouvelles de votre santé dont je me souciais.

Je vous souhaite le bonjour, Messieurs ! Je suis heureux de vous voir et j'espère que ce n'est pas une affaire grave qui vous amène.

— Encore assez, Sire ! Nous sommes tous trois en peine de mon fils Thomas et d'Henri de Bois-Tracy qui ont disparu de façon singulière.

Le petit Roi sourit.

— En ce cas, vous avez été bien inspiré de venir porter votre plainte à Madame la Régente ! Je suis certain qu'elle aura trouvé un écho dans son cœur généreux !

Il donna sa main à baiser à chacun des trois hommes, alla baiser celle de sa mère et repartit plus calmement qu'il n'était entré mais cette fois avec Vitry à son côté qui le ramena à son gouverneur, M. de Souvré, lequel attendait au-dehors. Concini, lui, s'était volatilisé.

— Il est déjà arrivé à ce rustre de molester le Roi ? s'inquiéta le capitaine.

— En effet, et...

— Vous aurez désormais l'obligeance de me le faire savoir ! Je lui ôterai toute envie de recommencer !

— Mais... la Reine ?

— Rien du tout ! Capitaine de gardes, je réponds de sa personne ! Compris ? Qu'il lève la main sur lui et je l'occis !

Ayant dit, il rejoignit le cabinet où régnait à présent le silence. A demi affalée dans son fauteuil, la Régente, l'œil glauque et la bouche pincée, avait repris la lettre et la relisait. Finalement, dans un geste de colère, elle la déchira en menus morceaux qu'elle jeta sur le tapis.

— Allez, Messieurs ! Je n'ai plus rien à vous dire !

Ils n'échangèrent pas une parole avant de se retrouver dans la cour. Sainte-Foy explosa alors :

— Elle ment ! J'en jurerais !

— Je le crains, opina Courcy, mais j'ose espérer que non parce que, si vous avez raison, cela signifiera que nous ne les reverrons plus ! Le risque serait trop grand si l'un d'eux reconnaissait le faux Vitry !...

8

Une autre lettre...

Les audiences publiques du procès d'Escoman allaient reprendre. Même si le président de Harlay avait jugé plus convenable d'entendre à huis clos les personnages les plus importants, le peuple ne se satisferait pas longtemps du « secret ». Mais étant donné la tournure prise par les interrogatoires à domicile, la peur régnait dans les milieux de la Cour. Il n'était pas difficile de deviner comment les débats tourneraient : le bouillant Achille de Harlay ferait certainement des exemples. Il fallait l'en empêcher... On n'y manqua pas.

Le 29 mars, le nonce Ubaldini écrivait au pape : « Le président de Verdun a été déclaré Premier président au Parlement de Paris à la place de Harlay devenu inhabile à cause de son âge avancé — quatre-vingts ans ! —, de sa cécité et de sa surdité complètes. Les autres présidents du Parlement sont très jaloux de cette nomination mais les bons catholiques en louent la Reine. »

En fait, Harlay n'était ni sourd ni aveugle mais, tenant à son poste parisien, Ubaldini savait bien que le souverain pontife ne viendrait pas y voir ! Pourtant, même dans ces conditions, Epernon et la Verneuil ne réussirent pas à obtenir la tête de l'accusée. Et la sentence à laquelle on se décida au bout de quatre mois fut acquise de justesse, preuve formelle des doutes conservés même par ce tribunal « arrangé ». Outre l'abandon d'enfant, le délit de faux témoignage entraînait obligatoirement la mort. Or, ce fut à la détention à vie qu'elle fut condamnée. Ce n'était guère un avantage car, à la Conciergerie, elle fut cloîtrée dans la plus étroite et la plus obscure des geôles sans espérance d'en sortir jamais[1]. C'était plus cruel peut-être qu'un nœud coulant ou un coup de hache sur le billot mais, pour le peuple comme pour ceux qui étaient présents — et surtout pour le duc d'Epernon à moitié fou de colère —, cela voulait dire que son accusatrice n'avait pu être convaincue de faux témoignage ! En résumé, écarter Achille de Harlay n'avait pas servi à grand-chose : le doute subsisterait...

On n'en était pas encore là et le procès venait seulement de reprendre sous la houlette du président de Verdun quand le baron Hubert rejoignit « ses femmes » dans le château au bord de

1. Philippe Erlanger, *L'Etrange Mort d'Henri IV*.

l'étang. Celles-ci étaient si heureuses de le voir revenir qu'elles l'attendaient sur le perron quand le carrosse l'y déposa, mais leurs sourires s'effacèrent lorsque, la portière ouverte, il mit pied à terre. Jamais on ne lui avait vu mine si sombre !

Il ébaucha pourtant l'ombre d'un sourire quand il les embrassa mais refusa de répondre à leurs questions.

— Rentrons d'abord ! dit-il en les prenant chacune par un bras. Les nouvelles que j'apporte ne sont pas faites pour le plein vent ou les courants d'air.

Salués par Chauvin, le maître d'hôtel et les valets — chacun effaçant son sourire de bienvenue à mesure qu'ils passaient devant eux —, ils gagnèrent le petit salon où les dames aimaient à se tenir dans la journée et où l'on se réunissait avant les repas. Celui du soir allait d'ailleurs être annoncé dans quelques instants. Là, le vieux seigneur se laissa tomber dans l'un des fauteuils et demanda qu'on lui serve un verre de « prune du Connétable » qui attira aussitôt une protestation de sa sœur.

— Ce tord-boyaux ? Vous êtes malade ?

— Non, mais j'en ai besoin. Et je vous conseille fortement d'en prendre vous aussi !

Lorenza devint blême et se jeta à genoux près de lui.

— Père ! Par pitié ! Si vous êtes porteur d'une... très mauvaise nouvelle, dites-la vite mais ne nous torturez pas !

Il lui caressa la joue d'un doigt.

— Pardonnez-moi mais je remâche tant d'idées sombres depuis que j'ai quitté Paris ! Non, n'ayez pas peur ! Il ne s'agit pas de Thomas ! Pas encore tout au moins et j'espère que cela ne viendra jamais ! Relevez-vous !

Mais elle en était incapable et, au lieu d'obéir, s'assit sur ses talons tandis qu'il se passait les deux mains sur le visage. Jamais on ne lui avait vu ces yeux si las !

— Je ne bougerai pas que vous n'ayez parlé ! se cabra-t-elle.

— Cela tient en peu de mots : on a retrouvé gisant au milieu des herbes au bord de l'Escaut, près de Condé, le... le corps de Bois-Tracy... seul !

Aussitôt Lorenza bondit sur ses pieds et posa au même moment la même question que Clarisse :

— Et Thomas ?

— Aucune trace ! J'ajoute que le malheureux ne s'est pas noyé. Avant de l'expédier dans le fleuve on l'a poignardé... dans le dos !

— Où ? Où cela s'est-il passé ?

— Où ? On n'en sait rien au juste mais c'est à Condé, à proximité de la forteresse familiale des princes du même nom... qu'on l'a ramassé !

— Cela voudrait dire que l'auteur de l'enlèvement appartient à ce triste sire qu'on a obligé Charlotte à épouser, résuma Clarisse. Cela n'a pas de sens. Et d'abord, comment a-t-on appris la nouvelle ?

— Le château familial de Bois-Tracy se situe quelque part entre Valenciennes et Avesnes. Un des hommes de la garnison de Condé l'a reconnu. Alors, son capitaine a envoyé un messager au colonel de Sainte-Foy pensant qu'il serait plus séant que ce fût lui qui prévienne la famille... Je ne pense pas d'ailleurs qu'elle soit nombreuse. Un frère marié ? Je n'en suis pas certain...

— Tant mieux pour la lignée mais cela ne nous révèle pas où est Thomas ! Il est peut-être...

L'angoisse du baron se traduisit par une explosion de colère.

— Ne répétez pas tout le temps la même chose ! Vous croyez que je ne m'en soucie pas ? Je ne suis rentré que pour vous mettre au fait et m'équiper pour la route car, bien entendu, je vais là-bas !

— Moi aussi ! s'écria Lorenza. Je vous accompagne !

— Il n'en est pas question ! Ceci est une affaire d'hommes dans laquelle il n'est pas de place pour une femme !

— Mais je suis *sa* femme ! Et j'ai le droit de savoir !

— Vous saurez... quand je rentrerai ! hurla-t-il. Si encore vous étiez une de ces créatures ternes et tellement quelconques qu'il ne viendrait jamais à l'idée de personne de leur prêter la moindre attention, mais regardez-vous dans la glace, sacrebleu ! Vous êtes un vrai danger public et je n'ai pas envie de traîner dans mon sillage une foule de mâles concupiscents qui pourraient montrer des velléités de vous mettre dans leur lit. Au besoin en supprimant votre époux... au cas où ce ne serait pas déjà fait !

— Je ne vous savais pas cruel, père ! murmura-t-elle, blessée.

— Tant pis si vous le prenez ainsi ! Mais c'est une preuve d'affection... Comprenez donc que, durant ces recherches, je vais avoir mon compte de soucis sans en ajouter à votre sujet ! Ici, vous êtes en sécurité. Il ne peut rien vous arriver...

— Et si nous étions assiégées, ironisa Clarisse, au cas où Condé serait l'auteur de ce traquenard ? Il a suffisamment d'hommes pour se le permettre.

— Ce n'est pas à vous que j'apprendrai comment on peut sortir de ce château sans éveiller l'attention d'une armée ! Vous n'aurez qu'à vous réfugier à Chantilly ! Et puis cessez de dire des bêtises !

— Habillée en garçon je n'attirerais l'attention de personne ! reprit Lorenza, têtue.

— C'est vous qui le dites et cela reste à prouver ! Non, Lorie ! Je ne veux pas de vous ! Restez ici avec Clarisse... qu'au moins il me reste une fille si, par malheur, j'en venais à perdre mon fils...

Sans ajouter un mot, il sortit rapidement, les yeux embués de larmes.

Le matin suivant, alors que le jour se levait à peine, il quittait le château, accompagné du seul

Félicien, son valet de chambre, bien armé autant que son maître. Seule concession à la tranquillité de celles qu'il laissait derrière lui, Hubert avait accepté de revêtir sous son pourpoint la cotte de mailles qu'il n'avait guère abandonnée durant les guerres pour la reconquête du royaume. Avant son départ il avait eu un entretien avec le capitaine Sainclair qui, entouré d'une trentaine de gardes auxquels s'adjoindraient, si besoin était, les paysans du village proche, assurerait la défense du château. A sa sœur il remit les clefs de ses coffres. Lorenza les avait formellement refusées.

— Ce serait me reconnaître maîtresse ici, ce que je ne veux pas, lui dit-elle comme il s'en étonnait. Ce serait différent si je vous avais donné un héritier mais comme il n'en est rien, je ne suis dans cette maison que l'épouse de Thomas ! En outre, ma tante Clarisse s'y entend plus que moi. Il me suffira amplement de veiller sur l'orangerie où je me sens à l'aise pour accomplir cette tâche grâce à vous ! le rassura-t-elle avec un demi-sourire.

— Là, je vous fais entière confiance ! fit-il en l'embrassant. Je sais qu'avec vous, mes chères fleurs seront dorlotées.

En dépit de la bonne humeur qu'il affichait et même s'il s'attachait à faire chaque chose posément, il eût fallu ne pas le connaître pour ne pas sentir l'angoisse qui l'habitait dans sa hâte de se mettre en chasse. Aussi les cœurs des deux femmes étaient-ils également serrés quand, debout sur le perron et le bras de l'une sur les épaules de l'autre, elles le regardèrent se mettre en selle avec l'aisance d'un cavalier confirmé et se diriger au petit trot vers la sortie de la cour, Félicien suivant à la queue de son cheval.

— Et maintenant, murmura Lorenza, qu'allons-nous faire ?

— Attendre, ma chère petite ! Depuis la nuit des temps, c'est le lot des femmes de soldats et singulièrement des châtelaines. Attendre... et prier ! Voulez-vous que nous allions à la chapelle ?

Elle accepta bien qu'elle n'en eût guère envie. Cette attente qui commençait l'irritait déjà. En pensée, elle galopait avec Hubert sur ces routes inconnues, talonnée par la peur de ce qui l'attendait là-haut, dans le Nord, dans ce pays où le charmant Bois-Tracy avait rencontré la mort. Y avait-il une chance que Thomas n'eût pas subi le même sort ?

Cependant, le moment passé au pied de l'autel la réconforta. Grâce à Dieu, le père Fremyet était rentré depuis bientôt trois semaines et Lorenza avait pu apprécier son inusable gaieté et la bonté dont son cœur débordait. Son traitement à Bourbon-l'Archambault lui avait été bénéfique et il avait repris ses activités aussi bien au château que dans la région pour la plus grande satisfaction de tous.

Avant le lever du jour, il avait célébré la messe

à l'intention du baron Hubert et de Félicien après les avoir confessés. Un exercice auquel Courcy était le plus souvent réticent, n'ayant jamais compris par exemple pourquoi l'Eglise mettait au rang des péchés mortels la gourmandise, source de plaisirs si délicats. Le digne prêtre n'était pas loin de partager cette opinion et on effleurait à peine le sujet quand, chaque année, à Pâques — difficile d'y couper si l'on voulait communier au moins ce jour-là ! —, la population du château et celle du village se confessaient. Les fautes du baron ne variant guère, on expédiait la chose assez rondement mais, cette fois, le père allait poser la question cruciale quand il entendit :

— Autant vous prévenir tout de suite : si, par malheur, mon fils a lui aussi été assassiné, je traquerai le meurtrier et le tuerai sans l'ombre d'une hésitation !

— D'abord, nous n'en sommes pas là. Ensuite, vous pourriez vous en remettre à la justice du Roi ?

— Le Roi est trop jeune pour cet exercice et ceux qui en ont la charge de nos jours ne m'inspirent plus confiance. En outre, on n'est jamais aussi bien servi que par soi-même !

— Sans doute, mais en cette occurrence... donnez-vous le temps de la réflexion. Vous ignorez ce que le sort vous réserve. Et, en admettant que vous le trouviez, rien ne dit que le Ciel ne retiendra pas votre bras.

— N'y comptez pas ! Si je débusque l'assassin, je le tue quel qu'il soit... après lui avoir posé quelques questions.

— Vous emploieriez... la torture ?

— Pour connaître le donneur d'ordre ? Sans hésiter ! Alors cette absolution ? Vous me la donnez ? Je suis pressé !

— Vous me mettez dans une situation impossible ! Rien ne s'y oppose pour vos péchés passés à condition que vous les regrettiez mais si vous partez avec la ferme intention de commettre un homicide...

— Non. De venger mon fils si...

— La vengeance appartient au Seigneur !

— Sans doute mais Dieu a tellement à faire à ce sujet de par le monde, qu'il faut bien l'aider un peu, non ? Cela dit : décidez-vous !

— Bon ! Etant donné que, dans cette aventure, vous allez risquer votre vie, je vous absous pour les fautes avouées ! Quant à la suite... nous aviserons !

Il fallut en passer par là ! Lorsque, une demi-heure après, Hubert de Courcy eut quitté son château, le digne prêtre accueillait de façon toute paternelle les « dames » de la maison. Elles entrèrent dans la chapelle appuyées l'une à l'autre, une telle angoisse peinte sur leur visage qu'il sentit son cœur fondre.

— Ne vous laissez pas envahir par la crainte, les conforta-t-il en les accompagnant à leurs places avant de dire pour elles une seconde messe. Il faut garder confiance en Dieu qui sait tout, qui voit tout et qui comprend tout ! Il ne peut qu'être sensible à la peine qui vous étreint !

Lorenza ne répondit pas, se contentant d'enfouir son visage dans ses mains, mais Clarisse soupira :

— Il est si grand... et nous sommes si petites ! En outre, il lui faut considérer des multitudes répandues sur la Terre et le nombre immense des prières qui montent vers lui au même instant !... Il ne peut pas s'occuper de tout de monde !

— Je refuse de croire que vous désespérez déjà. Vous, Madame la comtesse ? Mais où est votre foi ?

— Oh, elle est toujours là ! Mais on ne peut en venir qu'à faire la part des choses !

— Et vous, Madame la baronne, vous partagez cette opinion ?

— Absolument, mon père ! A ceci près que je redoute d'avoir apporté le malheur dans cette maison qui était plus heureuse sans moi !

— Mais il ne faut jamais dire pareille ineptie !

— Pourquoi, quand on la pense ? Depuis mon mariage, j'ai seulement vécu quinze jours avec mon époux que j'adore. Encore les avais-je volés puisque, la veille de notre union, j'avais reçu des menaces de mort le concernant ! Et voyez où nous en sommes maintenant ! J'ai peut-être perdu Thomas et je n'ai même pas d'enfant de lui ! Si je ne devais plus le revoir, je ne résisterais sans doute pas...

Cette fois, il se mit carrément en colère :

— Voulez-vous bien vous taire ! Et dans mon église par-dessus le marché !..., s'écria-t-il, sa bonne figure devenue toute rouge sous sa courte auréole de cheveux blancs.

— Et si c'est le fond de ma pensée ?

— Non. Ce faisant, vous nous mentez à tous les deux, vous et moi... sans compter le Seigneur !

— Je mens ?

— Involontairement peut-être. Vous avez dit : « Si je ne devais plus revoir Thomas. » Cela signifie qu'au fond de vous-même vous êtes certaine de le retrouver un jour... et pas au Paradis ! Et c'est très bien ainsi ! Vous avez été élevée dans un couvent, paraît-il ?

— Aux Murate à Florence !

— On a dû vous y apprendre à accepter les volontés de Dieu mais aussi à mettre votre confiance en lui ? Alors souvenez-vous-en et priez, sacrebleu !...

Epouvanté de ce qu'il venait de se laisser aller à proférer, il plaqua une main sur sa bouche et courut se jeter au pied de l'autel où il se prosterna. Lorenza vint s'agenouiller auprès de lui, presque amusée.

— C'est moi qui dois demander pardon, mon père. Je vous ai fait sortir de vos gonds et j'en ai honte à présent. C'est vous qui avez raison !

Et ce fut d'une âme plus sereine qu'elle suivit la messe au côté de Mme de Royancourt... Quand ce fut fini, elle laissa Clarisse regagner le logis seigneurial, prétextant qu'elle désirait se rendre aux cuisines.

— Quelle idée ! s'étonna celle-ci. On va vous servir votre petit déjeuner dans cinq minutes !

— Je n'ai pas faim. Mais je voudrais m'entretenir avec Bibiena. Depuis que nous sommes rentrées, je ne l'ai pratiquement pas vue ! C'est tout de même étrange ! C'est comme si j'avais cessé d'exister.

— Oui, je l'avais remarqué mais j'hésitais à vous en parler. J'ai l'impression que, par le truchement du petit Nicolas qu'on lui a confié, votre Bibiena vient de découvrir les joies de la maternité !

— Vraiment ?

— Cela ne fait aucun doute. Allons constater le phénomène ensemble ! Je vous accompagne !

En effet, quand elles pénétrèrent au sous-sol dans la vaste cuisine aux lourdes ogives où, autour de deux cheminées gigantesques, s'affairait un monde de servantes et de marmitons aux ordres du chef Valentin, juché sur un siège surélevé et armé d'une longue baguette avec laquelle il désignait ce qui convenait pour tel ou tel mets, Bibiena, assise près d'une des deux tables en chêne massif, tenait sur ses genoux un petit garçon à qui elle faisait manger une bouillie composée de lait, de pain et de miel, ouvrant la bouche en même temps que lui. Et, en vérité, le tableau était charmant. La frimousse ronde de l'enfant que Lorenza n'avait pas vu depuis son sauvetage avait perdu son aspect souffreteux et montrait à présent des joues roses dans lesquelles ses yeux bruns — les mêmes que ceux de sa mère ! — brillaient de contentement sous une forêt de courtes boucles châtaines. Sous l'ample serviette nouée autour de son cou, il était vêtu d'une sorte de sarrau en laine bleue bien épaisse, terminé par un petit col blanc, et, entre chaque cuillérée, il souriait à Bibiena qui le couvait d'un regard attendri.

— Je ne crois pas qu'il faille lui chercher une famille d'adoption, constata Clarisse. Si on le lui enlevait maintenant, la pauvre femme en aurait une peine immense !

— Dire qu'elle était furieuse quand on lui a demandé de s'occuper de lui. Ne la dérangeons pas ! Je la verrai plus tard ! Il faut avouer qu'il est tout à fait mignon, ce gamin, et je ne vous remercierai jamais assez de les avoir accueillis si généreusement, ma Bibiena et lui.

— Voilà des paroles hors de propos ! Quand donc vous mettrez-vous dans la tête que vous êtes ici chez vous ?

Tandis qu'elles se retiraient, Lorenza se pencha pour poser un baiser sur la joue poudrée de la comtesse. Le spectacle qu'elles venaient de contempler lui laissait une bizarre émotion et surtout un regret : celui de ne pas leur avoir encore donné d'enfant. Il lui arrivait même de s'en inquiéter. Comment se faisait-il que la lune de miel passionnée vécue dans les bras de

Thomas n'ait pas porté ses fruits ? S'étaient-ils aimés avec trop d'ardeur, trop d'insatiable passion, ou le temps n'était-il pas encore venu pour elle de procréer ? Elle savait qu'il arrivait à Dieu de bénir à retardement certaines unions mais elle avait peine à s'arracher à la crainte de n'être qu'une belle terre sans fertilité. Et à présent qu'elle avait tout à redouter du sort de son époux, cette inquiétude devenait angoisse. Le traitement sauvage que lui avait infligé Hector de Sarrance et qui, même s'il ne l'avait pas déflorée, l'avait menée aux portes de la mort, avait-il brisé en elle quelque chose ? Elle n'avait aucun moyen de le savoir. Si encore Valeriano Campo, l'habile médecin de Giovanetti qui l'avait sauvée alors, était revenu, elle n'aurait pas hésité à lui soumettre la question, mais elle ignorait si elle le reverrait un jour... et le douloureux point d'interrogation demeurerait sans réponse. A moins que...

L'arrivée de la duchesse Diane mit un terme à ses pensées moroses. Exaspérée par les criailleries continuelles du Connétable qui était certainement le plus mauvais malade que l'on puisse trouver et ne se satisfaisait jamais de rien, elle venait demander à ses amies de partager avec elle un moment de tranquillité agrémenté d'un dîner qui n'aurait pas de difficulté à être meilleur que ceux, spartiates et mesquins, qu'élaboraient les cuisines de Chantilly.

— Nous n'aurons bientôt plus que la peau

sur les os ! soupira-t-elle. Je ne lui souhaite pas le pire, naturellement, parce que je l'aime bien malgré tout, mais je prie tous les jours pour qu'il guérisse vite et s'en aille voir dans son gouvernement du Languedoc si l'herbe y pousse plus verte...

— Mais, observa Clarisse, je croyais que la charge était reportée depuis longtemps déjà sur le jeune duc Henri ?

— Il est encore trop jeune, voyons, et d'ailleurs n'a guère envie de s'exiler au bout de la France. La vie de Paris lui convient pleinement.

— Et Charlotte ? Que devient-elle ?

— La pauvre ! Elle se morfond dans l'hôtel que la Régente a donné à son époux et d'où elle n'a pas le droit de sortir ! Surtout pas pour aller à Chantilly ! Quant à moi, on me défend de la voir. Décidément, l'air est plus respirable chez vous !

— Pourquoi ne pas y séjourner quelques jours ? Lorie et moi aimerions vous rendre un peu de votre hospitalité à l'hôtel d'Angoulême...

— J'adorerais mais le vieux sacripant ferait un bruit de tous les diables ! Nous sommes contemporains et je lui rappelle sa jeunesse... J'ai la vertu de me laisser battre aux échecs avec infiniment de constance ! Mais, au fait, où est ce cher baron ?

— Comment ? vous n'avez pas appris...

— Quoi donc ? On est coupés de tout dans nos forêts.

On l'éclaira et immédiatement son aimable

visage se voila de tristesse et elle alla prendre Lorenza dans ses bras.

— Mes pauvres amies ! Comme vous devez vous tourmenter ! Et moi qui viens vous encombrer de mes récriminations ! Oh, je m'en veux !

— Pas d'être venue tout de même ? Hubert n'est parti que de ce matin et déjà nous errons comme des âmes en peine sans trop savoir que faire de nous !

— Si c'est cela, je reste ! Je vais envoyer ma voiture chercher ma femme de chambre, quelques hardes et j'attends avec vous le retour du voyageur !

C'était incontestablement une bonne nouvelle. En dépit de son âge, la duchesse possédait le don précieux — et fort peu répandu ! — de savoir remonter le moral le plus défaillant. Clarisse n'en était pas dépourvue non plus mais s'agissant de son neveu qu'elle aimait comme s'il était son propre fils, elle éprouvait plus de peine à afficher un optimisme qu'elle devinait peu convaincant. Cependant, entre ces deux femmes au grand cœur, Lorenza retrouvait une sorte de confiance.

Elle en constata la qualité quand, une dizaine de jours après le départ d'Hubert, elle dut affronter la plus étonnante des visites.

Comme chaque fois qu'il faisait beau, elles se promenaient toutes les trois au bord de l'étang. Le temps venait subitement de changer après une semaine d'une pluie rageuse et froide apportée par un vent du nord. C'était l'une de ces magnifiques journées où le printemps semble prendre à charge de faire oublier ses accès de mauvaise humeur en faisant appel aux couleurs les plus séduisantes de sa palette. L'herbe repoussait et les arbres fruitiers s'étaient couverts, d'un seul coup, d'une mousse de fleurs neigeuses au milieu desquelles une colonie de mésanges chantait, encouragées par un soleil encore tiède.

Au retour d'une assez longue promenade, elles étaient parvenues aux abords du château quand Clarisse s'écria, une main en auvent au-dessus de ses yeux.

— Qu'est-ce qui nous arrive là ?

En effet, un carrosse, entouré d'une demi-douzaine de cavaliers, venait de sortir des bois pour longer l'étang.

— C'est encore trop loin pour pouvoir lire les armoiries...

— ... mais comme cet équipage ne me dit rien qui vaille, hâtons-nous de rentrer, décida la duchesse. Que font-ils donc ?

Curieusement, le brillant équipage venait de s'arrêter et deux hommes en sortirent qui s'approchèrent de l'eau. Ils étaient trop loin pour que l'on pût distinguer leurs visages sous l'ombre des chapeaux emplumés, mais ils portaient de riches vêtements. Les dames purent voir l'un d'eux faire d'amples gestes en désignant le château puis l'ensemble des jardins et des dépendances.

— Qui sont ces olibrius ? grogna Mme de

Royancourt. Ils se comportent comme si le domaine était à vendre et comme si l'un en vantait les charmes à l'autre !

— Je n'aime pas ça non plus, acquiesça Lorenza. Rentrons ! S'ils viennent jusqu'au château, refusons de les recevoir et s'ils se contentent d'admirer le paysage, envoyons des gardes les prier de quitter les lieux !

Ce que l'on fit... Mais à peine avaient-elles regagné leur pièce préférée, située dans une des tours, que Chauvin, le majordome, accourait, débarrassé pour une fois de son allure compassée.

— Il y a là le sergent La Hurlette qui vient demander...

— Quoi ? s'impatienta Clarisse. Je lui ai donné des ordres il n'y a pas cinq minutes !

— Certes, certes, Madame la comtesse, mais ils viennent de la part de la Reine et sont porteurs d'un message pour Madame la baronne...

— Un message de la Reine ? Pour moi ?... Eh bien, qu'ils vous le remettent ! Je leur rendrai réponse dans l'instant.

— C'est qu'ils entendent vous le remettre en main propre et... oh, mon Dieu ! Je crois qu'ils sont déjà là ! s'écria-t-il en pivotant sur ses talons pour repousser l'ennemi. En effet, des pieds bottés faisaient résonner les marbres de la galerie extérieure et une voix on ne peut plus reconnaissable clamait :

— Oun message dé la Reine, il n'attend pas !

Concini ? A Courcy et parlant sur ce ton ? Aussitôt Lorenza fut debout mais Clarisse l'avait précédée et obturait le seuil de la double porte. Sa voix retentit, glaciale :

— Ce n'est pas une raison pour forcer l'entrée d'une noble demeure dont le maître est absent. Mais je suppose que vous le savez, sinon vous n'auriez jamais osé ! Seulement, qu'il soit absent ou non, les consignes sont les mêmes ici ! Appelez la garde, Chauvin !

— Ne soyez pas si sévère, Madame de Royancourt, intervint Antoine de Sarrance qui, goguenard, apparaissait derrière le Florentin. Vous me réserviez meilleur accueil il n'y a pas si longtemps...

— Il y a un siècle, vous voulez dire ! En outre...

— Par grâce ! Ne vous fâchez pas ! Le marquis d'Ancre, que voici, n'est pas encore au fait de nos usages ! Que voulez-vous, il est toujours trop pressé ! J'implore votre pardon pour lui... et j'espère qu'à présent vous allez me rendre votre sourire et nous faire accueil !

— Il n'en est pas question ! coupa Lorenza venue au côté de sa tante. Vous tout au moins ! Monsieur le marquis, ajouta-t-elle pour Concini, je vous recevrais volontiers si vous étiez seul car je n'ai aucun reproche à votre encontre mais M. de Sarrance est indésirable en ce lieu ! Et il le sait ! Alors, envoyez-le vous attendre dans votre carrosse et vous recevrez l'accueil qui convient à un ami de la Reine !

La nuance était habile et un sourire épanoui retroussa la moustache du nouveau seigneur d'Ancre.

— Bien entendu, bien entendu!... Lé servicio de la Reine avant tout! Faites ce que demande Madame! Caro moi! Il né faut jamais contrarier oune yolie femme!... ni moi!

Le ton restait gracieux mais une lueur s'allumait dans l'œil du favori qui fit reculer Sarrance prêt à protester, sans doute violemment. Il se contenta de hausser les épaules et, tournant les talons, repartit. Sans saluer bien entendu. Ravi, Concini pénétra dans le salon où, reconnaissant la duchesse d'Angoulême, il se plia en une profonde courbette :

— Madame la duchesse! Croyez-moi bien votre serviteur!

Sachant qu'elle avait été princesse Farnèse, il avait employé spontanément sa langue natale dans laquelle il se sentait plus à son aise. Il fut reçu courtoisement. Diane comme Clarisse avaient compris le jeu choisi par Lorenza. Connaissant l'immense vanité du mirliflore et surtout son influence actuelle, il pouvait être intéressant de la flatter en lui montrant plus de considération qu'à un marquis de Sarrance. Moyennant quoi, il eut droit à un siège et même à un verre de rossolis qui le fit s'épanouir d'aise. Enfin, il remit la lettre annoncée. En quelques phrases brèves et aussi peu chaleureuses que possible, Marie de Médicis « conviait » la baronne de Courcy à reprendre son service auprès d'elle. Que son époux soit présent ou disparu ne changeait rien à son devoir envers Sa Majesté. Lorenza se félicita d'avoir si courtoisement traité son envoyé.

— Monsieur le marquis, commença-t-elle en montrant une tristesse qu'elle n'avait pas besoin de feindre, je souhaiterais beaucoup reprendre mon service, mais — et je suis heureuse que vous ayez bien voulu vous charger de cette lettre — depuis la découverte du corps de M. de Bois-Tracy, je redoute trop que Thomas de Courcy, mon époux, n'ait subi le même sort...

— Ma qué... son corps n'a pas été retrouvé !

— En toute sincérité, pensez-vous que ce soit rassurant ?

— Pas... pas vraiment !

— Vous voyez ! C'est pourquoi je vous prie instamment d'accepter d'être mon interprète auprès de Sa Majesté. Une femme en deuil, ou presque, n'a que faire à la Cour. Sa... bonté naturelle devrait l'incliner à comprendre que mes soins doivent être consacrés entièrement à son père et à sa tante ici présente au cas où ils n'auraient plus que moi ! Plus tard... nous verrons ce que m'apportera le temps. Voulez-vous vous charger de cette réponse ?

Il avait pris un air tellement compréhensif que l'on put craindre un instant qu'il se mette à pleurer mais il se borna à dire :

— C'est bien normal et je vais être bien volontiers votre porte-parole. Soyez sûre que la Reine y sera attentive !

— Je vous en serai infiniment reconnaissante, marquis !

— Me permettez-vous de vous faire visite de temps à autre ? J'aimerais que vous voyiez en moi un ami véritable !

— Je n'ai jamais refusé de recevoir un ami !

— J'en suis très heureux !... J'espère vous être d'autant plus utile que Sa Majesté vient de me nommer Premier Gentilhomme de la Chambre du Roi !... Mesdames, yé souis à vos pieds ! conclut-il, retrouvant l'usage de la langue française pour saluer.

Il était temps qu'il quitte les lieux : les trois femmes étaient au bord de l'apoplexie. L'une après l'autre, elles hoquetèrent :

— Premier Gentilhomme...

— ... de la Chambre...

— ... du Roi ! C'est du délire ! acheva la duchesse Diane, abasourdie. La Reine est devenue folle !

— Elle est capable de le promouvoir un jour maréchal de France ! fit Clarisse.

— Ne dramatisez pas, ma bonne ! A part une épée de cour il n'a jamais porté une arme !

— Vous oubliez son râteau de croupier !

En chœur, elles éclatèrent de rire ce qui soulagea sensiblement Lorenza un peu inquiète de ce qu'elles pensaient de son coup d'audace.

— Vous ne m'en voulez pas trop ? hasarda-t-elle d'une voix redevenue timide.

— Vous voulez dire que nous vous félicitons chaleureusement ! s'exclama Mme d'Angoulême. Dissocier l'ennemi sur le champ de bataille est un coup de maître ! Le sang Médicis a parlé !

— Mais... quelle sera la réaction du baron quand il rentrera ?

— Allons, Lorie ! Vous savez qu'il n'est pas idiot et vous avez fait face, avec beaucoup de présence d'esprit, à une situation qui pouvait devenir dangereuse pour vous. Ni votre tante ni moi n'avons la moindre confiance en Sa massive Majesté ! Elle est capable de vous laisser assassiner dans un coin du Louvre sans lever l'auriculaire ! Simplement, quand Concini reviendra, tenez-le à distance ! Sinon, c'est Galigaï qui vous fera trucider !

— En conclusion ?

— Nous garder de tous côtés ! Vous avez gagné une bataille mais pas la guerre ! Attendons la suite !

Dans l'immédiat, les choses furent conformes à ce qu'espéraient les trois femmes. Portée cette fois par un courrier de la Cour, une nouvelle épître royale autorisait la baronne de Courcy à « pleurer son époux » le temps qui lui semblerait convenable sans toutefois oublier indéfiniment ses devoirs envers la Couronne. Le tout sans un mot de simples condoléances que l'on ne demandait pas ! Encore moins de compassion ! La Régente tenait Thomas pour mort, un point c'est tout ! Le texte était si sec, si délibérément cruel que Lorenza pleura. Il correspondait exactement à l'angoisse que chaque jour nouveau alimentait en même temps que diminuait l'espérance ! Et le baron Hubert qui ne revenait pas !

Lorenza, ainsi que Clarisse d'ailleurs, refusait de porter le deuil. Elles se vêtaient de couleurs sombres — marron, vert foncé, gris fer ou violet — mais pas de noir. Il leur semblait que le jour où leurs têtes se couvriraient de crêpes funèbres, une dalle serait scellée sur le corps de Thomas...

Et puis, un soir, Hubert de Courcy rentra chez lui.

Il ne ramenait pas de cercueil mais les rides douloureuses qui creusaient son visage témoignaient d'une lourde fatigue autant que de la perte de l'espoir. Mettant pied à terre d'un pas pesant, il prit dans ses bras chacune des deux femmes accourues sur le perron pour l'accueillir et les serra contre lui sans mot dire, mais l'humidité qu'elles perçurent sur leurs visages était — hélas ! — révélatrice et il les sentit trembler.

— Venez, proposa-t-il. Allons nous mettre au chaud ! Il fait un froid de gueux !

Toujours enlacés, ils remontèrent les degrés et traversèrent les immenses salles pour gagner le salon bleu. Sur leur passage les figures se crispaient, des larmes coulaient, essuyées rageusement d'un revers de manche. Hubert se laissa choir dans un fauteuil et les deux femmes s'agenouillèrent chacune d'un côté. Ils étaient seuls, la duchesse Diane étant repartie la veille pour Chantilly. A l'exception des crépitements du feu, le château tout entier était entré dans le silence. Un silence qui, bientôt, fut insupportable à Lorenza.

— Père !... Je vous en supplie, dites quelque chose !

— Que voulez-vous que je dise ? Voilà des semaines que je bats la région de Condé et la vallée de l'Escaut sans trouver la moindre trace ! A la demande du colonel de Sainte-Foy, venu prendre en charge le corps du jeune Henri pour le rendre aux siens avec les honneurs, M. de La Haye-Saint-Pierre, qui commande les défenses de Condé au nom du prince, a fait fouiller les alentours dans l'espoir de retrouver au moins un indice. Sans résultat !

— On a appris que M. de Bois-Tracy gisait dans les roseaux d'une rivière ?

— Et il avait bien reçu un coup de couteau dans le dos, l'œuvre d'un lâche ! Puis fut balancé dans l'eau qui l'a charrié sur une rive sans que l'on sache pourquoi ! Un tourbillon peut-être ?

— L'Escaut est un fleuve important qui va se perdre aux Pays-Bas mais, à Condé, il n'est pas très loin de sa source, ce n'est encore qu'une rivière. Un peu capricieuse peut-être parce que gonflée par les dernières pluies. Je l'ai suivie sur une longue distance mais sans succès. C'est d'autant plus inquiétant que... que Thomas nageait comme un poisson. Evidemment, s'il a été poignardé comme son ami..., conclut-il d'une voix qui se brisa.

Un moment ils restèrent ainsi, enlacés dans la même prostration, sans esquisser un geste, comme si le plus petit écart pouvait les briser, comme s'ils n'avaient qu'un seul souffle, un seul cœur...

Clarisse s'écroula la première. Elle si forte, d'habitude, glissa du bras de son frère pour s'effondrer, assise sur les talons et secouée de sanglots convulsifs. Epouvantée par cette douleur dont elle n'ignorait pas la cause, Lorenza la regarda un instant sans oser la toucher. Thomas, elle le comprenait trop bien, était l'enfant qu'elle n'avait jamais eu et elle lui avait donné tout son amour inemployé. Et maintenant, il ne lui restait que des larmes qui se répandaient à travers ses doigts comme si elle était seule au milieu de ruines. Quant au baron Hubert, il appuyait sa tête au dossier du fauteuil, son bras toujours posé sur l'épaule de sa belle-fille, et fermait les paupières peut-être pour retenir ses pleurs. Il y parvenait presque, encore que sa barbe grise fût légèrement humide...

Alors Lorenza se releva.

— Non ! affirma-t-elle d'une voix forte. Non, Thomas ne peut pas être mort ! Je le sentirais... et mon cœur serait brisé ! Je ne sais pas où il se trouve, je ne sais pas ce qui s'est passé, mais tant qu'on ne me montrera pas son corps sans vie, je n'y croirai pas ! Et je fatiguerai Dieu de mes prières jusqu'à ce qu'il me le rende !

Un murmure d'approbation la fit regarder vers les portes. Tous les gens du château étaient là, dame Benoîte et Chauvin au premier rang, visiblement bouleversés. Elle leur sourit.

— Nous prierons tous ensemble ! Et nous le chercherons !

Une main saisit la sienne et la serra : Hubert était près d'elle, soudain revigoré par une flamme d'orgueil.

— Par Dieu, petite dame, vous êtes devenue une vraie Courcy ! Oh que oui on va se battre ! Ne serait-ce que pour qu'il dorme chez lui de son dernier sommeil !

— Non ! Je ne veux pas entendre ça ! Il n'est pas mort... Parce que je ne le veux pas !

Dame Benoîte, cependant, relevait Clarisse pour l'obliger à s'asseoir dans un fauteuil et bassinait son visage d'eau de rose tandis que Lorenza, installée sur un tabouret, lui réchauffait les mains qu'elle avait prises entre les siennes.

— Père ! dit-elle au baron qui allait et venait à travers la pièce, je crois que c'est le moment d'avoir recours à la prune du Connétable !

Tous en burent. Quant à Lorenza, si forte était sa conviction qu'elle réussit cette nuit-là à trouver le sommeil.

Au matin, le château avait repris son aspect coutumier. Même le baron Hubert était retourné dans son orangerie bien-aimée où il prétendait réfléchir mieux que partout ailleurs. Dans l'immédiat, il n'avait rien à faire à Paris où, avant de rentrer, il avait déposé, conjointement au frère d'Henri de Bois-Tracy et au colonel de Sainte-Foy, une plainte au Parlement exigeant la recherche et l'arrestation des assassins des deux jeunes gens. Il avait d'ailleurs offert une récompense substantielle à qui permettrait de les remettre à la justice. Il ne restait plus qu'à attendre un résultat quelconque !

Lorenza partageait son temps entre le frère et la sœur, reprenant ses leçons d'horticulture sous l'égide d'Hubert ou lisant pour Clarisse dont la vue faiblissait à cause de trop de larmes dans le silence de ses nuits. Toutes deux passaient aussi plus de temps à la chapelle mais seule la comtesse y puisait un réel réconfort. Dans le cœur de la jeune femme, il y avait trop de révolte pour qu'elle s'abandonnât sans renâcler à la volonté divine. Ainsi, elle avait refusé fermement — soutenue par son beau-père — qu'une messe de requiem soit dite à la mémoire de son époux. Pour la première fois, le brave abbé Fremyet l'avait vue sortir ses griffes.

— Je ne vous empêche pas d'en dire autant que vous voudrez pour votre conscience mais sachez que vous ne m'y verrez pas !

— Mais les gens du village, Madame ? Ils ne vont pas comprendre...

— Quoi ? Qu'il est hors de question de prier pour son âme tant que je n'ai pas vu, de mes yeux vu, son corps sans vie ? Je le leur expliquerai et j'espère qu'ils comprendront. Quant à vous, faites des prières pour que Dieu daigne veiller sur lui et nous le rende un jour ! J'y viendrai à quelque heure de la journée que ce fût !

— Et si c'est la volonté de Dieu, mon enfant ?

— Dieu ne peut pas avoir voulu qu'il disparaisse sans laisser de traces ! Je sais, je sens qu'il vit quelque part !

Elle y mettait tant de force, tant de certitude, tant de passion même, encouragée en cela par le baron Hubert, qu'elle réussissait à rallier tous ceux de son entourage jusques et y compris le vieux prêtre.

— Après tout, l'espérance est une vertu cardinale, confia-t-il à Clarisse. Et prier pour le retour de quelqu'un n'a jamais fait mourir personne !

Il n'y avait rien à ajouter à cela et tout Courcy entra dans l'attente comme on entre en religion.

Pourtant, environ un mois après le retour du baron, une lettre arriva pour la jeune baronne, une lettre délivrée de la même façon que le sinistre message reçu la veille de ses noces. A la seule différence qu'au lieu de pénétrer au galop dans la cour et de la lancer sur le perron, le messager — craignant peut-être que, cette fois, on l'empêchât de ressortir — l'expédia entre les sentinelles de garde sur le pont-levis avant de repartir au triple galop vers l'épais rempart de forêt qui enfermait le domaine...

Lorenza était seule au château à ce moment. Son beau-père s'était rendu à Chantilly, appelé par le Connétable qu'une nouvelle crise de goutte clouait dans son fauteuil d'où il répandait généreusement sur son monde coups de canne et malédictions... Sachant que la duchesse Diane y résidait aussi, Clarisse l'avait accompagné.

Assise dans la librairie, la jeune femme répondait à une lettre de la princesse de Conti qui, loin de l'abandonner à son chagrin, faisait de son mieux pour la distraire en la tenant au courant des potins de la Cour. Elle jeta alors un coup d'œil sur le billet scellé de rouge qu'un valet, visiblement peu rassuré, lui apportait sur un plateau. Elle reconnut d'emblée l'écriture, le papier, et sentit sa gorge se serrer mais n'hésita qu'une seconde avant de le prendre. Cependant, elle ne l'ouvrit pas.

— Merci, Gontran ! dit-elle avec un sourire devant le visage inquiet du serviteur. Vous pouvez me laisser !

Elle attendit qu'il soit sorti pour faire sauter le cachet d'une main qu'elle ne pouvait empêcher de trembler... Comme la première fois, le texte en était court... et signé de l'image de la dague au lys rouge :

« Je t'avais avertie qu'il mourrait s'il osait t'épouser et tu as eu grand tort de ne pas me croire. Il ne te reste plus qu'à pleurer... mais pas trop longtemps ! J'ai déjà beaucoup attendu et tu es plus belle que jamais... »

Les oreilles bourdonnantes, elle se laissa aller contre le dossier de sa chaise jusqu'à ce que les battements désordonnés de son cœur qu'elle comprimait sous sa main s'apaisent. Abandonné sur le petit bureau, l'affreux message qu'un courant d'air faisait osciller comme s'il était doté d'une vie propre attirait son regard chargé de dégoût. Le misérable ! Il avait l'impudence de se manifester encore, avouant implicitement son crime ! Cette fois, cependant, elle avait encaissé, la conscience endurcie sans doute par tout ce qu'elle avait déjà subi, protégée peut-être aussi par cette foi dans l'existence de son époux qu'elle se refusait à abandonner.

Elle resta là un long moment jusqu'à se sentir complètement apaisée. Alors seulement, elle se redressa, chercha dans un tiroir une paire de ciseaux, et reprit la lettre. Elle coupa le morceau sur lequel était reproduite l'arme puis plia le reste qu'elle glissa dans sa poche. Alors elle monta dans sa chambre prendre un manteau qu'elle jeta simplement sur ses épaules : elle n'allait pas loin.

A l'opposé de l'orangerie, derrière les grandes écuries, il y avait ce que l'on pourrait appeler les dépendances telles que la forge ou le four à pain. Lorenza se rendit chez l'armurier qu'elle trouva en train de ciseler une garde d'épée. Elle le connaissait peu, n'ayant jamais eu l'occasion de faire appel à son talent, mais assez pour savoir que c'était un véritable artiste, le baron Hubert, comme tous les Courcy, ne se satisfaisant que du meilleur en toutes choses. C'était un Savoyard plutôt taciturne sauf quand il avait forcé, ce qui était rare, sur certain petit vin de Loire qu'il affectionnait et que l'on faisait venir pour lui.

L'entrée en coup de vent de Lorenza le surprit tellement qu'il sursauta et lâcha son ouvrage pour se lever.

— Madame la baronne ? Ici ?

— Je vous donne le bon jour, maître Servoz, et vous demande excuses si je vous ai surpris mais il se trouve que j'ai besoin de vos compétences... Je voudrais que vous me confectionniez cette dague, expliqua-t-elle en posant le fragment de papier devant lui. Je peux vous indiquer la taille approximative.

Il rechaussa les lunettes qu'il avait laissées tomber en se levant.

— Si le dessin est fidèle et autant que je puisse en juger, c'est la manière de Milan, encore que le lys rouge évoque plutôt Florence d'où vous êtes originaire, Madame !

— C'est exact. Cette arme m'appartenait quand je suis arrivée en France mais on me l'a volée et je souhaiterais la faire reproduire !

— Cela ne me pose aucun problème à l'exception des pierres qui composent le dessin...

— Ce sont des rubis mais un émail rouge ferait aussi bien l'affaire. Je vous précise que je vous la payerai moi-même et que je vous demande le secret. J'ai l'intention de n'en parler qu'à mon beau-père, mais à lui seul !

— Je ne m'inquiétais pas à ce sujet, Madame

la baronne... et j'espère que mon travail vous satisfera.

— J'en suis certaine, maître Servoz, et je vous remercie...

En quittant l'armurier, elle descendit au bord de l'eau pour contempler l'étendue lisse où se reflétait le bleu du ciel et la blancheur du château. La colère qui l'avait secouée en recevant le malfaisant billet s'était apaisée. Quand l'ennemi attaquerait — et ce n'était pas pour tout de suite puisqu'il avait la bonté de lui accorder un peu de temps pour pleurer —, elle ne l'affronterait pas sans défense : la dague ne la quitterait ni de jour ni de nuit ! Restait à savoir de quel côté l'offensive viendrait...

Or, peu avant le retour de la famille, le majordome vint lui apprendre que l'un des jeunes écuyers du baron demandait à lui parler et que ce qu'il avait à rapporter était plus qu'intéressant : au moment où l'émissaire inconnu avait remis son message avec une désinvolture bien proche du mépris, il revenait de promener, au long de l'étang, en main et non sellé, César, l'un des deux chevaux préférés d'Hubert. Sans hésiter, ce garçon avait sauté sur le dos de l'animal et, avec la seule bride, s'était lancé sur sa trace mais en prenant soin de laisser suffisamment d'espace pour ne pas être repéré. Renseigné sur ce qu'il pensait être la destination de l'homme, il avait tout de même attendu un moment avant de revenir au grand galop à Courcy.

Mais Lorenza n'eut pas le loisir de lui demander où sa poursuite s'était achevée, car dans le vestibule, le baron Hubert donnait de la voix :

— Quel est l'abruti qui a arrangé César de la sorte ! Il écume tellement qu'il pourrait faire concurrence à un morceau de savon dans un lavoir un jour de lessive ! Encore heureux que... Mais qu'y a-t-il ?

Lorenza s'était précipitée à sa rencontre et, l'ayant pris par la main, l'entraînait.

— Demandez plutôt à M. de Flagy d'où il vient. Il allait justement me l'apprendre.

— Flagy ? C'est pourtant un garçon sérieux d'habitude ! Alors ?

— Je suis allé jusqu'au château de Verneuil et en suis revenu, Monsieur le baron. Je venais de promener César quand j'ai vu le cavalier jeter une lettre aux pieds des gardes... et je l'ai suivi ! Vous voudrez bien me pardonner !

— Sans harnachement ? Bravo ! Et si vous avez réalisé cet exploit pour le service de Madame la baronne, je ne peux qu'approuver ! Allez à présent ! (Puis se tournant vers Lorenza :) Une nouvelle lettre ? demanda Hubert quand le jeune homme se fut éloigné. De la même provenance ?

— Sans aucun doute ! dit Lorenza en la lui tendant. Ne cherchez pas la signature : elle se trouve chez maître Servoz que j'ai prié de recopier la dague en remplaçant les pierres par un émail.

Les paupières soudain rétrécies, il la regarda droit dans les yeux.

— Pourquoi avez-vous fait cela ?

— Allons, père ! Vous devez vous en douter ! Je ne vais pas attendre les bras croisés les entreprises de ce misérable. S'il réussissait à s'emparer de moi, il ne vivrait pas assez longtemps pour jouir de sa victoire. Je frapperai sur-le-champ sans attendre. Dès que j'aurai l'arme, elle ne me quittera pas un instant.

Il lui sourit, posa une main sur son épaule.

— J'ose espérer que nous n'en arriverons pas à cette extrémité car il faudrait que je sois mort ! C'est à moi qu'appartient la vengeance... mais il faut faire en sorte d'apprendre qui séjourne en ce moment chez notre marquise.

— Oh, il ne doit pas y avoir foule, surtout depuis que le duc de Guise a refusé de l'épouser !

— Détrompez-vous ! Elle a désormais ses grandes entrées chez la Régente dont elle est en passe de devenir l'une des amies préférées !

— Laquelle est devenue folle ? A moins que ce ne soient les deux ?

— Avec la bénédiction de ce cher duc d'Epernon ! Rien n'unit davantage qu'un crime partagé.

Quelques pièces d'or judicieusement distribuées apprirent au baron Hubert ce qu'il voulait savoir, c'est-à-dire qui se trouvait alors à Verneuil. En fait, le château était plein à craquer et l'on n'avait que l'embarras du choix... On fêtait l'anniversaire de la maîtresse des lieux. Outre la famille — sauf Auvergne toujours embastillé ! —, il y avait là Epernon, l'inusable Joinville flanqué de ses amis Liancourt et du richissime Sébastien Zamet, Mlle du Tillet, Concino Concini — sans sa femme qui n'allait jamais nulle part ! — et quelques amis comme le marquis de Sarrance, l'ambassadeur d'Espagne et même Filippo Giovanetti accompagné de son médecin Valeriano Campo, arrivé depuis peu et dont Mme d'Entragues avait réclamé les soins dès qu'on l'avait su à Paris.

— Dommage que Ravaillac soit mort ! ricana le baron. Il aurait sa place au milieu de ces gens qui ont manigancé l'assassinat du Roi. Cet anniversaire est plein d'enseignements !

— On peut se demander aussi ce qui a pris à la Verneuil de commémorer sa naissance ! Quand vient l'âge mûr on aurait plutôt tendance à mettre un voile pudique dessus, non ? persifla Clarisse.

— Oui ! En tout cas, une chose est certaine : l'ennemi est là-dedans ! Reste à savoir lequel... Qu'en pensez-vous, Lorie ?

Semblant émerger d'un songe, la jeune femme eut un sourire machinal.

— Je le crois aussi. Ce qui me surprend le plus, c'est la présence de Giovanetti ! Que fait-il dans ce nid de serpents ?

— Oh, je ne veux pas la rendre plus blanche

qu'elle n'est, soupira Clarisse, mais, faisant appel à son médecin, la Verneuil ne pouvait décemment éviter de l'inviter aussi. Ne fût-ce que pour épargner le montant des soins ! De plus, s'il n'en a plus la fonction, il a toujours rang d'ambassadeur. Enfin, il se peut que vous vous montriez ingrate envers lui, mon enfant, car c'est tout de même lui qui est allé à Bruxelles poser certaines questions ! Qui vous dit qu'au milieu de tous ces gens, il ne cherche pas à en savoir plus ?

— Vous croyez ?

— Pourquoi pas ? reprit Hubert. Nous verrons bien s'il donne de ses nouvelles prochainement.

Mais Giovanetti ne donna pas signe de vie... Et l'humeur de Lorenza s'assombrit. La Verneuil était-elle en train de lui voler celui qu'elle croyait un ami si fidèle ? Hier encore c'était impensable, mais qui pouvait encore être sûr du lendemain dans un pays où, depuis la disparition d'Henri, tout semblait tourner à l'envers et où violence et trahison faisaient partie du quotidien ? Une chose était certaine : la lettre était sortie de Verneuil. C'était donc un de ses habitants qui l'avait rédigée. Mais lequel ?

Un peu de réconfort lui vint quelques jours plus tard quand maître Servoz lui remit son ouvrage. En tout point parfait ! La dague ressemblait à s'y méprendre à celle dont on l'avait dépouillée. Même les petits rubis dessinant l'emblème de Florence étaient en place en dépit de sa demande de les remplacer par de l'émail... En outre, le fourreau brodé d'or était plus riche. Le baron Hubert y avait évidemment mis son nez et elle l'en remercia avec émotion.

— Je me sens désormais prête à affronter l'ennemi d'où qu'il vienne ! dit-elle en glissant l'arme dans une poche de sa jupe.

— Nous ferons ce qu'il faudra pour que vous ne soyez pas obligée d'en venir là ! Et, à ce propos, je voudrais de vous une promesse.

— Laquelle ?

— Que vous ne la retourniez pas contre vous si nous obtenions la certitude que... que nous ne reverrons jamais Thomas.

— Je vous le promets, répondit-elle en le regardant au fond des yeux. J'espère seulement qu'elle me permettra d'abattre l'assassin. Quel qu'il soit ! Après il en sera ce que Dieu voudra !

Troisième partie

L'ÉPREUVE

9

Face à face

Qui avait bien pu écrire la lettre ?

Depuis que l'on avait détaillé devant elle la liste des invités de Mme de Verneuil, Lorenza se posait la question. Sous quel visage se cachait l'âme d'un assassin ? Celui qui avait abattu Vittorio Strozzi, le marquis de Sarrance et maintenant... Thomas ? Il fallait que ce soit le même puisque la dague au lys rouge signait chacun de ses forfaits. Pourtant, elle savait à présent qu'il ne frappait pas de sa propre main mais manipulait un... ou même plusieurs pantins meurtriers. Comment croire que l'exécuteur de Florence soit le même que celui du vieux Sarrance ? Le dernier à se servir de l'arme, ce Bruno Bertini, avait payé son crime en se faisant trancher la gorge chez la Maupin sa maîtresse que, pour faire bonne mesure, on avait accommodée de la même façon. Or, arrivé en France avec Marie de Médicis, il ne pouvait pas être à Florence pour y assassiner le beau fiancé blond ! Il appartenait à la bande turbulente de Concini. Certes, il aurait pu effectuer l'aller et retour mais comment aurait-il pu deviner que Filippo Giovanetti allait être chargé d'une mission délicate par sa royale compatriote ? Encore que dans le monde trouble des ambassades, avec ses émissaires occultes, ses menées tortueuses et ses messages chiffrés, on ne puisse jurer de rien ! Etait-ce Giovanetti qui avait mené le jeu ? Il ne fallait pas oublier la tentative d'assassinat à la veille du mariage à l'aide de la dague rapportée en France par Lorenza et volée quand elle avait quitté l'ambassade pour le Louvre. Mais Giovanetti était son ami à elle et il était difficile d'imaginer cet homme charmant, élégant et courtois, sous le masque sombre d'un chef de bande. Etait-ce lui qui se dissimulait derrière l'homme quand la dague s'était brisée sur la cotte de mailles du vieux guerrier ? L'idée lui faisait horreur... pourtant, il pouvait parfaitement connaître Bertini. Mais pourquoi tout ce sang alors que, s'il avait agi par amour pour elle, rien ne lui aurait été plus facile que la ramener quand elle l'en suppliait ? Non, ce ne pouvait pas être Giovanetti !

Ou Concini, dont Bertini était proche et qui ne cachait pas à quel point Lorenza lui plaisait ? Sa réputation le disait capable de tout et de n'importe quoi pour assouvir ses convoitises. Le ou les meurtriers de la rue des Poulies pouvaient fort bien être à sa solde comme leur victime, et la dague aux rubis était peut-être chez lui ? Cependant, il est difficile de lui mettre le crime de Florence sur le dos ! Ce n'était toutefois pas impossible pour lui dont la femme régentait la Reine et ne lui laissait sans doute rien ignorer de ses projets les plus secrets.

Restait Antoine de Sarrance qui l'avait poursuivie d'une haine meurtrière dans laquelle il englobait Thomas, jadis son plus cher ami. Mais l'imaginer assassiner — ou faisant assassiner ! — son propre père était tout de même un peu fort. Certes, il était tombé amoureux d'elle au premier regard échangé mais il s'était hâté ensuite de demander à quitter la France pour éviter d'être témoin du mariage avec le vieil homme qui ferait d'elle sa belle-mère... Il était donc en Angleterre au moment où Lorenza vivait son cauchemar.

En dehors de ces trois-là, elle ne voyait pas qui aurait eu intérêt à s'acharner ainsi sur elle !

Autre mystère : le pseudo-capitaine de Vitry qui avait eu l'audace d'aller aux Pays-Bas enlever deux prisonniers en faisant usage d'une lettre — vraie ou fausse ! — de Marie de Médicis. Celui-là avait déjà à son actif la mort d'Henri de Bois-Tracy... et celle de Thomas dont le scripteur de la lettre ne semblait pas douter un seul instant, quelle que soit l'énergie — celle du désespoir peut-être ? — que la jeune femme mettait à en repousser l'idée. Et pourtant... A mesure que passait le temps l'incertitude la rongeait.

Elle savait que son beau-père avait offert une

récompense alléchante et dépensait sans compter pour obtenir des renseignements. En dépit de cela, ne s'étaient présentés que des fabulateurs qui se croyaient malins mais que l'esprit incisif d'Hubert avait tôt fait de mettre en déroute. Une chose était certaine : le soi-disant Vitry, sa troupe et ses prisonniers s'étaient volatilisés du côté de Condé-sur-l'Escaut. Le corps sans vie de Bois-Tracy était la seule trace tangible de leur passage. Le châtelain et les soldats défendant la petite cité juraient leurs grands dieux qu'ils n'avaient rien remarqué : ni troupe ni bruit ni écho quelconque ! Rien que ce pauvre jeune homme retrouvé dans les roseaux du fleuve !

Par deux fois, avec l'approbation d'Hubert, Lorenza avait reçu la visite d'un Concini visiblement ravi de ce qu'il s'imaginait être le début d'une belle amitié... ou peut-être mieux ? Dans ces cas-là, Hubert filait au fond de son orangerie sachant que Clarisse, elle, montait une garde vigilante de duègne espagnole qu'agrémentait cependant un sourire de commande. Le mirliflore faisait à la « jeune veuve » — pour lui seul elle s'habillait de noir ! — une cour discrète, apportait des présents de fleurs ou de confiseries — celles-ci pour la plus grande joie des enfants du village ! — et affirmait qu'il était entièrement à son service : il avait promis de tout faire pour que le corps de Thomas pût reposer auprès des siens et qu'on retrouve le faux Vitry. Mais les résultats de ses efforts étaient maigres, presque inexistants, bien qu'il parût débordant de bonne volonté et que son pouvoir allât sans cesse grandissant.

Et là, il ne s'agissait pas de vantardises à la légère. Les lettres de la princesse de Conti avec laquelle Lorenza entretenait une correspondance assidue renseignaient les Courcy sur ce point... Concini passait pour être l'amant de la Régente, et il se comportait de telle façon que la rumeur ne pouvait qu'être accréditée. Ne l'avait-on pas vu sortir de la chambre de Sa Majesté — où il entrait toujours sans frapper ! — dans une tenue négligée et en reboutonnant son pourpoint ? En outre, il possédait maintenant une maison au bord de l'eau qu'une passerelle reliait aux jardins royaux et que l'on appelait le « pont des amours ».

Les gens de Cour en étaient si bien convaincus qu'un jour, ayant entendu Marie de Médicis demander un voile, le comte du Lude osa lancer :

— A navire à l'ancre, point besoin de voile !

La Reine fit comme si elle n'avait pas entendu mais l'intéressé, lui, sourit d'un air fat en retroussant sa moustache. Quant à sa femme, cependant si jalouse, elle ne réagissait pas.

« Il faut dire, raconta Louise de Conti à Lorenza, qu'elle a bien autre chose à faire. Elle tient boutique de tout : argent, prébendes, honneurs, terres et riches demeures, sans oublier de prélever sa part au passage. Son appartement doit déborder d'or et de trésors de toutes sortes.

En fait, rien n'est changé : c'est elle et elle seule qui gouverne la Régente et les pouvoirs dont on ne cesse d'investir son époux, c'est elle qui les possède. Quel dommage que vous soyez si belle ! Oh non, je ne ris pas et Bassompierre pense comme moi, mais vous auriez pu vous entendre avec elle. N'êtes-vous pas compatriotes ?... »

— Je lui dois au moins d'avoir été débarrassée de ma tante Honoria, commenta Lorenza pour Clarisse et la duchesse, même si cela n'a pas été pour mon bien. Galigaï la protégeait parce qu'elle était vieille et laide et qu'elle me haïssait...

— Et vous n'avez jamais essayé de savoir ce qu'elle était devenue ?

— Si, lorsque j'ai été nommée dame de la Reine, mais je n'ai rien pu apprendre sinon qu'elle a dû repartir pour Florence afin de récupérer ce qu'elle pouvait de mes biens là-bas... Cela ne prédispose guère à tenter le moindre des rapprochements avec la Galigaï. Outre que je me vois difficilement la cajoler. Elle m'inspirerait plutôt de la répulsion...

— Cela vous amuse beaucoup de recevoir son époux ? demanda Mme d'Angoulême.

— Dieu ! Non !... Et vous le savez bien ! Pourquoi poser la question ?

— Pour savoir jusqu'à quel point vous êtes capable d'avaler des couleuvres afin de parvenir à votre but. Vous êtes trop séduisante pour que la Galigaï souhaite vous voir. D'ailleurs on dit qu'elle est souvent malade ces temps-ci...

La cause était entendue. Provisoirement tout au moins, car, en dépit d'elle-même, Lorenza gardait dans un coin de sa mémoire l'idée d'une entrevue avec la précieuse amie de la Médicis... Une nouvelle lettre de la princesse, qui parlait cependant de tout autre chose, la ramena à la surface.

« Voilà bien d'une autre ! écrivait la princesse. Je me retrouve au centre d'une espèce de querelle de famille ridicule qui menace d'enflammer tout Paris si ce n'est la France ! Figurez-vous que, dans je ne sais plus quelle rue encombrée — elles sont d'ailleurs toujours encombrées ! —, le cocher de mon époux s'est pris de querelle avec un autre qui s'est trouvé être celui du comte de Soissons, son propre frère. Lequel était dans la voiture et s'amusait de la scène. Ce qui a fort déplu à Conti qui n'a pas beaucoup de cervelle et qui, en outre, est à moitié sourd. Il a voulu traîner Soissons sur le pré. Celui-ci, qui trouve l'affaire plutôt drôle, la raconte à la Régente et la prie de s'entremettre en envoyant mon frère Guise en ambassade auprès de mon furieux pour le calmer, mais au lieu de venir chez nous tout seul ou avec un ou deux amis, voilà qu'il se laisse entraîner par ses gentilshommes qui tiennent à l'escorter en le proclamant en danger. Et les voilà partis... à soixante ! Cela fait un bruit du diable, surtout lorsqu'ils passent près de l'hôtel de Soissons et cette fois Soissons prend feu, fait prévenir Condé. Intelligent comme il est, cet imbécile qui ne rêve que plaies et bosses voit là une magnifique occasion de faire du vacarme, rassemble quelque deux cents partisans, va chercher Soissons qu'il emmène au Louvre afin d'obtenir de la Régente qu'elle en finisse avec "ces affreux Guise" qui ne cessent de fomenter des révoltes, comme au beau temps de la Ligue, afin de s'assurer le pouvoir. Une heure plus tard, la Cour était coupée en deux : les Guise rejoints aussitôt par Vendôme, Nevers, Epernon, Bellegarde, Rohan avec, en face, Condé, Soissons... et Concini, ce qui dit bien de quel côté penche le cœur de Madame ! Pour un incident mineur, nous voilà à la veille d'une insurrection parisienne ! Et comme je vous envie le calme de votre belle demeure, je crois que je vais suivre ma mère — la duchesse de Guise — qui aspire à la paix de son château d'Eu ! Comme Mme de Montpensier, dont la fille doit épouser mon frère Guise, va rejoindre Saint-Fargeau, notre aimable souveraine va perdre d'un coup toutes ses amies et se retrouver en la seule compagnie de sa Galigaï ! La pauvre Guercheville ne va pas avoir la vie belle ! Elle déteste Condé, comme tout le monde d'ailleurs, sans oublier la Galigaï... et je me demande si vous ne devriez pas profiter du grand vide que nous allons laisser pour tenter une entrevue avec la dame en question ?... D'autant qu'on la dit aux prises avec ses crises, que la Régente déteste la maladie et ne doit pas trop l'approcher ces temps-ci. Il se peut même qu'elle aille passer quelques jours dans son château de Monceaux ! Ah ! J'allais oublier ! Galigaï aurait fait appel à ce médecin de votre ami Giovanetti qui opérerait des miracles... Croyez-moi tout à fait votre amie !... »

Sans un mot, Lorenza tendit la lettre à Clarisse qui, non sans impatience mais en silence, avait suivi sur le visage de sa nièce les reflets changeants de sa lecture. Quand elle eut fini, elle se mit à rire.

— Eh bien, dit-elle, c'est ce qui s'appelle prendre des chemins détournés pour en arriver à une seule mais précieuse information ! Qu'allez-vous faire ?

— Dans l'immédiat, envoyer le jeune Flagy à Verneuil s'assurer discrètement que nos deux Florentins n'y sont plus et, si c'est le cas, demain matin je me rendrai rue Mauconseil. Il faut absolument que j'aie un entretien avec Valeriano Campo !

— Vous voulez vraiment rencontrer cette femme dont vous n'ignorez pas qu'elle est votre ennemie ?

— Je n'ai jamais été la sienne. Si elle est aussi intelligente qu'on le dit, elle comprendra que ce qui se passe dans les palais royaux ne m'intéresse pas, que je n'ai aucune vue sur son époux parce que la seule chose au monde que je souhaite c'est retrouver le mien ! Mort ou vif !

En fin de matinée, le lendemain, l'un des carrosses du château mené par Aurélien, frère de

Félicien et le meilleur cocher des Courcy, assisté, pour faire bonne mesure, du jeune Flagy — dont le baron Hubert avait découvert qu'il vouait une véritable dévotion à sa belle-fille ! —, pénétrait majestueusement dans la cour de l'hôtel Giovanetti. Celui-ci était accouru accueillir sa visiteuse au pied du perron les bras grands ouverts comme s'il allait l'étreindre, visiblement ravi.

— Donna Lorenza ! s'exclama-t-il. Mais quelle bonne surprise ! Vous allez dîner avec moi, j'espère ?

— Bonjour, ser Filippo ! Veuillez me pardonner une arrivée aussi impromptue mais il fallait que je vous parle... d'une chose d'importance ! Pour le dîner, nous verrons après...

— Allons dans mon cabinet ! fit-il, son large sourire remplacé par une ride soucieuse. Je vous précède...

Une fois assise en face de lui, il l'examina à son aise. Elle avait à peine esquissé un sourire en arrivant et, à présent, très droite dans ses vêtements de velours d'un vert sapin qui faisait chanter ses cheveux d'or fauve et son teint délicat, elle était plus ravissante encore qu'à leur dernière rencontre. Mais le jeune visage était sérieux à la limite de la gravité.

— Pardonnez mon enthousiasme d'il y a un instant mais je suis si heureux de vous revoir que j'en oublie que... vous ne l'êtes guère sans doute ?

— C'est le moins que l'on puisse dire et vous savez pourquoi.

— Pas vraiment !

— Pourquoi n'êtes-vous jamais venu encore jusqu'à Courcy ?

— Connaissant d'expérience l'effet produit par les nouvelles que j'étais allé chercher pour vous à Bruxelles, je ne voulais pas m'imposer !

— Un ami ne s'impose jamais !... Et vous n'étiez pas loin pourtant ! Que faisiez-vous chez Mme de Verneuil ces jours derniers ?

Il leva un sourcil surpris.

— On dirait que les nouvelles vont bon train dans le val d'Oise ! J'accompagnais Campo dont Mme d'Entragues réclamait les soins...

— Elle est souffrante ?

— Elle vieillit ! C'est la pire des maladies pour une femme ! Pour un homme aussi d'ailleurs ! conclut-il avec une grimace. Le cher Valeriano lui a... disons remonté le moral au moyen d'une de ses potions magiques, l'important selon lui étant de se sentir mieux dans sa peau !

— Et vous collaboriez à la cure ?

Le ton était presque accusateur. Giovanetti réagit :

— Madonna Santissima ! Ne me regardez pas comme si j'avais commis un crime ! En fait... il y en avait un au fond de ma pensée quand je m'y suis rendu avec Valeriano : celui dont a été victime le Roi Henri ! Je suis curieux de nature, vous le savez ?

— Comme tous les diplomates ! Ce qui vous

vaut d'en savoir toujours davantage que le commun des mortels !

— Parce que nous nous donnons la peine de chercher ! D'aucuns diraient fouiner et c'était mon cas. Je voulais savoir comment les choses se passaient chez l'ancienne favorite maintenant que le Roi est mort et la pauvre d'Escoman ensevelie au fond d'un cachot.

— Et vous êtes satisfait ?

— Oui et non ! Oh, il ne fait aucun doute pour moi que la malheureuse a dit la vérité et qu'elle avait raison sur toute la ligne. Tous les invités de la marquise sont coupables ! Sans compter la Médicis qui savait et a laissé faire !

— Concini aussi ?

— Et au premier rang ! Il y a beau temps qu'il reçoit de l'argent d'Espagne !

— Quant à M. de Sarrance ?

Il la fixa plus attentivement.

— Vous savez qu'il y était aussi ? Vous êtes vraiment admirablement renseignée ! En ce qui le concerne, je n'ai aucune preuve mais j'en jurerais ! Il haïssait tellement le Roi ! Est-ce là tout ce que vous vouliez apprendre ?

Elle haussa les épaules et baissa la tête.

— Comme vous le dites : le Roi est mort ! Laissons à Dieu le châtiment ! En réalité... je voudrais voir Messer Campo. Il est resté à Verneuil... ou est-il rentré au Louvre ?

Cette fois, Giovanetti ne retint pas un éclat de rire.

— Décidément vous avez un service de renseignements très efficace.

— Vous savez aussi bien que moi qu'avec de l'or, on peut obtenir beaucoup de choses, et le baron de Courcy n'en manque pas ! Je suppose que la Galigaï est satisfaite du cher docteur ?

— Je le crois. Il aurait même supplanté le juif Montaldo. Toujours est-il qu'elle se sent mieux et lui en est reconnaissante.

— Voilà au moins une bonne nouvelle !

Elle garda le silence pendant un instant que Giovanetti employa à l'examiner avec encore plus d'attention. Ce fut lui, d'ailleurs, qui le rompit.

— Si vous me disiez ce que vous voulez ? Je n'ai jamais cessé d'être votre ami... Même lorsque je m'égare chez la Verneuil.

Elle rendit les armes et lui retourna son sourire.

— Je voudrais que Messer Campo m'obtienne une entrevue en tête à tête avec la Galigaï ! Rien d'autre !

— Vous chez elle ? Vous n'y pensez pas !

— Chez elle ou n'importe où ! Dans une église, sur le Pont-Neuf, à sa discrétion, mais il faut absolument que je lui parle !

— Elle ne vous aime guère. Vous êtes d'une beauté...

— Je connais la rengaine, rétorqua-t-elle, irritée. Et si j'évoque son époux, ce sera pour la rassurer. Moi c'est le mien dont je veux l'entretenir ! Elle est intelligente, que diable ! Nous devrions nous entendre !

Ce fut au tour de l'ancien ambassadeur de garder le silence. A sa mine, il était difficile de déchiffrer ce qu'il pensait du projet. Lorenza poursuivit :

— Pour elle comme pour moi je préférerais un endroit discret ! Inutile que l'on clabaude et ce que j'ai à lui confier est trop grave !

— Cela va de soi ! Mais... peut-être devriez-vous prévoir... au cas où vous seriez satisfaite, un... remerciement quelconque ? Certes, il est de notoriété qu'elle s'entremet volontiers mais...

— A certaines conditions ? Oui, je suis au courant ! Je verrai avec mes beaux-parents ce que l'on pourrait lui offrir...

— Je vois que nous nous comprenons !... A ce sujet, une idée me vient : si elle en est d'accord pourquoi ne pas vous réunir ici ?

— Si elle y consent, pourquoi pas ? On est à Florence, chez vous ! Cela devrait lui convenir ?

— Je l'espère. Et à propos de Florence, savez-vous qu'une autre jeune fille de cette ville vient d'arriver pour prendre rang parmi les filles d'honneur ? Elle devrait vous être un brin cousine. Son nom est Chiara Albizzi.

— Mais quelle bonne nouvelle ! s'exclama Lorenza soudain ravie. Bien sûr que nous sommes cousines. En outre, aux Murate où nous étions ensemble, elle était ma meilleure amie ! Elle est plus jeune que moi de deux ans... mais je la croyais destinée à la vie religieuse ? Ce qui ne l'enchantait guère !

— Alors là, je n'en sais pas plus que vous ! Mais il doit y avoir une raison.

— Souhaitons qu'elle ne ressemble pas à celle qui m'a livrée à Sarrance père.

— Peut-être la Régente pense-t-elle à l'entourage de la future reine ?

Les mariages espagnols venaient en effet d'être conclus et la nouvelle avait été célébrée, bien que le peuple soit peu enclin à accueillir une infante et à voir une de ses princesses promise au futur roi d'Espagne. Une fête fantastique fut donnée dans le cadre de la place Royale. Un carrousel de trois jours avec joutes et illuminations où deux camps s'affrontaient galamment pour s'emparer du « château de la Félicité ». Elle rencontra un immense succès populaire. Les Guise et autres grands comme Conti y parurent. Seuls Condé et Soissons manquaient à l'appel. Lorenza et les Courcy en avaient eu des échos. Cependant, la jeune femme ne put cacher l'inquiétude qui lui venait.

— Si la Régente a fait appel à Chiara pour avoir une espionne auprès de sa belle-fille, elle se trompe lourdement. C'est une fille charmante mais elle n'acceptera jamais...

— Comme les mariages n'auront lieu qu'à la majorité du Roi, nous avons encore le temps d'y penser.

Quelques jours plus tard, Lorenza revenait rue Mauconseil vers le milieu de l'après-midi. Elle était arrivée à l'heure convenue mais pensait être la première, aucune autre voiture ne stationnant dans la cour... Giovanetti en personne vint l'accueillir. Aucun serviteur n'était visible.

— Entrez ! dit-il en lui offrant la main. Elle vous attend !

— Déjà ? Comment vous êtes-vous débrouillé ?

— Laissez-moi mes petits secrets. Je dois avouer que cela a été moins ardu que je ne le craignais...

Il ouvrit lui-même devant elle la porte de la pièce attenante à son cabinet mais qui n'évoquait en rien le monde des affaires : quelques fauteuils confortables recouverts de velours de Gênes, deux ou trois meubles légers, de jolis objets, un vase contenant des marguerites d'hiver dans les tons roux rappelant la teinte de la chevelure de la jeune femme qui, pour l'heure, était dissimulée sous une sévère résille en chenille gris foncé, assortie à ses vêtements, laquelle la maintenait dans son cou tandis que le bord étroit d'une toque de velours de même couleur relevée d'un brin d'autruche noir, ombrait à peine le front. Un bon feu dans lequel on avait dû jeter des pommes de pin pétillait.

La Galigaï se tenait assise non loin, tendant vers les flammes des mains blanches, assez fines d'ailleurs mais dont, à l'exception des pouces, chaque doigt portait une bague magnifique, diamant ou perle ou les deux accotés et une grosse émeraude gravée. Vêtue de noir, voilée de noir à son habitude, la mousseline qui enveloppait son buste était suffisamment transparente pour montrer, sous une fraise de dentelle, une chaîne de perles et de rubis d'où pendait une grande croix assortie.

— Veuillez m'excuser si je ne me lève pas pour vous saluer mais je souffre de vives douleurs dans les jambes lorsque je bouge !... Ce qui vous dispense vous aussi de saluer.

Sa voix sourde, un peu rauque, n'était pas sans charme et ce n'était pas la première fois que Lorenza le remarquait. On aurait même dit qu'elle possédait un pouvoir envoûtant lorsqu'il lui arrivait de chanter en s'accompagnant à la guitare...

— Je ne vous en suis que plus reconnaissante de vous être déplacée jusqu'ici pour me rencontrer, donna Leonora !

— Cela tient à ma curiosité, donna Lorenza ! Nous n'avons guère de points communs — sinon la naissance florentine ! — et moins encore à nous dire, il me semble ? Si c'est une faveur que vous briguez, vous pourriez vous adresser au marquis d'Ancre, mon époux ! Je sais que vous le voyez !

Le ton était sec, à la limite du mépris. En d'autres circonstances, Lorenza eût usé du même mais il était important qu'elle se montrât patiente.

— Le marquis est venu, en effet, chez nous

— et elle appuya sur le nous à trois reprises. La première fois il était accompagné de M. de Sarrance que je me suis refusée à recevoir. Il a bien voulu comprendre mes raisons et l'a prié de sortir, après quoi nous avons reçu le marquis comme l'exigeaient les convenances.

— Nous ?

— Mme de Royancourt, ma tante par mariage, et moi. Les deux autres fois, il s'est intéressé surtout à la grande orangerie du château qui, il faut l'admettre, mérite largement une visite !

— Sans plus ?

— Sans plus ! Et je ne l'ai jamais reçu seule !... Donna Leonora, je ne vous ai pas demandé une entrevue pour parler d'un époux dont je comprends sans peine qu'il vous soit cher... mais du mien que j'aime au moins autant que vous aimez le vôtre et dont, depuis des mois, je n'ai d'autres nouvelles que désastreuses. Les dernières étant qu'enlevé de Bruxelles par une troupe inconnue menée par un imposteur ayant eu l'impudeur d'usurper le nom de M. de Vitry, il a disparu aux environs de Condé-sur-l'Escaut où l'on a retrouvé le corps sans vie de son ami et compagnon de captivité, le chevalier Henri de Bois-Tracy !

— Où a-t-on retrouvé ce corps ?

— Au bord de la rivière, non loin du château des princes de Condé !

— En dehors de l'identité du faux capitaine de Vitry, je ne vois là aucun mystère. Le corps de M. de Courcy a dû être emporté par le courant.

— On aurait au moins dû le retrouver. Mon beau-père s'y est rendu et a cherché, cherché sans résultat. Pas la moindre trace !

— Le flot ne rend pas toujours ce qu'il emporte...

— Je sais tout cela...

— Alors, j'ai de plus en plus de mal à comprendre ce que vous espérez de moi. Je n'ai pas le pouvoir de ressusciter les morts !

— Non, mais vous avez d'autres pouvoirs... plus puissants que ceux de la Reine puisqu'elle ne fait rien sans votre conseil. Comprenez-moi ! Quelque chose en moi se refuse à accepter le trépas de l'homme que j'aime... peut-être parce qu'il ne m'a pas été donné de pleurer sur sa dépouille, de lui rendre tous les soins que l'on peut attendre d'une épouse au désespoir et de le remettre à la terre de ses ancêtres non sans l'avoir tenu une dernière fois dans mes bras... Quoi qu'il en soit, si je dois renoncer à ce triste bonheur — et c'est là ce que j'espère de vous —, je veux au moins le venger. Je veux connaître un assassin d'autant plus méprisable qu'il a agi sous le nom d'un homme d'honneur ! Je veux le tuer de ma main ! Vous qui êtes florentine comme moi, vous devriez comprendre cela ! Que feriez-vous à ma place ?

A la soudaine sauvagerie du ton, la statue voilée de noir eut un frémissement.

— Vous voulez que je vous aide à le retrouver ?

— Plus exactement je vous en... supplie, donna

Leonora ! Que ce malfaisant paie son double forfait et je me retirerai à Courcy pour y vivre dans le souvenir et une douleur qui ne sera plus empoisonnée par une soif de vengeance inassouvie.

Un silence s'installa que Galigaï rompit en murmurant :

— Je ne quitte pratiquement plus mon appartement du Louvre. Qu'est-ce qui vous fait penser que je puisse démasquer cet homme ?

— Le fait qu'il ait présenté aux archiducs une lettre de la main de la Reine, qui lui a été montrée d'ailleurs et qu'elle a nié avoir écrite. Pourtant l'écriture était à s'y méprendre !

— Les faussaires existent, soupira-t-elle. Vous devriez savoir cela... mais je reconnais que c'est assez troublant. Retirez-vous à présent, donna Lorenza ! Je vous promets de faire de mon mieux pour trouver la clef de cette énigme...

— Ma reconnaissance sera aussi profonde que mon soulagement !...

— Nous verrons cela ! Mais... ceci est affaire d'hommes ! Pourquoi n'en avez-vous pas parlé au marquis, mon époux ?

— Justement parce qu'il est un homme... et que ses pareils ne comprennent pas grand-chose à la douleur des femmes. En outre... vous êtes beaucoup plus fine et intelligente que lui !

Le voile étouffa ce que Lorenza crut bien être un léger éclat de rire mais la voix était calme quand elle s'éleva à nouveau :

— Que ferez-vous si vous apprenez le nom de celui qui a tué votre mari ? Le dénoncerez-vous ?

— Moi, le dénoncer ? Pour qui me prenez-vous, donna Leonora ? Je le tuerai et de ma main ! Voyez-vous, je n'ai aucune confiance dans la justice de ce pays !

— Elle ne vous en poursuivra pas moins. Il vous faudra fuir encore !

— Peut-être !... Ou peut-être pas. Sans mon époux, la vie ne m'intéresse plus ! Il est vrai aussi que... je serais contente de revoir Florence, ajouta-t-elle sur une note mélancolique.

Elle entendit alors, non sans surprise :

— Moi aussi !... Il y a des moments où le désir de rentrer chez nous pour jouir en paix de notre fortune m'empêche de dormir... mais mon époux ne le veut pas !

Persuadée que la Galigaï parlait pour elle-même, Lorenza ne releva pas le propos. Son intuition lui disait qu'on ne lui en saurait aucun gré. Elle se levait d'ailleurs pour prendre congé quand la voix, plus sourde cette fois, reprit :

— Savez-vous qui a commandité l'assassinat de Vittorio Strozzi, votre fiancé ?

La jeune femme ne s'attendait pas à cette question et se raidit, hésitante.

— Le même, je suppose, qui a égorgé le marquis de Sarrance ?

— Non. La tentative que la cotte de mailles a fait avorter, oui, mais non le meurtre !

— Vous savez cela aussi ? fit Lorenza d'une

voix que la colère naissante faisait trembler. Et pourtant, vous m'avez laissé condamner...

La forme noire haussa les épaules.

— Qu'avais-je à me soucier de vous ? N'étiez-vous pas une coupable tout à fait convenable ?

— C'est trop juste ! C'est donc ce Bruno Bertini qui a frappé ? Pas pour son propre compte, je présume ? Et d'abord me révélerez-vous le nom de celui qui a tué mon fiancé ?

— Notre ami Giovanetti, voyons ! (Et comme Lorenza étouffait sous sa main un cri d'horreur, elle poursuivit :) Pas pour son plaisir, croyez-le ! Mais essayez de comprendre : il accourait à Florence pour ramener en France la plus riche héritière de la ville afin d'éviter une répudiation à la reine Marie. Et pour apprendre quoi ? Qu'elle est fiancée et doit se marier dans les prochains jours. Il fallait bien parer au plus pressé. C'est un diplomate, que voulez-vous !

— Curieuse façon de pratiquer la diplomatie ! Et, selon vous, il a tenté de recommencer à Paris ? Mais pourquoi ?

— Par remords, peut-être ? Le mariage qu'on vous avait promis devait vous rendre heureuse, or il tournait au cauchemar...

— C'est donc pour lui que travaillait Bruno Bertini ? Il a achevé la besogne ?

— Là, je ne saurais vous répondre ! Je n'en sais pas plus !

— Ce serait logique pourtant et j'y vois la raison pour laquelle Giovanetti a voulu m'emmener quand il a dû quitter Paris précipitamment !

— Pourquoi pas, en effet ? Il était lui-même chassé et ne pouvait plus revenir pour vous porter secours.

— Avant d'être reconduit aux frontières, il pouvait écrire, tout de même ? Faire une tentative pour me sauver ?

— Je vous ai dit ce que je sais. Pour le reste... interrogez-le.

Lorenza cependant n'écoutait plus. Les coudes sur les bras de son fauteuil, le visage appuyé sur ses mains jointes, elle réfléchissait.

— Mais alors la seconde lettre...

— Quelle lettre ?

— Celle reçue à Courcy la veille de mon mariage et qui... Se pourrait-il qu'il soit l'assassin que je cherche ? Pourtant, il n'est revenu en France que peu avant la mort du Roi !...

— A cela je n'ai pas de réponse à vous donner puisque c'est ce que vous m'avez demandé d'éclaircir. Le souhaitez-vous toujours ou bien...

— Plus que jamais, s'exclama-t-elle. Il faut que je sache... A tout prix !... Pourquoi... mais pourquoi aurait-il fait cela ?

— Peut-être pour la plus élémentaire des raisons. Il ne vous est pas venu à l'esprit que cet homme était amoureux de vous ?

— Giovanetti ? Amoureux de moi ? Mais il pourrait être mon père !

— Et je vous croyais intelligente ! Le vieux

Sarrance aussi pouvait l'être... sinon plus et pourtant il s'est pris pour vous d'une passion sénile aussi furieuse que dévastatrice !

Elle avait cent fois raison ! Saisie soudain d'une douleur insidieuse, Lorenza murmura :

— Pas son fils tout de même ?...

— On dirait que cela vous chagrine ? constata l'autre, implacable. Vous tenez toujours à ce que je vous donne une réponse à votre question de tout à l'heure ?

Lorenza alors se redressa, puis se leva. Les yeux secs et la voix tranchante, elle lança à ce fantôme noir dont elle pouvait voir briller le regard sous la mousseline funèbre :

— Je ne désire que cela... mais j'exige une certitude !

Et amassant ses robes, elle ouvrit la porte et s'enfuit en courant jusqu'à sa voiture dont un valet eut juste le temps de baisser le marchepied.

— Au château ! ordonna-t-elle. Nous rentrons !

Mais le temps que l'on ouvre le portail, elle vit surgir à la portière la tête de Giovanetti :

— Pourquoi partir si vite... et sans même me dire un mot ?

Il voulut ouvrir mais elle avait verrouillé :

— Que vous ai-je fait ?... Répondez-moi, Lorenza !

D'un geste vif, elle baissa le mantelet de cuir sans répondre. A ce moment, le cocher enleva ses chevaux et le carrosse franchit le seuil en déclenchant un bruit d'apocalypse avant de se lancer dans la rue heureusement déserte et que le crépuscule emplissait de grisaille.

Une fois certaine d'être bien seule, Lorenza se laissa aller dans les coussins et éclata en sanglots... Elle était venue chercher un rayon d'espoir auprès de cette femme en piétinant son orgueil. Elle ne remportait qu'une blessure supplémentaire. Giovanetti ! L'ami sur qui elle pensait pouvoir s'appuyer en toutes circonstances ! Un meurtrier ! Qu'il eût agi pour quelque raison que ce fût ne changeait rien à sa déception... même si elle pouvait lui être reconnaissante de l'avoir débarrassée de l'abominable Sarrance. Mais Vittorio ! Ce charmant garçon qui avait ouvert pour elle les portes du bonheur ?... Elle savait trop, depuis son arrivée en France, que les pires forfaits pouvaient être perpétrés au nom de la politique puisque l'on venait d'y assassiner un roi afin de détruire son œuvre et qu'on s'était servi pour cela de rancunes et d'appétits sordides. Mais qu'un personnage tel que l'ambassadeur eût décidé froidement d'abattre un beau jeune homme pour remplir sa mission, elle ne pouvait l'admettre. Quelle qu'ait pu être l'urgence !

Et maintenant, Thomas ?...

Plus elle y réfléchissait et plus la certitude s'ancrait ! Les éléments s'imbriquaient à la perfection, et c'était elle-même — suprême dérision — qui, en demandant à Giovanetti d'aller à

Bruxelles, l'avait lâché comme un vautour sur son époux bien-aimé. Trouver une dizaine de mercenaires et mettre à leur tête quelque reître désargenté en l'affublant du nom de Vitry n'avaient pas dû poser de problèmes insolubles, d'autant que le physique du capitaine était plutôt brutal. L'ex-ambassadeur ne manquait pas d'or et qui en possédait assez était capable de mettre la terre sens dessus dessous. Même la lettre de Marie de Médicis n'avait pas dû créer de difficultés : il connaissait si bien son écriture ! Et, ainsi que l'avait souligné la Galigaï, dénicher un habile faussaire n'avait rien d'impossible en admettant qu'il ne l'ait pas rédigée lui-même !

Oui, tout s'enchaînait trop bien, surtout si l'on tenait compte de sa présence à Verneuil quand elle avait reçu la dernière lettre. Mais vers qui se tourner à présent ?

En changeant de position dans la voiture, sa jambe rencontra la raideur de la dague glissée dans une poche de sa jupe. Elle la sortit, la dégaina et contempla un moment la lame effilée. La tentation était grande d'ordonner au cocher de faire demi-tour et de la ramener rue Mauconseil pour en finir une bonne fois.

Elle se penchait déjà pour se faire entendre quand une pensée, imprécise et qu'elle ne put définir, la retint. L'instinct peut-être mais c'était comme une main invisible soudain posée sur son épaule et elle se rejeta au fond des coussins. Au point où elle en était, mieux valait se garder de ses impulsions. La sagesse — un mot qu'elle n'aimait pas beaucoup — commandait d'attendre au moins la réponse de la Galigaï. Simple courtoisie ou simple prudence mais il fallait jouer le jeu jusqu'au bout ! En outre, aller seule attaquer Giovanetti dans sa maison — où la femme de Concini se serait peut-être attardée — relevait de la folie pure. Même s'il l'aimait, il était capable de la tuer. Non, il fallait patienter encore... voir venir ! Et le carrosse poursuivit son chemin, franchissant au galop les portes de Paris alors qu'on les fermait, ce qui provoqua des cris de protestation qui s'élevèrent derrière eux.

Ce mince incident rappela à Lorenza ce fameux soir où, après l'avoir pour ainsi dire enlevée de chez Mme de Verneuil, Giovanetti avait tenté de lui faire reprendre la route de Florence. Cette fois, les portes étaient restées closes devant eux. Arrêtée par le guet, elle avait fini la nuit dans une geôle du Grand Châtelet. Giovanetti avait vraiment tenté de la sauver alors, et sa douleur de devoir poursuivre son chemin sans elle n'était pas feinte. La Galigaï voyait peut-être juste en affirmant qu'il l'aimait ?

De cette idée naquit une autre : devait-elle accorder une confiance totale à cette femme qui n'avait aucune raison de la porter dans son cœur, même si l'enchaînement des faits tels qu'elle les lui avait rapportés et qui s'ajoutait à ce que savait la jeune femme était d'une redoutable logique.

Décidément, le plus sage était d'attendre !

Le temps s'était mis à la pluie. La nuit était fort avancée lorsque l'on fut à Courcy où l'on trouva Mme de Royancourt dans une agitation extrême.

— Dieu que vous avez tardé ! s'écria-t-elle. J'étais dans la dernière inquiétude et je n'ai cessé de me reprocher de ne pas vous avoir accompagnée !

— Que pouviez-vous redouter ? J'allais chez... un ami.

Toujours si perspicace d'habitude, Clarisse ne remarqua pas la légère hésitation de sa nièce avant de prononcer le dernier mot.

— Certes ! Mais pas pour rencontrer une amie ! L'avez-vous vue au moins ?

— Oh oui ! Elle m'a promis d'essayer d'apprendre la vérité sur le faux capitaine de Vitry.

— Vous a-t-elle parlé à visage découvert ?

— Non, mais le voile — une simple mousseline ! — était moins opaque que de coutume et je distinguais nettement ses traits, l'expression de ses yeux surtout ! C'est une femme étonnante, vous savez ?

— Je n'ai jamais prétendu le contraire... mais ne venez pas me dire qu'elle vous a séduite !

— Non. De ce côté-là, rien à craindre !

— Vous a-t-elle laissé entrevoir ce que ses services allaient vous coûter ? fit-elle avec une nuance de dédain.

— Non. Lorsque j'ai évoqué la question, elle

l'a éludée... Au fait, ne devriez-vous pas être en train de souper à cette heure ? Où est père ?

— D'abord, nous ne nous serions jamais mis à table sans vous. Et certes pas dans l'incertitude causée par votre retard ! Ensuite, il n'est pas là !

Lorenza, qui s'était installée près de la cheminée pour se réchauffer et se frottait les mains, la regarda avec étonnement. Quelle curieuse tournure de phrase...

— Est-ce indiscret de vous demander... où il est ?

— Je... je n'en sais rien ! esquiva Clarisse, à nouveau saisie par l'agitation qu'elle avait montrée au moment du retour de sa nièce, mais elle reprit : Vous étiez sortie depuis peu quand... quelqu'un est arrivé... et ils ont disparu !... Et ne me demandez pas qui est ce quelqu'un, je ne peux vous le dire ! Ah, Chauvin ! ajouta-t-elle en voyant apparaître le maître d'hôtel. Nous passons à table ?

— Si Madame la comtesse et Madame la baronne le veulent bien !

— Nous y allons !

Et glissant son bras sous celui de Lorenza, Clarisse voulut l'entraîner. De plus en plus surprise, celle-ci résista doucement.

— Est-ce que nous ne nous lavons plus les mains ?

Portées par deux laquais, les bassines et les serviettes arrivaient en effet. Clarisse qui prenait toujours de ses mains un soin extrême expédia ce qui, ce soir, semblait être pour elle une sorte de formalité, et fila vers la table. Lorenza suivit non sans avoir jeté au passage à Chauvin un coup d'œil interrogateur auquel le vieux serviteur répondit par un haussement de sourcils traduisant l'ignorance ! Décidément, il s'était produit quelque chose en son absence ! Quelque chose que l'on n'avait pas l'intention de lui communiquer. Mais quoi ?

Un fait était certain. Clarisse comme son frère, justement fiers de la cuisine du château, prenaient à table un plaisir délicat, savourant chaque bouchée sans perdre pour autant le fil d'une conversation généralement alerte. Or, cette fois, elle engloutit un premier potage, tâta d'un autre qu'elle avala sans respirer et, finalement, posa ses coudes sur la table pour regarder Lorenza d'un air engageant.

— Et si vous me disiez ce que vous a raconté la dame Concini ?

Lorenza avait bonne envie de riposter en demandant qui l'on avait reçu à Courcy en son absence mais elle aimait trop sa tante pour l'embarrasser en l'obligeant à mentir.

— Je vous le répète : elle a promis de s'intéresser au sort de Thomas mais elle aurait tendance à penser que l'auteur de tous nos maux n'est autre que Filippo Giovanetti !

— Quoi ? Cet homme charmant, votre meilleur ami, il me semble ! Elle est folle ?... Ou alors elle a l'intention de vous mener en bateau. Ne retournez pas la voir !

— Difficile à croire d'emblée, n'est-ce pas ? Pourtant il y a beaucoup d'éléments troublants. Par exemple, elle assure que c'est lui qui a fait assassiner Vittorio Strozzi, mon fiancé !

— Et pour quelle raison ?

— Remplir la mission dont il était chargé qui consistait à nous ramener, ma dot et moi, en France, afin de gagner Sarrance à la cause de la Reine. Or j'étais prête à me marier : il a paré au plus pressé !

— Doux Jésus ! Si tous les ambassadeurs se mettaient à trucider les gens qui entravent leurs missions, on assisterait à une hécatombe ! C'est tout ?

— Non. L'attaque subie par M. de Sarrance serait aussi son œuvre...

— Après tout, pourquoi pas ? Au point où il en était !

— Sans doute, mais la cotte de mailles ayant empêché la mort de faire son œuvre, il aurait poussé Bertini à l'achever en égorgeant le vieux satyre... après quoi il aurait fait supprimer Bertini afin d'être bien certain qu'il se tairait définitivement !

Du coup, la comtesse n'avait plus faim. Occupée à picorer distraitement des champignons à la crème dans un plat, elle resta la fourchette en l'air.

— Mais on ne lui en demandait pas tant ! C'est

peut-être pousser un peu loin la conscience professionnelle ? Alors... les lettres signées de la dague au lys rouge...

— ... seraient de lui, comme la fausse lettre aux archiducs... et l'expédition du pseudo-Vitry pour récupérer mon époux. Et ne me demandez pas pourquoi : simplement par amour pour moi !

— Miséricorde !... Et il était à Verneuil quand vous avez reçu la dernière !

— J'avais tellement de peine à croire tout cela que je suis partie sans accepter de lui parler ! J'avais besoin de réfléchir dans le calme. Mais plus j'y pense et plus j'en viens à croire qu'elle a raison. Et dire que c'est moi qui l'ai envoyé à Bruxelles pour tenter d'obtenir la libération de notre Thomas et de ce pauvre Bois-Tracy ! C'est... c'est épouvantable ! Je... je vais le tuer !

Elle laissa alors tomber son visage dans ses deux mains, non pour cacher ses larmes mais pour calmer leur tremblement. Clarisse alors se leva, fit le tour de la table et, se penchant sur elle, entoura ses épaules d'un bras affectueux et logea la tête de Lorenza contre son giron, afin de la bercer comme un petit enfant.

— Non... Non, pas d'acte inconsidéré ! Je vous en conjure, Lorie, ne prenez pas de décision trop hâtive que vous pourriez regretter votre vie entière. Après tout, pourquoi devriez-vous prendre comme paroles d'Evangile ce que vous a déballé cette teigne ? Elle a peut-être un intérêt quelconque à vous écarter de tous ceux qui ont fait partie de votre vie passée...

— Un intérêt ? Lequel ?

— Est-ce que je sais ? Nul n'ignore, depuis que le couple est arrivé en France avec Marie de Médicis, que la Galigaï n'a que deux passions : la richesse et son mari, celui-ci d'ailleurs n'ayant été conquis qu'à cause de la fortune qu'elle amassait. Notre stupide Régente lui accorde tous les pouvoirs et elle peut obtenir ce qu'elle veut. Même l'impensable ! Savez-vous ce que m'a dit ce tantôt Mme d'Angoulême venue m'emprunter une once de l'élixir apaisant que m'envoient les dames bénédictines de Royancourt ? Qu'elle aurait obtenu pour son forban la dignité de maréchal de France laissée vacante par la mort de M. de Fervaques. Pas moins ! Le Connétable est à moitié fou de colère : il ne cesse de clamer que Concini va le faire assassiner pour se faire donner l'épée aux fleurs de lys ! Maréchal de France ! Ce pilier de tripots ? Ce parvenu immonde ? Toutes les échines vont se courber devant lui ! Et s'il a trempé dans la vilaine affaire de Bruxelles, ce n'est pas sa femme qui s'en vantera ! Elle a par conséquent tout intérêt à diriger vos soupçons sur un autre qui ne sera pas de force contre le couple ! Ecoutez-moi, par pitié pour vous-même, et ne bougez surtout pas avant qu'Hubert... soit de retour et...

Elle s'arrêta net cependant que Lorenza, soudain calmée, tournait vers elle un regard interrogateur.

— Vous pensez que je ne dois rien tenter sans son avis ? demanda-t-elle doucement.

Clarisse, elle le sentait, venait de retomber dans le trouble qui l'agitait plus tôt dans la soirée.

— Cela est naturel, il me semble... Ne portez-vous pas notre nom ? Avant d'y imprimer une tache de sang, il a son mot à dire, non ? fit-elle nerveusement.

Aussitôt elle se ressaisit, se redressa mais sans s'éloigner de Lorenza, et garda une main sur son épaule...

— Que Giovanetti soit amoureux de vous ne fait aucun doute pour moi... Non, ne protestez pas ! Je ne suis plus jeune mais ma vue demeure excellente et il m'a suffi de remarquer la façon dont il vous regardait quand il est venu l'autre soir chez Mme d'Angoulême vous rendre compte de sa mission...

— Il serait vrai alors...

— ... qu'il aurait tué votre fiancé, pourquoi pas ? Les vies des ambassadeurs et autres émissaires sont difficiles, voire délicates de nos jours. Ils sont parfois obligés d'employer d'étranges moyens pour satisfaire les exigences de leurs princes. Peut-être compte-t-il aussi à son actif la tentative avortée et le meurtre final de Sarrance ? Il devait mourir de peur de vous savoir aux mains de cette vieille brute concupiscente... mais la suite ne me convainc pas ! Jamais il ne prendrait un tel risque !

— Quel risque ?

— De vous rendre veuve, une fois de plus ! Et alors que vous adorez votre mari ! C'est facile à deviner : la réponse est dans les plis de votre jupe ! Trop de gens trempent dans cette sordide histoire à commencer par la Galigaï qu'il connaît parfaitement. Il aurait été mort d'inquiétude de vous voir le haïr au point de vouloir le tuer. Non, Lorenza, jamais il ne se hasarderait à s'en prendre à Thomas !

— J'aime à vous l'entendre dire encore que je vous trouve un peu péremptoire ! Car enfin, vous ne le connaissez qu'à peine...

— Mais à l'âge où je suis j'ai assez vécu pour acquérir quelque expérience des hommes. Celui-là possède la patience des chats. Il se contenterait du rôle de vieil ami et passerait sa vie à vos pieds si la guerre ou un duel vous privait de Thomas, mais jamais il ne se hasarderait à le frapper ou à le faire abattre !

Emportée par sa conviction, Clarisse parlait autant pour elle-même que pour Lorenza sans s'apercevoir que cette dernière la regardait avec de grands yeux étonnés. Quand la vieille dame se tut, elle murmura :

— Si je vous ai comprise, vous êtes certaine que Thomas n'est pas mort ?

A ce moment, on gratta à la porte et, aussitôt,

Chauvin entra. Il tenait à la main une sorte de besace en cuir fatigué.

— Madame la comtesse, dit-il, Gratien a oublié ceci tout à l'heure. Dois-je envoyer un coureur ?

— Non ! fulmina Clarisse, hors d'elle. Emportez cet objet et sortez !

Mais le mal était fait. Lorenza s'écria :

— Gratien ?... N'est-ce pas le nom du valet de Thomas que j'ai vu seulement le jour de nos noces et qui s'occupe normalement de son appartement parisien ?

— C'est cela, répondit Clarisse en détournant la tête.

Mais elle n'en avait pas encore fini avec Lorenza.

— Gratien qui accompagnait Thomas lorsqu'il est parti avec M. de Praslin ?... Ce qui signifie qu'il... qu'il est revenu ?

— Je ne peux plus prétendre le contraire, soupira Clarisse. Mais, par pitié, ne m'en demandez pas plus. J'ai juré !

— Quoi ? A qui ?

— A mon frère ! Evidemment !

— Dans ce cas, on va devoir oublier ce serment, dont je ne comprends nullement la nécessité. Et d'abord où se trouve-t-il, ce Gratien ?

— Reparti ! Il n'est revenu que pour chercher Hubert... et du renfort !

— Autrement dit, il sait où est Thomas ? Et par conséquent il est vivant ?... Mais pourquoi a-t-il mis tout ce temps à revenir ? Cela fait des mois et...

Surexcitée, elle hurlait presque. Clarisse couvrit ses oreilles de ses deux mains.

— Parce qu'il n'en avait pas la possibilité ! Il était blessé... et pour l'amour du Ciel, cessez de vociférer ! J'ai horreur de cela !

— Pardonnez-moi !... Et essayez de me comprendre ! Je ne vis plus depuis qu'il est parti. Alors une telle nouvelle !... S'il vous plaît, tante Clarisse, dites-moi au moins s'il est vivant !

— Oui, mais... il n'est plus le même, paraît-il, et, en arrivant ici, Gratien était grandement soulagé d'apprendre que vous étiez absente du château !

— Mais pourquoi ? Il est estropié, infirme, défiguré ? Vous n'imaginez tout de même pas que cela pourrait m'empêcher de l'aimer ? D'abord, pour quelle raison ne m'a-t-on pas attendue ? N'avais-je pas le droit, moi la première, d'accourir à son secours pour l'envelopper de mon amour ? Comment avez-vous pu me juger si mal ? ajouta-t-elle sans plus retenir ses larmcs. Ditcs-moi où il cst ct jc pars lc rcjoindrc dans l'instant !

— Sur la mémoire de mon cher époux, je vous jure que je n'en sais rien ! Sinon je vous aurais attendue et nous serions en route toutes les deux. Pourtant, c'est votre présence dont Hubert ne veut à aucun prix !

— Je n'en vois toujours pas la raison ! De quoi Thomas souffre-t-il ? De la peste ou de la lèpre ?

— N'exagérons rien ! En vérité je vous répète que je l'ignore !

Comment lui avouer, en effet, que son époux avait perdu la mémoire et allait peut-être se marier, si ce n'était déjà fait !

10

Colin ?

— C'est là ! dit Gratien en désignant des bâtiments de ferme si bas qu'ils semblaient des boursouflures de la terre dont ils avaient la couleur.

Suivant son conseil, ils avaient coupé par la forêt de Raisme avant d'arriver en vue de Condé quand ils s'étaient aperçus que la bannière du prince flottait sur la tour du château. L'époux de la belle Charlotte étant alors quasiment entré en révolte contre la Régente, mieux valait éviter d'aller discuter avec lui. Le baron, d'ailleurs, le considérait comme un trublion à moitié idiot à force de hargne. A présent, arrêtée à la lisière des bois, la petite troupe de cavaliers regardait le paysage plat et morne que la grisaille du jour n'embellissait pas.

Depuis que l'on avait relayé à Saint-Quentin, et Gratien se sentant assez reposé, le baron avait laissé son carrosse en garde à l'Hostellerie du Pot d'Etain, pour prendre des chevaux de selle, plus maniables et plus rapides que la lourde voiture.

Maintenant, debout sur ses étriers, le baron considérait la ferme et surtout, à quelque distance, un homme élancé qui, attelé à une charrue, traçait des sillons sous la direction d'un autre plus petit qui maintenait le soc et que l'on pouvait entendre vociférer des ordres sans que la distance permît de les comprendre... Soudain, Hubert devint tout rouge et prit feu.

— Par les tripes du pape ! Mais c'est lui ! En avant !

Menant son monde à un train d'enfer, il fut sur le passage de la charrue en quelques secondes. Arrivé là, il retint son cheval, sauta à terre et courut vers l'homme attelé qu'il prit dans ses bras en clamant :

— Thomas ! Thomas, mon fils ! C'est bien toi ! Enfin je te retrouve !

Et de l'embrasser sans se soucier de sa crasse et de ses méchants habits — un sarrau et une culotte trop courte. Le garçon, cependant, ne lui rendit pas son accolade.

— Je vous demande pardon, Monsieur, mais est-ce que nous nous connaissons ?

Sa joie retombée d'un seul coup, Hubert l'écarta et le tint à bout de bras.

— Thomas ! Tu ne me reconnais pas ? Moi, ton père ? fit-il en dévisageant avec angoisse cette figure métamorphosée.

— Je vous avais prévenu, Monsieur le baron,

intervint Gratien qui les avait rejoints. Moi non plus, il ne m'a pas reconnu. J'espérais pourtant que vous...

Le paysan déjà s'interposait, l'œil mauvais.

— Hé là, mes gaillards ! Qu'est-ce que vous lui voulez à mon Colin ?

C'était un petit homme râblé, aussi large que haut, avec, sous un chaume gris couvert d'un bonnet crasseux, une figure où rien n'avait l'air à sa place. Il avait une grande bouche qui devait savoir rire mais qui, dans l'instant présent, ressemblait surtout à celle d'un brochet qui voit filer sous son nez le goujon dont il comptait faire son déjeuner. Et son œil jaunâtre n'avait rien de rassurant. Cependant, le baron choisit de se montrer conciliant.

— Votre Colin ? Il doit y avoir erreur quelque part. Je sais qu'il a perdu la mémoire mais pas moi et j'affirme qu'il est mon fils !

— Vous r'semble guère, rétorqua l'autre, goguenard.

— En effet, il ressemble davantage à son aïeul Enguerrand de Courcy ! Et il n'en demeure pas moins que je suis, moi, le baron Hubert de Courcy, et que celui-là s'appelle Thomas de Courcy !

— Et si, moi, j'aime mieux l'appeler Colin ?

Hubert avait usé toutes ses bonnes résolutions et aussi sa patience.

— Il pourrait t'en cuire, bonhomme !

Il avait mis la main à l'épée et l'autre poussa

des cris d'orfraie en se réfugiant derrière le soi-disant Colin, mais le baron se contenta de lancer l'arme au jeune homme qui l'attrapa au vol d'un geste machinal.

— Voyons si tu as oublié ça aussi ! Une rapière, compagnons, ajouta-t-il en tendant une main vers ses hommes sans bouger davantage. En garde ! tonna-t-il, et Thomas, par réflexe, prit la position mais, aussitôt, l'abandonna.

— Si vous dites que vous êtes mon père, Monsieur le baron, je ne peux croiser le fer avec vous !

— Ne fait pas l'idiot, Colin ! Allonge-lui un bon coup ! Tu sais que tu es mon neveu et que...

— Je ne sais rien du tout. Je ne me souviens ni de mon nom, ni de ma vie passée. C'est vous, Monsieur, qui m'avez appris que j'étais votre neveu et que je m'appelais Colin !

— Bizarre tout de même, bonhomme, ironisa Hubert. Un paysan qui vouvoie son oncle et qui lui donne du Monsieur ? Une vraie rareté !...

— Peut-être mais ça ne change rien à la chose. C'est bien l'fils de mon frère Aubin... En plus, j'ai besoin de lui !

— Pour traîner une charrue comme un bestiau, lui qui est lieutenant aux chevau-légers de Sa Majesté le roi Louis, treizième du nom ? Désolé mais je l'emmène ! Ceci devrait te consoler, conclut-il en lançant quelques pièces d'or aux pieds du paysan... qui se hâta de les ramasser mais se mit à hurler :

— Nous, on appartient à M'sieur l'prince de

Condé et vot'roi on en a rien à faire ! Parc'que bientôt ça s'ra Monsieur le Prince notre roi ! A moi, manants !

Du bois voisin et de la campagne surgirent des gens armés de bâtons, de faux ou de serpes. Ils avaient l'air d'émerger de cette terre noirâtre comme eux.

— Monsieur le baron, souffla Gratien, s'il en vient de partout on sera peut-être un brin juste !

A ce moment, sortit de la ferme une paysanne qui se précipita vers Thomas pour l'envelopper de ses bras. Elle était jeune, pas vilaine et semblait vigoureuse.

— J'vous laisserai pas m'enlever mon Colin ! s'indigna-t-elle. On doit s'épouser à la Saint-Jean prochaine...

— C'est vrai, cette histoire ? demanda le baron.

— Oui, répondit Thomas-Colin. L'oncle Blaise a tout arrangé pour que nous puissions avoir son bien après lui ! expliqua-t-il calmement.

— Et... tu l'aimes ?

— Jeannette ?... Je l'aime bien !

Si solide qu'il soit, Courcy sentit le sol se dérober sous ses pieds. C'était comme un mauvais rêve... mais qui menaçait de s'aggraver. La meute de paysans se rapprochait, visiblement animée d'intentions hostiles. L'un d'eux aboya :

— Tiens bon, Firmin, j'ai envoyé l'Omer prévenir à Condé !

La situation allait tourner au drame. Hubert, alors, lança :

— Si tu dois t'en servir contre moi, Thomas, rends-moi cette épée et va prendre un bâton comme tes croquants... Au fait, mes bonnes gens, ajouta-t-il, le jour du mariage il serait peut-être utile de vous souvenir que Thomas est dûment marié... C'est la damnation qui t'attend, mon garçon, si tu choisis ce camp-là !

— Mais je ne veux pas choisir ! Je ne peux pas ! Je ne me souviens de rien... de rien ! Et vous dites que je suis marié ?

— Devant Dieu, je le jure ! Elle s'appelle Lorenza !

— Lorenza !... Le joli nom !...

— Et plus jolie femme encore ! Thomas, par pitié, reviens à toi ! Ecoute-moi avant qu'il ne soit trop tard !

— Non ! glapit la fille en s'accrochant au malheureux amnésique. Il est à moi !

Doucement mais fermement, Thomas la détacha de lui.

— Non je ne suis à personne puisque j'ai tout oublié ! Et je ne veux pas que le sang coule pour moi ! Alors je vais partir !

— Où ?... Où veux-tu aller ? Je te suivrai...

— Non. Puisqu'il semble que je sois un soldat, je vais aller me battre quelque part !

— Rien à faire ! gronda Blaise. Tu resteras ici !... De toute façon, on va v'nir de Condé où est Monsieur le Prince. Si y faut on port'ra l'affaire devant lui et on verra c'qu'il dira !

— Ça, c'est une idée ! commenta le baron qui

n'aimait pourtant guère la perspective d'avoir affaire à quelqu'un d'aussi imprévisible. Lui, au moins, me connaît ! J'étais à son mariage...

Il n'était pas certain du tout qu'en appeler à ce triste sire fût une bonne solution. Thomas n'avait-il pas fait partie du projet d'enlèvement de sa femme ? D'un autre côté, il se sentait de plus en plus isolé. A chaque instant, un paysan surgissait de ce qu'il avait cru une campagne déserte, il y avait même des charbonniers issus des entrailles de la terre... et il n'avait, pour les affronter, qu'une dizaine d'hommes. Cette masse qui augmentait au fur et à mesure avançait lentement, lentement mais le cercle ne s'en refermait pas moins...

— Tu d'vrais rentrer, Colin ! conseilla Blaise. Jeannette va te ramener !

Elle essayait de l'entraîner mais il résista.

— Non, oncle Blaise ! Si vous essayez de faire un mauvais sort à ce gentilhomme, je le défendrai ! J'ignore qui je suis mais je ne suis pas un assassin... et je ne veux pas croire que vous en soyez un !

— Alors, dis-lui de décamper !... et d'jamais revenir !

— On peut pas l'laisser s'tirer ! protesta un des charbonniers. Y r'viendrait avec une armée ! Faut les bousiller ! Tous !

— Moi aussi alors ! fit Thomas. Qu'on me donne une épée !

Le baron Hubert eût voulu lui rendre la sienne

mais Jeannette la repoussa et s'accrocha au jeune homme qu'elle s'acharnait encore à ramener au logis, hoquetant au milieu de ses sanglots :

— T'as pas le droit ! T'es mon promis et t'es qu'un péquenaud comme nous !...

Le tumulte n'avait pas permis de remarquer la maigre silhouette d'un homme barbu, pieds nus, chevelu et vêtu d'une robe de bure en haillons, sur laquelle pendait un rosaire à grains gros comme des noix. Sa main poilue empoigna la fille à l'épaule et l'éloigna de Thomas sans le moindre effort apparent et elle se retrouva assise par terre à une toise du jeune homme.

— Tu sais bien que ce n'est pas vrai, et toi aussi, Blaise, tu le sais ! On était ensemble quand on l'a sorti de l'eau !

— Vous mêlez pas d'ça, père Athanase ! gronda l'autre. Sûr qu'il était tombé à l'eau mais l'avait fait un faux pas... et c'est mon Colin, sûr de sûr !

— Et ses blessures ? Où les avait-il reçues ?... Et ses habits ? Qu'en as-tu fait ? Le sauver était une action louable. Pourquoi veux-tu la changer en une mauvaise ? Dieu te regarde, Blaise !...

— Il n'a qu'à tourner la tête d'un autre côté ! grinça ledit Blaise...

Il venait de commettre une sottise. Autour de lui, les paysans se signaient, le bonnet à la main. L'un d'eux émit :

— On sait que vous dites que la vérité, père Athanase, mais puisque le gars sait même plus qui il est, qu'est-ce que ça pouvait faire que Blaise l'appelle Colin et en fasse son n'veu ?

— Sans doute... tant que cela ne portait tort à personne mais voici un gentilhomme qui le réclame comme son fils, qui assure qu'il est un officier du Roi et, plus grave, qu'il est marié devant Dieu ! Il a des enfants peut-être ?

— Non ! dit le baron.

Et, soudain, il mit genou à terre, prit la croix du rosaire et la baisa avec dévotion en disant :

— Dieu soit béni qui vous amène ici, mon père ! Que puis-je pour vous remercier de votre aide ?

— Faites tout le bien que vous pourrez et si vous êtes grand seigneur, proche de la Régente, car le Roi est loin d'avoir atteint sa majorité, essayez d'obtenir que revienne la paix. Le maître de ces terres pousse ces gens à la révolte en proclamant que le défunt Roi Henri était l'Antéchrist et que sa race doit disparaître !

— Sa race ? Condé est un Bourbon, comme l'était Henri IV, comme l'est le petit Roi Louis !

— Il n'aime à le rappeler que pour réclamer la Couronne. En attendant, il rétablit le régime féodal sur ses domaines ! Vous devriez partir, à présent. Je resterai auprès d'eux jusqu'à ce que vous vous soyez éloignés.

— Mais vous ? N'aurez-vous rien à craindre ?

Son regard inquiet passait d'un paysan à l'autre pour s'arrêter sur Blaise qui ressemblait alors à un molosse grincheux maintenu en laisse. L'étrange religieux sourit.

— Soyez tranquille ! Ils me connaissent tous et savent que je n'ai besoin de rien... ou de si peu ! Je suis seulement l'ermite de la forêt de Raisme... et il m'arrive parfois de les secourir ! Allez en paix avec vos gens ! Au fait... quel est votre nom ?

— Hubert de Courcy... et voici Thomas, mon fils unique ! dit-il en tendant la main au jeune homme et en le regardant au fond des yeux. Et la main de Thomas rejoignit celle de son père. Il la lâcha cependant pour se tourner vers Blaise.

— Merci, maître Blaise... et pardonnez-moi si vous le pouvez ! Je dois suivre mon destin... mais vous m'avez sauvé ! Dites à Jeannette...

— Rien ! Va-t'en !... Et ne reviens jamais ici ! cracha le prétendu oncle entre ses dents.

Thomas aurait voulu dire qu'ils auraient pu rester amis mais dans les yeux de celui qu'il avait cru son parent, il lut tant de haine qu'il frissonna sous le sarrau de mauvaise laine qu'il portait. Le baron s'en aperçut et jeta son manteau sur les épaules devenues osseuses. Avec une colère mal contenue mêlée de chagrin, il constatait la maigreur de Thomas, ses joues creuses sous sa barbe envahissante. Il ne devait pas manger tous les jours à sa faim, lui qui avait si bel appétit. On avait aussi parlé de blessures...

— Où a-t-il été atteint ? demanda-t-il.

Ce fut l'ermite qui répondit :

— A la tête d'où la perte de sa mémoire. Il a reçu aussi un coup de dague à l'épaule mais sans trop de gravité. Je l'ai soigné avec des herbes et les plaies se sont assez vite cicatrisées mais j'ai été impuissant pour le reste. C'est l'affaire de Dieu maintenant. Il va devoir tout réapprendre...

— Pas tout ! Il sait toujours manier l'épée... A propos, où sont ses vêtements ? Ses bottes ? s'inquiéta le baron en considérant les pieds couverts de boue. Pourquoi est-il pieds nus ? aboya-t-il soudain au nez du paysan. Tu as bien des sabots, toi ?

— Il en veut pas. Il les supporte pas !

— Un paysan, hein ? ricana le baron. Alors, ses habits ?

— On les a j'tés, y valaient plus rien !

— Tu les as vendus à quelque colporteur ? Fallait rien garder qui puisse lui rappeler qui il était ?

Une envie de meurtre au fond des pupilles, le baron allait prendre l'homme au collet pour le secouer quand Thomas intervint :

— S'il vous plaît, Monsieur...

— Tu m'appelais père ! répliqua Hubert, la voix soudain enrouée.

— L'habitude m'en reviendra, j'espère... mais ne le tracassez pas. Ce n'est pas un mauvais bougre et le pays est pauvre ! Trop de guerres l'ont ravagé !

— Tu te souviens des guerres ?

— Le père Athanase m'en a parlé... Quant aux bottes...

— Personne ici n'a d'aussi grands pieds que

vous, Monsieur le baron ! regretta Gratien qui amenait le cheval tout sellé qu'on avait acquis à Saint-Quentin. A la vue de l'animal, les yeux de Thomas s'illuminèrent. Il flatta son encolure puis, posant le bout d'un pied sur l'étrier, il s'enleva en voltige, maîtrisa sans peine sa monture et lui fit même exécuter deux ou trois figures de manège. Son visage témoignait assez du plaisir qu'il y prenait avant de s'élancer au galop.

En hâte, Hubert vida la moitié de sa bourse dans la paume de l'ermite, l'embrassa, et sans plus s'occuper de Blaise, rechaussa ses étriers et démarra à fond de train sur les traces de son fils retrouvé, même s'il ne reconnaissait plus personne. L'important était de le ramener à la maison. En revoyant Courcy et Clarisse et en particulier la femme qu'il adorait, Thomas parviendrait sans doute à recouvrer la mémoire ! Comment pourrait-il en être autrement lorsqu'il tiendrait Lorenza dans ses bras ? On pouvait tout attendre d'un si grand amour !

Thomas, lui, ne pensait à rien sinon au plaisir de galoper dans le vent, de sentir vivre, entre ses genoux, la puissante masse musculaire du cheval et la chaleur qu'elle communiquait à son propre corps toujours si froid. Il ne savait pas où il allait et n'était pas encore certain d'être ce qu'on lui avait affirmé mais il avait une certitude au moins : il était et avait toujours été un cavalier et c'était avec un vrai bonheur qu'il se glissait dans cette peau-là. Il avait aussi eu un choc en refermant sa main sur la garde de l'épée. Donc, il ne pouvait pas être un paysan nommé Colin comme l'assurait ce Blaise dans la chaumière duquel il avait rouvert les yeux un matin...

Jamais il ne s'était senti aussi vulnérable. C'était comme s'il venait au monde mais dans une souffrance qui devait être habituellement le lot d'une mère. Serrée dans un étau, sa tête lui faisait subir le martyre. Son épaule brûlait et pourtant il se sentait glacé jusqu'à la moelle des os. En outre, il ne reconnaissait rien de ce qui l'entourait mais y avait-il eu autre chose que ces murs de torchis, cette paillasse où il était couché, ce sol en terre battue, ces meubles grossiers, cet âtre noirci où un maigre feu vivotait. Il y avait des gens aussi, des hommes, une femme qui s'occupaient de lui, et puis après tout avait basculé et il avait replongé dans les ténèbres pendant un temps dont il n'avait aucune notion, jusqu'au nouveau retour à la surface quand une sorte de moine barbu, penché sur lui, mouillait son front d'un linge froid. Ses idées étaient à peu près claires. Il avait demandé :

— Qui êtes-vous ?

— Un ami... et vous ?

— Moi ?... Je ne sais pas !

— Comment cela ? Vous ne savez pas qui vous êtes ?

— Non : j'ai beau chercher, je ne me souviens

de rien... sinon d'avoir eu froid... très très froid... ma tête était lourde et me faisait si mal !

— Et maintenant ? interrogea l'inconnu dont les doigts lui palpaient délicatement le crâne.

— C'est encore douloureux mais pas autant qu'avant...

— Avant quoi ?

— Je... je ne sais pas. Que m'est-il arrivé ?

— Vous avez été blessé à l'épaule mais surtout à la tête et vous étiez tombé à l'eau. Vous ne vous rappelez pas ?

— Si... l'eau... si froide mais c'est tout... Où sommes-nous ?

— Chez moi ! J'devrais plutôt dire chez nous parc'que j'te reconnais maintenant...

L'homme qui venait de parler, Thomas se souvenait de l'avoir vu quand on l'avait installé sur cette couche crasseuse pour le soigner. Et comme le religieux s'étonnait, il partit d'un gros rire en se tapant sur les cuisses.

— Comment qu'j'y ai pas pensé plus tôt ? C'est le Colin, bien sûr, le fils de ma sœur Madeleine qu'habite Tournai ! Y a un bout de temps elle m'avait dit qu'elle l'enverrait chez nous pour m'aider à la ferme parc'qu'elle savait plus quoi en faire ! Y tournait au mauvais garçon.

Il criait presque, avec de grands rires, et le blessé pria :

— S'il vous plaît !... Ne criez pas !... Ma tête !

— Bah, tu t'y feras ! fit l'autre en baissant tout de même le ton.

L'ermite cependant s'étonnait et entraînait le bonhomme à part et Thomas n'entendit rien de ce qu'ils disaient sinon, à la fin :

— Pour sûr qu'il était soldat... ou quasiment ! La Madeleine se tournait les sangs parc'qu'après avoir pris la fuite y s'était collé avec une bande ! Et j'vais vous dire une bonne chose : s'y s'rappelle rien, c'est très bien comme ça ! Ici, y r'deviendra un honnête paysan et y travaillera aux champs ! C'est Madeleine qui va être contente !

Le père Athanase émit encore une réserve dont seule la réponse parvint à Thomas :

— J'dis pas qu'il a pas changé ! ! C'est pour ça qu'j'l'ai pas r'connu tout d'suite ! Cinq ans, ça vous change un gars... mais maintenant j'suis sûr ! Pas vrai Jeannette ? Ma fille mentirait pas !

Thomas porta alors son attention sur la fille qu'il avait entrevue dans ses brouillards. Elle lui avait pris la main et la tenait si serrée qu'il tenta, en vain, de la lui enlever. Mais il n'avait plus aucune force...

— Oh oui ! L'père a raison ! C'est not'Colin et j'suis bien heureuse d'le revoir ! On s'aimait tous les deux !

— Sauf qu'ta tante te trouvait pas assez bonne pour lui !... mais maintenant tout va s'arranger !

Cela s'était arrangé, avec le temps et un meilleur état de santé. Mais la mémoire, elle, ne revenait pas et le convalescent se fatiguait rapidement et toussait. Chichement alimenté, son grand corps avait perdu ses muscles si vigoureux auparavant. Petit à petit, pourtant, il se familiarisait avec ce nom qu'on lui avait attribué, avec ce personnage même s'il ne parvenait pas à se l'approprier vraiment... Il y avait Jeannette qui lui vouait une manière d'adoration. Alors il s'habitua aussi à l'idée de l'épouser un jour... Mais il pressentait qu'il n'appartenait pas à ces gens-là.

Il y avait la façon de s'exprimer. L'oncle Blaise et Jeannette ne parlaient pas le même langage que lui et il n'arrivait pas à se faire au leur. Il n'y avait que le père Athanase qui employait les mêmes mots mais on le voyait si rarement ! Blaise, d'ailleurs, n'aimait pas trop les voir causer ensemble. Il trouvait toujours un travail à donner à son « neveu ». Puis il y avait eu ce garçon — presque aussi mal habillé que lui ! — qui avait dit se nommer Gratien et qui l'avait appelé Monsieur le baron ! Pas longtemps, il est vrai. Blaise lui était tombé dessus à coups de fouet en le traitant de mendiant et en lui conseillant d'aller se faire pendre au diable...

Et puis M. de Courcy était arrivé et « Colin » l'avait suivi avec joie même si son visage lui était aussi étranger que celui de Gratien. Mais il lui avait donné un cheval et l'amnésique avait senti avec bonheur se décoller la boue qui lui tenait aux pieds. En même temps, il avait l'impression que le brouillard dans lequel il se mouvait se détachait de lui... Et c'était bon !

Tout en galopant derrière lui, Hubert mâchait sa moustache sans parvenir à retenir ses larmes. Gratien, seul, était à ses côtés et pleurait lui aussi. Jamais tant de sentiments contradictoires ne s'étaient mélangés en lui. Certes, le baron était heureux de ramener chez lui son fils vivant, mais en quel état ! Il savait qu'il aurait des difficultés à oublier la première image qu'il en avait eu : ce grand corps maigre, sale et haillonneux, attelé à une charrue comme une bête de somme ou un esclave ! Et ce paysan au faciès brutal, à la bouche mauvaise, qui le réclamait comme sien !

A l'aller, Gratien lui avait expliqué clairement ce qu'il avait découvert, son horreur devant l'état où se trouvait réduit le maître qu'il aimait, sa douleur en constatant qu'il n'était plus qu'un corps déserté par son âme et sa colère aussi, d'autant plus amère qu'elle se doublait d'impuissance. N'était-il pas lui-même à bout de forces et de ressources ? Alors, il était reparti à petites journées, mendiant son pain la plupart du temps. Depuis belle lurette, l'argent que lui avait laissé Thomas quand on l'avait arrêté à Bruxelles avec M. de Bois-Tracy avait fondu.

Pour l'économiser, il s'était placé comme valet dans une auberge, en face de l'antique donjon qui abritait les prisons pour voir ce qui allait se passer. Il s'était même fait un ami parmi les gardes qui lui avaient appris comment les captifs étaient traités. Il aurait bien voulu rentrer en France prévenir le baron mais il ne pouvait se résoudre à s'éloigner de Thomas. Si, en son absence, on l'exécutait?...

Il ne se passa rien de tel et Gratien songeait sérieusement à retourner à Courcy quand, un jour, il vit entrer des cavaliers entourant un carrosse fermé et commandés par un officier fort barbu et moustachu. Tous portaient les couleurs du roi de France. Par son ami le garde, il avait appris que la Régente réclamait les prisonniers. Alors, désertant là son auberge, il avait suivi, en courant d'abord — le lourd véhicule n'allait pas vite — et en essayant de ne pas se faire remarquer. Et puis il avait volé un cheval auquel il ne devait pas être sympathique parce que l'animal s'était débarrassé de lui dans un fourré. Résultat, il était parvenu à Condé juste à temps pour apprendre que l'on avait trouvé le cadavre de Bois-Tracy dans les roseaux du fleuve mais aucune trace de son compagnon qui avait dû être emporté par le courant.

Il avait refusé d'y croire, sachant que son maître nageait comme un poisson. Et il avait cherché, cherché...

— Comment se fait-il que je ne t'aie pas rencontré? objecta le baron quand le pauvre garçon en fut à ce point de son récit. Moi aussi j'ai sillonné la région...

— Ce devait être à l'époque où j'étais chez l'ermite. Il m'avait ramassé dans la forêt à moitié mort de faim et de misère. Il m'a remis debout et m'a dit ce qu'il était advenu de Monsieur Thomas, et où le trouver. Je suis allé chez le paysan pour le résultat que Monsieur le baron connaît, alors je suis reparti prévenir à Courcy. Le père Athanase m'avait donné des fruits secs, un rayon de miel sauvage et du pain. Les gens du pays qui viennent souvent lui demander de les soigner lui apportent un peu de ce qu'ils ont... et c'est comme ça que j'ai réussi à rentrer.

Hubert l'avait questionné longuement sur le faux Vitry mais Gratien, n'ayant jamais vu le vrai, manquait de points de comparaison. Tout ce qu'il avait pu faire c'était décrire l'homme encore et encore sans rien pouvoir préciser...

— Un quelconque aventurier, avait fini par conclure le baron, comme on en trouve partout à notre époque. Ce qu'il faudrait savoir c'est de qui il tenait ses ordres...

« De toute façon, c'est pas ça le plus important, pensait le brave garçon en suivant la chevauchée de Thomas à travers la campagne picarde. Ce qui compte, c'est qu'on l'ait avec nous ! Quand il sera rentré chez lui, qu'il reverra son château, tous ces gens qui le connaissent si bien... et surtout sa belle dame, ça s'rait tout de même le diable si la mémoire ne lui revenait pas ! Au moins quelques bribes ! Mais faudrait peut-être lui rendre d'abord son aspect d'autrefois... ou, presque ! Sinon, la tante Clarisse et la belle Lorenza vont s'évanouir en le revoyant ! »

Le baron ne pensait pas autrement. Pour parer au plus pressé, quand on fut à Valenciennes, on chercha la meilleure auberge où, évidemment, l'entrée de Thomas ne passa pas inaperçue, mais son père avait sa façon de donner des ordres et il obtint sans peine qu'on lui monte un baquet à lessive, de l'eau chaude et du savon. On s'empressa de récurer le rescapé. Pendant ce temps-là, Gratien courait à la recherche de linge et de vêtements convenables et surtout de bottes. Lui seul connaissait par cœur les mensurations de son maître et, quand on apporta le souper, le jeune homme avait retrouvé meilleure figure. Un barbier était venu le raser et raccourcir ses cheveux trop longs. Mais quand on lui tendit un miroir, il hocha la tête d'un air désolé.

— Ainsi c'est là mon visage ? murmura-t-il.

— Tu ne te reconnais pas ?

— Non et cela me déçoit : je ne suis vraiment pas beau !

— Comment veux-tu qu'il en soit autrement ? Tu as une mine épouvantable et tu es maigre comme un clou mais tu redeviendras vite...

— Vous dites que je suis marié et... que ma... femme est belle ?

— Très belle... et très amoureuse de toi !

— Si j'ai tellement changé, j'ai grand-peur qu'elle ne soit horrifiée. Peut-être devrais-je attendre quelque temps avant de me montrer à elle ?

— Tu ne la connais pas. Elle n'est pas de celles qui s'arrêtent à ces détails. Elle sait que le temps vous transformera encore, que vous vieillirez, que tu pourras être de nouveau blessé dans une guerre, au pire défiguré, pourtant je réponds sur mon âme de son amour... Depuis que tu as disparu, elle souffre...

— Vous avez dit tout à l'heure que j'étais un soldat ?

— Tu es lieutenant aux chevau-légers du roi Louis XIII qui n'est encore qu'un enfant. Ton colonel est le comte de Sainte-Foy, un grand chef qui sera un jour maréchal de France comme l'était ton grand-père.

— Et pas vous ?

Quoiqu'il n'en eût guère envie jusque-là, Hubert se mit à rire.

— Je vais te porter peine mais non, je n'ai jamais eu la fibre militaire. Oh, certes, j'ai fait ma part auprès du feu roi Henri IV — que Dieu bénisse ! — lorsqu'il combattait pour conquérir son royaume et j'ai reçu de menues estafilades mais, la paix revenue, je suis rentré dans notre beau Courcy où je cultive des fleurs ! Avec l'aide de ta femme pour ne rien te cacher !

— Parlez-moi d'elle ! Elle s'appelle...

— Lorenza mais tu l'as rebaptisée Lorie. Elle est née à Florence qui est une ville...

— Je sais où est Florence !

— Tu sais ? Mais alors...

— C'est vrai... ma mémoire n'est pas entièrement détruite. Je crois toujours en Dieu et n'ai pas oublié les prières qu'on lui doit. Je me souviens de la lecture, de l'écriture, du calcul, du maniement de l'épée, de la monte à cheval...

— J'ai vu !

— Ce que j'ai oublié, c'est moi... qui je suis, ce qui concerne mon enfance, ma famille, qui j'aimais et n'aimais pas...

— Ta tante Clarisse par exemple ?

— J'ai une tante Clarisse ?

— Elle va être très malheureuse si tu ne la reconnais pas. Après la mort de ta mère, c'est elle qui s'est occupée de toi. Elle est veuve depuis très longtemps et vit à Courcy où tout le monde l'aime... à commencer par moi et ta jeune épouse... Ta tante a parfois la dent dure mais elle est très bonne au fond et, surtout, elle a un grand sens de l'humour... On rit souvent avec elle.

— On dirait que j'ai énormément de chance... pour un homme qui se croyait un paysan nommé Colin !

— Celui-là, il va falloir l'oublier ! Ecoute, c'est suffisant pour ce soir. Tu as besoin de repos... et moi aussi. En outre, il me vient des idées que je dois examiner ! Alors, bonne nuit, Thomas !

— Bonne nuit... Père ! Et encore merci !

— Tu n'as pas à dire merci ! N'es-tu pas mon seul enfant ?

En dépit de sa fatigue, Hubert resta éveillé tard dans la nuit. En découvrant que certaines connaissances subsistaient dans le cerveau de son fils, il avait conçu un espoir : celui que, peut-être, tout n'était pas perdu et qu'avec des soins, les zones enténébrées pourraient s'éclaircir. Cela, seul un médecin de talent pourrait être capable de le déceler. Sauf que les médecins valables étaient rares, quantité de ceux qui se paraient du titre n'étant guère que des charlatans. Il en existait un, pourtant, ce Valeriano Campo qui avait jadis sauvé la vie de Lorenza mais dont on disait que la Galigaï s'était emparé. Et si ce docteur-là était celui qui lui convenait ? Donc, avant de rentrer à Courcy, on allait faire halte rue Mauconseil ! Et pourquoi pas pour plusieurs jours !

D'autre part, il fallait éviter à ses « femmes » un choc trop brutal. Il aurait donc tout loisir de les décrire minutieusement, d'apprendre à Thomas ce qu'il devait savoir : comment s'adresser à elles, leurs habitudes et leurs comportements...

Arrivé à ce point de ses cogitations, il se permit une plaisanterie avec lui-même : si Thomas n'avait rien oublié de sa culture civile ou militaire, on pouvait espérer qu'il savait toujours faire l'amour !... Pourquoi, même, ne se retrouverait-il pas lui-même dans les bras de Lorenza ? Sa féminité chaleureuse aurait réveillé un mort et, avec elle, le désir était une affaire sûre ! Pour sa part personnelle... bon ! Il était temps de quitter le sentier des évocations dangereuses. Donc, première urgence : faire examiner Thomas par le médecin florentin ! Ensuite on aviserait !

Et là-dessus le baron Hubert souffla la chandelle et s'endormit enfin.

Quand on fut à Saint-Quentin, le baron récupéra son carrosse, au grand désappointement de son fils.

— Dois-je vraiment abandonner mon cheval pour monter là-dedans ? dit-il d'un air si navré qu'Hubert ne put s'empêcher de rire.

— Je reconnais que tu n'as jamais aimé ce moyen de transport...

— C'est vrai ?

— On ne peut plus vrai ! Tu disais qu'il fallait être une femme ou un malade à l'agonie pour s'installer dans des coussins — de velours sans doute ! —, mais où l'on est secoué comme un prunier pour aller beaucoup moins vite qu'à cheval ! Et je te donne raison...

— Ah ! fit le jeune homme avec satisfaction.

— Mais nous devons passer par Paris où je voudrais consulter un médecin... certainement le meilleur qui soit. Or, tu es connu dans la ville et je n'ai pas envie que l'on apprenne ton retour tant que tu seras...

— Absent ? C'est le mot que vous cherchez ?

— Oui ! Autant te le dire tout de suite : une menace pèse sur toi depuis ton mariage. Une menace que tu as acceptée d'ailleurs mais qui torture Lorenza. C'est une longue histoire que je dois t'apprendre avant que tu ne la revoies. Te laisser dans l'ignorance pourrait déchaîner une véritable catastrophe.

— A ce point ?

— Juge toi-même. En gros, et avant de l'épouser, tu as sauvé par deux fois la vie de Lorenza : de la noyade d'abord... et ensuite de l'épée du bourreau ! Et si j'ajoute que ce drame est plus ou moins lié à la mort du roi Henri IV...

— Le Roi a été assassiné ?

Hubert de Courcy considéra son héritier un moment en silence puis, posant une main sur son épaule.

— Je dois t'enseigner à nouveau l'histoire de France en même temps que la nôtre, cela vaut, je crois, que tu te laisses secouer dans ce carrosse pendant quelques dizaine de lieues ! Quand nous serons de retour chez nous, tu pourras galoper autant que tu voudras !

— Bien sûr !

Et sans plus protester, Thomas monta dans le carrosse.

A Courcy, cependant, Clarisse ne savait plus à quel saint se vouer ni surtout comment combattre la nervosité de Lorie. Celle-ci ne comprenait pas pourquoi on ne voulait pas lui dire ce qui était arrivé à son époux et de quoi il souffrait. Bien entendu, elle avait tenté un harcèlement discret mais n'avait réussi qu'à mettre l'aimable femme en colère.

— Pour l'amour du Ciel, Lorenza, cessez de

me tourmenter ! Cela devient insupportable ! On vous a dit que Thomas est vivant, contentez-vous-en, sacrebleu ! Cela devrait tout de même être suffisant pour vous calmer ?

— Je sais... et je vous supplie de me pardonner, mais je voudrais tant savoir ce qui lui est advenu et de quoi il souffre !

— Moi aussi, figurez-vous ! Et comme on ne m'en a pas appris davantage, je ne peux tout de même pas inventer je ne sais quelle fable pour vous faire tenir tranquille et avoir la paix !

Ni l'une ni l'autre n'étant rancunières, on s'en était tenu là mais, à mesure que les jours s'écoulaient, l'humeur de la jeune femme s'assombrissait. D'autant plus qu'elle n'avait reçu aucune nouvelle de la marquise d'Ancre. Jusqu'à ce que lui parvienne une lettre de Louise de Conti.

« Toute la Cour — les heureux élus tout au moins ! — se prépare à prendre la route pour Bordeaux où notre jeune Roi va épouser l'infante Ana, après que la princesse Elisabeth eut été escortée jusqu'à la frontière espagnole où elle sera remise au prince des Asturies pour coiffer la couronne d'Espagne quand Dieu aura rappelé à Lui le roi Philippe III. Je ne vous cache pas que je ne suis guère tentée par ce voyage. Je connais trop les mauvaises surprises des grands chemins et plus encore celles que réservent les mauvais lieux qui nous accueilleront la nuit. Ma seule consolation est que la Reine — ou la Régente, on ne sait trop comment l'appeler depuis que le Roi a atteint sa majorité ou, bientôt, Reine mère après le mariage, ce qui lui déplaît fort !... — est encore plus contrariée que moi car elle va devoir laisser la Galigaï au Louvre. Les crises l'ont reprise au cours desquelles on dit qu'elle se tord dans son lit, étouffée par une boule qui lui remonte des entrailles. Elle aurait des migraines épouvantables que l'on calmerait en répandant sur son crâne les entrailles d'un coq, en la nourrissant des crêtes d'autres malheureux gallinacés et de rognons de bélier. Elle ne boirait que du lait sucé directement au sein d'une nourrice... En résumé, l'horreur totale ! Tout cela viendrait de ce que son époux ne veut plus coucher avec elle et là on peut le comprendre ! Naturellement, le bruit court qu'elle est possédée du démon auquel elle aurait fait allégeance bien que des moines augustins soient venus tenter de la sauver avec des scapulaires et des talismans bénis. On sait aussi qu'elle a fait appel au médecin juif Montaldo et aussi à ce Florentin qui vous a soignée, ainsi que Mme d'Entragues laquelle ne jure plus que par lui. Toujours est-il qu'on ne peut l'emmener au-devant d'une princesse chez qui sévit l'Inquisition. On l'enverrait au bûcher tout droit sans lui laisser le temps de respirer !

« Cela dit, votre absence laisse bien des regrets. Parfois inattendus comme chez notre petit Roi qui, avant-hier, demandait pourquoi on ne vous voyait plus. C'est cette chère vieille La Châtre qui, entre deux reniflements, un éternuement et trois raclements de gorge, lui a dit qu'ayant perdu une fois de plus un époux — ce qui semblerait être chez vous une habitude ! — vous n'aviez vraiment rien à faire à la Cour. Ce qui a fait rire jusqu'à ce que Sa petite Majesté déclare qu'elle ne voyait pas ce qui pouvait être amusant dans les malheurs répétés d'une jeune et belle dame. Toujours gracieuse, sa mère lui a conseillé de se mêler de ce qui le regardait et, à la surprise générale, il a répondu que, devant épouser prochainement l'infante, il était naturel qu'il se préoccupât de son entourage futur ! Etonnant, non ? Il y a aussi mon frère, Joinville, qui se montre fort désireux de visiter Courcy. Il me harcèle pour que je vous l'amène et j'ai dû le lui promettre mais seulement après le mariage, c'est-à-dire dans quelques mois... »

Incontestablement distrayantes, les lettres de Mme de Conti enchantaient habituellement Lorenza. Celle-ci l'accabla. Même si elle avait eu réellement l'intention de faire la recherche qu'elle lui avait demandée, la Galigaï devait en être tout à fait incapable dans l'état de santé où elle se trouvait.

Naturellement, si Thomas vivait toujours, le nom du faux Vitry perdait un peu de son importance mais rien qu'un peu ! Celui qui avait assassiné Henri de Bois-Tracy devait le croire mort et s'il apprenait que son coup était manqué, il n'aurait de cesse de renouveler sa tentative meurtrière.

Ce fut également l'avis de Clarisse lorsqu'elle lui donna la lettre.

— Si mon frère nous ramène Thomas, et dans quelque état qu'il soit, il faudra le cacher jusqu'à ce que l'on sache qui est le meurtrier. Même à nos plus chers amis comme les Montmorency et la duchesse Diane. La moindre indiscrétion y compris tout à fait involontaire pourrait être fatale ! S'il doit garder le lit, ce sera facile ici où, pour l'atteindre, il faudrait prendre le château d'assaut... et encore ! Mais s'il est sur ses pieds ?...

— C'est positivement lamentable d'en arriver à le redouter ! ragea Lorenza. En attendant, il faut que je fasse quelque chose...

— Quoi ?

— M'expliquer une bonne fois avec Giovanetti ! J'ai eu le plus grand tort de refuser de lui parler l'autre jour et je vais y aller ! Si vraiment la Galigaï a raison, s'il est amoureux de moi, il parlera !

— Je n'aime pas cela ! Comme tout bon diplomatc, il doit êtrc rctors ! Ce qu'à Dieu ne plaise vous n'êtes pas !

— Je sais. En outre, il est florentin... mais moi aussi ! Je vais faire dire au jeune Flagy de faire seller Viviane et de se préparer à m'accompagner !

Cette fois, Clarisse leva l'étendard de la révolte.

— Il n'en est pas question ! Je ne vous laisserai pas y aller seule !

— Il ne dira rien devant vous !

— Je resterai dans la voiture ! Alors, Flagy d'accord mais notre carrosse le plus léger et Aurélien sur le siège avec deux laquais !

— Pour une visite incognito, ce sera réussi !

— Qui parle d'incognito ? Nous allons voir un ami, sans plus !

Au fond, elle n'avait pas tout à fait tort. A sa place, Lorenza aurait réagi de la même façon... Quand elles arrivèrent rue Mauconseil, Flagy eut quelque peine à obtenir qu'on laissât entrer le carrosse : Messer Giovanetti venait de rentrer fatigué et avait donné l'ordre qu'on ne le dérange sous aucun prétexte.

— Je ne suis pas un prétexte, déclara Lorenza en descendant de voiture, presque sur les pieds d'un majordome qu'elle ne connaissait d'ailleurs pas. Dites à ser Filippo que je suis la baronne de Courcy et que je ne bougerai de ces lieux avant de l'avoir vu malade ou pas, à l'article de la mort même si besoin est. Il vaudrait donc mieux permettre à mes gens d'entrer dans la cour.

Sa voix avait dû porter loin : Giovanetti en personne apparut à l'entrée de l'hôtel. Tout de suite, il s'empressa.

— Madonna Lorenza ! Quelle joie de vous recevoir ! La dernière fois, vous êtes partie si vite ! Et vous sembliez si mécontente !

— Je le suis encore, ne vous en déplaise ! C'est une explication franche et nette que je viens... demander (elle avait hésité un instant à employer le terme exiger, mais un peu de diplomatie lui paraissait préférable).

— Quelle que soit la raison, vous êtes et serez toujours la bienvenue... Mais est-ce que Mme de Royancourt ne descend pas ?

— Non. C'est seul à seule que nous devons parler... Et puis, elle a la migraine ! ajouta-t-elle tandis que Clarisse, un rien crispée, répondait de la tête et d'un vague sourire au salut qu'on lui adressait.

Pendant ce temps, Lorenza pénétrait dans la maison et se dirigeait d'un pas rapide vers le cabinet de l'ancien ambassadeur. Quand elle y fut, elle ne s'assit pas, resta au contraire très droite, les mains dans son manchon d'hermine, tournée vers la porte que son hôte refermait soigneusement.

Il lui parut vieilli. Son visage au teint un peu jaune était visiblement las, et sans doute était-il lui-même moins résistant. Elle n'hésita pas à en profiter.

— La Galigaï m'a dit l'autre jour que c'est sur votre ordre que Vittorio Strozzi a été assassiné. Est-ce la vérité ?

Il n'hésita même pas.

— J'ignore comment elle a pu l'apprendre mais c'est vrai. La dague au lys rouge m'appartient... ou m'appartenait !

— Pourquoi ?

— Cela coule de source, il me semble ? J'arrivais à Florence pour vous chercher et vous emmener en France et j'apprends que vous êtes sur le point de vous marier. J'ai paré au plus pressé. Pardonnez-moi... si vous pouvez !

Il s'était enfoncé dans son fauteuil et passait sur ses yeux cernés une main qui les tenait clos mais qui tremblait.

— Et, naturellement, le billet cloué par la dague avait pour but de décourager tout candidat éventuel ?

— Naturellement...

— Voilà un point d'acquis. Passons au deuxième chapitre : l'attaque contre le marquis de Sarrance ?

— C'était moi aussi. Malheureusement, l'homme a manqué son coup ! Et a même perdu la dague...

— Je sais puisque c'est dans cette damnée chambre que Bertini l'a ramassée. Ce meurtre-là aussi, c'est vous ?

— Non. Et je le regrette. Cette fois, j'aurais peut-être eu droit à votre reconnaissance en vous débarrassant d'un tortionnaire.

— Alors pour qui Bertini a-t-il travaillé ?

— Vous ne voulez pas vous asseoir ? Vous allez m'obliger à me relever et je ne vous cache pas que je suis fatigué !

Elle prit le premier siège venu et se posa sur le bord.

— Voilà ! Répondez à ma question maintenant : est-ce vous qui avez fait égorger le marquis de Sarrance ?

— Non ! Sur mon honneur ou ce qu'il en reste ! J'ignore pour qui cet homme — que je ne connais pas d'ailleurs ! — a travaillé. Pourquoi pas à son propre profit ? Il paraîtrait que de l'or et des bijoux avaient disparu... Renseignez-vous plutôt du côté de Concini dont c'est l'un des fidèles qui se chargeait volontiers des sales besognes.

— « C'était » l'un des fidèles ! Vous oubliez que quelqu'un l'a tué lui aussi ainsi que sa maîtresse. Mais laissons cela pour le moment et passons à la lettre !

— Quelle lettre ?

— Je devrais dire *les* lettres car il y en a deux, signées de la dague au lys rouge. La première, reçue à la veille de mon mariage, spécifiait que si je passais outre à l'interdiction de prendre époux, Thomas s'attirerait le sort des deux premiers. La seconde... la voici ! dit-elle en tirant le billet de son manchon... Je précise qu'elle émanait du château de Verneuil. Si rapide qu'en eût été la délivrance, cette fois, l'un des écuyers de mon beau-père a pu suivre le messager. J'ajoute, afin de ne rien oublier, que vous étiez alors l'hôte de la marquise ainsi que Concini et le marquis de Sarrance... Alors je veux savoir qui a dépêché le messager !

Le poing de Giovanetti s'abattit sur le bois du bureau tandis que la colère rendait des couleurs à son visage.

— Encore une fois ce n'est pas moi ! J'étais là-bas — je crois vous l'avoir dit ! — pour accompagner Valeriano Campo et tâcher d'en savoir un peu plus sur la mort étrange du Roi !

— L'écriture des deux lettres est cependant la même que celle du billet retrouvé sur le corps de Vittorio Strozzi !

— Cela prouve simplement que c'était le même faussaire ! Rien qu'à Paris je pourrais vous citer cinq ou six artistes de la plume capables de reproduire n'importe quelle écriture !

— Je n'en doute pas un instant. Seulement, depuis que j'ai reçu ce misérable papier, mon époux a disparu, mort sans doute comme son ami Bois-Tracy dont on a retrouvé le cadavre ! Et je vous invite à vous joindre à moi pour admirer l'ironie du sort : ils se sont volatilisés peu après la demande que je vous ai faite de vous rendre à Bruxelles !

— D'où vous en concluez que je suis l'assassin ! Moi qui...

Il buta sur les derniers mots. En l'entendant, elle eut un petit rire cruel.

— Pourquoi vous arrêtez-vous ? Si j'en crois la Galigaï vous devriez terminer par « qui vous aime » !

— Elle vous a dit cela ?

— Mais oui ! Hormis son visage, c'est une femme qui ne cache rien de ce qu'elle pense lorsqu'on sait lui parler et elle m'a appris plus de choses que je n'en souhaitais ! Selon vous, sur ce point, a-t-elle menti ?

— Non !... Non, c'est vrai que je vous aime

comme je n'aurais jamais cru pouvoir aimer un jour... Assez, en tout cas, pour vouloir votre bonheur plutôt que le mien. J'ai conscience de mon âge et savais me contenter d'une chaleureuse amitié. Que puis-je faire pour que vous me la rendiez ?

Il était au bord des larmes, si visiblement malheureux qu'elle en eut pitié.

— Livrez-moi l'assassin de mon époux et nous verrons ! Je vous donne le bonsoir, ser Filippo !

Et elle rejoignit Clarisse et la voiture.

11

Dans l'incertitude...

Quand, au matin, on quitta Saint-Quentin sous un rayon de soleil inattendu, le baron Hubert eut bien du mal à dissimuler son inquiétude en regardant son fils assis à ses côtés. L'avant-veille, tout à la joie de l'emmener et de constater qu'il n'avait rien perdu de son allure à cheval, il avait attribué son teint terreux à la crasse qui le recouvrait. A présent, même récuré à fond et vêtu proprement, sinon avec élégance, il conservait une mine affreuse. Le bain avait révélé sa maigreur et aussi que ses blessures mal soignées n'étaient pas belles, mais il en venait à se demander si ce grand corps ne recelait pas une maladie et qu'il était peut-être urgent d'y remédier. Il toussait parfois. Aussi le baron changea-t-il ses plans : on n'avait pas le temps de rentrer à Paris où ne se trouvait peut-être pas le médecin florentin. Il fallait agir au plus tôt et faire étape à Senlis.

Cinq ou six ans plus tôt, chassant dans la forêt

avec le Roi, il était tombé de cheval, sans gravité, mais n'avait pu éviter le coup de boutoir du sanglier qui lui avait ouvert la cuisse et il avait perdu une certaine quantité de sang. Henri IV avait alors ordonné qu'on le porte chez le docteur Chancelier qui habitait près de l'abbaye Saint-Vincent et qui s'était révélé appartenir à une espèce rare à l'époque : un remarquable médecin apprécié d'ailleurs dans la région et dont le Béarnais, pour son compte personnel, avait pu constater l'efficacité.

Gratien applaudit vigoureusement quand le baron le mit au courant de sa décision. Lui aussi, en étrillant son maître, avait remarqué la peau grise, et les légères boursouflures des blessures. La joie que Thomas n'avait pu cacher en repartant vers une autre vie lui avait rendu des forces qui l'abandonnaient à présent même s'il s'efforçait de n'en laisser rien voir. Le carrosse, au fond, était une bonne chose car, sans doute, n'aurait-il pas pu continuer la route à cheval.

— Cette brute de Blaise l'a peut-être recueilli mais il s'est payé sur la bête en le faisant travailler comme un galérien et en le nourrissant le moins possible ! Si Monsieur le baron avait tardé, je ne sais pas si on l'aurait retrouvé vivant ! déclara-t-il.

— Tu as sûrement raison ! Ce que je comprends difficilement, c'est la fille. Elle avait l'air de l'aimer et même ils devaient s'épouser !

— Elle l'a peut-être aidé à subsister en cachette

de son père ? Ça lui ressemblerait assez ! Les épouseurs ne doivent pas se bousculer dans cette ferme boueuse !

Quand la voiture s'arrêta devant la maison du médecin, Thomas somnolait, mais quand il voulut mettre pied à terre, ses jambes se dérobèrent sous lui et il serait tombé si son père et Gratien ne l'avaient soutenu. Sa figure était devenue rouge brique, il se mit à tousser et s'en excusa.

— J'ai dû trop dormir ! Maître Blaise disait...

— Si tu prononces encore une fois ce nom devant moi, je t'assomme ! Il ne méritait pas l'or que je lui ai donné car il t'a exploité honteusement et il était temps que j'y mette le holà !

— Où sommes-nous ? demanda Thomas en regardant autour de lui la rue bordée, d'un côté, par un jardin et les bâtiments d'une abbaye et, de l'autre, par quelques maisons de belle apparence accolées les unes aux autres.

— A Senlis, chez le docteur Chancelier, le meilleur que je connaisse. Tu as grand besoin d'être soigné, mon garçon. Si je te ramène à Courcy tel que te voilà, ta tante et ta femme tomberaient en syncope en te voyant.

— Mais je...

— Plus un mot ! Voici d'ailleurs le médecin !

En effet, un homme d'une cinquantaine d'années, de taille élevée et corpulent, sortait de la maison dont une servante lui ouvrait la porte en lui tendant un sac de cuir noir. Il s'immobilisa à la vue de l'attelage et de son escorte mais Hubert grimpait déjà les marches.

— Je vous salue, docteur Chancelier. Vous souvenez-vous de moi ?

— Monsieur le baron de Courcy ? fit le praticien avec un large sourire. Ne savez-vous pas que vous êtes inoubliable ? Que puis-je pour vous ?

— Rien, comme vous le voyez, mais beaucoup pour mon fils Thomas que voici !

Les yeux de Chancelier se rétrécirent sous ses sourcils froncés.

— Je vois ! Hum... Je vois ! Montez-le dans mon cabinet. Godelieve va vous montrer le chemin et je vais l'examiner. Que lui est-il arrivé ? s'enquit-il en remontant le perron en compagnie d'Hubert.

On le lui expliqua avec force détails et, un quart d'heure plus tard, Thomas était installé dans l'une des chambres que le médecin gardait à la disposition des malades incapables de se soigner seuls et qu'il refusait de confier à l'hospice de la ville. Après quoi, il s'y enferma avec lui.

Quand il en sortit, une demi-heure plus tard environ, et alla rejoindre le baron qui tournait en rond dans son cabinet, il était visiblement soucieux.

— Alors ? demanda Hubert. C'est inquiétant ?

— Oui... et non. Il est jeune et solidement bâti sinon il ne serait peut-être plus de ce monde. Les blessures se sont réinfectées à cause de la saleté dans laquelle il a vécu. Celle de l'épaule est douloureuse parce qu'il a une clavicule cassée et qu'on ne lui a pas donné le temps de se ressouder avant de le faire travailler. Il lui a d'ailleurs fallu un rude courage pour se servir de son bras dans de telles conditions...

— Si vous l'aviez vu quand je l'ai trouvé : sale à faire peur...

— Je vous crois volontiers parce que le nettoyage a été hâtif mais Godelième s'en occupe. La blessure à la tête s'est infectée pour la même raison et cela sur un organisme affaibli par la perte de sang et une nourriture trop insuffisante... Mais il faudrait savoir jusqu'à quel point le cerveau a été atteint !

— D'où l'absence de mémoire ? Ce qui est bizarre, c'est qu'il n'a rien oublié des gestes de sa vie quotidienne : monter à cheval, manier une épée. Il m'a dit aussi qu'il savait encore lire, compter, mais les souvenirs antérieurs à sa baignade dans l'Escaut semblent avoir fondu dedans. Ils ne vont pas au-delà de l'instant où on l'a repêché... Et cet abruti de croquant qui ne voyait rien, qui l'obligeait à travailler comme un bœuf et qui projetait de le marier à sa fille...

— Il ne serait pas allé plus loin que la fin de l'année. Aussi je pense que vous ne serez pas surpris par mon intention de le garder chez moi quelque temps. Je veux pouvoir le suivre de près et je ne peux pas aller m'installer chez vous parce j'ai d'autres malades. Courcy n'est pas si loin et vous reviendrez quand vous voudrez !

Très déçu parce qu'il comprenait qu'il allait devoir repartir seul, le baron demanda :

— Vous pensez pouvoir le guérir ?

— Si je parviens à le convaincre de garder le lit pendant un temps raisonnable, et avec l'aide de l'herbarium de l'abbaye d'en face, j'en réponds !

— Et sa mémoire ?

— Ça, c'est une autre histoire. Elle peut lui revenir d'un moment à l'autre ou jamais ! Mais, petit à petit, vous lui réapprendrez ce qu'il aura perdu.

— En dehors de cela, qu'est-ce qui peut lui rappeler les souvenirs effacés ?

— Vous m'en demandez beaucoup ! Un choc physique... ou peut-être émotionnel. On sait peu de choses sinon sur la façon dont fonctionne le cerveau humain. Il est marié, m'avez-vous dit ?

— Oui et très amoureux de sa femme qui est plus que belle et qui lui rend son amour. Je vais avoir du mal à l'empêcher de venir le rejoindre !

— Ce pourrait être la meilleure thérapie mais je ne veux pas la voir ici jusqu'à ce que je l'autorise... Il est fiévreux et la température risque de monter encore plus. Ce qui, en temps voulu, pourrait être un remède serait actuellement dangereux. En revanche, je vous demanderai de me laisser son valet !

— C'est trop naturel et je paierai leur pension à tous les deux.

— Ne vous souciez pas de cela. Et si vous voulez dormir ici, j'ai une chambre vacante...

— Je vous remercie mais j'ai tout mon monde à caser et je vais rejoindre l'Hostellerie de la Reine Anne[1] dont j'ai gardé un excellent souvenir. Je passerai demain avant de repartir.

Si agréable que fût l'auberge en question, il n'en obtint pas moins une fort mauvaise nuit traversée de cauchemars et d'envies de retourner à Condé administrer à ce bouseux de Blaise la raclée qu'il méritait beaucoup plus que des écus. Et il ne retrouva la paix qu'en se jurant, si Chancelier ne sauvait pas Thomas, de refaire le voyage pour pendre le bonhomme au premier arbre de la forêt voisine mais en abandonnant l'or à la pauvre fille qui avait aimé son fils et l'avait aidé à survivre.

Quand il revint chez le docteur, au matin, celui-ci le rassura un peu. Compte tenu de la fièvre qui ne baissait pas, le malade avait relativement bien dormi. De toute évidence, son corps épuisé avait le plus grand besoin de repos.

1. Anne de Kiev, ou de Russie, fut la seule Russe qui devint reine de France. Son souvenir se perpétue à Senlis par la très belle église qu'elle édifia et qui sert de chapelle au collège Saint-Vincent. Epouse d'Henri Ier, c'est elle qui introduisit le prénom de Philippe dans la lignée des rois de France.

— Ne vous tourmentez pas trop ! recommanda-t-il au baron. Il est fait à chaux et à sable, votre Thomas, et s'il n'y a pas de complications côté cérébral, je devrais vous le remettre d'aplomb. En ce qui concerne son épaule, j'ai posé un emplâtre parce qu'on ne peut bander une clavicule fracturée mais il faut compter près d'un mois pour que l'os se ressoude. Alors patience ! Je vous renverrai Gratien quand on pourra le montrer à sa jeune femme sans qu'elle s'évanouisse !

Patience ! C'était ce mot-là qui tournait dans la tête du père tandis que son carrosse le ramenait chez lui. Ce n'était pas — et de loin ! — la vertu cardinale de Lorenza... ni de Clarisse ! Il entendait déjà leurs voix — indignées et conjuguées ! — retentir dans ses oreilles !

Or, cela ne se passa pas comme il l'avait imaginé.

Naturellement, ayant entendu les chevaux et le roulement du carrosse, elles l'attendaient sur le perron mais, quand la voiture stoppa et qu'elles le virent descendre seul, Clarisse eut une exclamation désappointée tandis que Lorenza, pivotant sur ses talons, s'enfuyait en courant vers l'intérieur du château sans doute pour pleurer tout à son aise, et sous l'œil un peu surpris de son beau-père.

— Qu'est-ce qu'elle a ?

— Voyons, Hubert, réfléchissez un peu ! s'écria Clarisse qui peinait elle-même à retenir ses larmes. Vous revenez seul. Donc...

Il ne rata pas une si belle occasion de se mettre en colère, un bon coup de gueule ayant toujours eu chez lui le privilège de lui détendre les nerfs.

— Donc rien du tout ! Mais quelle manie, chez vous les femmes, de tirer des conclusions avant même que l'on ait eu le temps de vous dire seulement bonjour ? C'est horripilant à la fin et...

Clarisse se calma net.

— Bonjour, Hubert ! Et maintenant ? Où est Thomas ?

— Vivant, rassurez-vous, et en sûreté... Mais pour la suite vous attendrez... D'abord d'être au sec ! Vous, je ne sais pas, mais moi j'ai une sainte horreur de papoter sous la pluie !

Un nuage, en effet, s'était installé au-dessus du château et commençait à se déverser sur ses habitants.

Et prenant sa sœur par le bras, il l'entraîna à l'intérieur jusqu'au petit salon bleu où il se laissa choir avec satisfaction dans le meilleur fauteuil.

— Ah ! Cela va mieux ! Quand donc les fabricants de carrosses se décideront-ils à rembourrer leurs coussins avec autre chose que des noyaux de pêche. J'ai l'échine rompue...

— Cessez de me lanterner ! s'impatienta Clarisse. Je me pencherai sur vos vieilles douleurs lorsque vous m'aurez répondu. Où est Thomas ? répéta-t-elle en scandant les syllabes.

— Chez un médecin, dans un lit, à Senlis. Il est entre de bonnes mains mais je crois que je suis arrivé à temps. Dans un sens... j'aime autant que Lorie soit allée pleurer dans son coin. Vous saurez mieux que moi lui apprendre ce qu'il en est...

En quelques mots, il raconta ce qui s'était passé à la ferme de Blaise.

— Ce misérable l'avait pour ainsi dire réduit à l'esclavage et ce que je n'arrive pas à comprendre c'est pourquoi il tenait à lui faire épouser sa fille.

— Parce que c'est un imbécile doublé d'un avare qui ne voulait pas avoir une bouche inutile à nourrir. Quant à la fille, je pense qu'elle a dû en tomber amoureuse. En quelque sorte elle a représenté pour lui une chance.

— Il y a tout de même quelque chose d'obscur. Quand j'ai fouillé la région, j'ai vu cette ferme... mais je n'ai pas vu Thomas. D'où je suppose qu'on l'avait escamoté. Pourquoi ?

— Vous venez de le dire vous-même : pour s'acquérir un valet de ferme sans bourse délier ! Vous pensez bien que les soins de l'ermite n'ont pas dû coûter cher... Parlez-moi à présent de sa mémoire : il ne vous a pas reconnu ?

— Non. Ses souvenirs ne remontent pas plus loin que sa sortie des eaux de l'Escaut. Il ignorait tout de moi, de vous, de sa femme, de Courcy, des chevau-légers, du Roi, de tout ce qui fut son passé. Il ne se reconnaît pas dans un miroir...

— Vous voulez dire qu'il est... comme un petit enfant à qui il faut tout apprendre ?

— Pas entièrement, non ! Chancelier me l'a

expliqué. Sa blessure à la tête a atteint une zone du cerveau, celle de sa personnalité propre, mais il sait toujours lire, compter, écrire, manier une épée, monter à cheval ! Oh, Clarisse, si vous l'aviez vu quand on lui a donné une monture ! Sa joie, son aisance aussi ! En dépit de ses pieds nus et du fait qu'il n'est pas en bonne santé, il s'est enlevé sur ses étriers comme s'il montait au ciel et il est parti ventre à terre ! C'est seulement après que j'ai découvert que, malgré les soins du père Athanase, il était malade...

La voix d'Hubert se brisa sur ces mots en même temps que sa volonté de cacher sa détresse morale. Enfouissant son visage dans ses deux mains, il éclata en sanglots si durs qu'ils lui déchiraient la gorge. Pétrifiée par la violence de cette douleur — la pire qu'elle lui ait jamais connue —, Clarisse resta muette, ne sachant que faire. Pas même oser s'approcher de lui. Elle se contenta de le regarder comme on regarde une catastrophe avec un affreux sentiment d'impuissance...

Elle ne vit pas s'entrouvrir la porte ni s'approcher Lorenza et ne s'aperçut de sa présence que lorsque celle-ci posa une main sur l'épaule de son beau-père, si doucement qu'il ne la sentit même pas.

— Père, murmura-t-elle. Conduisez-moi vers lui !

Il ne sursauta qu'au son de sa voix, voulut se relever mais la pression s'accentua et le maintint où il était.

— Vous avez entendu ?

— Tout ! J'ai tout de suite regretté ma réaction de tout à l'heure. C'était idiot puisqu'il est vivant... et c'est le principal ! Mais maintenant que je sais, je veux le rejoindre, veiller sur lui, tenir sa main...

Il leva sur elle un regard infiniment las. Il aurait tant voulu éviter ce qu'il allait dire !

— Non, Lorie ! C'est impossible ! Pas maintenant !

— Pourquoi ? Je suis sa femme !

— Nous le savons tous et aussi le docteur Chancelier qui veut pouvoir le soigner comme il l'entend...

— ... sans avoir toujours dans les jambes une femme qui lui rendra la vie impossible ?

— C'est bien cela ! Essayez de comprendre : Thomas vient de vivre des mois de quasi-misère et de crasse dans les pattes d'un paysan abruti qui ne voyait qu'une chose : grâce au père Athanase les blessures étaient fermées et Thomas tenait debout. Sous-alimenté et contraint à des travaux dont il aurait ri avant ce qui lui est arrivé, il n'a plus que la peau sur les os et celle-ci, mal cicatrisée, se boursoufle. Si nous n'étions intervenus, il ne voyait pas la fin de l'année...

— C'est ce que je pensais et je ne vois là rien d'incompatible avec ma présence à ses côtés. Qu'il soit décharné, défiguré, à demi mort donc à demi vivant ne changera rien à l'amour que je lui porte et que...

— Dieu qu'elle est agaçante ! gronda Hubert. Si vous m'aviez écouté jusqu'au bout, vous sauriez que Chancelier vous considère comme la deuxième partie de son traitement.

— Je ne comprends pas.

— Oh, c'est l'évidence même. Alors j'explique : il veut le remettre d'aplomb avant qu'il ne vous voie parce qu'il espère que l'émotion ressentie en face de votre beauté pourrait lui rendre la mémoire... ou au moins la faire revenir quand il vous tiendra dans ses bras ! Sacrebleu ! Vous êtes idiote ou faut-il vous mettre les points sur les *i* ? Vous avez déjà vu un quasi-moribond avoir envie de faire des galipettes, même avec la plus jolie fille du monde ?

— Oh ! fit Clarisse, choquée.

Il tourna sa colère contre elle.

— Qu'ai-je dit de si horrifiant ? Vous devenez bégueule en vieillissant ? Cela ne vous ressemble pas !

— Tant pis !... Et d'ailleurs, je ne le suis pas ! L'idée de votre médecin n'est pas mauvaise mais, en modeste femme que je suis, je me demande si des soins tendres, empressés, attentifs... et quotidiens n'obtiendraient pas un résultat... identique ? En outre...

— Quoi encore ?

— Si, au lieu de progresser vers la guérison, le cas s'aggravait et si...

— Il suffit ! Il y a des mots que je ne veux pas entendre ! Dans ce cas, Gratien sautera en selle et viendra nous chercher ! Et puis Senlis n'est pas si loin que notre Gratien ne puisse venir nous tenir au courant, décida-t-il.

Descendant de ses grands chevaux, il vint prendre la jeune révoltée dans ses bras.

— Mettez-vous à sa place, Lorie ! Rien qu'un instant. Quand il s'est regardé dans un miroir, il s'est presque fait peur ! Ne l'obligez pas à subir, dans cet état, votre regard ! Dès avant votre mariage il ne se jugeait pas assez séduisant pour vous !

Cette fois les larmes montèrent aux yeux de la jeune femme et elle nicha sa tête dans le creux de l'épaule du vieil homme.

— Je crois que j'ai compris ! Pardonnez-moi ! Je vous obéirai...

Elle l'avait dit du fond du cœur. Seulement, ce ne serait pas facile. Savoir Thomas si proche et ne pouvoir courir vers lui, l'envelopper de sa tendresse, le soigner, lui réapprendre à l'aimer. Ce pourrait être si doux mais elle avait promis et ne pouvait que tourner en rond en attendant les nouvelles. Qui, dans les premiers temps, ne furent guère rassurantes. Le mal semblait plus profond que la solide constitution de Thomas ne le laissait supposer. Une issue fatale cependant ne semblait pas à craindre.

Des nouvelles, on en avait tous les trois jours environ même si le baron brûlait d'y galoper tous les matins, mais le fait que Thomas soit resté si longtemps à l'abri des recherches disait assez que si *on* remettait la main dessus, c'en serait fait de lui à jamais. Il fallait donc que son séjour chez le docteur Chancelier demeure ignoré, et s'en remettre au seul Gratien pour être renseignés. On ne fait pas attention à un valet et celui-là, en outre, savait, le cas échéant, modifier son apparence.

Ce ne fut pas évident de le faire admettre aux deux femmes, surtout à Lorenza. Quand Gratien apparaissait, il subissait un tel feu roulant de questions que le baron, agacé, finissait par s'enfermer avec lui dans un coin tranquille, en l'occurrence sa librairie, pour que le messager puisse se restaurer et prendre un peu de repos avant de repartir. Mais, finalement, le providentiel Gratien eut la gloire d'apporter la bonne nouvelle sous forme de lettre : le docteur Chancelier, ayant enfin trouvé la racine du mal, appliquait à présent un traitement qui donnait d'excellents résultats. On en pleura de joie !

— Je vais pouvoir y aller ! s'écria Lorenza, illuminée d'espérance.

— Pas question qu'aucun de nous aille à Senlis ! Faut-il répéter continuellement qu'on le mettrait en danger ? Mais comme la Cour va partir pour la frontière espagnole, nous aurons les coudées plus franches...

C'était la première fois, depuis que l'on avait retrouvé Thomas, que le baron faisait allusion à ce monde extérieur dont il ne cessait de se méfier puisque, jusqu'à présent, on ignorait toujours l'identité du pseudo-Vitry évaporé dans l'atmosphère après le meurtre d'Henri de Bois-Tracy et celui — raté de justesse évidemment mais on pouvait l'appeler ainsi — de Thomas. Il avait d'ailleurs prié Lorenza d'éviter d'y faire la moindre allusion lorsqu'elle répondait aux lettres de son amie Conti.

— Non que je me défie d'elle, ma chère enfant, mais une lettre peut se subtiliser. Mieux vaut que l'assassin continue à croire qu'il a réussi son coup.

— Soyez tranquille ! J'en ai conscience en dépit de l'amitié que je porte à Louise. Nos plumes nous servent à bavarder à bâtons rompus ! Les siennes étant, il est vrai, plus intéressantes que les miennes !

C'était peu de le dire ! En fait, sans la princesse, les gens de Courcy n'auraient plus su grand-chose de ce qui se passait à Paris... Même, on n'apprenait plus rien de Chantilly : le Connétable, sa goutte, ses fureurs, sa prune et la moitié de sa maison étaient partis pour son gouvernement du Languedoc. Par ordre plus que de son propre chef ! Malgré son âge, la duchesse Diane l'y avait accompagné.

On avait aussi su, quelques mois plus tôt, que, harcelée par la guerre plus ou moins larvée que se livraient les princes, la Régente s'était laissé arracher une session des états généraux afin d'essayer de mettre un peu d'ordre dans l'énorme pagaille créée, non seulement par lesdits princes

— et surtout par Condé ! — dans le but de ramener le régime féodal, mais aussi par le peuple écrasé d'impôts, par le clergé menacé de voir rogner ses riches prébendes, par les généraux, officiers et autres militaires ulcérés par l'élévation de Concini au rang de maréchal de France pour lequel il n'avait pas le moindre titre ni la moindre qualité. C'était déshonorer cette charge prestigieuse !

A coups de millions — les derniers de la Bastille ! —, on avait extrait une sorte de cote mal taillée, jugée insuffisante par l'insupportable Condé mais qui permettait au moins le mariage du Roi sans amener l'infante dans un pays en pleine révolution.

Une des lettres de la princesse faillit déclencher un orage. Elle y relatait le « miracle » dont la reine Margot avait été l'heureuse bénéficiaire. Ayant pris froid à un bal chez la Régente, l'ancienne souveraine était tombée malade au point qu'on la crut à la dernière extrémité. Son amant d'alors, le chanteur Villars, qu'elle couvrait de bienfaits, prit une décision héroïque : aller demander sa guérison à Notre-Dame de la Victoire, près de Senlis... et y aller à pied !

« Connaissant les habitudes sybarites du garçon, cela fit beaucoup rire. On proposa même de prendre des paris ! Mais on rit beaucoup moins quand on sut que, non seulement Villars avait accompli son pèlerinage jusqu'au bout, mais qu'en outre la chère malade en personne l'attendait devant le sanctuaire, dans sa litière escortée de deux ou trois carrosses emplis de ses femmes. Le retour fut triomphal comme bien vous l'imaginez ! La Galigaï songerait à s'y faire porter mais Sa Majesté s'y est opposée en lui faisant remarquer que, faute d'amant, c'est son Concino qui devrait prendre son bâton de pèlerin. Celui-ci s'est contenté de hausser les épaules : sa grandeur ne saurait se livrer à ce genre de mômeries. En fait, comme chaque jour qui passe voit augmenter le nombre de ses ennemis, on aurait plutôt tendance à lui donner raison : à moins d'y aller avec une armée, il n'arriverait certainement pas vivant ! »

A peine eut-elle achevé la lettre que Lorenza prenait feu.

— Pourquoi ne m'a-t-on pas encore dit qu'il s'y tenait là-bas un lieu de pèlerinage miraculeux ? C'est bien à Senlis que Thomas est soigné ?

— Difficile de prétendre le contraire ! émit le baron. Seulement c'est certainement la première fois que j'entends parler de miracle !

— Ce Villars ne s'y est tout de même pas rendu au hasard ?

— Autrefois... mais il y a longtemps, il se serait produit un événement analogue, se rappela Clarisse. En fait, comme son nom l'indique, on va prier Notre-Dame de la Victoire pour obtenir un succès. En outre, c'est le sanctuaire marial le plus proche de Paris.

— Il y en a un autre plus loin ?

— Notre-Dame-de-Liesse près du château de Marchais qui appartient au duc de Guise dont Mme de Conti est la sœur, comme vous le savez... Ce sanctuaire-là est célèbre. Le feu Roi et la Médicis s'y sont rendus...

— Alors pourquoi ne m'y avez-vous jamais emmenée ?

— Toujours la même raison. Moins vous sortirez d'ici et mieux cela vaudra jusqu'à ce que Thomas nous soit rendu... où jusqu'à ce que nous sachions enfin qui se dissimule derrière Vitry !

— J'ai l'impression que nous ne le saurons jamais, fit-elle amèrement. Si la Galigaï est à ce point souffrante, je dois être le cadet de ses soucis.

Clarisse se garda sagement de dire qu'elle n'avait pas cru une minute à une aide quelconque de cette femme. Quant à Villars, ou il avait eu une chance inouïe, ou la reine Margot n'était pas si gravement atteinte !

— Voilà que vous mettez en doute la puissance de la Vierge Marie ? ironisa Hubert. Vous n'allez pas tourner parpaillote au moins ?

— Cessez de proférer des âneries ! Ce que nous pouvons faire, tous les trois — vous aussi mon frère... et ne me regardez pas de cet œil torve ! —, c'est nous engager, entre les mains de notre père Fremyet, à prendre la route de Liesse pour rendre grâces quand Thomas sera revenu au foyer, avec ou sans mémoire ! J'avoue que je ne vivrai pas tant qu'il ne sera pas en sécurité sous nos solides murailles...

— Parce que vous croyez que je vis, moi ? Bien sûr que je le préférerais dans nos murs où nous pouvons aisément soutenir un siège, mais je vous rappelle que si je ne m'étais aperçu à temps de son état et si le Ciel n'avait mis sur mon chemin ce docteur Chancelier à qui je dois d'avoir gardé mes deux jambes, je ne l'aurais pas ramené vivant. Si vous voulez tout savoir, chaque fois que je vais me coucher j'enrage de ne pouvoir aller le récupérer ! Et plus encore de ne pouvoir agir en pleine lumière ! En d'autres temps, je fusse allé droit chez le Roi lui montrer ce qu'on a fait de mon fils !... D'ailleurs, avec notre Henri, il y a beau temps que l'affaire serait tirée au clair, en admettant qu'elle ait eu lieu parce que les archiducs auraient eu d'autres chats à fouetter qu'emprisonner des gentilshommes ! Mais bien qu'il ait atteint sa majorité et qu'il soit sur le point de se marier, notre jeune souverain ne se décide pas à grandir ! Il continue à jouer, à fabriquer des petits gâteaux et surtout à dresser des oiseaux de chasse en compagnie de son ami Luynes !

— Ne le lui reprochez pas ! dit Clarisse. Mal aimé ou pas aimé du tout d'une mère qui ne songe qu'à elle-même et à son cher Concini, le pauvre petit connaît au moins les joies d'une amitié quasi fraternelle...

— Avec un gentillâtre provençal alors qu'il est roi de France ?

— Pourquoi tant de dédain ? Ce garçon est beaucoup plus âgé que lui mais il lui adoucit la vie ! On verra ce qu'il en sera quand, après le mariage, ils reviendront de Bordeaux. Ce qui n'enlève rien aux regrets immenses laissés par le roi Henri.

— Mme de Verneuil elle-même les éprouverait, dit Lorenza. Enfin désabusée, elle aurait confié au prince de Joinville, d'après Mme de Conti : « Ah, si le petit homme était encore là, comme il prendrait le fouet pour chasser les galants et les marchands du temple ! »

— Il est bien temps de se lamenter après avoir tout fait pour le conduire au trépas ! Elle pleurerait des larmes de sang, celle-là, et ce ne serait pas encore suffisant ! bougonna le baron. Et, à moins qu'il ne nous tombe quelque génie du Ciel, nous avons devant nous de longues années à être la risée de l'Europe — nous qu'Henri avait fait si grands ! — sous la férule d'un mirliflore gorgé d'or et d'une grosse dindonne vieillissante qui l'idolâtre, tous deux protégés par le manteau royal d'un gamin qui n'arrivera jamais à maturité ! Conclusion : la France est foutue !... Qu'est-ce qu'il y a, Chauvin, ajouta-t-il pour son majordome qui venait d'entrer discrètement. Avons-nous un message ? Il me semble avoir entendu le galop d'un cheval...

— Un message, non, Monsieur le baron. Une visite oui : Monseigneur l'évêque de Luçon demande si vous pouvez le recevoir.

— Oh oui ! s'écria Lorenza sans attendre l'agrément d'Hubert, ce dont elle s'excusa aussitôt mais elle était ravie de revoir le jeune prélat qui lui avait été si secourable au moment du procès d'Escoman.

Mais le baron ne s'en offusqua pas. Il se mit à rire.

— Vous avez entendu, Chauvin ? Introduisez !

Celui qui entra d'un pas rapide n'avait d'épiscopal que la couleur des vêtements, justaucorps et chausses de drap violet disparaissant dans de hautes bottes de cavalier, ainsi que la plume du feutre gris comme les bottes et les gants à crispin. Sous le chapeau qu'il avait ôté pour le salut d'usage, il portait une calotte violette protégeant la tonsure.

— Que c'est aimable à vous, Monseigneur, d'avoir fait tout ce chemin pour nous voir ! dit Lorenza en s'agenouillant à demi pour baiser l'anneau d'améthyste, immédiatement suivie par Clarisse qui pensait que c'était fort dommage de faire d'Eglise un aussi séduisant cavalier.

— Pardonnez-moi, baron, et vous aussi Mesdames, d'arriver à l'improviste, mais je devais me rendre à l'abbaye de Royaumont et j'ai pensé pousser jusqu'ici. Je désirais vous parler et vous trouver tous trois ensemble m'enchante.

— L'accueil de ces dames vous montre à quel point ce plaisir est partagé ! Et nous sommes toujours d'accord, fit Hubert, courtoisement.

Enfin... presque toujours, rectifia-t-il avec son sourire de faune. Holà, Chauvin !

Mais le majordome apparaissait déjà, portant sur un plateau d'argent des verres d'épais cristal, un flacon dans un rafraîchissoir et un plat de craquelins.

— Du vin de Chablis ! commenta le baron Hubert. Rien de mieux pour faire digérer les poussières de la route !... et boire à votre santé, Monseigneur. Bien que devenus campagnards, il nous est revenu par un ami — en fait il s'agissait d'une lettre de la princesse de Conti ! — qu'à la suite de ce magnifique discours prononcé par vous aux états généraux où vous étiez rapporteur du clergé, vous avez été nommé aumônier de Madame la Régente ? Une très bonne nouvelle en un temps où elles se font de plus en plus rares !

— En effet et j'en suis très heureux car j'espère, en veillant à la santé morale de notre souveraine, pouvoir être de quelque utilité dans un royaume où les choses ne vont pas au mieux ! Cependant, ce n'est pas de l'Etat dont je viens vous entretenir mais d'une affaire — désagréable, pardonnez-moi ! — qui vous touche de près.

— Nous ?

— Vous allez en juger. Le prince de Condé est venu porter plainte contre un coup de force commis par vous sur ses terres et plus exactement sur l'un de ses vassaux ! Vous auriez enlevé le neveu d'un certain Blaise, le nommé Colin, fiancé à sa fille Jeannette...

— Quoi ? explosa Lorenza. Fiancé à...

— Paix, ma fille ! intima le baron. Ce n'est qu'un détail sans importance. Ce qui en a, Monseigneur, c'est qu'un croquant malfaisant ait osé se plaindre et qu'un prince du sang des Bourbons se soit fait son écho ! Si quelqu'un devait se plaindre, c'est moi... et ma famille, car le Colin en question n'était autre que mon fils, Thomas, victime d'une tentative d'assassinat à Condé-sur-l'Escaut avec son ami Henri de Bois-Tracy qui, lui, n'en a pas réchappé. Ce forfait a été perpétré par je ne sais quel forban qui les avait enlevés de Bruxelles en se faisant passer pour le capitaine de Vitry !

— Cela n'a pas de sens ! Comment est-ce seulement possible ? Ce jeune homme a dû tout de même dire qui il était ?

— Non, car il a perdu la mémoire ! Il ne sait plus qui il est. Blessé à la tête, il a oublié tous les événements antérieurs à son repêchage dans le fleuve...

— C'est à peine croyable !

— Peut-être mais c'est ainsi. En outre, pour un « oncle », ce Blaise a eu un comportement étrange pour ne pas le qualifier d'ignoble. Il l'a fait travailler comme une bête de somme en le nourrissant plus que chichement... J'ajoute qu'ils ne parlent pas le même langage.

— Comment cela ?

— Le soi-disant Colin s'exprime comme vous et moi, avec la même politesse, tandis que Blaise et sa fille usent du langage des paysans qu'ils sont. Au surplus, il suffit de faire mander le père Athanase, une manière d'ermite qui gîte dans la forêt de Raisme : il a aidé Blaise à sortir mon fils de l'eau et lui a prodigué quelques soins. Lui sait tout !

Monseigneur de Luçon fronça un sourcil qu'il avait aisément impérieux.

— Le père Athanase, dites-vous ? Vous m'en faites souvenir : il a en effet été question d'un anachorète retourné à la divine pauvreté et que l'on apprécie dans les environs. Malheureusement pour vous, il vient de mourir...

Le baron garda son calme mais ses mains se crispèrent sur les accoudoirs de son fauteuil.

— Mourir ? Et... comment ?

— Je ne sais trop. Il semblerait que ce soit en essayant les vertus d'une herbe sauvage...

Cette fois, Hubert explosa.

— Et il se serait bêtement empoisonné, lui qui en savait plus dans toute la Picardie que n'importe qui sur l'usage des simples ? Décidément, on nous en veut car il ne fait aucun doute pour moi qu'il a été assassiné. Et certainement peu après notre départ !

— C'est ce que j'ignore mais je m'informerai... Cela paraît étrange mais, j'y pense, le mieux ne serait-il pas de me conduire dans la chambre de votre fils ?... S'il est en état toutefois de répondre à quelques questions ?

— Je vous l'aurais déjà proposé, Monseigneur,

mais il n'est pas à Courcy. Tandis que je le ramenais à la maison, son état m'est tout à coup apparu... inquiétant. Il était fiévreux et ses blessures avaient mauvaise apparence. Par chance, notre route passait près de la demeure d'un médecin dont j'avais pu moi-même expérimenter le talent alors que, chassant aux côtés du roi Henri, un sanglier m'avait embroché la cuisse. J'aurais pu mourir ou rester infirme mais, grâce à lui, mes deux jambes fonctionnent à merveille comme vous pouvez le constater. Thomas est resté chez le docteur. Il n'a toujours pas recouvré la mémoire mais il va de mieux en mieux et j'espère le ramener bientôt ici.

— Un médecin de cette qualité c'est denrée rare à notre époque ! Que ne vient-il s'installer à Paris où nous n'avons guère que des charlatans ? Il ferait fortune !

— Peut-être ne le souhaite-t-il pas. Le roi Henri désirait se l'attacher mais il a refusé. Il se trouve bien où il est !

— Un homme exceptionnel en vérité mais je peux le comprendre. Son nom est...

— Le docteur Pierre Chancelier.

— Et où le trouve-t-on ?

La toute légère hésitation d'Hubert n'échappa pas à Clarisse qui se mit à rire.

— Voyons, Hubert, ne me dites pas que vous vous méfiez d'un du Plessis de Richelieu ?

— Non. Evidemment que non ! Il exerce à Senlis, qui est d'ailleurs domaine royal. Dès que

Thomas sera revenu, je vous le ferai savoir, Monseigneur. J'ajoute, afin que vous ne gardiez aucune incertitude sur sa personnalité, que vous pourriez demander... l'aval du colonel comte de Sainte-Foy qui commande les chevau-légers et qui connaît parfaitement mon fils !

— Ah, en effet ! C'est une caution plus que valable, un tel homme ! Bon, je pense que je vous ai suffisamment importuné et qu'il est temps pour moi de me retirer.

— Importuner ? Quel vilain mot, entre ces murs où vous n'avez que des amis, fit le baron avec une grâce inattendue. C'est à ce titre que j'oserai une question... à moins qu'elle ne vous contrarie ?

L'évêque eut un léger haut-le-corps cependant qu'une étincelle s'allumait dans son œil profond, mais il corrigea cette réaction d'orgueil par l'un de ses rares mais charmants sourires.

— Je ne vois pas pourquoi. Posez votre question, baron !

— Je vous remercie. A qui M. de Condé a-t-il porté sa plainte ?

— A Sa Majesté la Reine et Régente !

— Qui dit la Reine dit Concini ! Or, les échos de la guerre quasi ouverte que le prince mène contre le favori ne cessent de résonner jusqu'à ce château retiré. Lui faire plaisir doit être la dernière chose que souhaite le Florentin !

— Si vous me permettez d'être franc, je vous confierai qu'en ce qui me concerne je suis quelque peu revenu sur les fortes présomptions qu'il m'inspirait !

— Oh !

— Comprenez-moi ! Ce n'est pas... et de loin et même s'il en est persuadé, un homme d'Etat mais, étant donné son influence sur la Régente, c'est la seule carte que l'on puisse jouer pour barrer la route aux folles ambitions de Condé... Aussi préfère-t-on lui donner l'impression qu'on le tient en grande considération pour des affaires mineures.

— Mineures ? Mon honneur et la vie de mon fils ?

— Pardonnez-moi ce... lapsus ! Je veux dire des affaires qui ne tiennent pas à la sécurité du royaume. Elle est pour moi primordiale !... Quant au... maréchal d'Ancre, ce n'est qu'un beau garçon, un fat gonflé de son importance et qui n'a guère en tête que sa fortune, ses terres, sa puissance même si elle n'est qu'apparente. Tellement même qu'il songerait à se défaire de son épouse...

— Répudier la Galigaï ? Mais c'est à elle qu'il doit sa position ! C'est à elle qu'il doit tout ! Et pour quoi faire ?

— Il songerait à épouser une fille bâtarde du feu Roi !

— Mais il est fou ? s'écria Clarisse.

— S'il ne l'est pas encore, il le deviendra... et malheureusement le jeune Roi en qui je plaçais de grandes espérances semble décidé à ne jamais sortir de l'enfance ! Alors si l'on veut que le royaume soit gouverné par un autre que Condé, il faut diriger, sans trop en avoir l'air, cette marionnette surdorée de Concini. Surtout s'il n'obéit plus à ce que lui souffle une femme dont il ne veut plus et que, d'ailleurs, il voit de moins en moins souvent !

— Et la Reine ? Il la voit moins ? On le dit son amant et elle vieillit !

— Elle y tient et il le sait. Il se conduit au Louvre comme chez lui tandis que la Galigaï se retire de plus en plus souvent dans son hôtel de la rue de Tournon... A présent, souffrez que je vous laisse ! Je n'ai que trop tardé !

— Et pour ce qu'il en est de la plainte du prince de Condé ? s'inquiéta le baron Hubert.

— Elle tombe d'elle-même dès l'instant où vous pourrez présenter le jeune baron. Nombre de personnes le connaissent en effet ! Prévenez-moi quand il sera de retour. D'abord, j'aimerais le rencontrer et, ensuite, je souhaite beaucoup savoir ce qui s'est passé au juste à Condé-sur-l'Escaut. Car, enfin, il y a eu mort d'homme...

— Sans compter l'usurpation d'identité et quelques autres détails sûrement pleins d'intérêt !

On se sépara le plus courtoisement du monde, le baron ayant tenu à raccompagner lui-même son visiteur à sa monture et lui faire compliment de l'élégance avec laquelle il la faisait évoluer.

— Ah ! C'est que j'ai pris des leçons chez le

célèbre Pluvinel où se pressent ceux qui veulent devenir de bons cavaliers ! Le jeune Roi y est assidu et le maître qui lui trouve d'heureuses dispositions lui a prédit qu'il serait sans doute possible le meilleur de son royaume. Cela ne suffit malheureusement pas pour en faire un vrai souverain mais ce n'en sera pas moins une belle image ! J'avoue que j'espérais mieux car je lui sais un courage hors du commun !

— Ce qui peut réserver des surprises ! De toute façon, Monseigneur, le royaume d'Henri IV ne saurait tomber au niveau d'un Concini ! Nous serions déshonorés à la face de l'Europe ! Un Condé serait à peine préférable, d'ailleurs, en dépit de son nom !

— Il en sera ce que le Ciel voudra !

Ayant dit, M. du Plessis de Richelieu fit volter son cheval, piqua des deux et sortit du château au grand galop. Songeur, Courcy le regarda disparaître puis retourna rejoindre ses « femmes » qu'il trouva en discussion animée. Pour sa part, Clarisse était rouge de colère.

— Depuis quand un prince de Condé se mêle-t-il de porter jusqu'au trône la revendication d'un de ses paysans ? Comme s'il s'en était jamais soucié !

— Il pense ainsi s'attirer la confiance du peuple et je ne suis pas certain que ce soit un aussi mauvais calcul ! répondit son frère. Comme il n'est pas intelligent, on peut se demander qui a pu le lui souffler !

— Quelqu'un qui nous déteste, soupira Lorenza. Oh, père, je ne serai vraiment tranquille qu'une fois Thomas revenu ici !

— Moi aussi, approuva celui-ci. Et j'ai une furieuse envie d'aller à Senlis le récupérer. Les dernières nouvelles étaient assez rassurantes pour que l'on nous confie, à nous, les soins de sa convalescence ! J'irai demain !

Mais il n'eut pas à se déranger. Peu avant midi, le matin suivant, Gratien arrivait porteur de la nouvelle tant attendue.

— Le docteur Chancelier invite Monsieur le baron à venir reprendre Monsieur Thomas à la fin de la semaine...

— Pourquoi pas tout de suite ?

— Afin qu'il en termine avec son traitement que lui seul peut appliquer mais il m'envoie aujourd'hui pour que la maison soit prête à le recevoir !

— Cela fait des mois qu'elle est prête ! ronchonna Courcy. Et il le sait bien !

— Je crois, suggéra Gratien en regardant Lorenza, qu'il pense surtout à Madame la baronne. Il y a si longtemps qu'elle n'a vu son époux !

— Il a tout de même meilleure mine que lorsque je le lui ai laissé ?

— C'est sans comparaison !

— Eh bien, alors ? Sa mémoire est revenue ?

— Non, hélas... C'est pourquoi le docteur a pensé à une période de préparation et...

— Je vois ce qu'il pense, sourit la jeune femme. Dites au docteur que j'attends mon époux depuis le jour de son départ et que je l'aime assez pour prendre patience jusqu'à ce qu'il me rende le même amour...

12

La maison des bois

Il avait beau faire un temps affreux — l'un de ces temps d'automne gris, tristes, froids et brumeux qui ne donnent guère envie de sortir mais au contraire de se pelotonner au coin du feu dans un bon fauteuil, les pieds sur les chenets, un verre dans une main et un livre dans l'autre —, le baron Hubert se sentait heureux comme il ne l'avait pas été depuis longtemps. Il voyait tout en bleu azur et, par la portière de son carrosse de voyage — abondamment garni de coussins car il avait jugé plus prudent pour son convalescent d'effectuer la route à l'abri et non à cheval ! —, il souriait aux arbres en train de perdre leurs feuilles, au ciel pleurard, aux maisons dont les toits dégouttaient d'eau, aux rares passants qu'il avait ordonné à Aurélien d'éviter d'éclabousser, enfin à tout ce qui faisait partie de cette belle journée qui lui rendait son fils !

Il avait eu un mal énorme à empêcher Lorenza

de l'accompagner, mais à force d'arguments la jeune femme avait fini par comprendre que les retrouvailles seraient plus frappantes dans le cadre chaleureux du château et dans une jolie robe plutôt qu'abritée sous un capuchon dans une chambre, confortable certes, car Chancelier tenait à soigner ses malades dans les meilleures conditions, mais au décor beaucoup moins flatteur !

Midi sonnait à l'église de l'abbaye quand l'attelage à quatre chevaux bais suivi des six de son escorte s'arrêta devant la maison dans un assourdissant bruit de sabots ferrés, de sonnailles et de voix masculines qui attirèrent aussitôt au-dehors le visage de Godelieve.

— Monsieur le baron ? s'écria-t-elle. Mais je croyais...

Elle n'en dit pas plus long... Son maître la repoussait pour se porter au-devant du visiteur.

— Comment ? Vous n'êtes pas dans votre lit ?

— Comment ça dans mon lit ? En voilà un accueil ! Vous saviez pourtant bien que je...

— Venez ! dit le médecin en le prenant par le bras pour le faire entrer dans le vestibule.

Il avait pâli et Hubert, saisi d'angoisse, en fit autant. Sans le lâcher, il l'entraîna dans son cabinet et le poussa dans un fauteuil qu'Hubert quitta aussitôt.

— Qu'est-ce que ça signifie ? Où est Thomas ?

— Si seulement je le savais ! répondit Chancelier soudain très sombre. Il y a deux heures environ, un gentilhomme en carrosse et escorté de serviteurs comme vous-même est venu chercher mon patient en disant que vous étiez retenu au lit par une forte fièvre et que vous l'aviez envoyé.

— Et vous l'avez cru ?

— Pourquoi non ? Il s'est annoncé comme votre neveu et le meilleur ami du baron Thomas ! Bien entendu, celui-ci n'a pas paru surpris. Il s'est inquiété pour vous et a suivi l'homme avec empressement.

— Il a donné son nom ?

— M. de Vitry ! Pour l'amour du Ciel, Monsieur le baron, asseyez-vous ! ajouta-t-il en obligeant Hubert, à deux doigts de s'évanouir, à reprendre sa place, sinon vous allez tomber. Godelieve, du rhum !

Courcy avala d'un trait le verre qu'on lui servit et qui le fit rougir d'un coup puis le tendit pour qu'on le remplisse de nouveau.

— Je n'ai jamais eu de neveu, souffla-t-il d'une voix éteinte ! Quant à Vitry, qui est en réalité capitaine des gardes du Roi, c'est sous son nom qu'on a assassiné M. de Bois-Tracy et mené mon fils aux portes de la mort !

— Mon Dieu ! exhala le médecin en se signant. Et comme il ne reconnaît personne, il l'a suivi sans hésiter !

— Cette fois, je ne le reverrai plus... vivant !

Le mot, mêlé à un sanglot sec, eut du mal à passer, mais les larmes ne vinrent pas. Hubert de Courcy n'était pas homme à se lamenter sans bouger dans son coin. Un troisième verre avalé d'un seul trait comme le premier le remit d'aplomb.

— Où est Gratien ? demanda-t-il.

— Je n'en sais rien car je ne l'ai pas revu, mais je suppose que les ravisseurs l'ont emmené ou...

— ... tué, c'est ce que vous pensez ?

Un mouvement d'épaules traduisit l'impuissance du docteur mais le baron continua :

— Ces gens n'ont pas l'air de laisser beaucoup de place au hasard. Comment était ce... Vitry ?

La description différait de celle déjà donnée et le mystère s'épaississait parce qu'elle ne correspondait à personne. Seulement à présent le problème en posait un autre. Comment ce misérable avait-il découvert la retraite de Thomas ? Et soudain, une pensée terrifiante traversa Courcy ! Une seule personne, avec les siens, savait où se trouvait son fils : ce jeune évêque de Luçon que Lorenza aimait bien et qui avait su gagner leur confiance ! Se pouvait-il qu'un homme de son nom se soit abaissé à un si vil métier d'espion ? Et d'espion au service de qui ? Ce fantoche de Concini qui avait entrepris de se faire roi de France et dans lequel il voyait un marchepied pour atteindre le pouvoir ? C'était à peine pensable ! Et eux qui avaient été assez bêtes pour avaler tous ses beaux discours ! Par tous les diables de l'enfer, si jamais il réussissait à mettre la main dessus, Hubert se jurait bien de lui faire payer sa forfaiture...

Réfléchir ! D'abord réfléchir... et aussi rentrer à Courcy où il n'imaginait que trop ce qu'il allait trouver : une demeure illuminée — le jour était si gris ! —, fleurie de tout ce qu'avaient pu fournir les serres, un personnel sur son trente et un et deux femmes émues aux larmes dans leurs atours les plus seyants ! Et il allait renverser tout cela, ramenant les ténèbres, le chagrin et l'angoisse. Plus cruels encore qu'avant.

A mesure que le chemin défilait, sa colère enflait. On n'allait pas en rester là ! Et surtout pas s'installer dans un fauteuil pour déverser des torrents de larmes. Si haut placé que soit celui qui avait osé s'emparer de son fils, il le paierait de sa vie. Le temps de délivrer sa terrible nouvelle au château et il se mettrait en chasse. Et ce carrosse trop douillet qui n'avançait pas !...

Il le fit arrêter, ordonna à l'un de ses hommes de lui céder son cheval, l'enfourcha et partit au triple galop tandis que le cavalier démonté prenait sa place dans la voiture, étalant une mine réjouie qui hérissa le cocher.

— Si tu t'imagines que tu vas pouvoir te prélasser, lança-t-il fort mécontent, tu vas déchanter ! Cramponne-toi bien, mon bonhomme, ça va secouer ! On ne va pas laisser Monsieur le baron arriver avant nous !

Le fouet claqua. L'attelage repartit à fond de train, encouragé par la voix du cocher debout tel un aurige grec menant son char. La voiture se mit alors à danser comme une barque dans la tempête. Seuls deux des gardes l'escortèrent : les autres étaient déjà partis sur les traces du baron.

En arrivant à Courcy avec un bon quart d'heure d'avance, Hubert fut tellement surpris qu'en sautant à terre, il faillit s'étaler sur le perron. Il n'y avait pas de lumières, pas de fleurs, pas d'habits de cérémonie mais un épais silence à peine troublé par les voix des serviteurs qui, massés à un bout de l'immense vestibule, chuchotaient entre eux.

— Mais enfin ! tonna-t-il. Qu'est-ce qui se passe ici ?

Il avait à peine fini de parler que sa sœur, le visage défait, accourait se précipiter dans ses bras.

— Lorie ! hoqueta-t-elle. Lorie est partie !

Il la détacha de lui pour la tenir à bout de bras et mieux la voir.

— Partie ?... Ça veut dire quoi ?

— Pas de son plein gré, évidemment ! J'aurais dû dire qu'elle a été enlevée...

— Enlevée par qui ? Comment ?

— Par qui ? On n'en sait toujours rien ! s'écria-t-elle soudain furieuse. Comment ?... Vous n'avez qu'à lire ça ! Où est Thomas ?

— Enlevé, lui aussi ! Par un certain Vitry qui s'est annoncé comme son cousin et son meilleur ami... et qu'il a suivi en toute innocence puisque aucun visage ne s'inscrit dans sa mémoire. Voyons la lettre et venez par ici ! On ne va pas rester là et vous avez besoin de vous remettre !

— Oh moi, c'est sans importance ! Lisez plutôt !

— Encore cette foutue dague !... Tonnerre de Dieu ! C'est une conspiration !...

Et il se mit à lire à haute voix :

« Tu n'as pas voulu m'obéir, aussi vas-tu recevoir à présent ta punition ! Si tu veux revoir vivante la pauvre loque qu'est devenu ton mari, tu dois exécuter mes ordres à la lettre. Tu vas sortir du château seule, habillée comme lorsque tu te promènes à pied. Tu iras ainsi jusqu'à la lisère des bois et tu continueras ton chemin. Quiconque tenterait de te suivre serait abattu, même ceux du château s'ils étaient derrière toi. Nous sommes nombreux et nous tirons juste ! Tu pénétreras dans le bois où tu es attendue. Toute désobéissance de ta part ou de celle d'un tiers signerait la mort de Thomas. Et une mort assez cruelle pour qu'il implore longuement sa venue...

« Hâte-toi ! Je te donne dix minutes pour apparaître sur le chemin de l'étang. Je vais savourer cet instant où tu vas venir vers ton destin comme, un peu plus tard, celui où, de toi-même, tu viendras t'offrir à moi ! »

A mesure qu'il lisait, la voix d'Hubert baissait. Il mâchait les mots jusqu'à ce qu'ils ne fussent plus qu'une sorte de grondement qui explosa sur le dernier.

— Par tous les diables de l'enfer ! J'arracherai la peau de ce monstre pouce par pouce ! Depuis quand Lorie est-elle partie ?

— Une heure environ. Que comptez-vous faire !

— Les retrouver ! Et pour cela interroger ce beau « monsignore » qui a lâchement livré mon fils !

— L'évêque de Luçon ? Vous êtes fou ! s'écria Clarisse. Où êtes-vous allé chercher pareille idée ?

— Tout simplement dans mon petit cerveau. Il est seul avec ceux de la maison à savoir où Thomas était soigné. Et vous voyez le résultat ?

— Mais pourquoi aurait-il fait cela ?

— Pour plaire à son cher Concini, voyons ! La Cour, le Roi, la Reine, tout le monde est en route vers l'Espagne. Il est le maître à Paris !

— Le Florentin et sa femme sont partis avec eux sans doute.

— Ce serait étonnant. L'amant de la Médicis au mariage de son fils ? Les Espagnols n'apprécieraient pas !

— On dit qu'il est à leur solde depuis longtemps !

— A plus forte raison si vous ajoutez les crises « démoniaques » de sa moitié ! Non, je suis persuadé qu'il est là et son évêque avec lui. En attendant, qu'on m'appelle Flagy avec des chevaux frais !

— Il n'est pas ici ! Pendant que Lorenza se dirigeait vers son bourreau, je l'ai fait sortir du château par le souterrain accompagné de quelques hommes. Dans l'espoir qu'il pourrait apercevoir quelque chose... et peut-être dépister des traces. Rappelez-vous que c'est un remarquable chasseur !

Sidéré, Hubert dévisagea sa sœur comme s'il la voyait pour la première fois.

— Ma parole, il vous arrive d'avoir du génie ?

— Je suis votre sœur, Hubert ! A ceci près que je réfléchis davantage.

— Mais... des chevaux ?

— Ils sont trois. Ceux de la ferme devraient suffire...

Tandis que, enveloppée d'une épaisse mante à l'épreuve de la pluie, elle avançait sans hâte sur le chemin tant de fois parcouru qui longeait l'étang, Lorenza se sentait étrangement calme. Naturellement courageuse, elle ne redoutait ce qui allait venir que pour Thomas, plus malade peut-être qu'on ne le lui avait dit et que l'ennemi, si soigneusement caché, voulait faire souffrir, mais ce ne serait qu'un mauvais moment à passer pour l'un comme pour l'autre puisqu'elle ne lui survivrait pas. Dans quelques heures, tout serait terminé et peut-être aussi pour celui qu'elle appelait l'ennemi sans visage. Dans les plis de sa robe, elle sentait le poids rassurant de la dague dont, ce matin encore, elle avait vérifié le double fil. La belle arme n'était-elle pas, à elle seule, l'instrument de la vengeance et la clef de la vie éternelle ?

Prétendre qu'elle n'emportait pas des regrets serait faux et c'est pourquoi pas une seule fois elle ne se retourna vers son beau Courcy, ce château de rêve où elle avait connu les heures les plus merveilleuses de sa vie. Le temps écoulé n'avait pas réussi à en atténuer la saveur, l'ardente griserie coupée d'instants si doux. Cela, le misérable qui l'attendait au bout du chemin ne pourrait jamais le lui enlever, même s'il parvenait à obtenir ce qu'il convoitait depuis si longtemps : son corps qu'il voulait asservir. Mais elle le vendrait d'autant plus cher qu'elle était décidée à frapper la première, dès la minute où elle se trouverait en sa présence. A quoi bon des paroles dans ce genre de situation ? L'individu, quel qu'il soit, n'était rien d'autre qu'un criminel pervers qui ne méritait pas de vivre.

Une seule satisfaction — si l'on pouvait appeler cela ainsi ! —, dans la situation où elle se trouvait : elle allait pouvoir mettre un nom sur le visage de son adversaire. Tout au moins avoir une certitude car, à force d'y penser, elle en était venue à s'en douter encore qu'elle hésitât entre deux hypothèses...

A présent, la lisière du bois était devant elle. Avant d'y pénétrer, elle envoya une pensée pleine de tendresse à ceux qui étaient devenus ses chers parents : Clarisse et Hubert ! Dans un laps de temps incertain, ils n'auraient plus d'enfants du tout ! Et pourtant ils avaient le cœur assez grand pour l'avoir aimée, elle par qui le malheur était entré chez eux !

« Ô Seigneur, pria-t-elle tout bas, si l'un de nous a la chance d'en sortir vivant, faites que ce soit Thomas ! Même diminué, même privé de ses souvenirs, car ils sauront bien lui en susciter d'autres ! Aidez-moi à le sauver ! »

Elle fit un ample signe de croix et s'aventura sous le couvert des arbres...

Elle ne vit rien d'abord que le sentier tapissé de feuilles sèches se perdant sous l'enchevêtrement des branches. Puis soudain, elle sentit une présence derrière elle : un homme masqué armé d'un pistolet qui lui prit le bras.

— Par ici !

Il la mena jusqu'à un sentier où attendait une voiture dont tous les mantelets étaient baissés. Sur le siège, il y avait un cocher immobile et emmitouflé à l'instar d'un troisième homme, qui tenait la portière ouverte. Il lui fit signe de monter. Elle obtempéra. L'homme qui la guidait en fit autant et s'assit auprès d'elle.

— Allons ! dit-il seulement.

La portière se referma et Lorenza se trouva dans une quasi-obscurité qui, de nuit, devait être totale, mais qui gardait encore un semblant de clarté par les interstices des rideaux de cuir.

— Où m'emmenez-vous ? demanda-t-elle sans trop d'espoir de réponse.

Pourtant, il en vint une :

— Taisez-vous et tenez-vous tranquille ! Au moindre mouvement suspect je tire !

Il possédait une voix vulgaire, épaisse et presque pâteuse comme s'il avait bu. Elle s'offrit le luxe d'un petit rire.

— Cela m'étonnerait ! Il paraît que votre maître tient essentiellement à me voir... et en bon état !

— Taisez-vous ou je vous bâillonne !

— Dans ce cas...

C'eût été stupide en effet. Sa situation était déjà assez critique sans qu'on y ajoute un nouvel inconfort... La jeune femme s'établit de son mieux dans son coin en essayant de repérer le chemin de l'attelage. Depuis le temps qu'elle habitait Courcy, elle s'était suffisamment familiarisée avec les alentours du château ainsi qu'avec une partie appréciable de la vallée de l'Oise pour comprendre qu'on se dirigeait plutôt vers Paris. Mais sans doute ces gens se méfiaient-ils de son intelligence — et en cela ils lui faisaient grand honneur ! — car au bout d'un petit quart d'heure on prit à droite, puis à gauche, et encore à gauche, puis à droite et, après avoir fait plusieurs fois le tour de ce qui devait être un rond-point, on suivit enfin une direction dont elle était à présent incapable de dire si c'était celle du nord, du sud ou de l'ouest. La route, droite, ne présentait plus d'intérêt. Lorenza était bel et bien perdue mais, au fond, le lieu où se déroulerait son calvaire, et très certainement sa mort, avait-il quelque importance ?

Alors elle essaya de dormir afin de préserver ses forces autant qu'il était possible et le plus étonnant, c'est qu'elle y parvint en dépit des cahots du chemin.

Cependant le baron Hubert arrivait à Paris, sachant qu'en l'absence de la Reine il ne trouverait pas au Louvre celui qu'il cherchait. Il alla donc tout droit rue de Tournon où, la nuit commençant à tomber, l'hôtel de Concini brillait déjà de mille feux qui contrastaient avec sa propre demeure dont il avait fait différer les travaux depuis un moment. S'il avait toujours un fils, il les reprendrait, sinon, il vendrait le bâtiment dont il n'aurait plus alors aucun besoin...

Le portail du Florentin était grand ouvert pour laisser passer un carrosse aux rideaux baissés escorté de quatre valets. Aussi se hâta-t-il de s'y engouffrer avant qu'on ne le referme, mais aussitôt un palefrenier sauta à la bride de son cheval :

— Hé là, monsieur ! Où allez-vous ? On n'entre pas comme dans un moulin chez Monseigneur le maréchal d'Ancre !

— Ah, on lui donne du Monseigneur, maintenant ? Ce sera quoi la prochaine fois ? Sire ou Votre Majesté ?

— Monsieur, je vous prie de sortir !

— Et moi je veux voir votre maître quel que soit le titre que vous lui donnez ! Je suis le baron de Courcy et je n'ai pas pour habitude d'attendre derrière une porte. Allez le lui dire !

— Que Monsieur le baron m'excuse, fit l'autre en changeant de ton, mais c'est impossible : Monsieur le maréchal n'est pas ici !

— Difficile à croire au regard de toutes ces illuminations ! Alors peut-être son épouse ? Je ne suis pas difficile !

— Oh ! Monsieur le baron !...

— Cela ne vous ressemble pas de mettre un domestique dans l'embarras, Monsieur de Courcy ! intervint un personnage qui venait de sortir de la maison, attiré par la discussion.

Sans plaisir aucun, Hubert reconnut Antoine de Sarrance et se renfrogna.

— Que faites-vous là ? Il est vrai que vous êtes un familier des lieux à ce que l'on dit...

Sarrance qui était tête nue esquissa un salut moqueur.

— Et on a raison. Les demeures du maréchal et de la marquise sont les endroits où l'on s'amuse le plus à Paris ! Songeriez-vous à rejoindre notre joyeuse bande ? Vous avez dépassé l'âge des fredaines...

— Trêve d'insolences ! En réalité, Concini ne m'intéresse qu'à moitié. C'est son nouveau fidèle que je veux rencontrer !

— Fidèle ?

— Du moins je le suppose puisque Concini lui a fait prendre rang dans la maison ecclésiastique de la Reine ! Comme si, avec je ne sais combien de prêtres, elle n'en avait pas suffisamment, mais celui-là parle si bien... outre qu'il est loin d'être laid !

— Ah, le petit Richelieu ?

— C'est ça ! L'évêque de Luçon !

— Il vous a fait quelque chose ?

— Je pourrais vous répondre que cela ne vous regarde pas mais comme je suis pressé et que je voudrais le rencontrer, son adresse me suffira !

Sarrance éclata de rire.

— Et vous imaginez que je la connais ? Ce n'est pas parce qu'il a séduit Concini et sa femme qu'il compte au nombre de mes amis. Donc, son adresse, je l'ignore. Le maître d'hôtel vous renseignera peut-être ?

L'idée traversa Hubert de gifler cette face ricanante mais il n'avait pas de temps à perdre en vaine querelle. Il haussa les épaules.

— Merci de votre... obligeance ! Je vais plutôt la demander à donna Leonora que l'on dit fort pieuse !

— Elle ne vous recevra pas : elle a ses crises ! De toute façon, l'adresse ne vous servira à rien : l'évêque n'y est pas pour l'excellente raison qu'il est sorti il y a peu avec le maréchal pour aller... je ne sais où ! Mais comme on m'a prié d'attendre, c'est ce que je vais faire. Me tiendrez-vous compagnie ?

— Ce ne serait agréable ni pour vous ni pour moi ! Je vous donne le bonsoir et je reviendrai plus tard !

Il patienterait le temps qu'il faudrait certes mais pas en compagnie de ce garçon, qu'il appréciait autrefois cependant quand il était l'ami de Thomas et que tous deux partageaient le même logis, mais il ne pouvait lui pardonner l'acharnement qu'il avait mis à vouloir la mort de Lorenza, acharnement qui avait brisé leur amitié... Il choisit donc de guetter le retour du Florentin dans ses propres murs, si peu confortables qu'ils soient.

Quittant ce qui était maintenant l'hôtel d'Ancre, il se fit ouvrir par le gardien qu'il entretenait à l'année. Un brave homme, ancien soldat, dont la femme ne verrait aucun inconvénient à servir du vin chaud à son escorte. Tout compte fait, lui-même en boirait volontiers une petite pinte...

L'arrêt brutal de la voiture réveilla Lorenza. Il faisait presque nuit. Le regard embrumé, elle serait tombée si une main ne l'avait retenue quand on lui avait ordonné de descendre, elle se tordit néanmoins le pied et la douleur la réveilla tout à fait. Celle qui l'avait aidée était une femme sans âge, sans couleur, sans signe distinctif, à peine plus qu'une ombre, mais sa poigne était solide et elle la soutint pour monter les quelques marches donnant accès à la maison dont elle eut à peine le temps d'apercevoir l'extérieur...

C'était, bâti au milieu d'une clairière, un manoir à un seul étage sous un comble flanqué de deux tourelles. Devant, s'étalait une pièce d'eau circulaire ornée en son centre d'une statue d'enfant tenant à bras-le-corps un poisson d'où jaillissait un jet d'eau. Le chemin qui y menait fuyait sous les arbres dans l'axe même de la fontaine. Tout autour s'épaississait une forêt.

— Où sommes-nous ? demanda Lorenza.

— Cela a-t-il beaucoup d'importance ? répondit la femme avec un accent facile à identifier.

— Vous êtes de Florence, vous aussi ?

— Non. De Toscane, oui ! Je dois vous conduire à votre chambre. Là-haut, il y a du feu.

Le vestibule ne présentait aucun intérêt. Peu de noblesse : seulement quatre chaises à haut dossier se faisant face le long de deux murs et un coffre de bois sculpté où était posé un chandelier où cinq bougies flambaient. Au fond, un assez bel escalier filait droit vers les ombres du plafond.

Bien qu'il ne fît pas froid, Lorenza frissonna. En dépit de la femme, impeccable sous son bonnet blanc et son tablier, des quelques meubles, cette maison sentait l'abandon. Il y avait d'ailleurs de la poussière sur le coffre du rez-de-chaussée... Pourtant, quand une porte s'ouvrit sous la main de son guide, elle découvrit une chambre relativement accueillante. Un bon feu était allumé dans la cheminée. Au fond de la pièce, trônait un lit à colonnes garni de draps de soie et de couvertures brodées, des tapis bleus et rouges réchauffaient le parquet et des meubles — dont une table à coiffer où il ne manquait rien ! — de bonne qualité et d'un goût certain, malgré une facture datant du siècle précédent, complétaient le décor. Enfin, plusieurs chandeliers et un vase de marguerites d'automne ajoutaient même une note de gaieté à l'ensemble.

— Je vais vous donner quelque chose à manger, fit la femme. Vous devez avoir faim ?

— Pas vraiment ! J'aimerais seulement un peu de vin !

— Je vais vous en apporter. Cela vous permettra d'attendre le souper que l'on servira sans doute ici même... Oh ! Mon Dieu ! Quelle magnifique robe !

Tout en parlant, elle avait ôté le manteau de Lorenza, découvrant la toilette qu'elle portait. En effet, attendant l'arrivée de Thomas, la jeune femme avait choisi l'une de celles qu'il préférait, velours noir et satin blanc sans collerette afin de mieux dégager les épaules, la gorge et le cou au long duquel tremblaient les girandoles de diamants, de rubis et d'émeraudes assorties à la rose épanouie faite des mêmes pierres et agrafée au creux profond du décolleté. En laissant Guillemette les lui accrocher, elle avait eu les larmes aux yeux au souvenir des mains caressantes de son époux ôtant la fleur pour la remplacer par ses lèvres. Elle avait tant espéré qu'en la revoyant ainsi parée les souvenirs remonteraient des profondeurs obscurcies de sa mémoire ! Ce soir, elle les portait peut-être pour la dernière fois...

Ne jugeant pas utile de répondre à l'exclamation admirative, elle alla s'asseoir près du feu.

— Apportez-moi du vin ! rappela-t-elle sans la regarder.

Elle ne tourna pas davantage les yeux quand un léger grincement de la porte se fit entendre, se contentant d'avancer la main pour prendre le verre présenté sur un plateau, sans cesser de suivre distraitement la danse des flammes dans la cheminée.

— Ce vin d'Alicante devrait vous plaire ! fit une voix masculine. Rien de tel pour les émotions ! Dieu, que vous êtes maladroite !

Poussant un cri, elle s'était en effet relevée brusquement, laissant échapper le gobelet de cristal qui se brisa à ses pieds et fit soudain volte-face à... Antoine de Sarrance, qui était devant elle !

— Ainsi, c'était donc vous ? lâcha-t-elle avec lassitude.

Il s'éloigna d'elle pour s'adosser à l'une des colonnes du lit.

— L'idée ne vous en est jamais venue ? Qui croyiez-vous donc rencontrer ici ?

L'écho de deux voix parlant en italien parvint jusqu'à eux par la porte entrouverte. Ce qui le fit s'esclaffer.

— Ce bon Concini, bien sûr ! C'est d'ailleurs ce que j'espérais. Et je reconnais que je lui dois quelque gratitude ! Il a énormément fait pour moi !

— Tuer votre père, par exemple ?

— Il est certain que, par la suite, je m'en suis félicité mais, en fait, ce Bertini, qui n'était pas très intelligent, a frappé pour lui rendre service. Il lui devait certaines choses et sachant qu'il vous convoitait a saisi l'occasion en vous voyant fuir. Il en a été bien mal remercié, comme vous le savez.

— Je sais qu'il est mort, c'est tout. Qui l'a tué ?

— Un autre séide de Concini mais, cette fois, sur ordre. L'imbécile était tellement content de lui qu'il en devenait gênant ! Fin de l'histoire !

Tandis qu'il parlait, Lorenza l'observait, cherchant à comprendre avec le recul ce qui s'était passé en elle ce fameux soir de Fontainebleau où leurs regards s'étaient croisés pour qu'en un instant elle eût oublié Vittorio pour ne plus voir que lui. Elle avait été si persuadée de l'aimer à ce moment. Son cœur avait dû s'embraser à la flamme de la passion qu'elle avait pu lire dans son regard ! Il était beau alors !... C'était toujours vrai mais elle avait en face d'elle un homme incroyablement différent et, celui-là, il lui répugnait ! Le contraire eût été surprenant : n'était-elle pas venue rencontrer son pire ennemi ?

Repoussant du pied les débris de verre, elle se rassit, ce qui lui permit de sentir contre sa jambe la présence rassurante de la dague et sa main glissa doucement vers l'ouverture de sa robe.

— Pas tout à fait, reprit-elle. Il faut aussi admirer vos talents de faussaire, l'image parfaite de la dague, c'était à s'y méprendre ! Toujours la bande à Concini, je présume ?

— Bien entendu ! Il y a de tout dans le flot italien qui accompagnait la Reine à son arrivée. Des artistes parfois mais, en ce qui concerne les lettres, ce n'était pas difficile d'en faire d'identiques : mon père en avait reçu une avant le mariage — d'où la cotte de mailles ! — et l'avait conservée. Je l'ai retrouvée dans son écritoire. Une telle œuvre d'art, cela se garde, outre le fait que cela donne à penser... Mais vous aviez demandé du vin et vous l'avez renversé ! Je vais appeler...

— N'en faites rien ! Je n'en ai plus envie !

— Pourquoi donc ? Nous allons au contraire boire ensemble... à cette nuit qui nous attend... et que je veux inoubliable !

— Comme celle que m'a infligée votre père ?

— Sous des dehors apparemment policés, mon père était un sauvage. Oser abîmer la perfection que vous êtes ! Soyez rassurée, vous n'aurez de moi que des caresses !... Dieu que vous êtes belle ! Bien plus encore que lorsque vous êtes arrivée de Florence !

— Trêve de fadaises ! Vous avez prétendu détenir mon époux : je viens le chercher !

— Le chercher ? (Il eut un rire bref.) Vous

n'avez rien compris. Il n'en a jamais été question ! Je ne vous ai proposé que de le revoir vivant car je compte me débarrasser de cette coquille vide ! Dommage ! C'était un bon compagnon autrefois... Hélas pour lui, c'était avant vous ! Vous êtes apparue et tout a changé !

— Je veux le voir !

— Mais vous allez le voir, sinon où serait le piment de cette nuit ? En fait, la façon dont il passera de vie à trépas va dépendre uniquement de votre bonne volonté ! Je vais le faire amener...

— Un moment encore !

— Vraiment ? Je vous croyais pressée !

— Il y a deux choses que je voudrais savoir !

— Quoi par exemple ?

— Il ne vous a pas reconnu ?

— Oh non ! Etant allé le chercher à Senlis, il m'a cru tout béatement quand je me suis présenté comme son meilleur ami et c'est très volontiers qu'il m'a suivi.

— Comment avez-vous su où il se cachait ? Nous nous sommes abstenus de nous y rendre afin que l'endroit où il était soigné demeurât inconnu ! Qui avez-vous corrompu ?

— Personne, ma chère ! Vous n'oubliez qu'un détail... ou plutôt vous l'ignorez sans doute. C'est qu'au temps où nous étions compères et où j'étais pauvre comme Job, il me faisait la grâce de partager avec moi les services de Gratien, son valet. Or, celui-ci n'était pas à Courcy que j'ai mis sous surveillance. Il faut avouer que votre fortune me permet nombre de fantaisies et que c'est franchement agréable d'être riche ! Et comme, avec de la patience, on parvient à tout, on a vu, un beau jour, arriver... et repartir ce bon Gratien. Il a suffi de le suivre !

Tandis qu'il parlait, le cerveau de Lorenza tournait à toute allure.

— Sous quel nom vous êtes-vous présenté à Thomas ? Antoine de Sarrance... ou M. de Vitry ? Car c'est vous, ça ne laisse aucun doute, qui avez osé cacher vos forfaits sous le nom honorable d'un serviteur du Roi !

— Qu'est-ce qui vous fait croire ça ? fit-il sans dissimuler sa surprise.

— Le fait qu'un paysan n'ait pas hésité à dénoncer mon beau-père au prince de Condé pour l'avoir privé de son neveu Colin, un pauvre garçon dépourvu de mémoire que le paysan en question avait sorti de l'Escaut à moitié mort. Mais il n'était pas seul : un religieux vivant en ermite dans la forêt voisine l'avait secouru et lui avait donné des soins. Je suppose qu'à ce moment sa perte de mémoire l'a sauvé.

— Bravo ! Quelle perspicacité ! applaudit-il. C'était même follement drôle de le voir réduit à l'état de cheval de labour ! Cela valait la peine de l'abandonner à cette vie-là !

— C'est donc vous qui l'avez poignardé, comme vous aviez poignardé M. de Bois-Tracy ?

— Difficile d'agir autrement : celui-ci m'avait reconnu sous mon déguisement et m'avait apostrophé. Thomas avait entendu : j'ai par conséquent été obligé de m'en débarrasser aussi ! Vous en avez assez appris maintenant ?

— Oh oui, largement ! fit-elle sans cacher son dégoût. Vous êtes un fier misérable, Monsieur de Sarrance ! Votre père était certes une brute mais sa réputation était celle d'un homme d'honneur sans quoi le Roi ne lui aurait jamais accordé estime et amitié ! Comme à M. de Courcy !

— Ah, j'allais l'oublier celui-là ! Il faut que je vous fasse rire, ma chère, avant d'en arriver aux choses sérieuses. Savez-vous ce qu'il fait à cette heure, notre baron ?

— A quoi pourrait-il s'occuper d'autre que chercher son fils ?

— Oh que nenni ! Il est en quête du petit évêque de Luçon, le nouveau fidèle de ce bon Concini ! Il croit dur comme fer que c'est lui qui a révélé l'adresse du médecin de Senlis. Dans l'humeur où il est, je pense qu'il songe à lui administrer une fameuse raclée ! C'est d'un comique !

— Je ne trouve pas ! Et par quel hasard pourriez-vous le savoir ?

— Parce que j'ai quitté le baron il y a peu. Nous nous sommes rencontrés chez Concini où je lui ai fait savoir qu'ils étaient sortis tous les deux mais qu'ils ne tarderaient pas... et que je les attendais. Je lui ai même proposé ma compagnie mais il a préféré aller piétiner dans ses plâtras... ce qui m'a permis de m'esquiver aisément.

Désorientée, Lorenza cherchait à comprendre comment cela était possible.

— Vous l'avez vu il y a combien de temps ?

— Pas tout à fait deux heures...

Et, soudain, il éclata de rire.

— Où croyez-vous que nous sommes ? Aux environs de l'une de ces villes du Nord dont ce maréchal de foire s'est fait remettre les gouvernements ? Point du tout ! Cette bicoque lui appartient en effet mais nous sommes à deux lieues à peine du Louvre. Un endroit adroitement dissimulé et fort pratique pour y régler les comptes... délicats, car la Seine n'est pas loin. Mais je veillerai à ce qu'on y repêche le cadavre de votre mari adoré. Ainsi c'est notre maréchal-marquis qui portera le poids du crime... Il n'est pas à un mort près !

La jactance du personnage écœurait Lorenza et la confortait dans sa décision de le tuer mais, en même temps, lui avait fait renoncer à son projet initial qui était de frapper son ennemi dès l'instant où elle se trouverait en face de lui. C'eût été stupide puisqu'elle n'aurait jamais obtenu une vérité qui lui importait tellement : celle des désastres qui jalonnaient sa route depuis qu'elle avait quitté son couvent des Murate. Quand, à Courcy, elle avait reçu la première lettre de menaces à la veille de son mariage, elle s'était crue poursuivie par un unique meurtrier. En fait, il y en avait trois obéissant à des motifs différents : la politique pour Giovanetti, la servilité jointe à l'appât du lucre pour Bertini, et maintenant celui-là, prêt à tous les crimes afin d'assouvir un désir où l'orgueil et la cruauté tenaient sans doute plus de place qu'un prétendu amour...

— C'est un plaisir d'être de vos amis ! fit-elle, méprisante. Mais, trêve de plaisanteries, à présent je veux voir mon époux...

Dans les plis de sa robe, elle avait saisi la poignée de la dague qu'elle tirait lentement de son fourreau. Lui souriait toujours. Il ébaucha un mouvement vers la jeune femme dont la main se crispa sur l'arme. S'il venait contre elle, la tentation l'emporterait sur la prudence, mais il se ravisa et sortit de la chambre... Le moment le plus difficile approchait et Lorenza recommanda son âme à Dieu.

Soudain, la voix furieuse de Thomas parvint jusqu'à elle.

— Vous devenez fou ? Quelle sorte d'ami êtes-vous pour oser me traiter de la sorte ?

En d'autres circonstances, Lorenza aurait chanté de joie à l'entendre, surtout si vigoureuse, mais il y avait celle de l'autre, si haineuse qu'elle en frissonna.

— L'important était que tu le croies, pauvre idiot ! Mais tu devrais m'être reconnaissant : tu vas revoir ta femme !

— Ma femme ? Je n'ai pas de femme... ou alors vous avez trouvé une gueuse pour jouer ce rôle ?

— Rassure-toi, mon bonhomme, tu vas être content ! Je t'ai gâté...

Les voix se rapprochaient. Le cœur de Lorenza battait la chamade et ce qu'elle vit lui arracha un cri d'épouvante.

— Thomas ! Mais que lui avez-vous fait, espèce de monstre ?

Ce que deux hommes vigoureux apportaient était une chaise à haut dossier sur laquelle Thomas était étroitement ligoté, vêtu seulement de ses chausses. Un épais bandeau de fer, comme le reste du siège, lui maintenait la tête contre le dossier.

A travers les larmes jaillies spontanément, elle dévorait des yeux son époux. Sa longue souffrance lui avait creusé les traits et l'avait amaigri mais elle retrouvait dans ses yeux couleur d'outremer la flamme d'autrefois. Plus de mémoire peut-être mais l'intelligence restait intacte, elle l'aurait juré !

D'instinct, elle voulut s'élancer vers lui mais Sarrance la retint si soudainement et si fermement en l'invitant au calme qu'elle ne put sortir son arme. Cependant Thomas lui souriait aimablement.

— Ainsi vous êtes mon épouse, Madame ? J'ai beaucoup de chance parce que vous êtes bien belle !

Sarrance ricana.

— N'est-ce pas ? Une chance que tu n'aurais jamais dû connaître et que j'avais interdite...

— Pourquoi ?

— C'est clair pourtant : je la voulais pour moi !

Elle m'a désobéi mais il y a si longtemps qu'elle ne devrait même plus s'en souvenir ! De toute façon, je vais le lui faire oublier sans plus tarder et tu vas être notre témoin !

Le sourire de Thomas s'effaça.

— Ce qui signifie ?

— Que je vais la prendre là, devant toi, dans ce lit qui nous attend et que tu ne perdras pas une miette de mes exploits. Filez, vous autres !

D'un geste accompagnant la parole, il chassait les valets. D'une voix redevenue paisible, Thomas demanda :

— Pourquoi voulez-vous l'accabler si vous l'aimez ? Si nous sommes mariés c'est elle que vous allez faire souffrir... puisque moi je ne la connais pas !

— Même d'elle, tu ne te souviens pas ?

— Non. Pardonnez-moi, Madame ! Il est probable que si on m'en laissait le temps, je vous aimerais comme vous méritez de l'être car je n'ai encore jamais vu pareille beauté. Est-ce que... vous m'aimiez ?

— Oh Dieu ! Oui... Je vous aimais et je vous aime toujours...

— Alors, Vitry — c'est votre nom n'est-ce pas ? —, mon « ami » Vitry, pourquoi voulez-vous lui infliger cette humiliation ?

— Parce qu'elle la mérite ! Je te l'ai dit, elle m'a désobéi et maintenant, elle va payer ! Ensuite, sois tranquille, je me débarrasserai de toi...

— Et elle ? Vous la tuerez aussi ?

— Non... Pas tout de suite ! Elle vivra ici et je viendrai la voir selon mon bon plaisir ! Ce sera souvent, je pense... Mais puisque tu ne te souviens plus, nous allons la découvrir ensemble ! Déshabillez-vous ! ordonna-t-il en se tournant vers la jeune femme...

— Que je... ?

— Immédiatement !

— Et si je refuse ?

— Je ne crois pas ! Vous voyez ce bandeau de fer ? Il est bardé de pointes à l'intérieur et muni d'une vis derrière que l'on peut serrer. Quand le sang coulera, évidemment votre Thomas verra moins nettement ! Allons, pressons ! Sinon je vais donner un tour à la vis !

— Désolée, mais je ne sais pas me déshabiller seule ! J'ai l'habitude d'une femme de chambre !

— Dieu que vous êtes agaçante !... Enfin... Je vais vous assister !

Il se rapprocha d'elle pour dégrafer la robe. Lorenza fit volte-face. A ce moment, la dague surgit et frappa... un peu à l'aveuglette à cause de la trop forte tension nerveuse de la jeune femme. Elle réussit seulement à le blesser... Il émit une sorte de beuglement puis la frappa et l'envoya à terre où elle se fit très mal contre le lit et s'évanouit.

— Lorie ! Non ! hurla alors Thomas, affolé.

Ce cri retint le poing du dément prêt à cogner encore. Il regarda son prisonnier avec stupeur.

— Lorie ?... On dirait que la mémoire te revient !

— Suffisamment pour savoir ce que tu vaux !...

— Oh mais cela change tout !... Ma jouissance n'en sera que plus vive puisque tu vas pouvoir apprécier en connaisseur notre nuit d'amour... et fais-moi confiance, je me sens plein de vigueur.

— Ton sang coule pourtant !

— Ce n'est pas grave ! Va me chercher un tampon de linge, toi ! ordonna-t-il au valet réapparu quand il avait entendu du grabuge. Et puis va-t'en. Les charmes d'une noble dame ne sont pas pour les yeux d'un larbin !

Cependant, il ouvrait son pourpoint laissant apparaître une blessure en dessous de l'épaule. Il y appuya le linge apporté par le domestique et reboutonna le vêtement qui le maintint en place. Après quoi, il s'agenouilla près de Lorenza qu'il commença par dépouiller de ses bijoux pour lesquels il eut un sifflement admiratif avant dans les glisser dans sa poche.

— Voleur en plus ! jeta Thomas, dégoûté. Tu es vraiment parfait. Tue-moi et finissons-en !

— Te tuer ? Tu es malade. Cela viendra peut-être... après le spectacle, et ce poignard m'a même donné une idée, ajouta-t-il en ramassant la dague. C'est elle qui aura ce plaisir ! Pour te délivrer quand elle t'entendra hurler sous la torture. Cela me permettra de la renvoyer en place de Grève quand je me serai bien repu d'elle ! Mais d'abord, réveillons la belle endormie !

Se penchant à nouveau sur Lorenza, il la gifla

à deux reprises à toute volée et, en effet, elle revint à elle sous le regard angoissé de son époux. Puis il la jeta dans un fauteuil et lui fit avaler un verre d'eau-de-vie qui la brûla mais acheva de la ramener à la réalité. Tout de suite son regard chercha Thomas. Avait-elle rêvé tout à l'heure quand elle avait brandi la dague ? L'angoisse qu'elle lut dans ses yeux lui fit comprendre qu'elle ne s'était pas trompée : il l'avait reconnue !

— Eh oui, confirma Sarrance, goguenard. Notre ami Thomas a recouvré la mémoire. En vous voyant sans doute ? Vous opérez des miracles. Ce dont je me réjouis parce qu'il va pouvoir apprécier toute la saveur de notre nuit d'amour !

— Vous êtes un suppôt du diable ! jeta Lorenza écœurée.

— Vous croyez ? C'est possible mais, après tout, pourquoi pas ? Avec vous, j'espère encore reculer mes limites ! Revenons à présent où nous en étions : déshabillez-vous... mais pas trop vite que j'aie le temps d'apprécier ! fit-il en jouant avec la dague qu'il venait de ramasser. Allons ! Que l'on obéisse sinon ce cher Thomas va souffrir, continua-t-il en se rapprochant de la chaise de fer. Il tendait la main vers la vis commandant les pointes. Désespérée, les larmes aux yeux, Lorenza commençait à faire glisser les épaules de son décolleté quand un véritable vacarme éclata dans la maison fait de cris et du fracas des armes.

— Allons bon ! Qu'est-ce encore que cela ! maugréa Sarrance en s'élançant hors de la chambre, où il revint beaucoup moins rapidement et à reculons, la pointe d'une épée appuyée sur sa poitrine...

A l'autre bout de l'arme, se trouvait un gentilhomme pas très grand mais vigoureux, au faciès brutal barré d'une moustache noire.

— Lâchez cette dague ou je vous embroche ! Un peu plus tôt, un peu plus tard, et pas d'illusion, vous ne m'échapperez pas !

— Vous iriez jusqu'à m'assassiner ?

— Sans hésiter ! Ne fût-ce que pour vous apprendre à vous cacher sous un nom honorable pour commettre vos crimes ! Comment ça va, Courcy ?

— Aussi bien que possible dans cet attirail, capitaine de Vitry ! Et très heureux de vous voir ! Par quel miracle êtes-vous ici ?

— On vous dira ça plus tard ! D'abord en finir avec ce truand ! Mais pas devant une dame ! Mes hommages, Madame ! (Puis élevant la voix :) Si vous voulez bien venir, Monseigneur, je crois que les secours de l'Eglise ne vont pas tarder à être les bienvenus.

Elégant à son habitude dans son habit mi-cavalier mi-ecclésiastique, l'évêque de Luçon effectua une entrée aussi paisible que s'il s'agissait d'un salon, eut un « oh ! » offusqué en apercevant Lorenza et vint lui prendre la main pour la faire asseoir.

— Que vous êtes pâle ! Comment vous sentez-vous ?

— Pas trop mal depuis un instant mais j'irais mieux encore si vous aviez la bonté de délivrer mon époux !

Elle désignait Thomas qu'il n'avait pas vu mais vers lequel il s'empressa.

— Dieu tout-puissant ! Pardonnez-moi, baron ! Je ne me souciais que de secourir Madame de Courcy !

Avec une joie immense, Lorenza entendit le rire de Thomas.

— Oh, je ne vous en veux pas ! Cela me paraît même tellement naturel !

Cependant, tandis que le jeune prélat le libérait avec d'infinies précautions, Thomas observait avec inquiétude les hommes de Vitry en train de ligoter Sarrance à demi fou de rage.

— Vous avez l'intention de le mener à la Bastille ? demanda-t-il. Je préférerais que vous me laissiez me battre avec lui. Un procès ne pourrait que raviver les blessures de ma femme ! Laissez-moi l'affronter l'épée à la main !

— La Bastille ? Un procès ? Pour quoi faire ? Pour que Concini, son protecteur, achète les juges ou ordonne bonnement qu'on le délivre ? Le Roi et plus encore la Régente sont loin ! Le ruffian italien règne !

La voix — singulièrement suave tout à coup — de M. du Plessis de Richelieu, se fit alors entendre.

— Rien à craindre de ce côté ! Il ne lèvera pas le petit doigt pour lui !...

— Vous mentez ! hurla Sarrance. Il est mon ami !

— Détrompez-vous ! Il pense que les dents vous poussent trop vite et il est las de vous entendre réclamer sans cesse pensions, prébendes et Dieu sait quoi ! En outre, vous êtes trop bruyant... dans l'entourage d'un homme qui ne s'intéresse plus guère qu'au royaume !

— Il m'a fait cadeau de cette maison... pour mes plaisirs !

— Disons que c'était un cadeau d'adieu ! fit l'évêque, un mince sourire aux lèvres. Et sans aller jusqu'à dire qu'il vous a livré...

— Ah non ? Qui alors ?

— Son épouse qui, elle aussi, vous trouve encombrant...

Se tournant vers Lorenza déjà réfugiée dans les bras de son mari, l'évêque reprit :

— Vous lui aviez demandé, Madame, d'essayer d'apprendre qui avait usurpé le nom de M. de Vitry à Bruxelles et dans la vilaine affaire de Condé-sur-l'Escaut ?

— C'est exact !

— Trop malade pour vous recevoir, c'est à moi qu'elle a confié la réponse qui tenait en un seul mot : Sarrance ! Et je me suis mis en campagne pour en savoir davantage. Sans oublier de la questionner et c'est d'elle que j'ai appris l'existence de cette retraite. Quand j'ai su ce qui venait de se passer à Senlis, je suis allé voir M. de Vitry à la porte duquel le marquis m'a fort obligeamment déposé. Et nous voici !

La suite se perdit dans les imprécations du prisonnier vouant pêle-mêle aux feux de l'Enfer les Concini, Monseigneur de Luçon, les Courcy, Vitry et « toutes les maudites créatures de Florence ». Agacé, Vitry ordonna de le bâillonner.

— Quoi qu'il en soit, intervint Thomas, je réitère ma demande de l'affronter aux armes.

Le capitaine lui rit au nez.

— Pour lui offrir une chance de poursuivre ses crimes ? Vous êtes à peine remis et lui crève de santé ! N'importe comment, si quelqu'un devait tirer l'épée contre lui, cela me reviendrait de droit pour avoir eu l'outrecuidance de traîner mon nom dans une boue sanglante ! Allez, vous autres, emportez-le s'il refuse de sortir sur ses pieds !

— Qu'allez-vous en faire ? interrogea l'évêque.

— L'accrocher au premier arbre venu ! Ses complices ont déjà été envoyés *ad patres* !

— La corde ? plaida Thomas. Il est tout de même gentilhomme...

— Et vous, vous êtes incurable, hein ? plaisanta Vitry en le regardant sous le nez. Bon, on va l'arranger autrement. Mais c'est bien pour vous faire plaisir ! Vous voulez le confesser, Monseigneur ?

— On peut toujours essayer ! concéda ce dernier sans grand enthousiasme.

Lorenza n'entendit même pas le coup de pistolet qui fracassa le crâne de son ennemi. Serrés l'un contre l'autre, elle et Thomas échangeaient ce baiser dont ils avaient tant rêvé !

A ce moment même, assis au milieu des plâtras de son hôtel, le baron Hubert attendait toujours le retour de Concini. Et commençait à trouver le temps long !

Épilogue

Dix-huit mois plus tard, le lundi 24 avril 1617, le pistolet de Vitry délivrait la France de Concini.

La situation était devenue intenable. Grisé par sa fantastique réussite et le pouvoir absolu qu'il s'était arrogé, l'ancien croupier menait train royal, ne sortait qu'entouré de deux cents gentilshommes, tranchait, taillait, délaissant sa femme qu'il se préparait à répudier, dédaignant même la Reine mère à laquelle il n'accordait plus que le don quotidien d'un bouquet de fleurs, traitant le jeune Roi lui-même avec une insolence telle qu'il ne se donnait plus la peine de feindre le moindre respect. Ce n'était toujours pour lui qu'un gamin sans consistance dont il songeait à se débarrasser un jour. Il le faisait d'ailleurs tenir sous une surveillance encore discrète.

Autour de Louis, il n'y avait qu'une poignée d'hommes, fidèles parfois par intérêt mais résolus à tout. Peut-être parce qu'ils ne risquaient rien d'autre que leur vie. Parmi eux, Vitry capitaine d'une compagnie des gardes.

Tous chasseurs impénitents à l'instar du Roi, leur plan relevait de la cynégétique : il fallait isoler « la bête » de cette foule sans laquelle il ne se déplaçait jamais et pour cela utiliser le pont dormant donnant accès au Louvre entre les portes de Bourbon et de Philippe Auguste.

Ce matin-là, Vitry s'y poste, une dizaine de conjurés bavardant ou baguenaudant dans son voisinage. Arrive Concini avec sa cohorte habituelle. Un bouquet à la main, il lit une lettre que l'on vient de lui remettre et ne s'aperçoit pas de la soudaine fermeture de la porte d'Autriche derrière lui ni de la présence réduite de ses partisans. L'autre porte est à son tour close. Vitry s'avança.

— Au nom du Roi, je vous arrête ! tonna-t-il.

L'interpellé le regarda, éberlué.

— *A me*[1] ?

— Oui, vous !

Concini a alors reculé, cherché son épée mais, plus rapide que lui, Vitry a tiré. Atteint par quatre autres coups de feu, Concini s'écroule dans la boue[2] — il pleut depuis l'aube ! — et c'est la curée. Ceux de sa suite qui étaient entrés n'ont

1. C'est à moi (que vous vous adressez) ?

2. On trouva dans ses poches près de deux millions de livres.

fait qu'esquisser une défense découragée aussitôt par Vitry.

— Ordre du Roi ! clame-t-il et tout se calme.

Mais les portes sont rouvertes et c'est, au-dehors, une énorme explosion de joie populaire. La nouvelle a filé comme une traînée de poudre et Paris, qui exécrait le Florentin, éclate de bonheur, attirant les chambrières aux fenêtres de Marie de Médicis. L'une d'elles crie à Vitry debout dans la cour :

— Que se passe-t-il ?

— Concini a été tué.

— Mon Dieu ! Mais par qui ?

— Par moi ! Va le dire à ta maîtresse !

Celle-ci, affolée, pique une véritable crise de nerfs mais quand on lui demande si elle veut prévenir elle-même « son amie si chère », elle répond :

— J'ai bien d'autres choses à penser ! Si elle n'entend pas la nouvelle, chantez-la-lui ! (Puis se ravisant, elle ajoute, cruelle.) Dites-lui : *E ammazzato.*

Le soir même, la Galigaï, arrachée à son appartement bourré de richesses, couchait à la Bastille en attendant la Conciergerie et le procès en sorcellerie qui allait la mener au bûcher avec la seule consolation qu'on lui trancherait la tête avant le feu. Ses cendres rejoindront dans la Seine les restes de son époux, hâtivement enterré d'abord puis déterré et mis en pièces par le peuple.

Après une brève explosion de joie, Louis XIII prit le pouvoir avec un calme, une autorité qui en stupéfièrent plus d'un. On avait tellement l'habitude de le prendre pour un demeuré ! Il s'en expliqua en peu de mots :

— J'ai fait l'enfant sinon je serais peut-être mort !

Il rappela les anciens conseillers de son père, exila sa mère à Blois. Son amour pour elle, si mal payé de retour, s'était changé en fiel ! Elle déménagea avec tout son monde y compris l'imperturbable marquise de Guercheville, ses coffres, ses joyaux, ses serviteurs. Dans le dernier carrosse, il y avait Monseigneur de Luçon qui s'en allait rejoindre son « évêché crotté ».

Louis XIII le détestait. L'appui de Marie de Médicis et celui de Concini lui avaient valu d'entrer au Conseil et de devenir secrétaire d'Etat aux Affaires étrangères et il avait amené avec lui deux ou trois inconnus qui n'étaient pas sans valeur. Lui-même avait évité au royaume de trop grosses catastrophes mais le jeune souverain ne voyait en lui que le satellite de Concini et le confident de sa mère !

Pourtant, le baron Hubert, Thomas et Lorenza étaient venus à ses genoux plaider la cause d'un homme qu'ils connaissaient bien à présent et qui comptait parmi leurs meilleurs amis... C'était lui qui, six mois plus tôt, avait baptisé dans la chapelle de Courcy un magnifique bébé, le petit

Hubert-Armand, que Lorenza avait eu la joie de déposer dans les bras de son époux.

Le Roi les avait reçus avec un visible plaisir, particulièrement Lorenza qu'il aimait bien et dont il savait qu'au jour de l'assassinat, elle avait vainement supplié Henri IV de ne pas quitter le Louvre. Cependant, il maintint l'ordre d'exil.

— Sire, supplia la jeune femme, il a préservé mon honneur et m'a rendu plus que la vie !

— Sire, reprit Thomas, il m'a sauvé la vie !

— Sire, dit enfin leur père, il a sauvé ma famille, mon nom et m'a évité de sombrer dans le désespoir !

— Je sais, soupira le Roi, et Dieu m'est témoin que j'aimerais vous satisfaire mais essayez de me comprendre : il m'insupporte plus que je ne saurais le dire ! Moins je le verrai et mieux je me porterai !

Ils étaient rentrés à Courcy désolés...

Pourtant, ce fut en parfait accord avec le cardinal-duc de Richelieu, son indispensable ministre, que, quinze ans plus tard, Louis XIII faisait de Thomas un maréchal de France !

Saint-Mandé, août 2010

TABLE

Photocomposition CMB Graphic
44400 Saint-Herblain

Achevé d'imprimer
en mai 2011
par Rotocayfo
pour le compte de France Loisirs, Paris

Numéro d'éditeur : 64065
Dépôt légal : juin 2011

Imprimé en Espagne